Zum Buch:

Vor zehn Jahren wurde Irland von einem Serienmörder terrorisiert: Die Presse nannte ihn bald den Blackout-Killer, weil er vor seinen grausam inszenierten Morden stets Stromausfälle in der Straße seiner Opfer verursachte. Als Claire Moore ihm entkommt, stoppt das Morden plötzlich. Ist der Killer überführt? Die Justiz ist sich sicher, und Claire, die über Nacht unfreiwillig berühmt wurde, muss sich in ihrem neuen Leben einrichten: verstümmelt, schwerst traumatisiert, aber am Leben. Als sie gerade wieder beginnt, sich für eine neue Liebe zu öffnen, stirbt erneut eine Frau – nachdem der Strom in ihrem Haus gekappt wurde. Während die Presse noch über einen möglichen Trittbrettfahrer spekuliert, hat Claire keinen Zweifel: Der Blackout-Killer ist zurück, um sein Werk zu vollenden …

Zum Autor:

Darren O'Sullivan, 1982 in der Nähe von London geboren, begann mit 17 Jahren, Schauspiel zu studieren. Seitdem ist er rund um die Bühne aktiv. Er ist der Autor mehrerer psychologischer Thriller, die zu Bestsellern wurden. »Killout« ist sein erster Roman, der auf Deutsch erscheint. Darren O'Sullivan lebt in Peterborough, wo er schreibt, Regie führt und sich für seinen Sohn gerne als Dinosaurier verkleidet.

DARREN O'SULLIVAN

KILLOUT

DER MÖRDER IST NÄHER, ALS DU DENKST

Thriller

Aus dem Englischen
von Sonja Häußler

HarperCollins

Die Originalausgabe erschien 2019 unter dem Titel
Closer Than You Think bei HQ,
an imprint of HarperCollinsPublishers, Ltd, London.

1. Auflage 2022

Deutsche Erstausgabe

Published by arrangement with HQ,
an imprint of HarperCollins Publishers, Ltd
Umschlaggestaltung von Zero Werbeagentur, München
Gesetzt aus der Stempel Garamond und der Gotham
von GGP Media GmbH, Pößneck
Druck und Bindung von CPI books GmbH, Leck
Printed in Germany
ISBN 978-3-7499-0155-5
www.harpercollins.de

Klimaneutral
Druckprodukt
ClimatePartner.com/15109-2009-1001

MIX
Papier
FSC FSC® C083411

FÜR MEINE FAMILIE

PROLOG

28. AUGUST 2018
BETHESDA, NORDWALES

Nummer acht

Irgendwo hatte er gelesen, dass die Menschen aufgrund ihres Umfelds und ihrer Erfahrung zu dem werden, was sie sind. Ihre Kindheitserinnerungen, ihr Umgang mit Freunden, tiefgreifende Momente – gute sowie schlechte – und ihre Erfahrungen bilden sozusagen die Ziegelsteine ihrer Existenz, und wenn diese Ziegel ausgehärtet sind, sind sie fest, wie die Mauern einer Burg. Manche Menschen sind freundlich, andere stürmisch, die einen sind Siegertypen, die anderen Opfer. Wieder andere sind gewalttätig. Niemand wusste das besser als er. Und auch wenn sich die Menschen nicht fundamental ändern, können sie sich doch entwickeln, auch das wusste er aus persönlicher Erfahrung. Sich verwandeln. Ein Schalter wird umgelegt, und plötzlich entsteht eine andere Form des Daseins, ohne dass sich der Mensch an sich wirklich geändert hätte. Wie in der Natur: Die Raupe tauscht ihre DNA nicht aus, wenn sie zum Schmetterling wird, sondern entfaltet einen Teil ihrer selbst, der zuvor in ihr geschlummert und geduldig auf den richtigen Augenblick gewartet hat. Er selbst hatte mehrere solcher Metamorphosen erlebt, die seine Gedanken und Taten in eine andere Richtung lenkten. Aber sie veränderten nicht, wer er war: jemand, der tötet.

Und schon bald würde er wieder töten. Ungefähr in einer Stunde. Am liebsten hätte er seine Aufgabe sofort erfüllt, aber er musste warten, geduldig sein und beobachten. Er stand im Schatten eines ausladenden Baumes und schaute durch das Schlafzimmerfenster der Achten, er wartete darauf, sie eintreten zu sehen, stellte sich vor, wie er bei ihr in diesem Zimmer wäre, kurz bevor er ihr Leben beendete. Sie würde in Panik geraten und weinen und schreien, bevor er sie betäubte und tötete, denn das taten sie immer.

Ursprünglich hatte er vorgehabt, erst nach Einbruch der Dunkelheit vor ihrem Haus zu sein. Doch es war schon so lange her, seit er das Einzige getan hatte, was ihm das Gefühl gab, lebendig zu sein, als würde er fliegen. Deshalb war er früher gekommen – um in aller Ruhe dieses fast vergessene Glück der Vorfreude auszukosten. Außerdem hatte er so ein wenig Zeit, über die eine Person nachzudenken, bei der es ihm misslungen war, sie zu töten, sie auf diese Weise zu töten. Claire Moore. Sie beschäftigte ihn mehr, als sie sollte. Die eine, die davongekommen war, sozusagen.

Bevor er nach Bethesda gekommen war, hatte er begonnen, Claire einen Brief zu schreiben, ihr die Gründe für sein Verschwinden zu erklären. Er offenbarte ihr darin, dass er sich hatte umorganisieren, alles umwerfen müssen. Dass er nach ihr nie wieder auf dieselbe Weise hatte töten wollen. Doch dann hatte er entdeckt, dass sie ihr Leben einfach weiterlebte, dass sie jene Nacht, ihrer beider Nacht im Mai 2008 hinter sich gelassen hatte. Und daraus schloss er, dass sie dabei war, ihn zu vergessen.

Er wollte nicht, dass seine einzige Überlebende ihn vergaß, denn wenn sie es tat, vergaßen ihn auch alle anderen. Eines Tages würde sie seinen Brief lesen. Vielleicht schrieb er vorher noch mehr Briefe. Wenn ja, ließ er sie alle lesen, kurz bevor er ihr Leben beendete.

Er hätte in den letzten Monaten schon mehrmals die Gelegenheit gehabt, Claire Moore zu töten, hatte sich aber dagegen entschieden. Er wollte warten, den Moment genießen. Er wollte, dass sie ihn ebenso gut kannte wie er sie und dass sie seine Gründe verstand.

Er wollte die Verbindung, die einst zwischen ihnen bestanden hatte, auf der Zungenspitze kosten, während das Licht in ihren Augen erlosch. Claire Moore würde sterben, wie sie es vor all diesen Jahren schon sollte; aber noch war es nicht so weit. Erst wenn er sich erneut tief in ihrer Seele eingenistet hatte. Wenn jede Stimme klang wie seine, jeder Schatten so aussah wie der, den seine Gestalt im Gegenlicht warf. Das war der Grund, weshalb er in Bethesda war und weshalb er die Frau, durch deren Fenster er jetzt schaute, töten würde.

Das Wissen, was in der nächsten Stunde geschehen und in den kommenden Wochen folgen würde – die Spekulationen, die Angst –, durchzuckte ihn so heftig, dass seine Haut juckte. Er musste fokussiert bleiben, seine Erregung zügeln, bis die Nacht hereingebrochen war. Er konzentrierte sich auf seine Atmung, regulierte seinen Pulsschlag, verdrängte alle

Gedanken daran, was er mit der Frau im Haus gegenüber anstellen würde.

Dann ging sie, die Achte, in ihr Schlafzimmer. Er beobachtete, wie sie ihre Arbeitskleidung auszog, ihr leichter Rock fiel auf ihre Knöchel hinunter, und dann stand sie nur noch in Unterwäsche da. Er genoss den Anblick ihrer schlanken Gestalt und das Prickeln, das ihn wie ein wohliger Schauer von der Stelle hinter seinen Augen bis hinunter zu seinem Schritt durchrieselte.

Wie hatte ihm dieser Kitzel gefehlt! Seit 2008 hatte er oft getötet, doch nie war dabei das Feuer in ihm aufgelodert, das er von damals kannte. Immer wenn das Jucken in den letzten zehn Jahren unerträglich geworden war, hatte er sich diskret gekratzt, indem er sich diejenigen nahm, die niemanden hatten. Die Alten und Einsamen, die Obdachlosen, die Migranten. Doch das Töten dieser Frau, der Achten, sollte zu einem Spektakel werden – wie damals in diesen wunderbaren Tagen in Irland. Es sollte ihn dorthin zurückbringen, wohin er gehörte – in die Köpfe der Menschen, in Claires Kopf; eine zerstörerische Kraft, die wie Krebs jeden betraf.

Er vermisste es, gefürchtet zu werden. In jenen Tagen, in denen ein einfacher Stromausfall großflächig Entsetzen ausgelöst hatte, hatte er gern mal einen Straßenzug lahmgelegt, nur um zu beobachten, wie die Menschen in Panik gerieten, weil sie glaubten, er würde wieder zuschlagen. Besonders ein Erlebnis hatte ihm gefallen – es war ungefähr drei Monate nach der Nacht mit Claire Moore geschehen –, als ein Unwetter vom Atlantik her die Stromversorgung in Shannon gekappt hatte. Die ganze Stadt war in Angst und Schrecken versunken, weil alle geglaubt hatten, er sei zurückgekehrt. Die Polizei patrouillierte auf den Straßen, die Menschen verrammelten ihre Fenster und Türen. Hubschrauber kreisten, in Erwartung eines brennenden Hauses als Nachspiel – seine andere Visitenkarte. Aber es gab keinen Brand, keinen Toten, denn er war in Griechenland, auf Rhodos, und genoss völlig unbeschwert den Sonnenschein. Er wollte auf dieser Reise lernen, der Mann zu sein, der aus ihm werden würde, der Mann, zu dem er sich entwickelt hatte. Doch die Nachrichten über das Grauen, das Irland fest im Griff hatte, beflügelten seinen Wunsch zu töten erneut. Dort, an der sonnengebleichten Ägäisküste, begriff er, was ihn antrieb, verspürte er seine eigentliche, ursprüngliche Berufung, und seine Metamorphose entwickelte sich in eine andere Richtung als gedacht. Er musste töten, nicht weil es sein Vorsatz war, sondern wegen des Kicks. Nach kurzer Suche fand er sein Opfer, einen Mann, der eine Odyssee über das Mittelmeer überstanden hatte, um in Europa sein Glück zu finden. Er setzte dem Leben dieses Mannes ein Ende und schwelgte in dem Gefühl von Macht, das er dabei empfand.

Doch das währte nicht lange, denn niemand scherte sich um den Tod dieses Mannes. Und als er nach Irland zurückkehrte, spürte er, dass man dort begann, ihn zu vergessen. In dem Versuch, seine Macht zu erhalten, spielte er mit den Erinnerungen der Menschen, schaltete hin und wieder den Strom ab, nur um zu sehen, wie sich Panik ausbreitete. Dann ging er durch die Stadt und beobachtete, wie sich ganze

Familien in einem einzigen, von Kerzen erleuchteten Zimmer zusammendrängten. Doch die Zeit heilt alle Wunden, und ihr blankes Entsetzen schrumpfte zu einer stillen Wachsamkeit. Am Ende war ein Stromausfall wieder weiter nichts als ein Ärgernis. Und irgendwann dachte man nur noch in den Gebieten, die er heimgesucht hatte, an den Horror der Monate zwischen April 2006 und Mai 2008.

Die Achte hatte die Badezimmertür nicht geschlossen, und er konnte sehen, wie sie ihren BH öffnete und auf den Boden fallen ließ. Er erhaschte einen Blick auf ihre Brüste, und das Prickeln wurde intensiver. Aber er wollte sie nicht vögeln; schon die Vorstellung widerte ihn an. Der Ursprung seiner Lust lag woanders …

In Gedanken spielte er die nächsten Stunden noch einmal durch, während er wartete, dass die Sonne unterging. Dann würde er im Schutz der Dunkelheit zu der weniger als zweihundert Meter entfernten Verteilerstation gehen, von der ihr Haus – und ein paar Hundert andere – seinen Strom bezog. Die fünf Meter hohe Mauer rund um den Verteiler war in den Neunzigern gebaut worden, zusammen mit den Häusern, die er versorgte, und am Tor mit einem Vorhängeschloss gesichert. Der Bolzenschneider, der schwer in seinem Rucksack lag, würde damit kurzen Prozess machen. Dann brauchte er nur noch die Schaltanlage zu isolieren und einen neu verdrahteten tragbaren Generator einzusetzen, der absichtlich überhitzte und durchbrannte. Durch diese einfache und gut eingeübte Tätigkeit würden in der ganzen Straße und darüber hinaus die Lichter ausgehen.

Er malte sich aus, wie er den Weg von der Verteilerstation bis zu ihrer Hintertür zurücklegte und dann in das Haus einbrach, während sie im oberen Stock herumstolperte und ihr Handy suchte, um es als Taschenlampe zu benutzen. Wahrscheinlich trug sie ihre Nachtwäsche. Er dachte daran, was er mit ihr machen würde. An den Spaß, den er haben würde. Den Genuss, den ihm ihre Angst bereiten würde.

Sobald er befriedigt war, würde er sie in die Badewanne legen, mit Benzin übergießen und anzünden. Wenn die Fenster vor Hitze barsten und Rauch in den Himmel hinaufquoll, wäre er längst verschwunden. Er würde nach Hause gehen und sich etwas kochen, ein Pastagericht vermutlich, um die Kohlenhydrate, die er bei seiner abendlichen Arbeit verbrannt hatte, wieder aufzufüllen. Die Erfahrung hatte ihn gelehrt, dass er durch seine Arbeit Appetit bekam. Satt und zufrieden würde er dann die Nachrichten einschalten und darauf warten, wie seine Tat dort dargestellt wurde, was die Ermittler vermuteten. Und er wusste, dass er damit davonkam, denn er war früher auch davongekommen.

Seine Morde in Irland hatte man einem brutalen Kerl namens Tommy Kay in die Schuhe geschoben. Kay war ein Drogendealer, der den Ruf hatte, unbarmherzig zu sein, wenn ein Gefallen nicht erwidert oder Schulden nicht gezahlt wurden. Er war im Gefängnis gelandet, weil er mit seinem Range Rover einen Mann, der ihm hundert Pfund geschuldet hatte, überfahren und beinahe umgebracht hatte. Kays Verhaftung und die Nacht mit Claire Moore lagen ein paar Monate auseinander, und auch wenn Kay der Morde in

Irland nie angeklagt worden war, glaubten die meisten, dass er der Serienmörder war, der das Land heimgesucht hatte – und er hatte es nie dementiert. Vielleicht genoss er es, dadurch berühmt zu sein.

Doch Kays Motivation, stillschweigend seine Morde für sich zu vereinnahmen, ging ihn nichts an, denn eines Tages würden sie alle wissen, wie falsch sie gelegen hatten. Bis dahin würde er ausnutzen, was die Medien zweifellos mutmaßen würden: Da Kay inzwischen tot war, musste das heute Nacht wohl ein Trittbrettfahrer gewesen sein.

Zehn Minuten später kam die Achte aus dem Bad, ein Handtuch um den Körper, eines um die Haare geschlungen. Sie schaltete den Fernseher ein und trat ans Fenster. Sie konnte ihn nicht sehen. Die untergehende Sonne direkt hinter ihm stand schon tief, und die Bäume waren hoch. Sie würde außer der dunstig orangen Horizontlinie nichts erkennen können. Dennoch wich er weiter in den Schatten des Baumes zurück. Sie hielt inne, ihr Blick schweifte über seinen Kopf hinweg, dann streckte sie den Arm aus und zog die Vorhänge zu. Der letzte Streifen Sonne malte Farben in den Abendhimmel. Eine perfekte Tarnung für ihn. Das hässliche Ding, das aus ihm geworden war, in etwas, das in gleichem Maße schön war, zu verstecken.

Gleich war es so weit. In dreißig Minuten war es dunkel genug, um sich an die Arbeit zu machen. Er lächelte, weil er ahnte, was in den Zeitungen von morgen zu lesen wäre.

1

6. MAI 2018
ST IVES, CAMBRIDGESHIRE

Ich lag auf der Seite, hatte einen Arm unter mein Kopfkissen geschoben und spielte mit meiner silbernen Halskette herum. Prüfte die Schlüssel, die daran hingen. Es waren vier – Haustür-, Hintertür- und zwei kleinere Fensterschlüssel, einer für oben, einer für unten. Ich beobachtete, wie die Zeiger des Weckers von einer Minute auf die nächste sprangen. Das tat ich schon seit einer Stunde, darauf wartend, dass 05.05 Uhr angezeigt wurde. Dann würde der Wecker klingeln, und ich konnte endlich aufstehen. Wach war ich schon seit drei Minuten vor vier, weil mich ein Traum von einem Feuer aufgeweckt hatte, doch ich zwang mich dazu, liegen zu bleiben. Ich wollte keine Frau sein, die Schlafstörungen hatte. Was natürlich Unsinn war. Ich *hatte* Schlafstörungen, um diese Zeit des Jahres hatte ich immer welche.

Ich verfolgte die Zeiger auf ihrem Weg und versuchte verbissen, liegen zu bleiben. Mich selbst zu besiegen. Ich gab mich der Illusion hin, dass ich normal sein konnte, wenn ich nur hart genug daran arbeitete. Und das war wichtig – so normal zu sein, wie ich nur konnte. Es gab kaum etwas, das mir am Mai gefiel, doch diesen täglichen Sieg über mich selbst, den mochte ich. Anderen würde er unbedeutend erscheinen, vielleicht sogar sinnlos, aber mir blieb nichts anderes übrig, als mich über die kleinen Dinge zu freuen, mich an ihnen festzuhalten. Wie etwa die Morgensonne und das Geräusch, das der Wind in den Bäumen erzeugte; das Summen der Bienen, die in meinem Garten Nektar sammelten, an einer der vielen Blumen, die ich dort angepflanzt hatte. Wenn ich mich auf diese Kleinigkeiten konzentrierte, würde ich es durch den Monat, den ich so fürchtete, schaffen. Dann käme der Juni und ich würde ein weiteres Jahr überleben.

Ich drehte mich zum Fenster herum und schaute durch den kleinen Spalt zwischen den Vorhängen zum Himmel hinauf. Nicht eine Wolke in Sicht. Ein strahlend blauer Morgen war ein weiterer Sieg. Lächelnd streckte ich mich, zuerst die Arme, dann die Beine, und seufzte wohlig, als meine Muskeln sich spannten und Blut in meine Gliedmaßen strömte. Ich knipste die Nachttischlampe aus und griff nach meinem Handy, um das Datum zu checken. Keine Ahnung, warum ich das tat, schließlich kannte ich es genau. Schon seit Wochen zählte ich die Tage herunter bis zu jenem Datum, das den ganzen Monat für mich ruiniert hatte, das der Quell war all meiner schlaflosen Nächte. Dreizehn Tage war es noch entfernt. Dreizehn lange Tage, bis ich zumindest wieder hoffen durfte, mal eine Nacht durchzuschlafen. Beklommen spürte ich, wie sich direkt unter meinem Bauchnabel ein Ziehen ausbreitete und langsam durch meinen Magen und meine Brust nach oben stieg. Ich setzte mich auf, konzentrierte mich auf meine Atmung und versuchte so, die aufsteigende Panik zurückzudrängen. Nach ein paar tiefen Atemzügen hatte ich mich beruhigt.

Es war jetzt fast auf den Tag zehn Jahre her, dass es passiert war. Meine Mutter hatte mich irgendwie davon überzeugt, dass es gut für mich sei, nach Irland zurückzukehren, nach Hause. Ich flog nicht gern, und mir gefiel die Idee auch nicht, an den Ort zurückzukommen, an dem alles passiert war. Doch Mum meinte, es würde mich reinigen; mir helfen, die Schuldgefühle loszuwerden, die ich empfand, wenn ich es genoss, Zeit mit meinem neuen Freund Paul zu verbringen. Natürlich hatte sie recht, aber mir ging es trotzdem nicht besser.

Der Zeiger sprang auf 05.05 Uhr, das Summen ließ mich zusammenschrecken. Behutsam schaltete ich den Wecker aus, griff wieder nach meinem Handy und checkte meine Mails. Es waren nicht viele, nur ein bisschen Spam und eine von Groupon, in der mir Angebote für Wellness-Wochenenden unterbreitet wurden, die ich auf keinen Fall verpassen sollte. So ein Wochenende hätte ich gut gebrauchen können, aber es in die Tat umzusetzen, das hätte ich nicht geschafft.

Außerdem war da noch eine Facebook-Nachricht. Seufzend öffnete ich die App und sah, wer sie verschickt hatte. Killian. Geschrieben um 03.19 Uhr. Ich hätte die Nachricht nicht lesen sollen, aber ich tat es trotzdem.

Hi, Claire, wie geht es dir? Ist alles okay? Wir verpassen uns dauernd. Ich denke an dich, es ist ja Mai und so … Ich hoffe, es geht dir gut. Ich bin da, um zu reden, falls du einen Freund brauchst.

Ich wollte schon antworten, ließ es aber bleiben. Stattdessen klickte ich auf sein Profil. Immer noch dasselbe Foto; in all den Jahren, seit ich ihn kannte, hatte er es nicht ausgewechselt. Dasselbe schiefe Lächeln, dieselbe Daumenhoch-Geste. Dieselbe Bergkette im Hintergrund. Ich scrollte weiter runter, um mir die Gruppenseite anzuschauen, deren Administrator er war: die Claire Moore Support Page. Ein Klick auf die fett gedruckten Buchstaben, und ein Bild von mir erschien. Ich konnte mich nicht dazu überwinden, zu lesen, was dort über meine Vergangenheit stand, so freundlich und mitfühlend es auch formuliert war. Ich wollte nur sehen, ob es dort etwas Neues gab. Aber der letzte Eintrag war von Januar.

Claire, im Namen aller hier auf CMSP ein frohes neues Jahr. Möge 2018 ein gutes Jahr werden.

Ich hatte auf die Nachricht nicht geantwortet, aber kurz danach war ein Scheck von der Unterstützergruppe mit der Post gekommen; ein Zettel klebte drauf, ich solle irgendwohin fahren, wo es schön ist.

Das Geld hatte ich nicht ausgegeben, das tat ich nie.

Ich warf das Handy aufs Bett und drehte mich auf den Rücken. Die Gruppe war mir immer eine Stütze gewesen, aber neuerdings ging mir Killian auf die Nerven, ohne dass ich genau hätte sagen können, warum. Ich schaute zum Fenster. Irgendwie musste ich verhindern, dass sich meine Gedanken mal wieder sinnlos im Kreis drehten und endgültig den Tag ruinierten, noch bevor er überhaupt angefangen hatte. Das träge Licht der Morgendämmerung fiel durch die dünnen

Vorhänge herein und zeichnete honiggelbe Streifen an die Decke. Ich konzentrierte mich auf die Farben und verlor mich für einen Augenblick im Zauber des weichen Lichts. Owen hätte es gefallen, mich so zu sehen. Er hatte mir immer geraten: Genieße den Moment, solange es geht, denn alles kann schnell vorbei sein. Ich hörte es ihn förmlich sagen, mit seiner hellen, melodischen Stimme. Wenn er nur wüsste, wie recht er damit gehabt hatte. Vielleicht würde es eines Tages nicht mehr so wehtun.

Ich schwang die Beine aus dem Bett und ging über den kühlen Holzfußboden so leise ins Bad, dass ich Mum und Geoff nicht störte, die im Zimmer nebenan schliefen. Eigentlich hatte ich gar nicht vorgehabt, bei Mum zu übernachten, ich war gestern nur auf einen Tee vorbeigekommen und um online unseren Flug nach Irland zu buchen. Mum hatte darauf bestanden, die Tickets zu bezahlen. Am Ende war ich doch zum Abendessen geblieben, und dann war es zu spät gewesen. Allein nach Hause zu gehen traute ich mich nicht. Mum wusste das und hatte mir von sich aus das Gästezimmer angeboten, damit ich nicht darum zu bitten brauchte.

Ich schloss die Badezimmertür hinter mir, schaltete das Licht ein und schloss für einen Moment die Augen. Dann dehnte und streckte ich mich, spürte, wie sich das Blut durch meinen Körper bewegte, und horchte in mich hinein, wo es überall wehtat. Ich hatte fast jeden Morgen Schmerzen. Manchmal waren sie entsetzlich, manchmal auszuhalten. Heute Morgen war es okay. Der einzige Teil von mir, der unangenehm auffiel, war mein rechter Fuß – er schien im Mai immer mehr zu schmerzen als zu anderen Zeiten des Jahres, was nahelegte, dass der Schmerz eher psychischer als physischer Natur war. Ich schluckte eine Tablette, nur für alle Fälle, und betrachtete mich im Spiegel. Meine Augen wirkten dunkel, meine Lider schwer. Das Alter hinterließ seine Spuren. Nicht dass das Alter überhaupt eine Rolle spielen würde, ohnehin war alles geborgte Zeit, die man zurückgeben musste. War älter zu werden und zu beobachten, wie das eigene Gesicht Falten bekam, nicht auch irgendwie ein Geschenk, das so manchem nicht vergönnt war?

Ich hörte Schritte im Flur, dann die schläfrige Stimme meiner Mum: »Ich bin hier draußen.«

»Danke, Mum.«

Sie hatte mitbekommen, dass ich im Bad war, und hielt Wache vor der Tür. Das bedeutete, dass ich duschen konnte. Auch nach all dieser Zeit konnte ich das nur, wenn ich wusste, dass ich in Sicherheit war. Ich legte meine Halskette ab und hängte sie an die Türklinke; dann betrat ich die Duschkabine und drehte den Hahn auf. Das kalte Wasser ließ mich zusammenzucken, doch es wurde schnell wärmer und schließlich so heiß, dass meine Haut rosa wurde, während ich mir die Schrecken der Nacht abschrubbte. Eine weitere Nacht überlebt. Eine weitere Nacht des Countdowns überstanden.

Während mir das heiße Wasser über den Körper lief, dachte ich nach. Was habe ich vor exakt zehn Jahren gemacht? Wie war der Tag damals, als mein Leben noch so ganz anders gewesen war? Inzwischen stellte ich mir diese Frage fast jeden Morgen. Owen und ich hatten an jenem Tag um diese Zeit wahrscheinlich noch im Bett gelegen, ich in seine starken Arme gekuschelt, die Schlafzimmerfenster weit geöffnet, die kühle Brise war durch unsere Gardinen gestrichen und hatte sie wie Geister schweben lassen. Dann sind wir aufgestanden, haben geduscht – vielleicht gemeinsam – und gefrühstückt, bevor wir uns trennten, um jeder zur Arbeit zu gehen. Er gab mir an der Tür einen Abschiedskuss, stieg in seinen Wagen und fuhr die kleine Straße entlang in Richtung Cork. Vielleicht kam er am selben Tag zurück, vielleicht arbeitete er aber auch für ein paar Tage außerhalb, in einem anderen Teil des Landes. Sobald sein Wagen außer Sicht war, stieg ich in meinen und fuhr zu der Vorschule, in der ich arbeitete. Die nächsten sechs Stunden verbrachte ich mit Spielen, Vorlesen und Kochen, half beim Toilettengang und verteilte goldene Sterne an die Kleinen, die das schon ganz allein schafften. Dann bin ich vielleicht nach Hause gekommen, habe für uns beide gekocht, und irgendwann gingen wir bei weit geöffnetem Fenster zu Bett – ohne eine Ahnung von Schmerz und Kummer. Oder dem Bösen.

Die Erinnerungen machten mich traurig; das war nicht mehr mein Leben, und nichts brachte es zurück. Ich konzentrierte mich auf den Schwall heißen Wassers, der mir über die Stirn und in die Augen floss und meine Wimpern zusammenklebte. Es brannte ein wenig, aber das tat gut. Es hielt die dunklen Erinnerungen auf, die sich in mein Bewusstsein drängten. Ich lehnte meinen Kopf an die Fliesen und ließ das Wasser auf mich niederprasseln, bis meine Grübeleien über mein verlorenes Leben in den Abfluss gespült waren.

Eingewickelt in den Bademantel, den ich vor ein paar Monaten zu Mum gebracht und hiergelassen hatte, legte ich meine Halskette wieder an, getröstet vom Gewicht der vier Schlüssel, und ging durch den schmalen Flur von Mums Bungalow in die Küche. Als ich an ihrer Schlafzimmertür vorbeikam, hörte ich Geoff schnarchen. Kaum hatte ich den Wasserkocher eingeschaltet, begrüßte mich Balu, der Kater. Er hatte als kleines Kätzchen riesige Pfoten gehabt, und auch die Farbe seines Fells ließ an den Bären aus dem *Dschungelbuch* denken, daher der Name. Balu miaute und starrte mich an, ohne zu blinzeln.

»Bist du hungrig, kleiner Mann?«

Er strich um mein Schienbein, als wollte er Ja sagen, und natürlich reagierte ich sofort, krempelte meine Ärmel hoch und nahm einen Beutel von seinem Futter aus dem Schrank neben dem Abfalleimer. Sobald ich den Beutel in sein Schüsselchen geleert hatte, war ich Luft für ihn. Das blöde Vieh mochte niemanden.

Ich brühte mir eine Tasse grünen Tee auf, gab eine Zitronenscheibe dazu und ging zur Hintertür. Ein paarmal atmete ich mit Bedacht durch, bevor ich die Klinke herunterdrückte. Das Herz schlug mir bis zum Hals, die Tür knarrte und ließ dann den Frühlingsmorgen hereinfluten. Die Luft duftete rein und frisch, und meine nackten Unterarme überzog eine Gänsehaut.

Der frühe Morgen war meine liebste Tageszeit. Die Welt schlief noch und fühlte sich irgendwie anders an. Die Luft roch sauberer, reicher, fast konnte man meinen, die Bäume seufzten vor Erleichterung, weil sie noch von Autos, Lärm und der Hektik der sich für ach so wichtig haltenden Menschen verschont waren. Die Morgendämmerung brachte ein Gefühl des Friedens und der Magie mit sich, das zu keiner anderen Tageszeit zu spüren war, und in diesen paar Minuten fühlte ich mich, als hätte ich das alles für mich. Ich nahm ihn in mich auf, den Frieden.

Barfuß trat ich in den Garten hinaus. Der Tau war noch nicht verdunstet, und während ich auf die Bank in der Mitte des Rasens zuging, spürte ich, wie die Kälte in meine Füße kroch und sie beruhigte. Übrig gebliebene Grashalme vom gestrigen Mähen blieben an meinen Sohlen kleben. Ich konnte nicht hinsehen; das frisch geschnittene Gras beschwor eine mächtige Erinnerung an etwas hervor, das ich vergessen wollte.

Ich blickte zurück zum Bungalow, um zu sehen, ob meine Mutter in die Küche gekommen war, um auf mich aufzupassen, konnte sie aber nicht entdecken. Aber ich konnte meine Fußabdrücke im Tau sehen, perfekte Umrisse, die in der aufgehenden Sonne schimmerten. Ich betrachtete für einen Moment den Abdruck meines rechten Fußes und setzte mich dann auf die Bank unter dem Ahorn. Für ein paar Minuten wollte ich vergessen, wo ich war, und ließ zu, dass sich meine Gedanken und Ängste auflösten wie Zucker in heißem Wasser. Auch wenn die Sonnenstrahlen noch schwach waren, konnte ich sie doch in meinem Gesicht spüren. Ich öffnete meinen Morgenmantel ein Stück, ließ sie auf meinen Hals und meine Schlüsselbeine scheinen und konzentrierte mich auf das, was mir meine Ärztin vor langer Zeit beigebracht hatte: Die Sonne auf der Haut genießen. Ganz still saß ich da und atmete den Duft des Morgentaus ein.

Nach etwa fünf Minuten war dieser Moment der Entspannung vorbei, und ohne jede Vorwarnung drifteten meine Gedanken zu dem Flug nach Hause, den ich in zehn Tagen mit meiner Mum antreten würde. Meine letzte weitere Reise lag lange zurück, und ich war mir nicht sicher, ob ich das durchstehen würde. Die kleine, eiskalte Hand, die seit einem Jahrzehnt in mir steckte, zupfte an meinem Zwerchfell wie an einer Gitarrensaite, und für einen Augenblick verschlug es mir den Atem. Ich wollte diese Reise nicht machen, aber es war notwendig. Es war das Richtige. Ich war es ihm schuldig, zumindest das. Eigentlich schuldete ich ihm viel mehr, als ich je zurückgeben konnte. Seufzend trank ich meinen inzwischen kalten Tee und wartete darauf, dass der Lärm des Tages begann. Ein paar Häuser weiter bellte ein Hund, dann öffnete sich eine Tür und schloss sich wieder.

Die Welt erwachte und gehörte nun nicht mehr mir allein. Ich ging zurück zum Bungalow, versuchte, meine Fußabdrücke zu ignorieren, doch es gelang mir nicht.

2

6. MAI 2018
ST IVES, CAMBRIDGESHIRE

Seit einer halben Stunde saß ich still in der Küche und dachte an meine Ärztin, bei der ich schon sehr lange nicht mehr gewesen war. Eigentlich fand ich Dr. Porter großartig. Sie hörte mir zu, verstand genau, wie ich mich fühlte. Aber bei den letzten Besuchen hatten wir uns im Kreis gedreht und nichts Neues mehr besprochen, weshalb ich inzwischen nicht mehr zu ihr ging. Dr. Porter kannte viele meiner Geheimnisse. Die meisten. Nicht alle. Einiges konnte ich nicht erzählen, anderes wollte ich nicht erzählen. Niemals. Meine Gedanken wurden durch Mum und Geoff unterbrochen, die in ihrem Schlafzimmer rumorten. Ob sie bald zu mir in die Küche kamen? Schließlich ging Geoff durch den Flur ins Badezimmer und rief mir unterwegs »Guten Morgen« zu.

»Guten Morgen, ich brühe euch beiden einen Tee auf«, rief ich zurück.

»Danke, Liebes«, erwiderte er durch die geschlossene Tür. Das Wasser kochte gerade, da vibrierte mein Handy in der Tasche meines Morgenmantels. Unwillkürlich musste ich lächeln, als ich sah, von wem die Nachricht war.

Ich werde vor Ort wohl nicht mehr gebraucht. Ich komme nachher zurück. Soll ich etwas zu essen mitbringen? Fühl dich nicht unter Druck, Ja zu sagen.

Eigentlich wollte Paul erst am Wochenende zurückkommen und seine Töchter treffen, die in Cambridge lebten. Da ich in zehn Tagen nach Irland fuhr, hätte ich ihn also erst wieder in ein paar Wochen gesehen. Wahrscheinlich funktionierte deshalb unsere … wie immer man es nennen wollte … so gut: Wir ließen es langsam angehen. Paul war etliche Jahre älter als ich, geschieden und hatte nicht vor, weitere Kinder in die Welt zu setzen, was die Sache für mich weniger kompliziert machte. Anfangs fand ich es seltsam, dass seine Kinder schon erwachsen waren, aber inzwischen war ich überzeugt, dass das kein Problem darstellte, sollte mehr aus uns werden. Bei all dem anderen, womit ich täglich zurechtkommen musste, konnte das eigentlich keine allzu große Bedeutung haben.

Kennengelernt hatten wir uns vor ein paar Monaten auf einer Dating-Plattform; ich war mir nicht sicher gewesen, ob das für mich der richtige Weg war, jemanden zu treffen, aber Mum, die am fortschrittlichsten denkende Zweiundsechzigjährige, die man sich vorstellen kann, hatte darauf bestanden. Es sei gut für mich, neue Leute kennenzulernen und mal rauszukommen. Irgendwann hatte sie mich weichgeklopft, und ich hatte zugestimmt. Sie erstellte mein Profil und trug mich als Claire O'Healy ein, ihr neuer Nachname seit ihrer Heirat mit Geoff. Mein eigener Nachname hätte nur die falsche Art von Aufmerksamkeit erregt. Ich wusste nicht so recht, ob das, was Mum in die Rubrik »Über mich« schrieb, so zutraf, doch sie meinte nur lapidar: »Das stimmt so, du erkennst es nur nicht.« Sie schnitt ein Foto von mir und sich zurecht, das letztes Jahr in meinem Garten aufgenommen worden war, dann klickte sie auf »fertigstellen« und ließ mich in der digitalen Welt real werden. Kommentare zu meinem Profil las ich nicht, wahrscheinlich waren das ohnehin nur fiese Bemerkungen. Ich redete mir ein, dass ich allein sowieso glücklicher sei, so sehr fürchtete ich mich davor, jemanden kennenzulernen. Es hatte so lange gedauert, bis ich meine eigene Gesellschaft ertragen konnte, und ich war mir nicht klar, ob ich schon bereit war, noch jemanden in mein Leben zu lassen. Aber natürlich war ich einsam.

Mum versprach mir, dass sie die potenziellen »Freunde«, mit denen ich mich dann unterhalten sollte, gründlich und diskret durchleuchten würde. Die meisten wollten bloß Sex, erzählte sie mir später, einige schienen verzweifelt, und nur einer wirkte nett. Und so kam es, dass wir vor ein paar Monaten an einem verregneten Abend an meinem Küchentisch saßen, zwischen uns eine Kanne frisch gebrühten Tee, und sie mir alles über ihn erzählte. Über diesen Mann namens Paul.

Als sie sein Alter erwähnte, stutzte ich einen Moment und pustete nachdenklich auf meinen Tee. Er war achtundvierzig, also vierzehn Jahre älter als ich – und nur vierzehn Jahre jünger als Mum. Doch nachdem sie mir sein Profil vorgelesen hatte, begriff ich, wie er es in die engere Wahl geschafft hatte. Er schien aufrichtig und liebenswürdig zu sein. Er liebte seine Kinder, arbeitete viel, war geschieden, schien aber keinen Rucksack voller Probleme mit sich herumzuschleppen. Das zog mich am meisten an: Paul schien unkompliziert zu sein. Im Gegensatz zu mir. Ich wurde neugierig und bat Mum darum, mir seine Nachricht zu zeigen.

Hallo, ich bin Paul. Ich bin neu hier, deshalb kenne ich die Etikette nicht. Du siehst nett aus, und ich bin gern mit netten Leuten zusammen.

Sein Foto auf der Dating-Website zeigte einen groß gewachsenen, sportlich wirkenden Mann, der an irgendeinem Fluss oder See stand. Seine Haare waren grau, aber auf eine sexy George-Clooney-Art. Er sah großartig aus. Mum witzelte, sie würde sich mit ihm treffen, wenn ich nicht wollte, Geoff habe bestimmt nichts dagegen. Wir mussten beide kichern. Mum und Geoff hatten ihre Probleme, so wie alle Paare. Aber sie liebten einander sehr.

Ich schaute mir das Foto noch mal an. War das wirklich eine gute Idee? Neue Leute kennenzulernen war für mich immer noch nahezu unmöglich. Kaum stellte man mir jemanden vor, wurde ich panisch und höchst misstrauisch: Wer war dieser Mensch und vor allem, was trieb ihn an? Mit Dating-Plattformen kannte ich mich auch überhaupt nicht aus. Konnte man jemanden kennenlernen, ohne ihn von Angesicht zu Angesicht gesehen zu haben und in seinen Augen zu lesen?

»Ich meine ja nicht, dass du gleich mit ihm gehen sollst«, unterbrach Mum meine Gedanken.

»Mit ihm gehen? Sagt man das überhaupt noch?« Ich musste grinsen.

»Claire, hör auf abzulenken. Es würde dir guttun.«

Mein Lächeln erlosch. Sie hatte ja recht, ich versuchte, vom Thema abzulenken. »Mum, es ist lange her.«

»Ich weiß, und deshalb machen wir das jetzt. Du solltest nicht allein sein.«

»Bin ich nicht, ich hab doch Penny.«

»Eine Freundin, die eine Familie hat.«

»Ich habe dich und Geoff.«

»Und wir haben einander, Claire – du weißt, wie ich das meine.«

»Ich bin nicht sicher, ob ich, na ja … jemanden um mich haben kann.«

»Du kannst das.«

»Na schön, ich bin mir nicht sicher, ob ich das *will.*«

»Du hast Angst, Claire, das verstehe ich. Aber nach allem, was du durchgemacht hast, hast du es verdient, jemand Nettes in deinem Leben zu haben.«

»Aber was ist mit …«

Ich verstummte, als Mum ihre Hand auf meinen Arm legte, auf meine Narbe. Sie war verblasst und hob sich nicht mehr ab, aber sie war noch da – eine bleibende Erinnerung an die Vergangenheit. Verlegen zog ich den Arm weg, und weil sie wusste, warum, entschuldigte sie sich.

»Claire, wir wissen beide, dass es für Owen okay wäre, es ist lange genug her.«

»Ich habe keine Ahnung, wie ich das machen soll!«

»Wie du was machen sollst? Du brauchst nur Hallo zu sagen. Und dann unterhalte dich mit ihm. Lern ihn kennen.

Das Beste an so einer Dating-App ist, dass du sie schließen und dein Handy ausschalten kannst, wenn es dir zu viel wird. Oder du ihn nicht magst. Gott, ich wünschte, das hätte es schon gegeben, als ich nach deinem Dad wieder auf dem Markt war.«

»Mum!«

Es brauchte noch eine Woche, bis ich den Mut aufbrachte, Hallo zu sagen. Unser Chat entwickelte sich langsam, weder er noch ich antworteten sofort. Was mich ehrlich gesagt überraschte. Ich hatte halb damit gerechnet, dass er sich auf mich stürzen und mit Nachrichten überhäufen würde. Doch er war genauso zögerlich wie ich. Wir plauderten über das Wetter und was so in den Lokalnachrichten stand. Leichte, unverfängliche Themen. Wir tasteten uns langsam aneinander heran. Irgendwann sprachen wir über unseren Musikgeschmack, unsere Hobbys und unsere Jobs – jedenfalls über seinen. Ich wusste nicht so recht, ob ich es seltsam finden oder für einen Wink des Schicksals halten sollte, dass Paul in einer ähnlichen Branche arbeitete wie Owen. Doch während Owen auf Baustellen gearbeitet, Kabel und Schalter in Häusern verlegt hatte, leitete Paul Bauprojekte auf einer höheren Ebene. Ich dachte kurz darüber nach, ob sie sich wohl jemals begegnet sein mochten, aber wahrscheinlich war das Unsinn. Als Paul fragte, was ich so machte, log ich und erzählte ihm, dass ich gerade eine Auszeit von meinem Job als Erzieherin nahm. Na ja, so ganz gelogen war es nicht. Ich nahm mir tatsächlich eine Auszeit: Nur dass sie schon beinahe zehn Jahre andauerte.

Er redete oft von seinen Kindern, und ich sprach oft davon, dass ich keine hatte. Über unsere Vergangenheit sprachen wir nicht, und ich war froh, dass er nicht danach fragte. Wir tauschten E-Mail-Adressen aus, irgendwann auch Telefonnummern, und als wir schließlich miteinander telefonierten, zitterte meine Stimme und ich rang um Worte, so nervös war ich. Er sprach mich auf meinen Akzent an, fragte, aus welcher Gegend in Irland ich stammte, und überraschenderweise kannte er die Gegend. Paul hatte Verwandte in der Nähe von Limerick und war früher ein paarmal dort gewesen. Ungefähr einen Monat später – wir hatten immer mal wieder telefoniert – trafen wir uns zum ersten Mal, zusammen mit Mum und Geoff. Es klingt seltsam, seine Mutter mit auf ein erstes Date zu nehmen, aber ich war froh, als sie vorschlug mitzukommen. Allein hätte ich das nicht durchgestanden.

Wir trafen uns beim Italiener in Huntingdon. Paul brachte mich zum Lachen – tatsächlich brachte er uns alle zum Lachen – und wirkte vollkommen entspannt. (Hinterher erzählte er mir allerdings per SMS, dass er den ganzen Abend furchtbar nervös gewesen sei.) Geoff – für den ich wie ein eigenes Kind war und der mich immer beschützen wollte – erklärte später auf der Heimfahrt, dass er Paul sehr mochte. Mums Herz gewann er, als sie mitbekam, dass Paul keinen Alkohol trank und sich stattdessen ein Mineralwasser mit Limette bestellte. Und das obwohl wir anderen uns an Rotwein hielten. Ich hingegen war mir meiner Sache nicht so sicher und musste dazu überredet werden, mich wieder mit ihm zu verabreden. Das nächste Mal trafen wir uns dann zum

Frühstück in einem Café ganz in der Nähe. Auch unser erstes »Date« zu zweit – dieses Mal traute ich mich allein hin – verlief fröhlich und entspannt, weder Vergangenheit noch Zukunft spielten eine Rolle. Wir waren »ganz im Hier und Jetzt«. Zwei Menschen, die unbeschwert miteinander redeten und lachten. Das Leben fühlte sich fast wieder normal an.

Ich mochte Pauls Geduld. Ein paarmal hatten wir uns schon geküsst, jedes Mal mit etwas mehr Leidenschaft. Aber weiter gingen wir nicht – ich war noch nicht so weit.

Ich freute mich wirklich, dass er heute zurückkommen würde, freute mich darauf, Zeit mit ihm zu verbringen. Auch wenn ich immer noch vorsichtig war, so war er doch seit Langem der erste Mensch, den ich an mich heranließ (abgesehen von Penny natürlich).

Inzwischen kannte er meine Geschichte. Nicht alle Einzelheiten, aber doch so viel, dass ich es ihm nicht hätte übel nehmen können, wenn er sich aus dem Staub gemacht hätte. Jetzt war er aber erst mal da, nur das zählte. Für immer – so weit dachte ich gar nicht. In den nächsten paar Wochen, wenn sich der Jahrestag näherte, würde er wahrscheinlich die Details erfahren, und dann würden wir weitersehen. Irgendjemand grub sicher irgendwo in einer Zeitschrift oder einem Blog die Vergangenheit aus und zwang mich so dazu, alles noch einmal zu durchleben. Dann kämen die aufmunternden Botschaften, und mein ruhiges Leben, für das ich so heftig gekämpft hatte, würde wieder lärmig werden.

Mein Handy vibrierte wieder und riss mich aus meinen Gedanken.

Wir können auch irgendwo essen gehen, wenn du das lieber möchtest.

Leise lächelnd schrieb ich gleich zurück.

Nein, es wäre wunderbar, wenn du etwas mitbringst. –

Perfekt! In ein paar Stunden fahre ich los, dann dauert es noch ein paar, bis ich zu Hause bin (wenn mir die Götter des Verkehrs gnädig sind). –

Keine Eile, ich gehe nicht weg.

Das Display zeigte an, dass er noch etwas schrieb. Es schien eine Ewigkeit zu dauern, aber endlich war die Antwort da.

Das will ich hoffen.

Obwohl ich älter, weiser und kampferprobter war als ein Teenager, fühlte ich mich einen Moment lang wie einer. Mein Herz flatterte, und ich wurde ein bisschen rot.

Geoff ging vom Badezimmer zurück ins Schlafzimmer, Mum kam in die Küche. Ich wandte ihr den Rücken zu, weil ich mich gerade mit dem Tee beschäftigte. Als ich mich umdrehte, lächelte sie, noch immer schlaftrunken. Mum war in ihren Morgenmantel gehüllt, fast der gleiche, wie ich ihn trug, und sie wirkte richtig jung darin. Bedeutete das dann im Umkehrschluss, dass ich mich wie eine ältere Frau anzog? Ich war mir nicht sicher. Sie gab mir einen Kuss auf die Wange, setzte sich an den Küchentisch und fragte mich nach meinen Plänen für den Tag. Und erwartete, dass ich wie sonst auch sagte: »Ach, nichts Besonderes, einfach nur ein bisschen herumwerkeln.« Als ich ihr dann aber erzählte, dass Paul mit Essen vorbeikäme, funkelten ihre Augen verschmitzt, und sie grinste ein bisschen anzüglich.

»Oh.«

»Mum! Ich weiß, was dieses Grinsen bedeutet, sei nicht so vulgär!«

Geoff kam in die Küche, kratzte sich am Bauch und gähnte wie ein alter Bär, der im Frühjahr zum ersten Mal aufgewacht war. Aufmerksam, wie er war, bemerkte er den Anflug von Röte auf meinen Wangen.

»Alles in Ordnung bei euch beiden?«, fragte er.

»Oh, mehr als nur in Ordnung, würde ich sagen«, erwiderte Mum fröhlich.

»Ach ja?«

»Claire hat ein Tête-à-Tête.«

»Ich habe kein Tête-à-Tête, Mum! Das sagt doch kein Mensch mehr! Paul kommt nur mit Essen vorbei.«

»Das hat Geoff vor fast zwanzig Jahren auch gemacht.«

»Seitdem ist sie mich nicht mehr losgeworden.« Geoff lachte und drückte mit seiner großen, schwieligen Hand Mums Schulter, bevor er sich neben ihr an den Tisch setzte.

»Ihr beiden seid hoffnungslos«, sagte ich liebevoll, bevor ich die Tassen holen ging.

»Wann kommt er vorbei?« Geoff pustete auf seinen Tee.

»Ich weiß nicht, später?«

»Sollen wir eine Flasche Wein oder so holen gehen?«

»Nein, das mache ich selbst.« Mum und Geoff wechselten einen kurzen Blick.

»Claire, soll ich dich begleiten?«, fragte Mum behutsam.

»Es geht schon.«

»Bist du dir sicher?«

»Ja, ich will allein gehen.«

»Sehr schön!«, rief Geoff ein wenig zu enthusiastisch.

Es gab nicht jeden Tag etwas, worauf ich mich freuen konnte. Und es war nicht jeden Tag notwendig, dass ich mich überhaupt anzog. Paul kam zurück, wollte mich treffen – und ganz unerwartet hatte ich plötzlich ein Ziel.

Ich musste irgendwas tun, bevor ich ihn traf. Also beschloss ich, in die Welt hinauszugehen und eine Flasche Wein und etwas zum Nachtisch zu besorgen – das sollte *meine* Aufgabe sein.

Doch zuerst musste ich mich vorbereiten.

3

APRIL 2006
BALLYBUNNION, WEST-IRLAND

Nummer eins

Der böige Wind vom Atlantik hatte den ganzen Tag über nicht nachgelassen, und jetzt, wo die Abenddämmerung hereinbrach, nahm er noch an Stärke zu. Die Böen tosten, und er hörte, wie die Bäume, die den Golfplatz von Ballybunnion säumten, ächzten, als würden sie sich verzweifelt gegen den Angriff stemmen. Der unbarmherzige Wind von rechts bereitete ihm Ohrenschmerzen, die bis hinunter zu seinem Kiefer und hinter sein Auge ausstrahlten. Das hielt ihn allerdings nicht davon ab, zu tun, was er tun musste. Im Gegenteil – der Schmerz machte diesen Moment noch eindringlicher, sein Leiden erinnerte ihn an die Notwendigkeit seiner Aufgabe.

Trotz des Wetters ging er langsam, die Schmerzen in seinem Ohr waren wie ein vertrauter Freund, der ihn beruhigte. Als er am neunten Loch vorbeikam, blieb er stehen und blickte zur Bucht zurück, die sich an das Zentrum des Städtchens schmiegte. Seiner Mutter hätte die Aussicht gefallen. Der Golfplatz selbst war geschlossen, was bedeutete, dass er die letzten Strahlen der schwachen Frühlingssonne, die über dem Meer schien, genießen konnte, ohne sich vor Leuten in Acht nehmen zu müssen. Sobald es stockfinster wäre – eine Dunkelheit, die man in Städten nicht kannte, die einen vollständig umgab, die zu einem alles verzehrenden Nichts wurde –, würde er mit seiner Arbeit beginnen. Er würde nicht verzeihen, wie ein gnädiger Gott es tat. Nein, er würde denjenigen bestrafen, der bestraft werden musste.

Was er nun vorhatte, flüsterte ihm eine innere Stimme ein, die schon viele Jahre versucht hatte, zu ihm durchzudringen, allerdings lange ohne Erfolg. Erst als sein Vater gestorben war – und damit der Letzte, auf den er noch hatte hören müssen –, erst dann hatte er sich gestattet zu lauschen, was diese Stimme ihm mitteilen wollte.

Sie erklärte ihm seine Aufgabe und warum er sie erfüllen musste. Ihre Argumente waren vernünftig, gelassen, klar und schienen absolut einleuchtend. Endlich hatte sein Dasein einen Sinn.

Es dauerte allerdings noch einige weitere Monate, bis er den richtigen Mann gefunden hatte, mit dem er anfangen wollte. Es war unabdingbar, dass er auf die Beschreibung passte, die er so gut kannte. Und es musste jemand sein, der eine Strafe verdiente. Also begann er nachzuforschen, stellte eine Liste der gewünschten Eigenschaften seines potenziellen Opfers auf und wählte es dann auf der Grundlage dieser Liste aus. Er besuchte Pubs in der Gegend und weiter weg, hörte den Männern zu, die tranken und damit protzten, was für ein gutes Leben sie hätten, und wenn einer von ihnen etwas Interessantes sagte, merkte er es sich. Für diese Männer war er Jim oder Jimmy, Frank oder Donny, und er sprach gerade nur so viel mit ihnen, dass sie glaubten, ihn zu kennen. Die meisten, mit denen er redete, waren uninteressant. Doch mit den wenigen, die in seinem Inneren irgendwas bewegten, beschäftigte er sich nahezu zwanghaft. Er lief ihnen »ganz zufällig« über den Weg, und wenn sie sich dann in seiner Gegenwart wohlfühlten, sorgte er dafür, dass sie sich volllaufen ließen – und bot ihnen an, sie nach Hause zu fahren. So fand er heraus, wo sie wohnten. Sie bedankten sich überschwänglich bei ihm und sahen überhaupt keine Veranlassung, an ihrem neuen Saufkumpan zu zweifeln. Er beobachtete ihr Haus, fand heraus, wie sie lebten, sobald die Haustür geschlossen war. Sein Instinkt täuschte ihn nie. Sie waren die richtige Sorte Mann. Nach ein paar Wochen hatte er eine engere Auswahl getroffen, die er dann auf nur einen herunterkürzte.

Blair Patterson.

Während er den Blick von den gewaltigen Wellen abwandte, die an den Strand rollten, dachte er an die vier anderen, die er aussortiert hatte, und genoss das Gefühl der Überlegenheit. Es war allein seine Entscheidung gewesen, wer weiterleben durfte. Einer von ihnen wohnte in einer Wohnung in Kanturk; ein anderer an einer viel befahrenen Hauptstraße in einem Vorort von Limerick. Zu ihnen würde er kommen, wenn er sich sicherer fühlte, sollten sich keine weiteren Optionen auftun. Die anderen beiden hatten Kinder, und er hoffte, dass sie sich änderten, achtsamer würden, wenn die Welt erst mal wusste, auf wen er abzielte – wenn nicht, würden die Kinder ohne Vater aufwachsen. Das war nicht ideal, aber womöglich war es immer noch besser, keinen Vater zu haben, als so einen wie seinen eigenen. Er überlegte kurz, was für ein Mann wohl aus ihm geworden wäre, wenn jemand wie er da gewesen wäre und das Verhalten seines Vaters geändert hätte. Oder der ihn getötet hätte, bevor er größeren Schaden hatte anrichten können.

Blair, seine Nummer eins, besaß ein Haus im abgelegenen, südlichsten Teil Ballybunnions, wo noch ein halbes Dutzend anderer Häuser stand. Hinter dem kleinen, frei stehenden Haus lag der geschlossene Golfplatz, über den er gerade ging, und davor mündete ein Fluss in den Atlantik. Der nächste Nachbar war nah, vielleicht neun Meter entfernt, aber er wusste, dass Geräusche aus Blairs Haus kaum zu hören wären.

Dunkelheit senkte sich über den Golfplatz, und endlich war es so weit. Er verließ ihn durch eine schmale Lücke in der hintersten Ecke, die zu einem Parkplatz führte, auf dem Leute ihren Wagen abstellen konnten, die durch das sandige Mündungsgebiet spazieren wollten. Dann lief er über den Fußweg zurück und an dem Haus vorbei, in dem sein Opfer lebte. Er schaute durchs Fenster und sah ihn vor dem Fernseher sitzen: den einen Arm über den Bauch gelegt, die Beine weit gespreizt, in der anderen Hand eine Bierflasche. Durch das zweite Fenster an der Vorderseite des Hauses erkannte er Josephine, Blairs Frau. Sie war nett, er kannte sie von den paar Malen, als er Blair nach dem Pub-Besuch nach Hause gefahren und man ihn ins Haus gebeten hatte. Sie spülte gerade das Geschirr, ihr Gesicht wirkte müde und starr. Wenn er käme, um Blair zu töten, wäre sie nicht mehr zu Hause, denn es war Mittwoch, und mittwochabends ging sie immer arbeiten.

Er setzte sich unter einen Baum und beobachtete, was im Haus vor sich ging. Josephine werkelte in der Küche herum, bemühte sich, beschäftigt zu bleiben. Blair saß reglos da und starrte auf den Fernseher. Bald würde sie gehen. Es machte ihm nichts aus zu warten. Die beiden zu beobachten war spannend, denn er wusste ja, dass nach dieser Nacht einer tot und der andere frei wäre.

Eine Stunde später zog sich Josephine ihren Mantel an, wünschte ihrem Mann eine gute Nacht und verließ das Haus, um ihre Nachtschicht im Supermarkt zu beginnen. Vermutlich hatte sie sich um diese Schicht beworben, um Blair wenigstens eine Nacht pro Woche aus dem Weg gehen zu können. Während er ihr nachblickte, wie sie die Sandhill Road entlangfuhr, stand er auf. Es war Zeit, sein Werk zu beginnen. Ein Werk, über das man nicht nur hier, sondern in ganz Irland, womöglich auf der ganzen Welt reden würde.

Knapp zweihundert Meter hinter dem Haus lag die Verteilerstation, die er lahmlegen musste. Der einen Meter hohe Metallkasten beherbergte die Stromversorgung für die kleine Siedlung und ein paar Hundert weitere Häuser am anderen Ende des Golfplatzes in Richtung Stadt. Er holte seinen Bolzenschneider heraus, schnitt sich seinen Weg in den eingezäunten Bereich frei und öffnete die Tür. Vorsichtig entfernte er den Transformator und schaute zu, wie sich die umliegende Gegend verdunkelte. Er schlug mit dem Bolzenschneider auf den Generator, um den Eindruck von purem Vandalismus zu erwecken. Dann ging er langsam zurück zu Blairs und Josephines Haus und betrachtete dabei die anderen Gebäude, in denen Taschenlampen und Kerzen aufleuchteten; die Menschen darin waren nicht beunruhigt, hatten keine Angst. Genau wie er gehofft hatte.

Er bog vom Hauptweg ab und trat geräuschlos hinter Blairs Haus. Dort kletterte er über den Zaun. Durch das Fenster sah er das Licht einer Taschenlampe im Wohnzimmer. Er sah, wie Blair zurück ins Schlafzimmer schlurfte, öffnete die Hintertür, trat ein und schloss sie leise hinter sich. Er ging zur Tür zwischen den beiden Räumen und beobachtete, wie seine Zielperson über den Couchtisch stolperte und laut fluchte. Blair fand wieder Halt, drehte sich um und steuerte die Küche an. Ohne in Panik zu verfallen, trat er hinter die geöffnete Tür und hielt den Atem an. Sein Opfer ging in die Küche, öffnete im Licht der Taschenlampen-App seines Handys den kleinen Schrank, in dem sich der Sicherungskasten befand.

Sinnlos, hineinzuschauen, dachte er grinsend.

Blair schaltete die Sicherungen wohl ein halbes Dutzend Mal ein und aus, natürlich ohne Erfolg. »Was für eine Scheiße! Dann kann ich ja verdammt noch mal genauso gut schlafen gehen«, fluchte er laut. Als Blair an ihm vorbeistolperte – er hatte sich im Schatten zwischen dem Wohnzimmer und der Küche versteckt –, spürte er den Luftzug.

Er lauschte der Küchenuhr, die von einer Minute zur nächsten tickte. Der Sekundenzeiger absolvierte zehn Runden, dann ging er leise die Treppe hinauf. Blair schnarchte inzwischen in seinem Bett. Im Türrahmen hielt er inne, beobachtete, wie sich die Mitte des Fleischbergs mit jedem tiefen, vibrierenden Atemzug hob und senkte, und lächelte vor sich hin. Blair ahnte nicht, dass seine Zeit auf dieser Erde abgelaufen war.

Er kauerte sich neben ihn und betrachtete seine Gesichtszüge. Blair wirkte vollkommen entspannt, er schlief wie ein Mann, den keinerlei Sorgen plagten. Ein Mann ohne Dämonen. Plötzlich dachte er unwillkürlich an den Sommer 1989, als er ungefähr sieben gewesen war. Wie er zum ersten Mal getötet hatte.

Es war damals so heiß und trocken gewesen, dass der Boden im Garten zentimetertief aufgerissen war. Er war wieder weggelaufen, war gerannt, bis seine Tränen versiegt waren und er nicht mehr weiter gekonnt hatte. Er lief zu seinem üblichen Versteck hinter dem alten Gerichtsgebäude, einer Burg aus dem siebzehnten Jahrhundert am Rande von Kanturk. Dort angekommen, presste er den Rücken an den kühlen Stein der alten, dreißig Meter hohen Mauer und rang nach Atem. Über ihm flatterten Vögel. Natürlich bekam er jede Menge Ärger, weil er wieder weggelaufen war, doch er konnte es nicht ertragen – nicht mehr. Das Gebrüll seines Vaters war wie ein Flüstern, das direkt zu seinem Trommelfell geleitet wurde, die unterdrückten Schreie seiner Mutter jedoch waren ohrenbetäubend. Er ahnte es damals nicht, aber was dann geschah, bestimmte, wer er war. Und wer er sein würde.

Unter den Bäumen, die die Burg säumten, spielte eine schwarz-weiße Katze mit irgendwas, warf es in die Luft, schlug mit den Pfoten danach, die Krallen ausgefahren. Zuerst dachte er, es wäre ein Frosch oder eine Ratte, und unternahm nichts, doch als ein kleiner Vogel versuchte, davonzufliegen, und wieder gefangen wurde, schaute er genauer hin. Frösche mochte er nicht, und Ratten übertrugen Krankheiten. Doch der kleine Vogel war nur herumgeflogen und hatte gesungen. Hübsches Kerlchen. Alles, was so süß sang, sollte keinen Schmerzen ausgesetzt werden. Er warf einen Stein und verfehlte die Katze um Haaresbreite. Dann sprang er auf und brüllte sie an. Die Katze geriet in Panik, ließ den Vogel fallen und rannte davon. Der Vogel blieb auf dem Boden zu seinen Füßen zurück; sein Genick war gebrochen, aber er atmete noch. Er hob ihn auf, hielt das kleine Tier in seinen Händen und beobachtete seinen Überlebenskampf. Der winzige Magen lag offen da, der Inhalt klebte an seinen Fingern. Er wusste, dass der Vogel litt, dass er wegen eines anderen Lebewesens litt, und er wusste, dass der Vogel qualvoll sterben würde, auch wenn er sich nichts sehnlicher wünschte, als zu fliegen und zu singen. Behutsam legte er ihn auf die Erde, hob sein Bein – und stampfte mit aller Kraft auf sein kleines Köpfchen.

Nachdem er die Überreste des Tieres von seiner Stiefelsohle gekratzt hatte, dachte er an seine Mutter.

An jenem Tag hatte sich etwas verschoben. Er hatte gelernt, dass er unermesslich mächtig sein, alles bestimmen konnte.

Während er Blair nun aus nächster Nähe beim Schlafen zuschaute, überrollte ihn wie eine Woge das gleiche Gefühl der Macht wie damals, als er sieben gewesen war.

Er stand auf, zog sich aus und faltete gelassen seine Kleider zusammen, die er dann neben die Tür legte und später mitnehmen würde. Was jetzt kam, würde eine Schweinerei werden.

Hinterher ging er zu Fuß, nackt wie er immer noch war, zurück zur Bucht, die seine Mutter geliebt hätte. Das Feuer hinter ihm wurde immer größer und hatte sicher bald alles verzehrt. In der Bucht tobte der Wind weniger heftig, sie war auf drei Seiten von Klippen geschützt. Selbst in dieser totalen Finsternis konnte er die Schönheit dieses Ortes erkennen. Ja, seiner Mutter hätte es hier gefallen. Sie hätte ein Picknick mitgebracht, und dann hätten sie sich an einem ruhigen Tag mitten in der Woche hingesetzt und gegessen, während ihnen die Sonne auf die Köpfe gebrannt hätte. Sie wäre bis zu den Schienbeinen ins Wasser gewatet und hätte auf das endlose Blau hinausgestarrt, hätte versucht, über den Horizont hinaus zu sehen, und er hätte sie dabei nicht gestört. Sie hätte so schön und friedlich ausgesehen.

Während er über seine Mutter nachdachte, fiel ihm wieder ein, dass er über und über mit Blut verschmiert war und sich unbedingt waschen musste. Sorgsam legte er seine Kleider neben eine Klippe und stürzte sich ins eiskalte Meer. Das Wasser schwappte über ihn hinweg, und er überließ sich einfach dem Spiel der Wellen. Die Natur war das Einzige, was bei aller Grausamkeit nicht in der Lage war, jemanden zu bestrafen.

Während er sich wusch, hörte er in der Ferne Sirenen näher kommen. Er blickte in die Richtung zurück, aus der er gerade gekommen war: Das Haus selbst konnte er nicht sehen, eine Klippe versperrte die Sicht, aber am Himmel erkannte er seine Spuren – die schwarzen Wolken, erleuchtet von einem orangen Schimmer, während unten das Feuer wütete. Sie würden es löschen, und dann würden sie Blair Patterson finden. Also seine bis zur Unkenntlichkeit verbrannte Leiche, und nur sein Zahnschema könnte noch Auskunft geben, um wen es sich handelte.

Es würde ein Mysterium bleiben – der Stromausfall, der Mangel eines Motivs – und dann, wenn der Mord Schnee von gestern war, würde er es wieder tun.

4

6. MAI 2018
ST IVES, CAMBRIDGESHIRE

Ungefähr eine Stunde später brachte Geoff mich nach Hause. Er checkte meine Wohnung und bot mir noch einmal an, mich beim Einkaufen zu begleiten. »Es macht mir wirklich keine Umstände!«

»Lass nur, es ist alles okay«, erwiderte ich.

Geoff lächelte. »*Du* bist mehr als okay.« Dann drückte er mir einen Kuss auf den Scheitel und ging.

Ich bereitete mich auf den Weg in die Stadt vor. Schrieb Penny eine SMS, dass ich mich hinauswagte. Sie schickte das Bizeps-Emoji zurück, womit sie vermutlich meinte, dass ich stark sein sollte, ich begreife Emojis nicht so recht. Es sollte wohl unbekümmert wirken – Penny versuchte, eine Bagatelle aus etwas zu machen, das alles andere als eine Bagatelle war. Ich wünschte, ich hätte ihr nicht geschrieben.

Zwei Stunden später verließ ich endlich das Haus. Normalerweise fürchtete ich mich sehr davor, allein wegzugehen, aber heute fühlte ich mich mutig. Das lag wahrscheinlich an Pauls Nachricht und meiner Reaktion darauf, die mich selbst am meisten überraschte: Ich war aufgeregt und nervös, aber in der Art, die einen zum Lächeln bringt, nicht beklommen bei der Aussicht, Zeit mit ihm zu verbringen.

Ich war erst ein paar Minuten unterwegs, da war mein Lächeln schon verschwunden. Der knappe Kilometer Fußweg ins Stadtzentrum entwickelte sich zu einem Slalomlauf, die Gehwege waren voller, als ich ertragen konnte. Mütter mit vor Schlafmangel glasigen Augen schoben ihre Babys in Buggys herum. Alte Leute schlenderten, als hätten sie alle Zeit der Welt. Dann gab es auch noch diejenigen, die heute frei hatten oder wie ich arbeitslos waren und unbedingt jetzt und hier irgendwas erledigen mussten. Menschen. Viele Menschen, die alle ihren Tag in Angriff nahmen. Nicht einer von ihnen achtete auf die kleine Frau, die zwischen ihnen daherhumpelte.

Dennoch hatte ich das Gefühl, beobachtet zu werden, ein Gefühl, das ich nicht abschütteln konnte, trotz der offensichtlichen Wahrheit: Niemand scherte sich mehr um mich. Ich war nur noch ein Gesicht in der Menge. Aber ich spürte es. Es war einfach so. Früher hatte ich versucht, gegen die Unsicherheit, die mich in der Öffentlichkeit überfiel, anzugehen, aber irgendwann gemerkt, dass ich diese Schlacht nicht gewinnen konnte. Also hatte ich meinen Frieden damit gemacht. Paradoxerweise fühlte ich mich gleichzeitig beobachtet und übersehen. Sicher, es gab Schlimmeres, aber trotzdem hatte ich immer noch damit zu kämpfen.

Um zu verhindern, dass ich in Panik geriet, spielte ich an meiner Halskette herum, tastete die vier Schlüssel ab, die daran hingen. Haustür, Hintertür, untere Fenster, obere Fenster.

Während ich mein Mantra wiederholte, konzentrierte ich mich auf die ausgespuckten Kaugummis, die am Boden klebten, und zählte jeden einzelnen. Hoffentlich fühlte ich mich wenigstens im Supermarkt sicher.

Als ich den Tesco Express erreichte, kam ich auf siebenundvierzig alte Kaugummis, und mir tat die Hand weh, weil ich dauernd die Schlüssel hin und her bewegt hatte. Es war schon ziemlich eklig – die Menge an Kaugummi, all diese Keime –, aber das Zählen hatte geholfen. Leider nahm meine Angst wieder zu, sobald ich nicht mehr im Freien war. Ich schnappte mir einen Korb und streifte durch die Gänge. Plötzlich wurde mir klar, dass ich mich immer weiter vom Ausgang entfernte. Jeder Schritt fiel mir schwerer, aber ich ging trotzdem weiter. Würde ich diese Angst, diese eisige Hand in meiner Brust, die mich unten hielt, denn nie loswerden?

Ganz hinten am Ende des Ladens tröstete mich der Duft von frischem Brot ein wenig. Ich kramte meine Kopfhörer aus der Tasche, steckte sie mir in die Ohren und drückte auf »Play«, und während der Klang meiner Musik meine Panik dämpfte, ging ich weiter, nahm die Sachen aus den Regalen, die ich brauchte, und schlug dann die Richtung zur Weinabteilung ein. Ich wollte eine Flasche Rotwein kaufen, hatte allerdings keine Ahnung, ob Paul ihn überhaupt trinken würde. Er verzichtete ja eigentlich auf Alkohol, so viel wusste ich bereits.

Die Vorstellung, mit Paul gemütlich ein Glas Wein zu trinken, gefiel mir jedoch. Ich hatte mich gerade den Regalen mit dem Alkohol zugewandt, da schoss mir eine Erinnerung durch den Kopf, die mich innehalten ließ. Owen und ich in den Flitterwochen. In einem Wohnwagen nahe Tralee an der Westküste. Wir waren jung und hatten kaum Geld, konnten uns nicht mehr leisten, aber es waren zauberhafte fünf Tage. Der Wind hielt uns fast die ganze Nacht wach, die Kälte kroch durch die Entlüftungsschlitze herein, und wir tranken Wein – jede Menge –, um uns warm zu halten. Aber wir hätten es gar nicht anders haben wollen. Wir verbrachten die Vormittage im Bett und spazierten dann Hand in Hand an der Küste entlang.

Plötzlich packte mich die eisige Hand wieder, und das zärtliche Gefühl verließ mich so schnell, wie es gekommen war. Ich zwang mich, mich zu bewegen. Während ich nach einer Flasche Wein suchte, die ich mir leisten konnte, fühlte ich mich wieder beobachtet, dieses Mal aber war es anders. Realer. Nicht von meinen Ängsten gesteuert. Die Luft um mich herum schien dicker zu werden, und mein Körper reagierte darauf, bevor ich einen klaren Gedanken fassen konnte.

Ich schaute nach rechts und sah eine Frau, die mich anstarrte; unsere Blicke trafen sich. Kurzes dunkles Haar und blasse Haut. Ungefähr Mitte zwanzig. Sie hatte einen Gesichtsausdruck, den ich schon unzählige Male zuvor gesehen hatte. Ich griff nach der nächstbesten Flasche und ging weiter. Kurz bevor ich um die Ecke bog, blickte ich zurück; sie schien mir zu folgen, unterhielt sich dabei mit einem Mann, der selbstbewusst und einschüchternd wirkte. Ich erschrak zutiefst, bekam mich aber schnell wieder in den Griff. Er war zu jung. Außerdem konnte er es ohnehin nicht sein, denn Tommy Kay war vor vier Jahren im Gefängnis gestorben. Trotzdem. War es nicht doch möglich, dass die Person, die mir folgte, irgendwie darin verwickelt war? Ja, man hatte mir zahllose Male gesagt, dass Tommy Kay, den man für den Blackout-Killer hielt, ein einsamer Wolf war, ein Einzeltäter. Ein Eigenbrötler. Und dennoch …

Ich lief schneller, wodurch sich der Schmerz in meinem rechten Fuß in ein scharfes Stechen verwandelte. Versuchte zu verbergen, dass ich hinkte, was schwierig war und wehtat, aber ich wollte nicht, dass jemand es merkte. Als ich die Kasse erreichte, atmete ich erleichtert auf, weil es keine Schlange gab. Schnell packte ich meine Waren auf das Band und warf einen Blick über die Schulter. Das Paar stand tatsächlich nicht weit entfernt und versuchte mich unauffällig zu beobachten. Die beiden taten so, als würden sie sich eingehend die Dosensuppen anschauen, was aber so übertrieben wirkte, dass sie niemandem etwas vormachen konnten.

»Zweiunddreißig Pfund und achtzehn, bitte«, sagte die Kassiererin, nachdem sie meine Artikel eingescannt hatte. Ich sah sie an, und mir ging auf, dass ich sie bisher keines Blickes gewürdigt hatte. Sie war jung, siebzehn oder achtzehn, hatte einen Ring in der Nase und nachgemalte Augenbrauen. Ihre Körpersprache verriet mir, dass sie genauso wenig hier sein wollte wie ich. Ich zog meine Ohrstöpsel heraus.

»Entschuldigen Sie, wie viel war das bitte?«

»Zweiunddreißig Pfund achtzehn«, sagte sie in einem Tonfall, als sei ich taub oder schwer von Begriff.

»Sind Sie sich sicher? Das kommt mir ziemlich viel vor.«

»Das sagt die Kasse.«

»Verstehe.«

Ich sah mir meine Artikel an, die zusammengeschoben am Ende des Bandes darauf warteten, in die Tasche gesteckt zu werden.

»Tut mir leid, können Sie mir bitte sagen, wie viel der Wein kostet?«

»Wie bitte?«

»Tut mir leid, der Wein, könnten Sie mir bitte den Preis sagen?«

Das Mädchen verdrehte die Augen. Ein Blick zurück verriet mir, dass sich das Paar langsam näherte. Ich musste hier raus. Ich musste nach Hause.

»Einundzwanzig Pfund fünfzig.«

»Oh.«

Ich wusste, dass ich nicht genug Geld hatte, um für eine Flasche Wein so viel zu bezahlen, trotzdem kramte ich in meinem Geldbeutel und zählte. Zusammen mit den kleinen Münzen hatte ich ungefähr siebzehn, vielleicht auch achtzehn Pfund, wenn es hochkam. Ich fühlte, wie mir das Blut in die Wangen schoss und Panik in mir aufwallte. Das Mädchen beobachtete mich, genau wie die drei Leute mit Körben, die sich inzwischen hinter mir angestellt hatten. Das Paar hatte ich aus den Augen verloren. Ich zog meine Bankkarte aus dem Portemonnaie, murmelte eine Entschuldigung und stumm ein Stoßgebet, in der Hoffnung, dass die Karte wie durch ein Wunder funktionieren würde. Wie erwartet, tat sie es nicht.

»Haben Sie vielleicht eine andere Karte?«, fragte die Kassiererin gereizt, schließlich hielt ich den ganzen Betrieb auf. Die Schlange war länger geworden. Ungeduld lag in der Luft. Ich konnte ihre Gedanken förmlich hören: Komm schon, du arbeitslose Pennerin. Wir haben nicht den ganzen Tag Zeit, so wie du.

»Entschuldigen Sie, bitte. Es tut mir leid«, murmelte ich. »Ich zähle mal eben mein Bargeld.«

Ich weiß nicht, warum ich das sagte, ich wusste ja schon, dass es nicht reichte. Meine Hände zitterten, mein Atem entzog sich meiner Kontrolle. Der Geldbeutel fiel mir herunter und Münzen rasselten über die Metalloberfläche des Kassenscanners. Ein rascher Blick, noch jemand hatte sich angestellt. Alle starrten mich an. Mitleid, Verärgerung, Frust. All das konnte ich auf ihren Gesichtern erkennen. Ich versuchte, mein Geld wieder aufzuklauben und dabei zu zählen.

Sind das drei Pfund oder vier? *Konzentriere dich, Claire! Konzentriere dich!*

»Es tut mir so leid. Ich … ähm …«

»Wenn Sie nicht genug Geld haben, kann ich dann etwas von Ihrer Rechnung löschen?«

»Nein, schon gut.« Warum sagte ich so etwas? Das Einfachste wäre, den Wein abzuziehen, aber in meinem Kopf ging alles durcheinander. Ich hatte alle Münzen wieder aufgesammelt, meine Hände wurden taub. Ich konnte nicht denken. Ich wollte weg hier, so schnell wie möglich. Mein Körper bewegte sich, ich war kurz davor, zur Tür hinauszustürzen, und als ich aufblickte, sah ich direkt in die Augen der blassen Frau. Sie und der einschüchternde Mann hatten sich mir in den Weg gestellt.

Lächelnd stopfte die Frau meine Einkäufe in eine Tüte. Der Mann ging an mir vorbei und sprach mit der Kassiererin – womit ich zwischen den beiden stand. Ich saß in der Falle.

5

6. MAI 2018
ST IVES, CAMBRIDGESHIRE

»Wie viel ist sie Ihnen schuldig?«

»Zweiunddreißig Pfund achtzehn.«

»Bitte schön.«

»Im Ernst?«, fragte die Kassiererin ungläubig.

»Ja.« Der Mann steckte seine Karte in das Lesegerät, ich hörte es viermal piepsen, als er seine Pin eingab. Dann noch ein fünftes Mal zur Bestätigung der Zahlung. Die Frau trat zurück, eröffnete mir quasi einen Fluchtweg, die Tüte mit meinen Einkäufen trug sie in der linken Hand. Dann streckte sie mir ihre rechte entgegen, sah mich fest an – und aus Gründen, die ich nicht erklären kann, ergriff ich sie. Sie führte mich nach draußen. Neben einem Postbote-Pat-Fahrzeug für Kinder stand eine Bank, deren verblasste rote Farbe abblätterte, vor ihr blieben wir stehen.

Die Sonne, die mich heute Morgen noch gewärmt hatte, war weg, verdeckt von dunklen Wolken. Es nieselte. Irgendwo in der Ferne grollte ein Donner. Mir stieg dieser unverkennbare Duft von Regen, der auf warmen Asphalt trifft, in die Nase, und plötzlich musste ich daran denken, wie ich als kleines Mädchen auf der Straße vor unserem Haus gespielt hatte.

Ich setzte mich auf die Bank, die blasse Frau stand dicht neben mir. »Ist alles in Ordnung?«, fragte sie. Ich schwieg. Ich wollte das alles nicht, ich wollte nicht, dass sie meinen Einkauf bezahlten, ich wollte diese Flasche Wein nicht, die einundzwanzig Pfund fünfzig kostete. Ich wollte keine Almosen. Ich wollte nicht draußen sein. Ich wollte, dass es wieder Morgen war und die Sonne meine Haut verwöhnte und ich das Gefühl hatte, dieser Tag könnte mir gehören.

»Hier«, sagte die blasse Frau. Sie stellte die Tüte neben meinen Füßen ab und setzte sich ans andere Ende der Bank, ohne den Blick von mir abzuwenden.

»Ja, tut mir leid. Es geht mir gut. Sie hätten meinen Einkauf nicht bezahlen sollen.«

»Das haben wir gern getan. Können wir Sie irgendwohin mitnehmen?«, fragte der Mann, seine Stimme klang tief und beruhigend.

»Nein, alles in Ordnung. Wirklich, danke.«

»Können wir Sie zu Ihrem Auto begleiten?«

»Ich gehe zu Fuß nach Hause, danke.«

»Haben Sie denn wenigstens einen Schirm?«

Ich schüttelte den Kopf. Der Mann rannte in den Regen auf den Parkplatz hinaus, ein Blitz zuckte über den Himmel. Ich zählte, wie ich es als Kind auf der Wiese hinter unserem Haus immer getan hatte, und wartete. Eins, zwei, drei, vier, fünf, sechs, sieben, acht, acht, acht … Über diese Zahl kam ich nicht hinaus. Wahrscheinlich würde ich das nie mehr schaffen. Dann krachte der Donner.

Der Mann kehrte mit einem kleinen schwarzen Schirm zurück und gab ihn der blassen Frau. Er blieb auf Distanz, als würde er verstehen. Sie legte den Schirm neben mir auf die Bank.

»Sind Sie wirklich sicher, dass wir Sie nicht mitnehmen sollen? Diese Gewitterwolken verheißen nichts Gutes. Das kann noch schlimmer werden!«

Ich blickte zu ihr auf. In ihren Augen lag Mitgefühl.

»Sie hätten meinen Einkauf nicht bezahlen sollen.«

»Noch einmal: Das haben wir gern getan.«

»Ich hab Sie gesehen und Panik bekommen. Und dann einfach irgendeinen Wein gegriffen.«

»Dann *mussten* wir für Sie bezahlen. Tut mir leid, wenn wir Sie erschreckt haben.«

»Sagen Sie mir Ihre Bankverbindung, ich zahle es Ihnen zurück.«

»Das will ich nicht.«

»Mir ist das so peinlich.«

»Wissen Sie, was wirklich peinlich ist? Dass wir in einer Welt leben, in der jemand wie Sie auf Hilfe angewiesen ist.«

Mein Gott, fühlte ich mich armselig. Eine erwachsene Frau Mitte dreißig, zehn Jahre älter als sie, und nicht in der Lage, ihren eigenen Einkauf zu bezahlen. Am liebsten hätte ich geheult. Aber nicht hier und nicht jetzt. Der Regen war stärker geworden. Das Trommeln Tausender Tropfen auf dem Metalldach klang wie Ozeanbrandung. Unwillkürlich blickten wir beide nach oben.

»Bitte, kann ich Sie nicht doch nach Hause fahren?«

»Nein, vielen Dank. Ich muss laufen. Ich kann nicht erklären, warum.«

Sie schwieg einen Moment, dann nickte sie. »Ich glaube, ich verstehe schon.«

»Wirklich?«

»Ja.«

»Erklären Sie's mir?«, bat ich lächelnd in der Hoffnung, nicht so traurig auszusehen, wie ich war.

»Ich glaube, dass Sie in einem Gewitter zu Fuß nach Hause gehen, ist ein *fuck you* …«

Ich lachte leise. Das kam unerwartet, traf aber den Nagel auf den Kopf.

»Ja, genau das ist es. Es ist ein *fuck you*.«

Die Frau erhob sich, berührte kurz meine Schulter und ging zu ihrem Partner. Dann drehte sie sich noch einmal um.

»Claire Moore. Sie sind der tapferste Mensch, der mir je begegnet ist. Ihretwegen hat es aufgehört. Vergessen Sie das nie.«

Sie lächelte mich an – und ich fühlte mich außerstande zurückzulächeln. Ich starrte ihr immer noch nach, als sie schon längst davongefahren waren.

Ich klaubte meinen letzten Rest Würde zusammen, steckte mir die Ohrstöpsel in die Ohren und scrollte durch meine Playlist auf der Suche nach passender Musik. Dann erhob ich mich, spannte den Schirm auf und trat in den Regen hinaus. Wieder zuckte ein Blitz über den Himmel.

Eins, zwei, drei, vier, fünf …

Ein weiterer Donnerschlag. Das Unwetter kam näher.

Mit gesenktem Kopf lief ich los. Die Musik übertönte das Prasseln des Regens, der auf Dächer und parkende Autos niederging. Trotz des Wetters war mein Heimweg weit weniger stressig als der Hinweg, kaum jemand war unterwegs, die Luft frisch und sauber. Ich ließ mir Zeit, auch wenn der Regen so hart auf den Boden schlug, dass es spritzte und meine Schuhe und der Saum meiner Hose fast sofort vollkommen durchnässt waren. Wenn sich alle anderen versteckten, fühlte ich mich sicher.

Die Musik verstummte, das Ende der kurzen Playlist war erreicht. Die Geräusche der Welt kehrten zurück. Autos fuhren durch Pfützen und spritzten Wasser auf die Fußwege, das dann wieder in die Pfützen zurückfloss. Wieder krachte ein Donner, und ich machte vor Schreck einen Satz nach vorn. Mir war der dazugehörige Blitz entgangen. Der Regen prasselte auf meinen Schirm, es klang wie tausend explodierende Feuerwerke in einem fesselnden, verführerischen Rhythmus. Unvermittelt blieb ich stehen. Meine Welt schien fortgerissen zu sein – die Straßen, die Häuser. Der Asphalt, das Tageslicht …

Und ich bin wieder im Dunkeln, liege auf der Seite, mit Gras bedeckt und über und über mit nasser Erde verschmiert, weil ich ein ganzes Stück gekrochen bin. Sie ist unter meinen Nägeln, in meinen Haaren, sogar in meinem Mund. Mein Kopf schmerzt, mein Magen rebelliert. Mein Fuß ist verdreht, was höllisch wehtut. Es regnet heftig, trotzdem versuche ich, die Augen offen zu halten. Ich will sehen, was auf mich zukommt. Mich ihm stellen. Eine Jacke senkt sich über mich, bildet einen Baldachin, hält den Regen ab, es klingt wie tausend Feuerwerke …

Ein Wagen fuhr vorbei, bespritzte meine Füße, riss mich aus meinen Gedanken. Ich brauchte einen Moment, bis ich wieder wusste, wo ich war. Hoffentlich hatte das niemand mitbekommen. Ich setzte mich wieder in Bewegung und ging die Straße entlang bis zu meinem Haus.

Ich brauchte einen Moment, bis ich meinen Schlüssel herausgekramt und ins Schloss gesteckt hatte. Dann betrat ich das Haus und verriegelte die Tür sofort wieder hinter mir. Erschöpft presste ich mich mit dem Rücken gegen die Wand. Ermahnte mich zu atmen. Ich rutschte an der Wand herunter, bis ich saß, und zog meine nassen Schuhe und Socken aus. Meine Füße fühlten sich heiß an, die Adern auf dem Spann traten hervor. Ich betrachtete die Außenkante meines rechten Fußes. Die Haut war auch nach all den Jahren noch rosa, und sosehr ich mich auch anstrengte – ich konnte mich partout nicht mehr daran erinnern, wie mein Fuß ausgesehen hatte, bevor zwei meiner Zehen abgeschnitten worden waren. An den Moment selbst erinnerte ich mich allerdings so genau, als wäre es gestern gewesen. Ich hörte noch immer den Laut, der aus meinem Mund drang, das Geräusch des zuschnappenden Bolzenschneiders. Diese Erinnerungen waren immer da, immer, direkt hinter meinen Augen, verschlossen in einem Kästchen. Doch manchmal, wenn meine Wachsamkeit nachließ, öffnete sich der Deckel ein wenig, und es fiel Licht hinein …

Ich wollte Mum eine Nachricht schreiben, ließ es dann

aber. Ich wusste, was passiert war. Ich wusste, was ich gerade durchlebte, und kannte meine Reaktion darauf. Das war schon früher passiert. Ich würde damit fertigwerden, auch wenn es mir im Moment kaum möglich erschien. Und danach wäre meine Haut ein klein wenig dicker. Hoffentlich war sie irgendwann so dick, dass mich solche Momente nicht mehr quälten. Hoffentlich.

Ich seufzte. Weil ich schon ahnte, wie der Tag weiter verlaufen würde, holte ich mein Handy heraus und rief den Chat mit Paul auf. Als ich unser kurzes Gespräch von morgens noch einmal las, musste ich lächeln. Wie aufgeregt ich gewesen war! Und jetzt? Was für einen Unterschied ein paar Stunden doch machen können.

Paul, es tut mir leid, aber können wir das verschieben? Wir könnten vielleicht morgen irgendwo frühstücken oder in einem Park spazieren gehen. Alles okay bei mir, kein Grund zur Sorge. Nur ein schwieriger Einkaufstrip. Ich fühle mich nicht wie ich selbst. Es tut mir wirklich leid.

Ich hasste es, die Nachricht abzuschicken, ich hätte ihn wirklich gern gesehen. Aber es ging mir nicht gut. Und es würde mir auch erst besser gehen, wenn ein neuer Tag begann. Ich ließ mich auf mein Sofa fallen, schaltete den Fernseher ein und öffnete meinen Netflix-Account. Irgendwo gab es bestimmt eine neue Serie, in die ich mich versenken konnte, bis ich einschlief. Morgen würde ich es dann noch mal versuchen.

Das hatte man mir schon vor zehn Jahren immer wieder gesagt: Morgen ist ein neuer Tag – eine Chance auf einen Neubeginn.

Hallo Claire,
heute bin ich dich besuchen gekommen. Ich habe gesehen, wie du mit der Einkaufstasche und dem Schirm gegen den Regen gekämpft hast. Du hast einen Satz gemacht, als der Donner über unseren Köpfen grollte. Du bist an mir vorübergegangen, auf der anderen Straßenseite, sechs Meter von mir entfernt. Dein rechter Fuß macht dir eindeutig zu schaffen, was ich tröstlich finde. Kurz bevor du in deine Straße einbogst und auf dein Haus zugingst, bist du stehen geblieben, versunken in deine Gedanken. Hast du an mich gedacht? Ich wünschte, du hättest dich umgedreht und mich auf der anderen Straßenseite bemerkt – einen Moment lang glaubte ich, du hättest *mich aus den Augenwinkeln gesehen. Aber das Gewitter über uns war schön, seine Macht unbestreitbar, deswegen hattest du für alles andere keinen Blick.*

Ich weiß nicht, weshalb ich heute gekommen bin, ich hatte es eigentlich gar nicht vorgehabt. Vielleicht weil ein wichtiges Datum unseres kurzen, aber an Höhepunkten reichen gemeinsamen Moments bevorsteht. Unsere Vergangenheit, unsere Nacht, hat ein unglaubliches Band, eine Nähe, ein Verständnis zwischen uns geschaffen. Etwas Einzigartiges. Und ich weiß, dass ich eine ebenso große Rolle in deinen Gedanken spiele wie du in meinen.

Wahrscheinlich bist du schockiert zu lesen, dass ich dich besucht habe. Das braucht es nicht. Ich war nicht zum ersten

Mal da. Du hast etwas an dir, das mich fesselt, etwas, dem ich mich nicht entziehen kann. Das hängt mit der Intensität unserer Nacht zusammen, und weil der Jahrestag unserer Begegnung kurz bevorsteht, empfinde ich es noch stärker. Im Fachjargon heißt es wohl Lima-Syndrom. Ich mag dich, weil ich dich töten will, und dass ich dich noch nicht getötet habe, schürt das Feuer in mir noch mehr.

Deshalb sehe ich mich gezwungen, dir zu schreiben. Ich weiß, es dauert noch lange, bis du das liest. Aber eines Tages wirst du alles wissen. Und ich will dafür sorgen, dass du verstehst, warum – dass du die Wahrheit kennst.

Zum ersten Mal habe ich dich ein paar Wochen nach unserer Nacht besucht. Ich kam in die Arztpraxis, wo du auf den Beginn deiner Therapiesitzung gewartet hast. Ich saß hinter dir, so nah, dass ich den Zitrusduft deines Shampoos riechen konnte. Aber du scheinst nicht mehr zu diesen Sitzungen zu gehen. Glaubst du etwa, du bist geheilt, oder hast du die Hoffnung aufgegeben?

Vor Kurzem habe ich zugeschaut, wie du im Park auf einer Bank gesessen und die Sonne genossen hast. Und ich habe dich mit deiner Mutter in einem Café gesehen. Ich wollte dich immer nur beobachten, ich wollte dich so sehen, wie du jetzt bist, sehen, wie du leidest. Was ich von dir wahrgenommen habe, hat mich immer mit Stolz erfüllt, aber in letzter Zeit ging dieses Gefühl verloren.

Ich bin enttäuscht, Claire. Du bist nicht zu der Frau geworden, die ich mir nach unserer Begegnung erhofft hatte, aber noch ist Zeit, das zu ändern. Ich werde dich dazu bringen zu erkennen, wer du bist – wer du immer noch bist –, und ich werde dafür sorgen, dass du verstehst, was du falsch gemacht hast. Ich hatte nie vor zurückzukehren. Ich habe mich entwickelt, bin zu etwas Neuem geworden. Aber ich habe dich beobachtet, Claire, und ich weiß, dass du zum Ausgangspunkt zurückgekehrt bist, an den Punkt, kurz bevor wir uns kennengelernt haben. Du denkst nicht mehr so oft an mich. Und deshalb werde ich wiederkommen und dich holen.

Eines Tages wirst du mir danken, Claire. Bis dahin werde ich nie weit weg sein. **Sondern näher, als du denkst.**

6

9. MAI 2018
ST IVES, CAMBRIDGESHIRE

Ich schlang meinen Morgenmantel eng um mich, atmete noch einmal tief durch und öffnete dann die Hintertür, um die klare Morgenluft hereinzulassen. Drei Tage hatte ich gebraucht, um genug Mut dafür aufzubringen. Überhaupt zu erwägen, einen Schritt nach draußen zu machen, so erschöpft war ich immer noch von meinem letzten Ausflug. Wieder und wieder hatte ich überprüft, ob Fenster und Türen verriegelt waren, unfähig, die Kette mit den Schlüsseln auch nur für eine Minute abzunehmen. Mir war die Vorstellung unerträglich, das Einzige, was mir zur Flucht verhelfen konnte, nicht bei mir zu haben.

Drei Tage, in denen ich nicht geduscht hatte, nicht einmal, als Mum vorbeikam und sich auf den Treppenabsatz setzte, um aufzupassen. Beim Anblick des fließenden Wassers wurde mir übel, und das Rauschen hätte andere Geräusche übertönt. Die letzten drei Nächte schlief ich auf dem Sofa und schreckte jedes Mal hoch, wenn Balu nach oben ging – Mum hatte beschlossen, dass er mir Gesellschaft leisten sollte.

Die Geschichte im Supermarkt, so harmlos sie auch gewesen sein mag, hatte mich bis ins Mark erschüttert. Ich war wie eine Gefangene in meinem eigenen Zuhause.

Seit über einem Jahr hatte ich mich nicht mehr so gefühlt. Mum meinte, ich solle nicht so hart zu mir sein, Rückfälle passierten eben, aber ich kam mir vor, als hätte ich versagt. Sie schlug vor, Dr. Porter anzurufen. Aber was hätte das für einen Sinn? Ich wusste ja, warum es mir so schlecht ging. Jemand hatte mich erkannt.

Ich hatte mir eingebildet, die Zeit, in der man mir das Label »Heldin« verpasst hatte, sei vorüber. Ich hatte gedacht, ich wäre vollkommen aus den Köpfen der Menschen verschwunden, zu einem Geist geworden. Falsch gedacht. Wenn schon zwei Fremde im Supermarkt auf mich aufmerksam wurden, wer bemerkte mich dann sonst noch? Ich war kein Niemand, wie ich gehofft hatte. Was bedeutete: Ich war ein Jemand. Ich war die Frau, die aus dem Haus ging und nicht in der Lage war, ihren Einkauf zu bezahlen – ein Opfer. Ich konnte es nicht ertragen, diese Frau zu sein. Die letzten drei Tage hatte ich mich selbst unter Hausarrest gestellt, von Paranoia gelähmt. Aber diese Frau konnte ich auch nicht sein, und zum Glück spürte ich jetzt, wie ich mich langsam beruhigte und allmählich wieder wie ich selbst fühlte. Wer auch immer das war.

Nach meiner Absage per SMS hatte Paul reagiert wie sonst auch, wenn ich ihn versetzte. Er war unterstützend, verständnisvoll. »Wir brauchen nichts zu überstürzen. Ich bin da, wenn du bereit bist«, hatte er mir zurückgeschrieben.

Und ich hatte prompt ein schlechtes Gewissen bekommen, weil er so nett war. Von Woche zu Woche waren Paul und ich uns nähergekommen. Hatten uns Dinge erzählt, die wir vor anderen verbargen. Eines Tages war ich vielleicht in der Lage, ihm zu erzählen, was vor zehn Jahren passiert war. Mehr als das, was er schon wusste, mehr als die offensichtliche Tatsache, dass ich einen Mordanschlag überlebt hatte. Einiges hatte er aus der Presse erfahren, aber die wusste auch nicht alles. Manches war selbst für diese Hyänen zu grauenhaft.

Ich machte mir keine Sorgen, dass er die Flucht ergreifen würde, wenn er alles erfuhr. Das Problem war eher, dass *ich* die Flucht ergreifen würde, wenn ich die Hosen heruntergelassen hatte. Das war unvermeidbar aus meiner Sicht. Ich hatte eine Bindungsstörung, was bedeutete, dass ich Menschen maximal auf Armeslänge an mich heranließ. Alle verstanden, warum, selbst ich. Aber ich mochte den Begriff »Bindungsstörung« nicht, er war zu allgemein. Ich würde lieber den Begriff verwenden, den alle im Kopf hatten, aber nie aussprachen: eine »Ich-glaube-alle-wollen-mich-umbringen«-Störung. Ich hatte gedacht, ich hätte sie im vergangenen Jahr etwas besser in den Griff bekommen oder sogar ganz gut – bis zu dem Moment im Supermarkt.

Meine psychische Gesundheit würde immer sehr fragil sein, das war mir in den letzten Tagen in meiner selbst gewählten Verbannung klar geworden. Ich würde immer unberechenbar sein, niemand konnte vorhersagen, wann ich einen guten und wann einen schlechten Tag haben würde. Es wäre unfair, von jemandem zu erwarten – oder ihn darum zu bitten –, dass er in meinem komplizierten kleinen Leben an meiner Seite blieb.

Und in genau einer Woche flog ich nach Irland und besuchte zum ersten Mal das Grab meines Mannes – das machte die Sache auch nicht leichter. Ich hatte mich der Illusion hingegeben, ich könnte normal sein, der Vorfall im Supermarkt hatte mir gezeigt, wie sehr ich mich getäuscht hatte.

Paul konnte auf so einen Scheiß gut verzichten. Ich musste das Ganze beenden. Ich hatte Penny gesimst, dass ich die Sache mit Paul herunterkühlen wollte, und sie hatte versucht, es mir auszureden. »Du *hast* Gepäck, ja«, schrieb sie zurück. »Aber du *bist* kein Gepäck! Ich komme mit Robbie vorbei, damit die beiden sich endlich mal kennenlernen. Zusammen kriegen wir das hin!« Ich war ihr dankbar für das Angebot, lehnte es aber trotzdem ab. Ich würde mich mit ihr treffen, wenn ich aus Irland zurück war.

Irland. Mir wurde schlecht, wenn ich nur daran dachte.

Ich hatte auch so schon genug Sorgen, auch ohne dass ich den einzigen Mann, den ich seit Owens Tod an mich herangelassen hatte, schlecht behandelte. Ich würde Paul vermissen, aber es ging nicht anders. Nicht mal angerufen hatte ich ihn, um ihm zu erklären, dass ich Zeit für mich brauchte. Ich hatte bis zum Abwinken Netflix geguckt. Für etwas anderes hatte mir die Kraft gefehlt. Heute ging es mir besser, und das bedeutete, dass ich endlich das Richtige tun musste.

Ich war nie wirklich dahintergekommen, was mich nach einer Weile aus meinen »depressiven Verstimmungen« (eine freundliche Umschreibung für schwere Nervenzusammenbrüche) riss, aber letzte Nacht hatte ich tatsächlich gut sechs Stunden geschlafen, und als ich aufgewacht war und den blauen Himmel gesehen hatte, nach draußen gewollt.

Jetzt stieg ich also die Stufen hinunter, ging in meinen Garten – weg vom Haus, das mir Schutz bot – und zu dem Tisch, an dem ich normalerweise morgens saß und las. Dieser Morgen ist wie jeder andere, redete ich mir ein, auch wenn mein Herz wie verrückt hämmerte. Ich spielte mit den Schlüsseln an meinem Hals herum. Das half und hielt mich davon ab, zurück ins Haus zu laufen.

Ich setzte mich auf den schmiedeeisernen Stuhl, stützte mich mit den Ellbogen auf dem runden Tisch auf und genoss den kalten Tau, der durch die Ärmel des Morgenmantels sickerte. Verdrängte die Angst, indem ich die kleinen weißen Wolken betrachtete, die das tiefe Blau des Himmels unterbrachen. Ich versuchte, Tiere zu erkennen, wie damals als Kind. Oder mit Owen. Wir hatten oft bei einem Glas Wein im Garten gesessen und einander erzählt, was wir in den vorüberziehenden Wolken erkannten. So oft, dass die Erinnerungen daran zu einem einzigen Moment verschmolzen. Nur eine hatte ich noch ganz genau im Gedächtnis. Es war an einem milden Herbstnachmittag, die Sonne stand schon tief und zauberte die herrlichsten Farben an den Himmel. Ich entdeckte in den Wolken einen Bären, er sah einen Vogel, und dann, als ich gerade nach weiteren Bildern suchte, ließ sich Owen auf ein Knie sinken und bat mich darum, seine Frau zu werden.

Wie weh es tat, daran zu denken …

Ich schaute wieder zum Himmel, aber da waren keine Tiere mehr. Einfach nur Wolken.

Enttäuscht zog ich mein Handy aus der Tasche, das schwarze Display spiegelte den Himmel über mir. Ich musste mich bei Paul melden, aber nicht per SMS. Ich wollte nicht, dass er mich falsch verstand oder irgendwas falsch interpretierte. Er musste meine Stimme hören.

Ich wählte und hielt den Atem an. Es klingelte und klingelte, und als die Mailbox ranging, legte ich enttäuscht auf. Offenbar war er beschäftigt. Obwohl, wie spät war es eigentlich? Ich schaute auf die Uhr. Noch nicht mal sechs. Er war nicht beschäftigt, er schlief noch. Ich legte das Telefon neben mich und schaute wieder zum Himmel. In der Therapie hatte ich gelernt, mich auf meinen Körper zu konzentrieren, und so ließ ich die Anspannung langsam von meiner Brust durch den Magen nach unten wandern, bis sie mich durch meine Füße verließ. Ich blendete alles aus, horchte nur auf den Wind und das Zwitschern der Vögel. Ließ meine Gedanken herumstromern, nur um nicht an Paul denken zu müssen. Zu den langen Sommern in Irland, bevor sich mein Leben verändert hatte. Damals war ich nicht so früh aufgewacht wie heute, aber trotzdem früh genug, dass ich auf Zehenspitzen aus dem Schlafzimmer hatte schleichen müssen, um Owen nicht aufzuwecken. Ich zog dann meine Laufsachen an und drehte eine Runde. Das verlassene Sträßchen bei Newmarket, in dem wir wohnten, war perfekt zum Laufen. Kein Verkehr, kein Lärm, abgesehen von ein paar Tauben, die einander zugurrten. Es war so ruhig, dass ich manchmal sogar einen Fuchs sah, der über die Straße spazierte, oder Rehe auf den Wiesen, die den Kopf hoben, wenn ich vorüberlief. Jeden Tag war ich damals kilometerweit gerannt, und wenn ich so drüber nachdachte, fehlte mir das aus meinem früheren Leben am meisten. Abgesehen von Owen.

Ich war so tief in Gedanken versunken, dass ich zu spät mitbekam, dass das Handy vibrierte. Paul. Kaum hatte ich auf Rückruf gedrückt, da ging er auch schon ran.

»Hey«, sagte er ruhig.

»Hey.«

»Alles in Ordnung bei dir?«

»Ja, es geht mir gut. Tut mir leid, ich hab gar nicht gemerkt, dass es noch so früh ist.«

»Nein, ist okay, solange *du* okay bist.«

»Es geht mir schon viel besser.«

»Das freut mich.«

Es wurde still in der Leitung, und ich merkte, dass winzige Schmetterlinge in meinem Bauch aufwachten und zu flattern begannen. Ich begriff, dass er nichts sagte, weil er wartete, dass ich es tat.

»Hör mal, Paul …«

»Du brauchst dich für nichts zu entschuldigen, Claire.«

»Aber ich hab das Gefühl …«

»Ich bin nicht sauer.«

»Aber diese Sache …«

»… ist, was immer sie sein wird.«

»Lässt du mich mal ausreden?« Das kam nachdrücklicher heraus, als ich vorgehabt hatte. Die Schmetterlinge flatterten mit jeder Sekunde aufgeregter.

»Ja. Tut mir leid, entschuldige. Was wolltest du sagen?«

Ich bohrte die Zehen meines linken Fußes ins Gras und holte tief Luft. »Mir gefällt nicht, wie ich mit dir umgehe. Mein Leben ist ... kompliziert, und auch wenn ich inzwischen besser zurechtkomme, es gibt immer noch diese Tage. Es ist nicht fair, dich dem auszusetzen.«

Ich wusste, was ich als Nächstes hätte sagen sollen, doch es kam mir nicht über die Lippen, und das war egoistisch von mir, es war schwach. Aber andererseits: War ich nicht so? Eine schwache Frau?

»Darf ich jetzt was sagen?«, flüsterte Paul, und ich atmete wieder – mir war völlig entgangen, dass ich die Luft angehalten hatte. »Du glaubst, wir sollten uns nicht mehr sehen, weil du meinst, du würdest mir damit einen Gefallen tun. Das ist aber nicht so. Ich weiß, dass du eine komplizierte Vergangenheit hast und dich deshalb an manchen Tagen zurückziehst ... Himmel, wenn irgendjemand auf dieser Welt Probleme haben darf, dann doch wohl du ...«

»Du meinst, ich habe Probleme?«

»Nein, Problem ist das falsche Wort.«

»Und was ist das richtige Wort? Gepäck?«

»Nein.«

»Was dann?«

»Ich meine deine Angststörungen.«

»Dann habe ich also psychische Probleme?«

»Ja, aber das ist nichts Schlechtes.«

»Dann ist es etwas Gutes?« Meine Stimme wurde lauter, schriller. Ich war bereit, einen Streit zu führen, den ich nicht führen wollte, aber es blieb mir nichts anders übrig, meine Störung sorgte dafür.

»Nein, Claire, es ist einfach nur *etwas*. Wir haben alle etwas, und es ist okay, es beim Namen zu nennen.«

»Du hast also auch etwas?«, fragte ich und wünschte sofort, ich könnte es wieder zurücknehmen.

»Ja, nein, im Moment habe ich nichts. Aber ich hatte etwas. Und ich schleppe es immer noch mit mir herum. Jeder hat etwas. Ein Trauma, eine Trauer. Einen Fehler, den er gemacht hat«, sagte er nach kurzem Zögern. Seine Stimme klang belegt.

Wovon sprach er genau? Trauerte er auch? Litt er auch unter einem Trauma? Hatte er einen Fehler begangen oder irgendwas falsch gemacht, so wie ich? Das wäre eine Erklärung für die Verbindung, die ich zu ihm fühlte.

»Claire?«

»Ich bin nicht verrückt«, sagte ich und versuchte irgendwie, einen Streit anzuzetteln, damit es mir nicht so schwerfiel, Schluss zu machen.

»Natürlich bist du das nicht, Claire, wir wissen beide, wer du bist – die ganze Welt weiß das. Und wie tapfer und stark du bist, obwohl du gegen so vieles kämpfen musstest.«

Irgendwie holten mich seine Worte wieder auf den Boden, mein innerer Widerstand bröckelte. Abgesehen von Dr. Porter hatte nie jemand gesagt, dass dieses Auf und Ab meiner Psyche okay war. Wenn es um meine Gesundheit ging, sprach meine Mum von »Schrullen«. Aber ich war alles andere als schrullig.

»Paul, das ist nicht fair.«

»Was ist nicht fair?«

»Dass wir – du weißt schon – uns näherkommen.«

»Nicht fair für wen?«

»Für dich.«

»Meinst du nicht, dass ich selbst entscheiden sollte, was fair für mich ist und was nicht? Es wäre hart für mich, wenn du aus meinem Leben verschwinden würdest …«

»Vielleicht …«

Er schnitt mir wieder das Wort ab, aber dieses Mal war es okay. »Weil ich dich mag. Claire, ich bin alt genug, um zu wissen, dass das Leben schwer ist, und für dich noch schwerer als für die meisten anderen, und dass du manchmal einen Schritt zurücktreten musst. Das verstehe ich. Das ist okay. Ich finde, du bist wunderbar, so wie du bist.«

Mir stiegen Tränen in die Augen, und ich ließ ihnen freien Lauf. Mein Blick verschwamm, und die Büsche in meinem Garten wirkten wie eine Unterwasserlandschaft. Ich hatte mich nach vorn gebeugt, und als ich blinzelte, fiel eine Träne auf meinen rechten Fuß. Ich betrachtete das mattrosa Narbengewebe, das sich von der Stelle, an der früher meine Zehen gewesen waren, die Wade hinaufzog. Balu kam aus der Küche herausspaziert und strich mit dem Rücken an meinem Bein entlang. Ich kraulte ihn zärtlich im Genick.

»Paul, ich werde nie unkompliziert sein.«

»Das spielt keine Rolle – sei, wer du sein musst. Wir sind alle kompliziert, so ist das einfach.«

Eine weitere Träne lief mir über die Wange, und ich hielt das Handy von meinem Gesicht weg, aus Angst, er würde an meinem Atmen hören, dass ich krampfhaft versuchte, nicht aufzulegen. Balu sprang auf meinen Schoß, ich streichelte ihn weiter und beruhigte mich.

»Paul, ich will dich nicht verletzen.«

»Dann tu es nicht. Lauf nicht davon. Noch nicht. Ich weiß, dass du das nicht willst.«

»Ich will es wirklich nicht.« Das war die Wahrheit. »Aber vielleicht werde ich es eines Tages tun.«

»Und dann werden wir auch damit fertig. So schwer das auch ist, lass uns versuchen, den Moment zu leben. Wir sind nur zwei Erwachsene, die sich gern miteinander unterhalten.« Unwillkürlich musste ich lächeln.

»Und wenn ich Abstand brauche, so wie diese Woche …«

»Dann schreiben wir uns SMS, und ich mache mit meinem übrigen Leben weiter – Arbeit, meine Mädchen. Ich habe viele andere Dinge zu tun, weißt du?«

Ich lachte und wischte mir über die Augen. Er hatte recht. Natürlich hatte er recht. Er führte sein eigenes Leben, ein Erwachsenenleben. Das hatte ich vergessen. Ich hatte mich dazu hinreißen lassen, zu glauben, dass mit Paul alles so werden könnte wie damals zwischen Owen und mir. Aber das ging ja gar nicht. Als Owen und ich uns kennengelernt hatten, waren wir fast noch Kinder gewesen. Wir hatten keine Jobs gehabt, keine Hypotheken, keine Sorgen. Keine

Narben. Wir hatten nur uns zwei gehabt. Das hier war anders. Paul und ich verstanden Dinge, die Kinder nicht verstanden, wir wussten, was Kinder nicht wussten. Das durfte ich nicht vergessen.

»Also, was machst du heute Morgen?«, fragte er. Ich hörte, dass er lächelte, genau wie ich.

»Wenn ich es jetzt nicht komplett versaut habe – dich sehen?«

7

9. MAI 2018
ST IVES, CAMBRIDGESHIRE

Wir verabredeten, uns im Stadtzentrum von St Ives in einem netten kleinen Café am River Great Ouse zu treffen. Manchmal ging ich mit Mum dorthin, es war gemütlich und kam mir sicher vor. Als ich mich anzog, dachte ich einigermaßen fassungslos darüber nach, dass ich noch vor wenigen Minuten wild entschlossen gewesen war, mit Paul Schluss zu machen. Was bedeutete das? Waren wir jetzt richtige Freunde geworden, die ehrlich und vertrauensvoll miteinander umgingen? Oder sogar noch mehr? Keine Ahnung. Ob ich vielleicht doch wieder normal sein könnte? Seit zehn Jahren kämpfte ich darum, ein »morgen« zu finden. War dieses »morgen« vielleicht endlich da? Ich bekam Kopfschmerzen vom Grübeln. Eins war jedenfalls sicher: Was immer Paul und ich waren, wir waren einen Schritt weiter gegangen. Ich wusste nur noch nicht, wem das zuerst um die Ohren fliegen würde.

Ich zog mich ein paarmal um, bis ich ein Outfit gefunden hatte, das sich für diese Gelegenheit richtig anfühlte. Enge schwarze Jeans und ein weites, langärmliges jadegrünes Oberteil. Ich konnte es nicht erwarten, ihn zu sehen, fürchtete mich aber noch immer davor, das Haus zu verlassen. Was, wenn die Angst wiederkam? Die eisige Hand in meiner Brust, die nur darauf wartete, mein Zwerchfell in eine Panikattacke zu reißen? Im Moment schien sie mir eine Pause zu gönnen, und ich wusste, dass ich die Gelegenheit nutzen musste.

Ich betrachtete mich im Spiegel, vergewisserte mich, dass alle Bereiche meiner Haut, die keiner sehen sollte, versteckt waren. Ich war dicker als damals, als ich noch gelaufen war, aber heute fand ich mich ausnahmsweise mal nicht abscheulich. Ich fühlte mich gut, zwar nervös, aber es ging mir gut. Wirklich ernsthaft hatte ich mich schon lange nicht mehr mit meinem Äußeren beschäftigt – oder damit, wie ich mich der Welt präsentierte. Mir ging plötzlich auf, dass ich das vermisste. Nicht einmal bei unserem ersten »Date« hatte ich darüber nachgedacht, was ich anziehen sollte, tatsächlich hatte Mum das entschieden. Wahrscheinlich sah ich deswegen ein bisschen aus wie sie …

Ich schlüpfte in meine cremefarbenen Pumps, ging zur Haustür, und die Leichtigkeit in meinem Herzen verschwand. Ich freute mich so darauf, Paul gegenüberzutreten, seine Stimme zu hören, zu erfahren, wie seine Woche gewesen war – aber zuerst musste ich in die Welt hinaus. Bevor ich ihn sehen konnte, musste ich meine Tür öffnen und diesen ersten Schritt nach draußen machen. Die harmlose weiße Haustür erschien mir wie ein Portal. Ein Tor zu einer Welt, von der ich nicht wusste, was mich dort erwartete. Ich spähte durch den Spion, stellte erleichtert fest, dass niemand draußen stand, und löste die Sicherheitskette. Dann beugte ich mich so weit vor, dass ich mit dem Schlüssel an meiner Halskette das Schloss erreichte, steckte ihn hinein, drehte ihn langsam und hörte, wie das Schloss aufschnappte. Ich zog den Schlüssel wieder heraus. Legte die Hand auf die Klinke und wappnete mich dafür, sie nach unten zu drücken, wodurch die beiden Riegel oben und unten an der Tür verschoben wurden und sie sich öffnete. Vorsichtshalber schaute ich zuerst noch mal durch den Spion. Oh mein Gott, da war was! Jemand lief weg!

Ich geriet in Panik, stolperte rückwärts und versuchte, mich am Türrahmen zum Wohnzimmer festzuhalten, um nicht zu fallen. Ich kauerte mich auf den Boden, robbte in mein Wohnzimmer hinein, bis ich mich schließlich traute, aus dem Fenster auf die Straße zu schauen. Dort war niemand. Jetzt musste ich unbedingt die Tür wieder abschließen, aber ich konnte mich nicht bewegen, fühlte mich wie gelähmt. Ich zitterte, als ich es irgendwann schaffte zurück zur Haustür zu kriechen und die Klinke anhob, damit von außen niemand aufmachen konnte. Mit bebenden Händen fummelte ich an meiner Halskette herum, um den richtigen Schlüssel zu erwischen. Das Einrasten der Mechanik klang wie Musik in meinen Ohren, als ich ihn endlich ins Schloss gesteckt und umgedreht hatte. Ich atmete tief durch und schaute noch einmal durch den Spion. Die Straße vor meinem Haus war leer. Vielleicht hatten mich die beiden aus dem Supermarkt doch an die Presse verkauft, und die wollten jetzt »die Frau, die überlebt hat« noch einmal genüsslich ausschlachten.

Quatsch, wahrscheinlich war nur jemand auf dem Weg zum Einkaufen vorbeigegangen oder so. Und ich hatte wieder völlig irre reagiert.

»Verdammt, Claire. Jetzt reiß dich zusammen!« Mein Herz schlug mir bis zum Hals, als ich dann doch die Haustür öffnete und ziemlich hastig auf die Straße hinaustrat. Adrenalin schoss mir durch sämtliche Adern. Ich schloss die Tür hinter mir ab, senkte den Kopf und setzte mich in Bewegung. Hoffentlich wurde ich nicht ohnmächtig. Ich konzentrierte mich auf zwei Dinge. Auf die Vormittagssonne, die warm auf meinen Nacken schien, und auf genau den Punkt auf dem Asphalt, an dem mein Schatten und meine Füße aufeinandertrafen. Wie immer zählte ich. Dieses Mal Zigarettenkippen. Das war schwieriger, als Kaugummis zu zählen, irgendwie schien es weniger davon zu geben, was bedeutete, dass ich mehr suchen musste, und damit war der Zweck erfüllt. Ich fand sogar eine, die immer noch brannte, das Ende leuchtete strahlend rot auf, bevor die Glut erlosch. Ich blieb stehen und schaute zu, wie das kleine Feuer zu schwarzer Asche wurde.

Mir begegnete nur eine Handvoll Leute, die alle auf der anderen Straßenseite und Gott sei Dank auch in die andere Richtung gingen. Als ich auf die London Road abbog, konnte ich die hübsche St-Yves-Brücke sehen, die über den River Great Ouse führte. Da hörte ich einen Mann hinter mir husten. Mir war bislang niemand gefolgt, jedenfalls hatte ich niemanden bemerkt, was bedeutete, dass er bereits auf der London Road gewesen sein musste. Ich durfte nicht in Panik verfallen. Die Straße war belebt, der Morgen schön, natürlich war jemand hinter mir. Und doch jagte mein Blut schneller durch meine Adern. Er hustete wieder, dieses Mal etwas lauter, vielleicht auch einfach etwas näher. Das ließ sich nicht so genau sagen. Da vorne war die Brücke, und gleich auf der anderen Seite das Café und Paul. Ihn zu sehen würde mich beruhigen, deshalb lief ich schneller.

Ich betrat die Brücke – wieder das Husten. Dieses Mal war ich mir sicher, dass es näher gekommen war. Wer immer das war, er verfolgte mich, er holte mich ein, und ich geriet in Panik. Die eisige Hand in meiner Brust zupfte wieder an meinem Zwerchfell wie ein Harfenspieler an den Saiten seiner Harfe, und es bedurfte meiner ganzen Willenskraft, mich davon abzuhalten, so schnell ich konnte davonzulaufen. Diesen Kampf würde ich verlieren. Ich hörte ganz nah ein Schniefen, und als ich zu Boden blickte, sah ich die Spitze seines Schattens, der sich über meiner rechten Schulter erstreckte. Sein Kopf war unproportional, länglich, wie der eines Monsters. Am liebsten hätte ich mich umgeschaut, doch das durfte ich auf keinen Fall tun. Stattdessen zog ich mein Handy aus der Tasche, setzte das Display wie einen Rückspiegel ein und erhaschte so einen Blick hinter mich.

Es war schwer, seine Gesichtszüge zu erkennen, ich konnte nur sehen, dass der Mann hinter mir älter war. Er hatte dünnes Haar, sein Gesicht war von Falten durchzogen. Er hustete wieder und senkte dabei den Kopf. Dann sah er wieder auf, und unsere Blicke trafen sich im Display. Die eisige Hand zerrte so heftig, dass ich glaubte, meine Lungen würden von den Innenwänden meiner Brust gerissen. Mir schossen Tränen in die Augen, mein Fluchtinstinkt versuchte, meine Beine zu einem Sprint anzutreiben, und tatsächlich ging ich schneller. Aber wenn ich jetzt rannte, würde ich noch jahrelang rennen, so wie die letzten zehn Jahre. Ich hatte es so satt. So unendlich satt. Ich hatte gedacht, ich wäre schon weiter. Ich hatte gedacht, dieses Grauen zu besiegen, indem ich mich einverstanden erklärte, nach Irland zu fahren, indem ich mir gestattete, einen anderen Mann kennenzulernen, indem ich immer weniger Arzttermine vereinbarte, bis ich gar nicht mehr hinging, und indem ich meine Medikamente absetzte. Falsch gedacht. Dieser Teil von mir, der Distanz schaffen und weglaufen wollte, steckte noch immer in mir. Der Teil von mir, der dafür sorgte, dass ich mich hinter einen Baum kauerte oder in den Eingang eines Geschäftes presste, war noch da.

So wollte ich nicht sein. Tommy Kay wollte, dass ich so war. Er wollte mich tot sehen wie die anderen, wie Owen, und wenn ich so war wie jetzt, nur aus Panik bestand und mich nicht traute rauszugehen, dann hatte er es geschafft. Dann war ich quasi tot.

Wenn ich leben wollte, konnte ich mir nicht mehr erlauben, mich zu verstecken. Ich durfte nicht mehr zulassen, dass ich mir wünschte, unsichtbar zu sein. Meinen sämtlichen Instinkten zum Trotz rannte ich deshalb nicht los. Ganz im Gegenteil, ich blieb stehen, drehte mich um und schaute auf den Fluss; tat so, als wäre ich hingerissen von den Schwänen, die auf die Brücke zuschwammen, eine Mutter mit ihren beiden Küken. Ich lehnte mich an das uralte Geländer, klammerte mich an den Stein, damit ich an Ort und Stelle blieb.

Aus den Augenwinkeln sah ich den Mann näher kommen. Er lächelte mich an, als wollte er sagen: *»Ich weiß alles über dich, Claire.«* Ich hielt die Luft an und wich nicht von der Stelle. Würde nicht weglaufen, nicht ausflippen. Ich würde standhalten. Das war mein Fleckchen Erde, mein Raum – das würde ich nicht preisgeben. Er ging so dicht an mir vorüber, dass ich den Luftzug spürte, und während er weiterging, hielt ich den Blick auf den Schwan und seine Küken gerichtet. Am Ende der Brücke bog der Mann links ab und lief am Fluss entlang. Als ich ihn aus sicherer Entfernung sah, atmete ich aus. Er blickte sich zu mir um, bevor er in einer Metzgerei verschwand, und ich tat etwas völlig Irrationales: Ich winkte, wie um zu sagen: *Ja, ich habe gemerkt, dass Sie mich angesehen haben. Ich weiß, dass Sie da waren. Und ich habe keine Angst vor Ihnen.*

Er winkte nicht zurück, sondern betrat den Laden und schloss die Tür hinter sich.

Er war niemand, vor dem ich Angst zu haben brauchte, das war mir klar. Einfach nur irgendein Mann, der mich angesehen hatte, vielleicht war er neugierig gewesen. Und gelächelt hatte er, weil er höflich sein wollte. Ich wusste, dass ich keine Angst zu haben brauchte, aber ich hatte welche.

Ich hatte aber auch gewunken. Und weil ich gewunken hatte, fühlte es sich an, als hätte ich gewonnen. Ich war eine Siegerin, kein Opfer.

Und nachdem ich zugeschaut hatte, wie der Schwan und

seine Jungen unter der Brücke hindurchgeschwommen waren, setzte ich meinen Weg zum Café fort, wobei ich den Kopf ein wenig höher trug. Ich zählte keine Zigarettenstummel mehr. Ich versuchte nicht mehr, mich unsichtbar zu machen. Ich ging einfach, so wie jeder andere auch gehen würde. Und es fühlte sich verdammt fantastisch an.

Ich lief den Fluss entlang, vorbei an dem Metzgerladen, in dem der Mann verschwunden war, da sah ich Paul, der an der Mauer des Cafés lehnte. Als ich näher kam, kniff er die Augen zusammen, um mich besser sehen zu können, und lächelte strahlend. Ich lächelte zurück, und die eisige Hand an meinem Zwerchfell lockerte ihren Griff.

Paul war unsicher, wie er mich begrüßen sollte, zurückhaltend, das merkte ich an seiner Körpersprache. Offenbar wusste er nicht, was er machen sollte. Mich umarmen? Oder lieber doch nicht? Um ihm zu helfen, trat ich nah an ihn heran und schlang ihm meine Arme um die Taille. Er stieß einen tiefen Seufzer aus, umfasste sanft meine Schultern, und ich spürte, wie die Anspannung von ihm abfiel. Dann küsste er meinen Scheitel.

»Hey«, sagte er leise, während er lächelnd zurücktrat, um mir in die Augen zu schauen.

»Hey.«

»Hungrig?«

»Ja, ich könnte etwas zu essen vertragen. Und du?«

»Ich bin am Verhungern.«

»Am Verhungern? Na, dann gehen wir wohl besser rein, oder?«

Ich ergriff seine Hand, ging mit ihm zur Tür und machte sie auf. Er als Gentleman hätte das lieber selbst übernommen, das sah ich ihm an, aber dann folgte er mir verlegen. Das Café war ziemlich voll, hauptsächlich Rentner, die Tee tranken. An einem Tisch saßen ein paar Mütter mit ihren Babys auf dem Schoß. Während sie sich unterhielten, fütterten, hielten oder wiegten sie ihre Kleinen. Am Fenster saß ein Vater, er hatte sein Neugeborenes im Arm und starrte gedankenverloren hinaus. Während Paul nach einem Tisch für zwei Personen fragte, beobachtete ich, wie der Vater sein Baby auf den Kopf küsste und sich dann wieder behaglich zurücklehnte. Die Szene verursachte bei mir ein Prickeln in der Nasenwurzel, doch bevor es sich seinen Weg nach oben bahnen und zu einer Träne werden konnte, berührte mich Paul sanft am Arm und zeigte auf einen Tisch in der hinteren Ecke. Hoffentlich hatte er nicht gemerkt, wie ich den Mann und das Baby anstarrte.

Als Paul zum Tresen ging, um zu bestellen, schaute ich mich im Raum um: Ich merkte mir, wo die Ausgänge waren, wie viele Menschen dort saßen, ob irgendjemand verdächtig oder unruhig wirkte. Soweit ich sehen konnte, traf das nur auf mich zu. Ich sah, wie der Vater aufstand, das Kind in den Wagen legte und ging, beobachtete, wie sich die Mütter lautstark unterhielten und ein älteres Paar sich immer mehr darüber ärgerte. Ich lauschte den Gesprächen der Leute, versuchte, die Stimmung im Raum zu erfassen. Dann richtete ich meine Aufmerksamkeit auf die leise Musik im Hintergrund. Ein altes Stück der Stereophonics, das ich früher gemocht hatte. Ich überlegte mir, auf welchem Weg ich den Raum am schnellsten verlassen konnte, wenn es nötig wäre, und was ich gegebenenfalls zu meiner Verteidigung einsetzen konnte.

Ich brauchte nur ein paar Minuten, um das alles zu checken, und als Paul wiederkam, war ich vorbereitet. Wenn ich außer Haus war, machte ich das immer so. Mein Gehirn war darauf geeicht, immer zu wissen, wie ich entkommen konnte.

Paul setzte sich, und wir redeten wie normale Menschen über Belangloses. Er erzählte von der Arbeit, wie er mit einem schwierigen Auftrag in der Nähe von Liverpool zurechtkam. Der Bau von zweihundert Häusern hinkte hinter dem Zeitplan her, und als Vertragsmanager für das Grundstück, das bebaut werden sollte, war er dafür verantwortlich, das Ganze wieder auf Kurs zu bringen.

Der Stress bei der Arbeit belastete ihn, das war ihm deutlich anzusehen. Ich hörte ihm zu, fragte mich aber wieder mal, ob er und Owen sich nicht doch eines Tages über den Weg gelaufen waren. Konnte es sein, dass sie mal zur selben Zeit am selben Ort gewesen waren? Nein, es war albern, eine Verbindung zwischen den beiden herstellen zu wollen. Warum machte ich das? Damit es mir besser ging? Oder schlechter?

Er merkte, dass ich nicht bei der Sache war, und weil er davon ausging, dass ich mich langweilte, wechselte er das Thema, erzählte von einer seiner Töchter und von dem Buch von Harlan Coben, das er kürzlich verschlungen hatte. Er sprach schnell, als würde ihn meine Gegenwart nervös machen. Bei unserem letzten Treffen war das nicht so gewesen, aber da hatte ich auch nicht vorgeschlagen, unsere … was immer es war … zu beenden.

Die Bestellung kam, und mit ihr schwand die Anspannung, wir widmeten uns unserem Essen. Pochierte Eier für mich, Bacon-Sandwich für Paul. Ich mochte es, wie wir so einträchtig beieinandersaßen und aßen. Wie ein ganz normales Pärchen in einem ganz normalen Café. Um das Gespräch am Laufen zu halten, wollte ich gerade von meiner bevorstehenden Reise nach Irland erzählen und wie nervös ich deswegen war, da summte mein Handy in meiner Tasche. Ich zog es heraus, weil ich dachte, Mum hätte sich gemeldet, aber es war schon wieder Killian. Mist.

Als ich die Nachricht las, hörte Paul auf zu essen und beobachtete mich.

Claire. Ich möchte wirklich mit dir sprechen, um herauszufinden, wie es dir geht. Ich will dir helfen. Ich weiß, dass die nächste Woche schwer für dich wird, und ich will da sein, als Freund.

Ich schaltete das Handy aus und legte es mit der Oberseite nach unten auf den Tisch.

»Alles in Ordnung?«, fragte Paul stirnrunzelnd.

»Ja, alles gut.«

»Claire, du siehst nicht aus, als wäre alles gut.«

»Es ist nur ein alter …« Ich stockte. »Nur jemand, den ich kenne und der mich in letzter Zeit nervt.«

»Nervt?«, fragte Paul.

»Ja, ist schwer zu erklären. Früher hab ich oft mit ihm geredet, aber seit einiger Zeit ist er irgendwie … ach, ich weiß auch nicht.«

»Belastet er dich?«

»Nein. Nein, das nicht, aber er hat sich verändert, und das mag ich nicht.«

»Was willst du dagegen tun?« Ich horchte auf: Paul wollte nicht wissen, was *er* dagegen tun könnte, sondern, was *ich* tun wollte! Er vertraute darauf, dass ich damit klarkam. »Keine Ahnung. Vielleicht merkt er, dass ich nicht reden will, und zieht sich zurück.«

Paul lächelte, aber er war beunruhigt, besorgt, das konnte er kaum verhehlen. Er versuchte sich zusammenzureimen, was in meinem Kopf vorging, wollte mich verstehen. Ich war kurz davor, wieder in mein altes Muster zurückzufallen. Ihm einfach nichts zu erzählen und mich zu verstecken, aber das wollte ich nicht. Ich atmete einmal tief durch.

»Paul? Wie viel weißt du von dem, was passiert ist? Du weißt schon, damals in Irland?«

»Wenig.«

»Willst du mehr wissen? Ich meine, mehr als das, was die Zeitungen gedruckt haben?«

»Ich habe nie was über dich gelesen.«

»Nie?«

»Nein, ich verfolge die Nachrichten nicht so genau.«

»Und du bist nicht neugierig geworden, als wir uns kennengelernt haben?«

»Doch, ich wollte dich besser verstehen. Aber ich respektiere dich – ich dachte mir, wenn du willst, dass ich es weiß, erzählst du es mir.«

»Wirklich?«

»Ich will dich nicht für deine Vergangenheit bemitleiden. Ich will Teil deiner Zukunft sein.«

»Okay.« Das war es, das war der entscheidende Satz. Jetzt wusste ich, was das Richtige war. Mitleid hatte ich schon genug bekommen.

Er beugte sich über den Tisch und fasste mich an den Händen, wärmte sie, streichelte sie beinahe zärtlich. »Aber du brauchst mir nichts zu erzählen, Claire, das ist nicht nötig.«

Ich schwieg einen Moment, betrachtete unsere verschränkten Hände, dann hob ich den Kopf und schaute ihm in die Augen. »Du hast recht, Paul, das brauche ich nicht. Aber ich *will* es, auch wenn ich es im Moment nicht kann. Aber ich will, dass du weißt, dass ich es dir eines Tages erzähle.«

8

AUGUST 2007
CHURCHTOWN, IRLAND

Nummer zwei, drei und vier

Er bog von der N20 auf eine einspurige Straße ab, die direkt auf die untergehende Sonne zulief. Zu beiden Seiten erstreckte sich die endlose irische Landschaft, von Kühen getüpfelt. Im CD-Player lief »Paper Cut« von Linkin Park – in Endlosschleife, seit er sein Haus vor einer Stunde verlassen hatte. Der Song brachte sein Adrenalin nicht in Wallung, eigentlich mochte er ihn nicht einmal besonders. Aber er hatte bei seinem zweiten Mord zufällig festgestellt, dass die Musik ihn stimulierte, ihm später half, Erinnerungen abzurufen. Deshalb hörte er ihn jetzt immer und immer wieder auf seiner Fahrt zu dem Dorf, in dem der Dritte lebte.

Der Zweite war ein Mann namens Jamie Connell gewesen. Er war geschieden und hatte mit fünfundzwanzig noch mal geheiratet. Seine erste Frau war klug genug gewesen, ihn zu verlassen, weil er soff, dann in Rage geriet und … na ja, den Rest konnte man sich denken. Natürlich hatte er durch die Trennung nichts dazugelernt, und so war es seiner zweiten Frau, Felicity, genauso ergangen.

Er hatte den Zweiten ein paar Tage nach seinem ersten Mord im O'Callaghan's kennengelernt, einem Pub mitten in Coachford – einem kleinen Dorf etwa dreißig Kilometer von Cork entfernt. Die Medien hatten gerade mitgekriegt, dass das Opfer schon tot war, als das Feuer ausbrach, und dass das Haus mithilfe der Leiche in Brand gesteckt worden war. Das Alibi von Blairs Frau war hieb- und stichfest, und überall sah man Fotos von ihr, wie sie um ihren Mann weinte.

Sie saßen also im Pub am Tresen und hörten einem Reporter zu, der über die Geschichte berichtete, und er begann eine Unterhaltung mit Jamie – es war überraschend leicht, mit einem völlig Fremden eine Plauderei über einen Mord zu beginnen. Die Leute rückten halt nie wegen der schönen Dinge des Lebens näher zusammen, nicht wegen einer Heldentat. Es ist die dunkle Seite, die die Menschen anzieht, nicht das Licht. Er sprach Jamie nicht an, um herauszufinden, ob der Mann auf seine Liste gehörte. Nein, er wollte über den Mord sprechen, *seinen* Mord, wollte sehen, wie sein neuer »Freund« darauf reagierte. Und er genoss seine Macht, denn nur er kannte die Wahrheit, und Jamie würde nie erfahren, mit wem er es gerade zu tun hatte. Jamie Connell nannte ihn ein Monster, eine Inkarnation des Teufels, und er stimmte ihm zu, amüsierte sich aber heimlich darüber, wie unrecht Jamie hatte. Er war nicht der Teufel – im Gegenteil. Er tat Gottes Werk, und auch wenn Jamie es noch nicht einsah, er war eines der *wirklichen* Monster der Welt.

Sie tranken ein Bier nach dem anderen und lernten einander kennen. Beim Billardspielen war Jamie dann schon blau genug, um über Persönlicheres zu reden: seine Arbeit, seine Hobbys – und seine Frau. Als sein neuer Freund ihren Namen erwähnte, veränderte sich etwas, und als er herausfand, was, horchte er auf. Er beobachtete Jamie jetzt aufmerksamer und hörte etwas genauer hin. Dieser Mann schien interessant für ihn zu sein. Vielleicht würden die anderen auf seiner Liste doch noch warten müssen – nicht weil Jamie etwas Bestimmtes über seine Frau sagte, sondern *wie* er es sagte. Sein abfälliger Tonfall und die verächtlich verzogenen Lippen machten klar, dass sie im Rang unter ihm stand, ein minderer Mensch war. Jamie sprach nicht lange über seine Frau, aber er hatte genug gehört, um zu verstehen. Jamie Connell war der Nächste.

Inzwischen war Jamie zu Fußball übergegangen, genau genommen zur WM 2002. Er schwärmte von dem herrlichen Eins zu Eins gegen Deutschland und durchlitt noch einmal das gefürchtete Elfmeterschießen gegen Spanien, wodurch der Durchmarsch der Helden in Grün sein Ende gefunden hatte. Irgendwie fast eine ganz normale Unterhaltung. Nur fast, weil er unauffällig versuchte, sich Jamie ganz genau einzuprägen. Seine Größe, sein Gewicht, ob er Rechts- oder Linkshänder war. Details, die später wichtig sein konnten.

Als Jamies und sein Pint leer waren, ging er zur Bar, um für ihn ein neues zu holen, sich selbst bestellte er ein Radler. Er wollte sich nicht betrinken, aber sehr wohl den Anschein erwecken. Als er zurückkehrte, sprach Jamie ruhig in sein Handy – offenbar mit seiner Frau. Jamie erklärte ihr gerade, dass sie selbstverständlich nicht mit ihren Freundinnen ausgehen konnte, weil er wollte, dass sie da war, wenn er nach

Hause kam. Sie hatte ihn wohl gefragt, wann das denn sein würde, denn nach einer kurzen Pause sagte er, dass er nach Hause käme, »wann es mir verdammt noch mal beliebt«.

Er tat so, als habe er nichts von dem Gespräch mitbekommen, und reichte seinem neuen Kumpel sein Bier. Damit war es beschlossen: Jamie Connell war seine Nummer zwei.

An einem kalten, nassen Januartag, acht Monate nachdem er Jamie kennengelernt hatte, war es dann so weit. Er kappte die Stromzufuhr zu dessen Haus und sieben anderen in der Gegend. Jamie war allein, das wusste er aufgrund monatelanger Beobachtung. Felicity, seine Frau, besuchte ihre Mutter, die in einem nahe gelegenen Pflegeheim lebte. Sie besuchte sie immer dienstags, weil das der einzige Abend war, an dem Jamie sie gehen ließ, auch wenn er die meisten Abende ohnehin im Pub verbrachte. Seine Frau tat, wie ihr geheißen, fürchtete sie doch seinen Zorn.

Damit war es jetzt allerdings vorbei. Er befreite sie von ihrer Angst und bestrafte den Mann, der für ihr Leiden verantwortlich war. An dem Abend, an dem er den Zweiten tötete, spielte ein Song von Radiohead im Hintergrund. Jamie mochte diesen Song, das hatte er mal erwähnt. Er hörte ihn gern beim Einschlafen, wenn er betrunken war. Als er Jamie bearbeitete, seine Leiche und das Haus auf das Feuer vorbereitete, erklang dieser Song kaum hörbar durch die Kopfhörer seines Opfers, allerdings laut genug, um diesen Moment in seinem Kopf unsterblich zu machen. Wenn er dieses Stück jetzt hörte, empfand er das Gleiche, spürte das Adrenalin und die Aufregung wie in jener Nacht.

Genau wie Radiohead für Jamie würde Linkin Park für immer mit dem Abend des Dritten verbunden sein, denn das war sein Stück. An einem ihrer gemeinsamen Abende im Pub hatte der Dritte einmal erwähnt, dass »Paper Cut« sein Lieblingslied sei. Von nun an würde er jedes Mal, wenn er diesen Song hörte, die letzten Momente des achtunddreißigjährigen Jack Merrill erneut durchleben.

Als er an dem Schild vorbeifuhr, das ihn in Churchtown willkommen hieß, drehte er die Stereoanlage des Wagens auf und fuhr in das ruhige Dorf ein. Gegenüber vom Boss Murphy Pub, wo er Jack kennengelernt hatte, stellte er den Wagen ab und sammelte sich kurz, bevor er ausstieg. Er öffnete den Kofferraum und nahm den Rucksack mit dem Werkzeug heraus. Dieses Mal war er leichter als bei den ersten beiden. Er hatte genauer abgestimmt, was er für seine Arbeit wirklich brauchte. Langsam ging er an dem Pub vorbei und stieg den Hügel zu Jacks Haus hinauf. Seine Hände prickelten, er wusste, heute Abend würde es anders sein, denn es gab eine Entwicklung – Gott hatte ihn durchdrungen, um dafür zu sorgen, dass seine Botschaft richtig verstanden wurde, so wie sie gemeint war. Heute würde er etwas Neues tun. Etwas, das ihm erst vor Kurzem eingefallen war.

Heute würde er nicht nur den Mann bestrafen, sondern auch die Frau.

Als ihm dieser Gedanke zum ersten Mal gekommen war, hatte er ihn gleich wieder verworfen. Doch nach dem zweiten Mord brachte man die beiden Verbrechen miteinander in Verbindung, die Medien spekulierten über den ersten

Serienmörder des Jahrhunderts in der Republik Irland. Er stellte fest, dass die Opfer von den Angehörigen und Freunden als wahre Heilige dargestellt wurden. Er hörte, wie sie *ihn* als Monster bezeichneten, während die Toten angeblich lustige, liebenswürdige, fürsorgliche Männer gewesen waren. Männer, die es nicht verdient hatten zu sterben. Männer, die jetzt vom Himmel herabschauten. Und niemand war stärker davon überzeugt als die Ehefrauen – jene Frauen, die genau wie er *wussten*, dass die Opfer den Tod verdient hatten. Er beobachtete, wie sie wieder und wieder vor den Kameras logen und riesige Krokodilstränen vergossen. Und schworen, dass sie ihren Mann bis zu dem Tag, an dem sie ihn dereinst im Himmel wiedersahen, liebten. Zuerst war er verblüfft – hatte er doch erwartet, dass sie glücklich darüber wären, endlich frei zu sein –, doch dann ging ihm etwas auf. Die Männer standen aus zwei Gründen auf seiner Liste. Erstens: Sie hatten beschlossen, Schmerz und Leid zu verursachen, wie sein Vater zu sein. Zweitens: Die Frauen hatten diese Männer nicht verlassen, weil sie schwach waren – wie seine Mutter, weshalb die Männer weiterhin Schmerz und Leid verursachen konnten. Wenn er wollte, dass sich etwas änderte, mussten Männer wie sein Vater und Frauen wie seine Mutter verstehen, dass sie in den Spiegel schauen, erkennen, ihre Entscheidungen überprüfen, sich entwickeln mussten. Wenn sie das nicht taten, würde er kommen und sie holen.

Im Leben ging es nun mal darum, Entscheidungen zu treffen, und diese Frauen waren genau wie seine Mutter vom Schicksal dazu bestimmt, unglücklich zu sterben.

Der Stromverteiler befand sich am Ende der Häuserreihe, in der der Dritte und seine Frau wohnten. Wie schon die Male davor war es leicht, die Leitungen zu kappen. Der Generator versorgte den Großteil des Dorfes, und von seinem erhöhten Standort aus schaute er zu, wie in den Häusern unter ihm die Lichter ausgingen. Innerhalb von Minuten leuchteten Taschenlampen und Kerzen auf, die schwachen Lichter schimmerten durch die Vorhänge. Auch wenn er niemanden sah, konnte er ihre Beklommenheit, ihre Angst förmlich schmecken. Die meisten würden diese Angst schnell überwinden und sich ganz vernünftig einreden, dass es nur ein Stromausfall war, weiter nichts. Weil schlimme Dinge ihnen nicht passierten.

Er drang durch die Hintertür ins Haus ein, dann holte er den Schutzoverall, den er inzwischen immer trug, aus seiner Tasche und zog ihn sich über die Kleidung. Als er sich davon überzeugt hatte, dass er vollständig bedeckt und nichts von seiner Haut und seinen Haaren zu sehen war oder DNA-Spuren hinterlassen konnte, wartete er ruhig in der Ecke der Küche ab, während sich der Dritte und seine Frau durch das Haus bewegten und Jack ihr die Schuld an dem Stromausfall gab. Leise zog er eine Rolle Klebeband aus der Tasche und wartete. Idealerweise würde die Frau in die Küche kommen. Er würde sie von hinten packen, ihr den Mund zuhalten und ihr erklären, dass er sie töten würde, wenn sie auch nur einen Laut von sich gäbe. Sobald sie gefesselt und geknebelt wäre, würde er sich dem Mann zuwenden können. Er hoffte, dass Schock und Angst dafür sorgen würden, dass sie sich fügte, ansonsten müsste er sie erdrosseln.

Endlich öffnete sich die Tür zwischen Flur und Küche, und herein kam die zarte Gestalt der Frau. Während sie sich im schwachen Licht behutsam fortbewegte, tastete er sich vorwärts und legte ihr mit einer raschen Bewegung die Hand auf den Mund, die andere Hand legte er um ihre Kehle. Er flüsterte seine Forderungen, und ihr Körper erschlaffte, sie wurde ohnmächtig. Das machte es natürlich weitaus einfacher, sie zu knebeln und ihre Hand- und Fußgelenke zusammenzubinden – wie bei einem Schwein, das für den Spieß vorbereitet wurde. Zufrieden mit dem bisherigen Verlauf stand er auf und streckte den Rücken durch. Als er Jacks Stimme vom Wohnzimmer her hörte, hielt er den Atem an.

»Charlotte?«

Er legte das Klebeband auf die Küchenzeile, nahm den Bolzenschneider aus dem Rucksack und machte einen großen Schritt auf die Tür zu. Dann umfasste er das Werkzeug mit beiden Händen wie einen Baseballschläger und hielt sich bereit.

»Charlotte?«, rief Jack wieder, dieses Mal schon ungeduldiger. Sehr gut, das bedeutete, er würde gleich in die Küche kommen, hereinstürmen wie der Bulle, der er war.

»Charlotte?«, schrie er jetzt wütend und voller Verachtung.

Er hörte ihn, wie er »verdammte Scheiße« murmelte, bevor er mit schweren Schritten auf die Küche zugestapft kam. Als der Dritte die Tür aufmachte, wollte er etwas sagen, brachte aber nur ein paar Worte heraus, bevor der Bolzenschneider ihn zum Schweigen brachte, der ihn mitten ins Gesicht traf.

Jacks Beine flogen nach oben wie in einem Comic, und sein Kopf traf gleich darauf auf dem Boden auf. Fast hätte er gelacht. Erstaunlicherweise verlor Jack durch den Schlag nicht vollständig das Bewusstsein. Blut quoll aus Nase und Mund, und sein Kiefer war mehrfach gebrochen. Er stellte sich über ihn, nahm das Gaffer-Tape und wickelte es um Jacks entstelltes Gesicht. Jack versuchte zu schreien, während sein gebrochener Kiefer gezogen und gequetscht wurde, aber natürlich nützte ihm das nichts. Schließlich wurde er wie seine Frau ohnmächtig. Die Schmerzen waren dann offenbar doch zu viel.

Noch immer sickerte Blut aus Jacks Nase. Er ließ ihn auf dem Boden zurück, schleifte Charlotte an den Knöcheln zum Fuß der Treppe und warf sie sich dann über die Schulter, um sie nach oben zu tragen und im Badezimmer neben die Heizung zu verfrachten. Dort blieb sie irgendwie verdreht liegen, und er fühlte ihr den Puls, um sich zu vergewissern, dass sie nicht schon tot war. Nein, alles in Ordnung. Vorerst pulsierte ihre Halsschlagader noch unter seinen Fingerspitzen. Er fesselte sie mit Klebeband an den Heizkörper, nur für den Fall, dass sie zu sich käme. Dann ging er wieder nach unten in die Küche und stieg vorsichtig über Jack hinweg, um zur Spüle zu gelangen. Er füllte ein Glas mit kaltem Wasser und schüttete es Jack ins Gesicht, sodass der mit einem Ruck zu sich kam.

Einen Moment lang wusste sein Opfer nicht, wo es war oder was passiert war, und er genoss den Moment, in dem es ihm dämmerte, in dem Angst in seinen Augen aufflackerte.

Vor Entsetzen krampfte sich Jacks Körper unwillkürlich zusammen, krümmte sich in dem Versuch zu entkommen. Er zog ihn auf die Füße und schlug ihm noch einmal ins Gesicht. Das Geräusch, als der Kiefer erneut brach, hallte durchs Haus, und Jacks Knie gaben nach. Gelassen fesselte er ihn an Händen und Füßen, dann setzte er seinen Rucksack auf und schleppte ihn die Treppe hinauf, wo er ihn neben seiner immer noch ohnmächtigen Frau in die Badewanne hievte. Jack versuchte herauszuklettern, rutschte aber ab. Er schlug ihn wieder, und der Schmerz raubte Jack die Herrschaft über seinen Körper. Er strampelte wie ein dicker Käfer, der in ein Loch gefallen war und nun verzweifelt versuchte, wieder herauszukommen.

Bei den ersten beiden Morden hatte er seine Opfer vor diesem Moment ein bisschen gefoltert, aber er hatte gelernt, dass die Erwartung von Schmerzen – richtigen Schmerzen – sehr viel grausamer war, als sie tatsächlich zu erleiden. Er würde Jack nicht mit dem Messer bearbeiten wie die anderen beiden, er würde ihn nicht verstümmeln. Er hatte bei den ersten beiden gelernt, dass sich die Menschen in sich selbst zurückzogen, wenn man ihnen echte Schmerzen zufügte. Wenn sie zu stark waren, verloren sie das Bewusstsein, weil sie sie nicht ertragen konnten. Versteckten sich vor ihnen, feige, wie sie waren. Nein, er würde Jack nicht verletzen, allerdings würde er ankündigen, es zu tun, und dabei dafür sorgen, dass Jack bei Bewusstsein blieb.

Er spielte ein paar Minuten mit seinem Opfer, dann nahm er einen kleinen Kanister aus seinem Rucksack und goss den

Inhalt über dem Mann aus. Der Geruch von Benzin auf seiner Haut versetzte Jack in Panik, und er versuchte erneut, aus der Badewanne herauszuklettern, wurde aber für den Versuch heftig bestraft und fiel in Ohnmacht. Er überlegte, ob Jacks Unterkiefer wohl noch am Oberkiefer befestigt war oder nur das Klebeband sein Gesicht zusammenhielt.

Jack war jedoch nicht mehr interessant für ihn, er würde nirgendwohin gehen, deshalb drehte er sich um, um sich dessen Frau anzusehen. Sie hatte inzwischen das Bewusstsein wiedererlangt und saß wie gelähmt vor Angst da. Ihre Augen waren das Einzige, was sich an ihr bewegte, ihr Blick huschte von rechts nach links. Ihr Gehirn war nicht in der Lage zu verarbeiten oder auch nur zu begreifen, was sie da sah. Irgendwie war es ja doch auch ein bisschen traurig, dass er ihr das antun musste, hatte sie doch lang genug unter ihrem Arschloch von Ehemann gelitten. Doch dann fiel ihm wieder ein, dass jedes Mitleid fehl am Platz war. Schließlich war es ihre Entscheidung, dass sie jetzt hier war, und nicht seine. Und er erledigte die Arbeit, die Gott nicht tun würde. Er musste noch mehr töten, dann würden die anderen hören. Und begreifen. Männer würden sich ändern, Frauen ihre Männer verlassen. Was er tat, diente dem übergeordneten Wohl. Wie bei der Sintflut, als es vierzig Tage und vierzig Nächte regnete, um die Welt vom Bösen zu befreien. Nun war *er* der Regen.

Er zog die Hebel des Bolzenschneiders auseinander, legte die obere Klinge über die Zehen von Charlottes rechtem Fuß und positionierte die untere exakt darunter. Da sie wusste, was gleich kommen würde, wurde sie wieder ohnmächtig, und unwillkürlich war er ein wenig enttäuscht. Dann ließ er die Griffe des Bolzenschneiders wieder zusammengleiten und schnitt ihre Zehen ab. Ein Symbol dafür, dass sie nicht gerannt war, als sie noch gekonnt hätte. Er hatte erwartet, dass es schwieriger wäre, das zu tun, aber eigentlich war es auch nicht anders, als würde er im Herbst seinen Schmetterlingsstrauch zurückschneiden. Ein wenig Druck, und die Griffe trafen sich. Er sammelte Charlottes Zehen ein und ließ sie in die Badewanne fallen. Kurz bevor er ging, riss er ein Streichholz an und warf es an Jacks Bein. Das Benzin an seiner Hose entzündete sich, und die Flammen breiteten sich in Windeseile auf seinem Oberkörper aus.

Jacks brennender Leib erhellte den ganzen Raum, es war beinahe romantisch. Er blieb noch einen Moment stehen und genoss das Schauspiel. Dann nutzte er das Licht, um seine Habseligkeiten einzusammeln. Als er alles zusammenhatte, zog er den Overall aus, warf ihn ins Feuer und verließ das Haus. Ein paar Minuten später saß er wieder im Auto und fuhr davon.

Er war schon auf der N20 in Richtung Norden, als er die ersten Feuerwehrautos in der Gegenrichtung vorbeirasen sah. Ob sie wohl ahnten, dass er wieder zugeschlagen hatte?

9

16. MAI 2018
A14, AUF DEM WEG ZUM FLUGHAFEN STANSTED

Ich saß hinten im Taxi und beobachtete, wie die frühmorgendliche Welt an mir vorbeizog. Die Autos auf der Gegenspur verschwommen zu einem konstanten Strom aus Metall. Mum neben mir hatte gerade etwas gesagt, das hatte ich so vage mitbekommen. Aber *was* sie gesagt hatte, keine Ahnung. Ich konnte an nichts anderes denken als an das Pochen in meinen Händen, die ich so verkrampft gefaltet hatte, dass meine Fingerspitzen prickelten. Ich fürchtete, dass sich meine Angst, wenn ich sie voneinander löste, aus meinen Handflächen ergießen würde.

»Claire?«

»Tut mir leid, Mum, ich war gerade meilenweit weg.«

»Das hab ich gesehen. Wie geht es dir?«

Ich sah sie an, und sie lächelte. Sie wusste genau, was für eine blöde Frage das war.

»Alles kommt in Ordnung.«

»Meinst du?«

»Ja, die Reise wird dir guttun. Ich glaube, sie wird uns beiden guttun.«

Daran hatte ich noch gar nicht gedacht. Dass Mum das womöglich genauso nötig hatte wie ich. Auch sie hatte Owen geliebt, und das Haus, das bei dem Brand beinahe zerstört worden war, hatte einmal ihr gehört. Irland war ihre Heimat gewesen, bevor sie nach England gezogen war, um bei Geoff zu sein. Nicht nur ich war zehn Jahre lang nicht in Irland gewesen, sondern auch sie.

»Mum, wie geht es dir damit, dass wir dorthin fliegen?«

»Ich bin nervös … ängstlich. Es ist schon so lange her.«

»Ja, das ist es. Ich habe wohl auch Angst.«

»Daran ist nichts verkehrt.«

»Warum kommt es mir dann so vor?«

»Das kannst nur du beantworten. Claire, wie wäre es, wenn du und ich das zusammen durchstehen?«

»Das klingt großartig.«

»Und eins noch: Wenn du darüber sprechen willst – worüber auch immer –, dann kannst du das gern tun, ich werde mir keinerlei Urteil erlauben, ich höre einfach nur zu. Du kannst mir alles sagen, okay?«

»Danke, Mum.«

Ich lächelte ein wenig bemüht und wandte meine Aufmerksamkeit wieder dem Fenster zu. Die nasse Straße vor uns reflektierte die aufgehende Sonne und blendete mich. Ich wusste, worauf sie anspielte. Mum war in den letzten zehn Jahren zwar an meiner Seite gewesen, aber ich hatte nie so richtig über diese Nacht mit ihr gesprochen. Wir hatten immer nur reagiert. Uns mit der unmittelbaren Genesung beschäftigt oder versucht, mit Panikattacken, der Presse, dem

Trauma fertigzuwerden. Wir wagten nie einen Blick zurück, versuchten immer nur, nach vorn zu schauen. Mir kam der Verdacht, dass es bei dieser Reise gar nicht darum ging, sich von der Vergangenheit zu verabschieden, sondern darum, mir zu ermöglichen, offen darüber zu sprechen.

Das Taxi wurde langsamer, und ich hörte den Blinker ticken, als wir links abbogen. Vor mir sah ich das Terminalgebäude des Flughafens Stansted. Und sofort war sie wieder da, die eisige Hand in meiner Brust.

10

16. MAI 2018
FLUGHAFEN STANSTED

Da Mum immer noch mutwillig war wie eine Jugendliche, hatte sie aus strategischen Gründen einen Gehstock mitgenommen, damit sie älter wirkte. Dadurch nahmen die Leute mehr Rücksicht, und sie konnte sich problemlos durch die Menschenmassen am Flughafen bewegen. Am Check-in-Schalter tat Mum ein bisschen tatterig, und ich half ihr, ihre abartig überladene Tasche auf das Förderband zu wuchten. Leider überstieg das Gewicht ihres Gepäcks die Grenze von fünfzehn Kilogramm ganz erheblich. Der Mann am Schalter lächelte, seine Zähne waren weißer, als man sich vorstellen konnte. Dann nickte er verständnisvoll und sagte, dass er wegen des zusätzlichen Gewichts ausnahmsweise ein Auge zudrücken würde. Mum dankte ihm mit einem scheinbar erschöpften Lächeln.

Trug sie so dick auf, weil sie Schlangestehen hasste – sie ließ keine Gelegenheit aus, Geoff und mir das mitzuteilen –, oder tat sie das mir zuliebe, um uns Raum zu geben und dafür zu sorgen, dass die Leute sie anglotzten und nicht mich? Eigentlich war die Antwort klar: Letzteres traf zu, und dafür liebte ich meine Mum über alles. Wenn ich sie darauf ansprechen würde, würde sie es vehement abstreiten und behaupten, sie nutze nur ihre Position im Leben aus. Und dann würde sie noch etwas wie »Es geht nicht immer nur um dich, Claire« hinzufügen. Also beließ ich es dabei und lud stattdessen meinen Koffer auf das Band. Nervös sah ich zu, wie er hinter den Check-in-Schaltern verschwand, und hoffte, dass ich ihn nachher auf dem Shannon Airport wiederbekam.

Dann kam die Sicherheitskontrolle. Die Leute vor uns nahmen ihre Gürtel ab, leerten ihre Taschen, passierten den Metalldetektor und nahmen auf der anderen Seite ihre Sachen wieder in Empfang – alles entspannt und routiniert. Andere blieben stehen, wenn sie angewiesen wurden, sich mit dem Handscanner überprüfen zu lassen, manch einer wurde dabei sogar angestupst. Den meisten machte es offenbar nichts aus, dass die Flughafen-Security sie abtastete; ein Mann lachte sogar und entschuldigte sich dann dafür, kitzelig zu sein.

Je mehr wir uns dem Check näherten, desto panischer wurde ich. Es geht nicht, du bist noch nicht bereit dafür, du erträgst das nicht, hämmerte es mir in Endlosschleife durch den Kopf. Also scherte ich aus der Schlange aus, was mir seltsame Blicke der anderen Leute eintrug, die sich an mir vorbeidrängten. Ich hatte mich verdächtig gemacht, hoffte aber, dass die Leute glaubten, ich hätte bloß Flugangst.

Ich wusste, dass ich mir keine Sorgen zu machen brauchte. Ich hatte nichts bei mir, was ich nicht dabeihaben durfte. Doch inzwischen hatte ich auch die Aufmerksamkeit der

Security auf mich gezogen. Sie musterten mich, und instinktiv verfiel ich in mein altes Muster und wollte nur noch eins: abhauen. Bevor ich jedoch meinen ersten Schritt in Richtung Ausgang machen konnte, packte mich Mum am Arm, ihr Daumen drückte aus Versehen in eine meiner Narben.

»Mum, lass mich los.«

»Claire, wir schaffen das.«

»Ich wollte nur …«

»Ich weiß, was du wolltest, Schatz, ich bin deine Mum. Wir schaffen das. *Du* schaffst das …«

»Mom, ich kann nicht, ich kann das nicht. Ich möchte gern, glaub mir, aber ich kann nicht. Ich will nach Hause!«

»Ich weiß, dass du das willst, und das wirst du auch – wenn wir das hinter uns gebracht haben. Du bist nicht allein, ich bin bei dir und pass auf dich auf.«

»Wie um alles in der Welt willst du …« Ich brach ab, bevor ich den Gedanken zu Ende gedacht hatte.

Mum klappte den Mund auf, um etwas zu sagen, aber bevor sie auch nur ein Wort rausbrachte, fragte ein Flughafenmitarbeiter, ein kräftiger Mann mit einem tiefen Bass: »Entschuldigen Sie, ist alles in Ordnung?«

Seine Stimme erschreckte mich, ich wich einen Schritt zurück und hielt mir die Hände vor den Bauch.

»Miss, ist alles okay?«

»Ja, tut mir leid, ich habe nur Flugangst.«

»Verstehe. Na ja, wissen Sie, die Wahrscheinlichkeit, dass sie auf dem Weg zum Flughafen sterben, ist größer, als bei einem Flugzeugabsturz ums Leben zu kommen.«

»Ja, danke«, sagte ich und warf Mum einen Blick zu, die Mühe hatte, nicht zu lachen.

»Immer wieder gern«, erwiderte er selbstzufrieden und kehrte zu den anderen Passagieren zurück. Mum starrte auf den Boden und versuchte verzweifelt, sich zusammenzureißen. Lange würde sie das nicht durchhalten, das war klar. Und als sie den Kopf hob und mich anschaute, begann sie so zu lachen, dass ihre Schultern nur so hüpften. Ihr Glucksen war so ansteckend, dass ich nicht anders konnte, als mitzulachen. Eigentlich war hier überhaupt nichts lustig, aber der unbeholfene Beruhigungsversuch des Wachmanns hatte die Spannung aufgelöst und mir seltsamerweise geholfen.

Also wieder zurück in die Schlange. Bevor ich merkte, wie mir geschah, standen Mum und ich ganz vorn. Sie ging als Erste durch den Scanner, es piepste – der Gehstock –, und ich beobachtete, wie sie ihre Handscanner zückten. Dann war ich an der Reihe. Ich ging durch, nichts piepste, und als ich gerade ausatmete und dachte, dass alles in Ordnung wäre, kam einer von der Security, der mich vorhin von Weitem beobachtet hatte, herüber und wies mich an, beiseitezutreten. Ich gehorchte. Meine rationale Seite wusste, es war nichts Schlimmes, es war nur, weil ich in der Schlange so verdächtig gewirkt hatte, deshalb wollten sie einfach nur sichergehen. Doch meine rationale Seite war gerade nicht am Ruder. Eine Beamtin kam dazu und bat mich, die Arme zu heben. Sie tastete meine Schultern und Arme ab, ihre Bewegungen wurden langsamer, als sie spürte, dass sich die Haut an meinem rechten Unterarm anders anfühlte. Sie konnte nicht wissen, dass es sich um Narbengewebe handelte, also bat sie mich, meine Ärmel hochzukrempeln.

»Muss ich das wirklich? Ich habe nichts Gefährliches bei mir!«

»Bitte, Madam, krempeln Sie die Ärmel hoch.«

Ich gehorchte und suchte nach Mum, die auf die Seite gewinkt worden war, damit sie den anderen Leuten nicht im Weg stand. Ich schob meinen linken Ärmel nach oben und hielt kurz inne, bevor ich den rechten hochkrempelte. Sofort wandelte sich der Gesichtsausdruck der Beamtin von Misstrauen in etwas anderes – Schock vielleicht oder Mitleid.

»Danke«, sagte sie, unfähig, mir in die Augen zu schauen.

»Schon gut.« Meine Stimme klang ruhiger, als ich erwartet hatte.

Sie setzte ihre Leibesvisitation fort und hielt inne, als sie wieder Narbengewebe ertastete. Ich sah Mum, die sich zurück in meine Sichtweite kämpfte. Ohne zu blinzeln stand sie da und schaute mir in die Augen. Ich versuchte mich an einem Lächeln, was aber ziemlich missglückte. Sie nickte mir zu, versicherte mir damit, dass sie da war. Dass sie bei mir war.

»Würden Sie bitte die Schuhe ausziehen?«

»Was?«

»Ihre Schuhe, bitte.«

»Muss ich das?«

»Ich fürchte, ja, die Vorschriften, verstehen Sie?«

»Bitte!«

»Tut mir leid. Es geht nicht anders.« Ihr war es sichtlich unangenehm, das von mir zu verlangen, das merkte ich.

Ich nickte und zog meinen linken Schuh aus, dann ganz langsam den rechten. Ich trug Kniestrümpfe, doch selbst durch sie konnte man die deformierte Masse erkennen, die einst mein Fuß gewesen war.

»Danke, Madam«, sagte sie, als sie sich wieder aufrichtete und mich ansah. Ihr Gesichtsausdruck verwandelte sich von Mitleid zu Erkenntnis. »Tut mir leid, dass ich sie aufgehalten habe.«

»Schon gut, Sie erledigen nur Ihren Job.«

»Aber manche Dinge sind wichtiger, oder?«

Sie drehte sich um, nahm meine Tasche und reichte sie mir.

»Mrs. Moore, es war mir eine Ehre, sie kennengelernt zu haben.«

Ich nickte und ging an ihr vorbei, die Tasche an meine Brust gepresst. Als ich Mum erreichte, sagte sie nichts, sondern drückte nur meine Schulter. Ich nickte ihr zu, um ihr zu signalisieren, dass alles okay war. Im Weggehen drehte ich mich noch einmal um, die Beamtin und ihr Kollege sahen mir nach. Sie lächelten, und ich wandte mich ab. Mum hakte sich bei mir unter, als wir die Abflughalle betraten.

11

16. MAI 2018
SÜDIRLAND

Ich war heilfroh, dass Mum beim Autoverleih so hartnäckig auf einem Automatikfahrzeug bestanden hatte, damit sie fahren konnte, denn mein rechtes Bein hörte überhaupt nicht mehr auf zu zittern. Angefangen hatte es beim Landeanflug der Maschine in Shannon. Zuerst hatte ich noch versucht, es vor Mum zu verbergen, was natürlich nicht klappte. Sie legte mir die Hand aufs Knie, um mich zu beruhigen. Das funktionierte auch – für den Bruchteil einer Sekunde.

Mum fuhr schweigend, Kilometer für Kilometer die N18 Richtung Süden, und Newmarket – zu Hause – kam immer näher. Ich versuchte, durch die Scheiben der vorbeifahrenden Autos einen Blick auf die Fahrer in ihren eigenen Metallblasen zu erhaschen, die ihre eigenen Sorgen, Ängste und Gedanken mit sich herumfuhren. Nichts davon würde ich je erfahren.

Die hügelige Landschaft, die die Autobahn säumte, wirkte fremd, dabei war sie mir früher doch so vertraut gewesen, ein Teil von mir wie nichts anderes! Mir war etwas fremd, das lange ein Teil von mir gewesen war – ich hätte nie gedacht, dass mich das so traurig stimmen könnte. Mum las offenbar meine Gedanken, denn sie unterbrach meine Grübeleien, bevor ich mich zu sehr hineinsteigern konnte.

»Claire, willst du es heute Abend tun?«

Was sie mit »es« meinte, musste sie nicht erklären. Wir wussten es beide.

»Nein, Mum, ich glaube, ich bin noch nicht so weit.«

»Das verstehe ich, Liebes, aber morgen, morgen bringen wir es hinter uns, ob du dich bereit fühlst oder nicht. Wir müssen es tun!«

Ich schaute sie an, aber sie erwiderte meinen Blick nicht, sondern konzentrierte sich auf den Verkehr. »Es hinter uns bringen? Mum, das ist schwer für mich, es ist ja nicht so, dass wir an irgendeinem Ort vorbeischauen, den ich mal kannte. Owen …«

Ich verstummte, konnte nicht weitersprechen. Es war auch so schon schwer genug, meine Gefühle im Griff zu behalten. Wenn ich sie laut ausspräche, würde ich zusammenbrechen. Und das durfte nicht passieren. Ich durfte hier nicht nutzlos sein. Nicht schon wieder. Mum sah mich an, nur eine Sekunde lang, und ich merkte, wie sich etwas in ihr veränderte, ihre stahlharte Fassade bekam Risse. Und sie sah zum ersten Mal, seit ich denken konnte, nicht mehr unfehlbar aus.

»Tut mir leid, Liebes, ich fürchte mich einfach nur genauso sehr wie du. Ich meine, das ist der Ort, an dem ich dich beinahe verloren hätte.« Sie atmete tief durch. »Weißt du, in dieser Nacht, als der Anruf kam, dachte ich, jemand erlaubt sich einen grausamen Scherz mit mir, und ich war wütend auf dich, weil ich dachte, du spielst da mit. Erst als ich den

Fernseher einschaltete und dieses Bild sah, dieses Bild von dir …« Sie unterbrach sich, unfähig, den Satz zu beenden. Und ich war ihr dankbar. Dieses Bild verfolgte mich seitdem. Ich hatte es seit Jahren nicht mehr angeschaut, trotzdem erinnerte ich mich an jedes Detail.

»Ich betrachte die Dinge nicht immer aus der Perspektive eines anderen«, sagte ich leise. »Und du solltest das auch nicht tun, es ist nicht deine Aufgabe, dich in das, was andere möglicherweise empfinden, einzufühlen.«

»Aber ich erkenne nie, wie schwer es für dich gewesen sein muss.«

Mums Kinn bebte leicht, und sie atmete noch einmal tief durch, um das Zittern zu unterdrücken. Sie blinkte, steuerte auf den Randstreifen, zog die Handbremse und schaltete die Warnblinkanlage ein. Als sie sprach, war ihre Stimme so dünn und zerbrechlich wie eine frische Eisschicht.

»Ich würde lügen, wenn ich nicht sagte, dass diese Nacht auch mich beinahe umgebracht hätte, Claire. Aber sie tat es nicht, wir haben überlebt. Du hast überlebt – nicht nur jene Nacht, sondern jede Nacht seitdem. Es spielt keine Rolle, was *ich* fühle, deine einzige Aufgabe besteht darin, dich darum zu kümmern, was *du* fühlst.«

»Ich weiß, aber …«

»Nichts aber.« Sie nahm meine Hände in ihre. »Claire, es ist schwer für mich, hier zu sein, aber ich habe keinen blassen Schimmer von dem, was in deinem Kopf vor sich geht. Du lässt dir so viel Zeit, wie du brauchst. Tut mir leid, wenn ich dich angefahren habe.«

»Mum, wir helfen uns da gegenseitig durch.«

»Du und ich.«

»Ja, Mum, du und ich.«

Sie nickte so, wie sie es immer tat, wenn sie einen Entschluss gefasst hatte, dann löste sie die Handbremse, legte den Gang ein und fädelte sich wieder in den Verkehr Richtung Newmarket ein.

12

16. MAI 2018
SÜDLICH VON NEWMARKET, IRLAND

Nach einer Weile verließen wir die Autobahn, bogen auf eine Fernstraße ab und schließlich auf eine gewundene Landstraße. Ungefähr eine Stunde später sah ich das Schild nach Freemount. Owen und ich hatten dort mal Picknick gemacht, etwa ein Jahr nach unserer Hochzeit, aber ich konnte mich nicht mehr erinnern, weshalb wir ausgerechnet dorthin gefahren waren. Es gab dort nichts Besonderes, keine Burg oder einen See oder so was. Trotzdem war es vielleicht das schönste Picknick, das wir je zusammen gemacht hatten. Wir hatten einen ruhigen, offenen Park gefunden und unsere Decke im Schatten einer riesigen alten Eiche ausgebreitet, deren dicke Äste sich unter ihrem eigenen Gewicht bogen. Das Geld war knapp bei uns gewesen, deshalb waren unsere Picknicks bescheiden ausgefallen – ein paar Sandwiches, Chips und eine Flasche Limonade, die wir aus Champagnerflöten aus Plastik getrunken hatten. Wir hatten über alles und nichts geredet und versucht, in den Wolken Tiere zu erkennen. Irgendwann war eine junge Familie gekommen, und die Eltern hatten mit ihren Kindern bei den

Schaukeln auf der anderen Seite der riesigen Rasenfläche gespielt. Das glückliche Lachen der Kinder und ihre Jubelschreie waren vom warmen Wind getragen zu uns herübergeweht. Owen war ganz in den Anblick der Kinder versunken gewesen, und in seinen Augen hatte ich damals etwas entdeckt, das ich nie zuvor bei ihm gesehen hatte. Es hatte eine Trauer in seinem Blick gelegen, als hätte ihm etwas gefehlt. Hatte Owen Moore, der Mann, der keine Kinder wollte, vielleicht – nur vielleicht – seine Meinung geändert?

Als wir an der Einbiegung zum Park vorbeifuhren, hoffte ich, die alte Eiche wenigstens kurz sehen zu können, aber ein halb fertiges Haus versperrte mir die Sicht. Schade. Enttäuscht richtete ich den Blick wieder auf die Straße und versuchte, nicht zu der Einmündung auf der rechten Seite zu schauen. Dieser Weg führte nach ungefähr drei Kilometern dorthin, wo ich gewohnt hatte.

Wir passierten Newmarket, wo ich aufgewachsen war, mich verliebt hatte und aus dem ich am Ende geflohen war, und setzten unsere Fahrt zu unserem Bed & Breakfast in Cullen fort, zwanzig Kilometer weiter südlich. Wir hätten auch näher an Newmarket übernachten können, in Churchtown, Mallow oder Kanturk. Aber all diese Orte standen für etwas, besaßen eine besondere Bedeutung für mich. In Churchtown hatte es ebenfalls Opfer gegeben, und in Mallow hatten Owen und ich geheiratet. Kanturk würde ich morgen besuchen, denn dort lag Owen begraben. In Cullen war ich nie gewesen, wahrscheinlich hatte ich den Ort unbewusst genau deswegen ausgewählt.

Als wir ankamen, brauchte ich einen Moment, bis ich mich traute auszusteigen. Wir waren mitten im Nirgendwo, niemand rechnete damit, dass ich je zurück nach Irland kommen würde, und trotzdem wurde ich den Gedanken nicht los, dass mich jemand beobachtete. Mum kämpfte mit unserem Gepäck und brauchte Hilfe, und obwohl sie in einer Tour redete, während wir vom Parkplatz zum Bed & Breakfast gingen, kriegte ich kein Wort von dem, was sie sagte, mit – ich konzentrierte mich mit allen Sinnen ausschließlich auf meine Umgebung. Plötzlich meinte ich, direkt hinter mir etwas zu hören, wirbelte panisch herum, und es dauerte ein paar Sekunden, bis meine Vernunft wieder die Oberhand gewann.

»Claire?«

»Alles gut, ich bin nur ein wenig schreckhaft.«

Wir checkten in unser Zimmer ein, und ich setzte mich auf mein Bett; ich war plötzlich total erschöpft. Mum wollte sich frisch machen und verschwand im Bad. Kurz darauf hörte ich die Dusche rauschen. Ich suchte mir etwas Bequemeres zum Anziehen – eine locker sitzende Trainingshose und ein weites Oberteil – und legte mich auf das Bett am Fenster. Dann zog ich mein Handy aus der Tasche und schaltete es ein. Zwei Nachrichten. Die erste stammte von Paul. Sie war kurz, aber lieb.

Ich hoffe, du und deine Mum seid gut angekommen. Ich denke an dich. X.

Ich schrieb ihm, dass es uns gut ging und dass ich müde war, hätte gern noch hinzugefügt, dass ich ihn vermisste, tat es dann aber doch nicht. Die zweite SMS war von Penny.

Hey, du, ich wollte dir nur sagen, dass das, was du tust, verdammt großartig ist. Ruf mich wann immer du willst an, du kennst mich, ich hänge immer am Handy.

Sogar in ihren Textnachrichten klingt sie überschäumend und fürsorglich, dachte ich und musste grinsen. Ich schrieb ihr nicht zurück, ich würde sie lieber später anrufen. Als Nächstes checkte ich meine E-Mails – immer der gleiche Quatsch – und ging dann auf Facebook. Eine Nachricht. Als ich sie anklickte, spürte ich wieder das gleiche Unbehagen in meinem Zwerchfell, die eisige Hand machte sich bereit. Als ich sah, wer mir geschrieben hatte, begann sie ihre Melodie, und als ich die Nachricht las, steigerte sie sich zu einem Crescendo und brachte mich buchstäblich zum Erzittern.

Sie war von Killian. *Hi, Claire, wie ich höre, bist du zurück in Irland. Ich würde dich gern sehen, wenn sich die Gelegenheit bietet.*

Das Handy glitt mir aus den Händen und prallte auf dem Holzboden auf. Ich sprang auf und stürzte zur Tür, um sie abzuschließen – dann drehte ich mich um und sackte zusammen.

Nur Paul, Penny und Geoff wussten, dass ich in Irland war. Woher wusste *er*, dass ich zurückgekehrt war?

13

17. MAI 2018
CULLEN, IRLAND

Ich schlief unruhig, jedes Geräusch, das das Haus von sich gab, verwandelte sich in etwas Größeres. Das Knarren der alten Dielenbretter wurde zu Schritten, die sich näherten. Das Schlagen der ins Schloss fallenden Tür nebenan verwandelte sich in das Geräusch eines Einbruchs, und im Halbschlaf war ich davon überzeugt, dass das, was vor zehn Jahren geschehen war, gleich wieder passieren würde.

Als es so still geworden war, dass ich mich endlich entspannen konnte, überschlugen sich meine Gedanken. Woher wusste Killian, dass ich in Irland war?

Killian verunsicherte mich, eigentlich hatte sich sein Verhalten gar nicht so sehr verändert, aber etwas an ihm war in letzter Zeit anders, das spürte ich. Er war irgendwie aufdringlicher und schien sich mehr unterhalten zu wollen – als würde er versuchen, mich aus der Reserve zu locken. Ich musste noch besser aufpassen und Distanz wahren.

Am Anfang hatte ich mich sehr auf ihn gestützt. Vermutlich, weil er freundlich war, zuhörte und vielleicht auch, weil er mich ein wenig an Owen erinnerte.

Ich hatte Killian Dinge anvertraut, die ich anderen nicht erzählt hatte. Er wusste von meinen Träumen und von meiner Angst, nach draußen zu gehen. Er wusste viel über das Trauma jener Nacht im Jahr 2008. Das war vielleicht ein Fehler gewesen. Er meinte es gut, doch als er die Facebook-Gruppe »zu meinen Ehren«, wie er sagte, gründete, da wurde mir das Ganze ein wenig zu persönlich, zu kompliziert. Die Geschenke und das Geld waren schon schlimm genug. Aber dass die Gruppe jede meiner Bewegungen kannte und mir jedes Mal, wenn ich das Haus verließ, gratulierte ... ich hatte das Gefühl, ständig beobachtet zu werden. Vor ein paar Jahren leierte er sogar eine eigene Gruppenermittlung an, um endgültig zu klären, ob Tommy Kay der Blackout-Killer war oder nicht. Das fühlte sich für mich nicht gut an, und als ich ihn darum bat, damit aufzuhören, war er sauer. Ich würde nicht verstehen, dass er das nur für mich tat, meinte er. Und jetzt hatte er irgendwie herausbekommen, dass ich wieder da war, und ich konnte nur hoffen, dass ich ihm nicht über den Weg lief.

Irgendwann musste ich dann doch eingeschlafen sein. Ich träumte von dem Moment, in dem ich das Badezimmerfenster eingeschlagen hatte und hinausgefallen war. Ich war so schwer auf meiner Seite gelandet, dass mir die Luft wegblieb. Immer noch konnte ich den strömenden Regen spüren, der hart auf meine beinahe nackte Haut schlug. Ich hatte Schmerzen, als ich mich vom Haus wegschleppte, und wusste noch, dass ich kalte, nasse Erde auf meinem Körper spürte. Ich fühlte mich so schwer und klebrig, dass ich mich nur unter

Schwierigkeiten fortbewegen konnte. Und dann lag ich hinten in meinem Garten, wie ein Embryo zusammengekauert, zu erschöpft, um mich über den knapp einen Meter hohen Zaun auf das Feld hinter unserem Haus zu schwingen, in dem ein Inferno tobte. Ein Mann kam auf mich zugerannt, seine Gesichtszüge konnte ich vor den lodernden Flammen nicht erkennen. Dann leuchteten die Lichter eines Hubschraubers auf mich herunter – ein Lichtstrahl des Himmels.

Anfangs war ich noch schreiend vor Angst aufgewacht, wenn ich diesen Traum hatte, und erinnerte mich an den Schmerz, als wäre er ganz frisch. Mit der Zeit schrie ich nicht mehr – ich schluchzte in mein Kissen. Vor etwa fünf Jahren hatte dann auch das Weinen aufgehört, und ich spürte nur noch das heftige Klopfen meines Herzens in der Brust. Inzwischen hatte dieser Traum so sehr seinen Schrecken verloren, dass mein Herz nur noch kurz ins Stolpern geriet und ich die Augen aufschlug.

Kaum war ich wach, kehrten das Knarren, die schlagenden Türen, der heulende Wind draußen und die Gedanken an Killian zurück, und zu all dem kam noch, dass ich heute nach Kanturk fahren und Owen besuchen würde. Heute war der Tag, bevor sich diese Nacht zum zehnten Mal jährte. Ich wollte Owen nicht an seinem Todestag aufsuchen. Das erschien mir nicht richtig, weil ich mich dann nicht an das Leben, das er geführt hatte – an unser Leben –, erinnern würde, sondern an die Art und Weise, wie er gestorben war. Es hatte Jahre gedauert, das aus meinen Gedanken zu verdrängen, und ich wollte dieses Bild auf keinen Fall zurückhaben. Außerdem vermutete Penny, dass Reporter aufkreuzen könnten, es war ja ein runder Jahrestag, quasi ein Jubiläum. Die Vorstellung, wieder in der Presse zu sein, war mir unerträglich.

Viel lieber hätte ich mich daran erinnert, wie wir unseren letzten gemeinsamen Tag verbracht hatten, aber da war nichts. Nur Nebel. Deshalb musste er wie jeder andere gewesen sein. Einfach nur ein weiterer verregneter Tag im Mai. Die Erkenntnis, dass ich mich vielleicht niemals an irgendwelche Details aus unserem letzten gemeinsamen Tag erinnern würde, machte mich unendlich traurig. Tatsächlich war die klarste Erinnerung, die ich an diesen Abend hatte, das Bild von Owens Arm, der aus der Badewanne hing. Ich musste aufhören, daran zu denken. Ich setzte mich auf, knüllte mein Kissen zusammen, stopfte es mir in den Rücken und blickte aus dem Fenster. Die Morgendämmerung hatte den Himmel wunderschön gefärbt, und die aufgehende Sonne warf einen schmalen Lichtstrahl auf die Wand gegenüber. Die Minuten verstrichen, und der Sonnenstrahl wanderte, bis er schließlich auf Mum in ihrem Bett fiel und sie sich regte. Sie streckte sich genüsslich, und plötzlich war ich neidisch, wie gut sie schlief. Mit den Dämonen der Vergangenheit war sie eindeutig besser fertiggeworden – was mich aus einem mir unerfindlichen Grund schockierte. Ich musste an einen Baum denken, ja, wie so viele aus ihrer Generation kam sie mir wie ein Baum vor. Je älter sie wurde, desto stärker war sie. Die Falten meiner Mutter waren wie die Jahresringe eines dicken Stamms, jeder von ihnen war mit der Erde verbunden.

Würde das bei mir auch so sein, wenn ich älter wurde?

Ein Blick auf mich genügte ihr, und sie wusste, dass ich eine schlechte Nacht gehabt hatte.

»Ist alles in Ordnung, Liebes?«

»Ja, alles gut. Ich habe nur schlecht geschlafen. Tasse Tee?«

»Ich dachte schon, du würdest nie fragen.«

Während ich den kleinen Wasserkocher einschaltete, der zum Zimmer gehörte, stand Mum auf und ging ins Bad. Ich hörte das Wasser laufen und die Toilettenspülung, während ich darauf wartete, dass das Wasser kochte. Als ich gerade die Teebeutel auspresste und Milch hinzufügte, kam sie vollständig angezogen zurück.

»Himmel, Mum, wollen wir schon los?«

»Nein, Schatz, ich will nur ein bisschen spazieren gehen. Etwas frische Luft in die Lungen bekommen.«

»Na, Gott sei Dank. Ich bin noch gar nicht so weit.«

»Lass dir Zeit.«

»Wie hast du es damals gemacht, du weißt schon, mit Dad?«

»Mich darauf vorbereitet, zu ihm zu gehen, nachdem er tot war? Ehrlich gesagt weiß ich das nicht.«

»Oh.«

»Ich habe deinen Dad ein paar Tage nachdem wir ihn beerdigt hatten zum ersten Mal besucht. Ich hatte gedacht, ich würde das verkraften … hab ich nicht, niemand verkraftet das.«

»Was, wenn ich nicht damit fertigwerde?«

»Dann lehnst du dich an mich, und ich stütze dich.«

»Und was, wenn es umgekehrt ist? Was, wenn es für dich zu viel ist?«

»Dann lehne ich mich an dich, und du stützt mich. Und wenn es für uns beide gleichzeitig zu viel ist, dann brechen wir gemeinsam zusammen.«

»Du sagst das so, als wäre es okay, zusammenzubrechen!«

»Manchmal ist es nicht nur okay, Liebes … sondern geradezu essenziell.«

Ich wusste, worauf sie anspielte. In all den Jahren hatte ich geweint, wenn der Ansturm der Presse zu groß wurde, ich hatte geweint, wenn die Träume mich aufgeweckt hatten. Ich hatte aus Frust geweint, in meinem Leben gefangen zu sein. Aber nie hatte ich um *ihn* geweint. Vielleicht weil ich nicht dabei gewesen war, als sie ihn beerdigt hatten. Und weil der Abend seines Todes nur aus den flackernden Momentaufnahmen bestand, die mir mein Unterbewusstsein zu sehen erlaubte. Ich hatte Angst, die sich nicht nur emotional, sondern fast schon körperlich manifestierte, und doch erschien es mir immer noch nicht ganz real.

»Hast du Lust auf einen Spaziergang, Liebes?«

»Nein, Mum, geh nur. Ich würde dich nur ausbremsen.«

»Es macht mir nichts aus zu schlendern.«

»Ehrlich, geh ruhig, ich wasche mich derweil und mache mich fertig.«

»Soll ich lieber hierbleiben?«

»Könntest du bleiben, solange ich im Bad bin?«, fragte ich leise. Es war mir peinlich, dass auch nach dieser langen Zeit immer noch jemand da sein musste, sobald ich eine Badezimmertür schloss.

Mum setzte sich aufs Bett, während ich mich rasch wusch

und mir die Zähne putzte. Als ich fertig war, drückte sie mir einen Kuss auf den Scheitel.

»Ich bleib nicht lang weg, nur eine halbe Stunde«, sagte sie, nahm ihre Teetasse und ging. Sofort schloss ich die Tür hinter ihr ab.

Ich zog mich an und versuchte verzweifelt, meine Angst für heute wegzudrängen. Mein Tee war inzwischen kalt, aber ich trank ihn trotzdem aus, stellte mich ans geschlossene Fenster und betrachtete die Aussicht, die hauptsächlich aus grünen Wiesen und Feldern bestand. Ein paar Bäume wiegten sich sanft im Wind, und die Wolken zogen rascher als sonst über den Himmel, einige von ihnen wirkten schwer und regenschwanger – sicher würde es bald einen Schauer geben. Mir fiel wieder ein, dass sich in diesem Teil Irlands Sonne und Regen ständig abwechselten. Auch wenn im Moment die Sonne schien, war es besser, einen Schirm mitzunehmen.

Auf dem Feld hinter dem Bed & Breakfast rannte ein goldbrauner Labrador mit einem Stock im Maul. Zuerst konnte ich den Besitzer nicht entdecken, doch dann sah ich rechts von mir etwas entfernt einen Mann, der mir den Rücken zugewandt hatte. Als er sich umdrehte, stockte mir der Atem. Er hatte etwas an sich, gab mir das Gefühl, dass er mich kannte. Ich versuchte, sein Gesicht zu erkennen, das sich im Schatten seines Hutes verbarg, in der Hoffnung, er würde lächeln oder winken. Oder verlegen wegschauen. Irgendwas. Doch das tat er nicht, er stand einfach nur da und starrte mich an. Dann hob er den Kopf und ließ sich die Morgensonne ins Gesicht scheinen – und ich hätte schwören können, dass er kaum merklich nickte, als wollte er sagen: »Ja, Claire. Ich bin es.«

Ich stolperte rückwärts und fiel aufs Bett, kämpfte mit der eisigen Hand, damit sie meine Brust losließ und ich Luft holen konnte. Meine Sicht verdunkelte sich, und meine Lippen prickelten. Ich senkte den Kopf zwischen die Knie, verzweifelt bemüht, nicht ohnmächtig zu werden.

Der Knauf der Zimmertür drehte sich, und in meiner Panik fiel ich vom Bett. Jemand versuchte, hereinzukommen! Ich sah mich nach etwas um, womit ich mich verteidigen konnte – das Einzige in Reichweite war die Nachttischlampe. Ich kroch zur Wand, um den Stecker zu ziehen, dann nahm ich alle Kraft zusammen, richtete mich auf und machte mich bereit, sie ihm entgegenzuschleudern.

»Claire? Könntest du mich hereinlassen?«

Mums Stimme beruhigte mich wenigstens so weit, dass ich auf die Tür zustolpern und aufschließen konnte, die Lampe noch immer fest umklammert. Kaum war sie eingetreten, schlug ich die Tür wieder zu und schloss ab.

»Claire? Was ist los?«

»Ich hab ihn gesehen, ich weiß nicht, wie das sein kann, aber ich hab ihn gesehen.«

»Wen?«

»Er ist da draußen.« Ich hyperventilierte.

»Claire? Wer ist da draußen?«

»Er, ich schwöre, er war es. Tommy Kay, dieser Mann sah genauso aus wie Tommy Kay.«

14

FEBRUAR 2008
SEEN VON KILLARNEY, IRLAND

Nummer fünf und sechs
Er konnte nichts sehen – es herrschte absolute Dunkelheit –, aber er wusste, dass das, was vor ihm lag, atemberaubend war. Wäre es hell, würde er von der berühmten »Ladies' View« über den Seen von Killarney ins Tal blicken. Als Kind war er mal mit seiner Mutter hier gewesen, hatte diesen Anblick jedoch nicht zu schätzen gewusst. Stattdessen hatte er die ganze Zeit genörgelt, dass die Fahrt über die Bergstraßen zu lange dauerte und es hier langweilig sei. Normalerweise ging seine Mutter auf sein Gejammer ein, doch an diesem Tag saß sie auf der Motorhaube und verlor sich über eine Stunde lang in der Aussicht. Hätte er sich doch nur zu ihr gesetzt, ihre Hand gehalten und begriffen, wie sehr sie das brauchte! Das war der letzte Tag gewesen, den er mit ihr verbracht hatte – als sie noch gelebt hatte. Deswegen hatte er seine Opfer und dieses Datum gewählt. Kilgaven war nur zwanzig Minuten Fahrt von Ladies' View entfernt.

Und heute vor genau sechzehn Jahren war er mit seiner Mutter hier gewesen.

Heute war es kälter als im Februar 1992, als er, gerade mal sechs Wochen vor seinem zehnten Geburtstag, von der Schule nach Hause gekommen war und sie gefunden hatte. In dem Moment, als er durch die Haustür trat, wusste er schon, dass irgendetwas nicht stimmte. Der Fernseher war an, die Nachrichten liefen gerade. Bilder aus einem Hubschrauber zeigten irgendwelche Orte in Amerika, über die ein Hurrikan hinweggefegt war. Die Habseligkeiten der Menschen lagen überall in den Trümmern verstreut. Es folgte ein Schnitt, und dann zeigte man Aufnahmen, die am Boden gemacht worden waren – Gebäude, umgerissen wie Kartenhäuser, Kinder, die sich in ihren Schlafanzügen an ihre Eltern drängten, unfähig zu erfassen, was passiert war, die Gesichter ausdruckslos. Der Nachrichtensprecher sagte, es habe insgesamt über vierzig Tote gegeben, die Zahl würde aber vermutlich noch steigen. Seine Mutter schaute sich selten die Nachrichten an, sie meinte, es sei zu deprimierend, die Schrecken der Welt zu kennen. Die Tatsache, dass sie liefen und seine Mutter nicht mal im Zimmer war, ließ ihn schaudern.

»Mami? Mami?«

Sie antwortete nicht, und als er in die Küche schaute, war sie dort auch nicht. Langsam stieg er die Treppe hinauf, jeder Schritt von einer Angst begleitet, die er nicht verstand. Er schaute in ihrem Schlafzimmer nach, danach in seinem, dann öffnete er langsam die Badezimmertür.

Sein Vater hätte eigentlich zu Hause sein sollen, doch er war auf einem seiner »Rundgänge«, ein Ausdruck, den er aus seinem Lieblingsfilm *Crocodile Dundee* übernommen hatte.

Selbst als Neunjähriger hatte er die Sehnsucht seines Vaters gespürt, wenn er die Titelfigur Mick »Crocodile« Dundee betrachtete, der vollkommen frei von Verantwortung und Sorgen war. Ein Mann, der weggehen und auf die andere Seite der Welt ziehen konnte, nur weil er das so wollte. Schon damals hatte er gewusst, dass sein Vater ein gebrochener Mann und »Rundgang« seine Umschreibung für seine Sauftouren gewesen war – Tage, an denen er sich irgendwo in einem Pub hatte volllaufen lassen, um anschließend in einem Graben oder im Bett einer anderen Frau zu landen. Wenn er dann nach Hause kam, fühlte er sich wie ein Tier im Käfig. Er lief auf und ab, schrie herum, schlug um sich und versuchte, sich aus diesem Käfig zu befreien – obwohl der gar nicht verschlossen war. Als er älter geworden war, hatte er vermutet, dass sein Vater es darauf anlegte, dass ihn seine Mutter hinauswarf, was sie aber nicht tat. Sie brauchte ihn, trotz seines widerlichen Verhaltens. Immer und immer wieder verteidigte sie ihn, erzählte Freunden, sie sei ungeschickt, wenn sie wieder einen neuen Bluterguss hatte, bis ihre »Ungeschicklichkeit« auch diejenigen vertrieb, die ihr nahestanden. Je mehr sie log und sich vor der Welt versteckte, desto leichter hatte es sein Vater, sie zu kontrollieren, bis sie genauso gefangen war, wie er sich fühlte.

Am Ende hatte sie den aus ihrer Sicht einzigen Ausweg gewählt – und eigentlich hätte es sein Vater sein müssen, der sie fand.

Er hatte nicht gewusst, dass Blut sich so weit vom Körper entfernen konnte. Er war schockiert, als er sah, wie viel davon die gefliesten Wände bedeckte und die weiße Keramik dunkel färbte. Das war das Erste, worüber er nachdachte, als er sie in der Badewanne vorgefunden hatte: die Menge an Farbe, die aus ihrem zarten, schmalen Körper gekommen war. Das Blut musste aus ihr herausgespritzt sein, einen Bogen durch den Raum beschrieben haben, bis es auf die Wand auf der anderen Seite traf. Es war nicht rot, wie wenn man sich in den Finger schnitt oder den Ellbogen aufschürfte, sondern dunkelbraun. Als er seine Hand auf die Wand legte, fühlte sie sich klebrig an, und als er sie wieder wegnahm, war sein Handabdruck neben dem Handtuchhalter perfekt abgebildet. Er betrachtete ihn einen Augenblick, dann sah er seine Handfläche an, der dunkle Fleck war klebrig und kalt. Er schloss die Hand zur Faust und öffnete sie wieder, Furchen erschienen, die ihn an die Risse in ausgedörrter Erde erinnerten. Er musste an den vorigen Sommer und den kleinen Vogel denken.

Er wischte sich die Hand am Hosenbein ab und wandte sich seiner Mutter zu. Sie war von dunkelbraunen Schlieren bedeckt. Ihr Torso, ihre Brust, ihre Arme, das Gesicht – alles war blutbespritzt. Ihre Augen waren offen und sahen ihn an. Er bemühte sich, nicht zu blinzeln, als er den Blick erwiderte, doch seine Augen brannten, und er gab auf. Er hatte das Gefühl, sie enttäuscht zu haben. Er trat zu ihr und nahm einen Lappen vom Badewannenrand neben ihr, machte ihn am Waschbecken nass und wusch ihr das Gesicht; ihre Haut war kalt und wächsern. Als ihr Gesicht sauber war, wusch er den Lappen aus, beobachtete, wie das dunkle Braun zu Blutrot wurde, als es sich mit dem Wasser vermischte und in einem Wirbel im Abfluss verschwand. Dann verließ er das Badezimmer, schloss die Tür hinter sich und machte sich auf den Weg nach unten, um die nachmittäglichen Zeichentrickfilme anzuschauen und darauf zu warten, dass sein Vater nach Hause kam.

Die Details dessen, was als Nächstes passiert war, waren verschwommen. Er konnte sich nicht mehr so recht daran erinnern, was sein Vater getan hatte, als er zurückgekommen war. Wusste nicht mehr, ob er ihm das mit seiner Mutter gesagt, ob er ihn ins Bad geführt oder ob er darauf gewartet hatte, dass er es selbst herausfand. Aber er erinnerte sich noch genau daran, wie die strahlend blauen Blinklichter von Polizeiautos und dem Krankenwagen von dem Baum vorm Haus zurückgeworfen wurden. Und daran, dass sie ihn in Hausschuhen fortgeführt hatten. An die dicken Wolken, die den Frost fernhielten. Er wusste noch, dass er seinen Atem als das rauchige Schnauben eines Drachen hatte sehen wollen, doch selbst dafür war es zu warm gewesen. Eine Frau mit freundlichen Augen wickelte ihn in eine Decke und half ihm, in ein Auto einzusteigen. Sein Vater schaute ihm im Unterhemd vom Fenster aus nach.

Er blickte zum nächtlichen Himmel hinauf, holte tief Luft, atmete aus, und die Erinnerung an diesen Abend schwebte davon. Heute Abend war sein Atem dicht und schwer, das konnte er sogar in dieser Finsternis erkennen. Es war Neumond, was bedeutete, dass die Welt nur von den Sternen erleuchtet wurde. Und auch wenn es zu dunkel war, um die Aussicht zu erkennen, stand er da und schaute trotzdem hin.

Wartete darauf, dass der Adrenalinspiegel wieder sank.

Mit Nummer fünf und Nummer sechs, Justin und Melanie Turner, war heute Abend alles nach Plan verlaufen. In der Vorbereitung hatte ihn in den vergangenen Wochen »I Got You Babe« von Sonny & Cher als Soundtrack begleitet – angesichts ihrer Beziehung hielt er das Stück für passend. Während er an dem Paar arbeitete, dachte er darüber nach, dass er von Mal zu Mal routinierter vorging: Der Strom war abgestellt, die Frau unter Drogen gesetzt, der Mann in die Badewanne gelegt. Er hatte ihre Zehen abgetrennt und auf den Körper des Mannes fallen lassen, bevor er ihn anzündete. Das alles tat er, ohne groß darüber nachzudenken. Es lief rund, wie aus einem Guss. Die morgigen Zeitungen würden dieselbe Schlagzeile bringen wie zuvor: BLACKOUT-KILLER SCHLÄGT ERNEUT ZU. Und wieder würde das Herz Irlands ängstlich pochen.

Als er seine Reise begonnen hatte, hatte er große Hoffnungen in die Medien gesetzt: dass sie sensationsgeil und reißerisch über seine Werke berichten und so überall im Land Panik verbreiten würden. Und sie hatten ihn nicht enttäuscht. Ohne es zu ahnen, hatten sie es ihm sogar ermöglicht, an zwei oder mehr Orten gleichzeitig zu sein. Sie hatten ihn allgegenwärtig gemacht, wie Gott. Dank dem Namen, den sie ihm gaben – Blackout-Killer –, wuchs seine Macht mit jedem Stromausfall, der irgendwo passierte. Sechs Wochen zuvor war in Mallow der Strom ausgefallen – ein Trafo war kaputt gewesen – und das Städtchen in Panik versunken. Reporter rückten in Heerscharen an. Hubschrauber kreisten, ihre

Suchscheinwerfer erleuchteten jeden Winkel. Die Polizei war mit einem Großaufgebot da, und die Menschen drängten sich in ihren Häusern zusammen, panisch, der Mörder könnte sie totschlagen. Selbst als die Polizei erklärte, dass es sich bloß um ein technisches Problem handelte, brauchten die Menschen noch, bis sie sich von dem Schrecken erholten. Er war an diesem Abend zu Hause gewesen, hatte Fußball geguckt und sich ein Bier genehmigt. Und als das Chaos in Mallow seinen Höhepunkt erreichte, hatte er tief und fest geschlafen.

Die einzige Enttäuschung bestand darin, dass die Medien nicht begriffen, was alle Opfer miteinander verband. Jeder Mann, dem er das Leben genommen hatte, wurde als unschuldiges Opfer beschrieben, das diese brutale Hinrichtung nicht verdient hätte. Er vermutete – oder hoffte zumindest –, dass die Polizei es besser wusste. Die gab allerdings die Information nicht preis. Die Frauen, die er getötet hatte, wurden genauso falsch dargestellt, als glückliche Gattinnen nämlich – perfekte Paare, die viel zu früh aus dem Leben gerissen worden waren.

Das würde sich aber bald ändern. Bald würde ihnen aufgehen, was wirklich Sache war, denn er selbst würde die Presse aufklären. Er würde sich als Polizeibeamter ausgeben, der in dem Fall ermittelte, dann würden sie ihm glauben. Und wenn die Menschen den Grund für seine Morde, die Verbindung zwischen ihnen, kannten, dann würde der Wandel, auf den er hinarbeitete, kommen, da war er zuversichtlich.

Und dann würde er aufhören, bis er wieder gebraucht wurde.

15

17. MAI 2018
CULLEN, IRLAND

Ich brauchte über eine Stunde, bis ich das Gefühl hatte, aufstehen zu können – die eisige Hand in mir wollte, dass ich mich klein machte, mich versteckte, so wie in jener Nacht. Eine ganze Weile hörte ich nur das Blut, das in meinen Ohren rauschte. Das war schon öfter passiert, und Mum wusste, was zu tun war. Als ich mich schließlich wieder wie ich selbst fühlte und die Augen aufschlug, lag ich auf dem Boden, mein Kopf in ihren Schoß gebettet. Mein Schlafshirt war nach oben gerutscht und enthüllte den unteren Teil meiner Narbe, ein wütendes rosa Grinsen, das in mein Fleisch gegraben war. Ich zog das Shirt herunter und hoffte, dass Mum es nicht sah.

»Mum?«

»Alles ist gut, Liebes.«

»Er war es, ich bin mir so sicher. Es war Tommy Kay«, sagte ich und wusste, wie albern das klang. Es konnte nicht Tommy Kay gewesen sein, der war lange tot, und Geister gab es nicht.

»Nein, Liebling, es war nur ein Mann, der mit seinem Hund spazieren ging.«

Mühsam richtete ich mich auf, mein Kopf fühlte sich furchtbar schwer an. Ich lachte leise über mich, aber mein Lachen klang selbst in meinen eigenen Ohren traurig, leer und hoffnungslos.

»Mum, ich bin völlig durcheinander. Warum habe ich mir eingeredet, einen toten Mann gesehen zu haben?«

»Wegen dem, was wir heute vorhaben. Weil wir zum ersten Mal wieder zu Hause sind, seit es passiert ist. Weil du an ihn denkst und an das, was er getan hat.«

Behutsam setzte ich mich auf die Bettkante und rieb mir die Augen. Mum stand auf und setzte sich neben mich.

»Ich komme mir so dumm vor.«

»Das brauchst du nicht. Die nächsten Tage werden hart.«

Mum lächelte verlegen und wandte sich ab, um mir ein wenig Zeit zu geben, mich zu sammeln. Was hatte ich da nur gesehen? Tommy Kay war tot, Geister gab es nicht. Aber ich war mir so sicher gewesen! Plötzlich begriff ich: Vielleicht war es jemand, den ich kannte, und mein erschöpftes, überfordertes Gehirn hatte ihm Tommy Kays Gesicht gegeben.

»Mum, hast du den Mann gesehen?«

Sie schaute mich an und wartete darauf, dass ich weiterredete.

»Meinst du, ich könnte Killian gesehen haben?«

»Deinen Freund aus der Facebook-Gruppe? Nein, Liebes, ich glaube nicht, dass er es war.«

»Bist du dir sicher?«

»Ziemlich sicher, der Mann da draußen war älter.«

»Ja?«

»Ja, ich hab ihn nur kurz gesehen, aber ich würde ihn auf über fünfzig schätzen. Zu alt, um dein Freund zu sein. Außerdem: Wie wahrscheinlich wäre es, dass er ausgerechnet vor dem Haus, in dem wir übernachten, seinen Hund spazieren führt, zehn Jahre nachdem du weggegangen bist?«

Ich dachte einen Moment darüber nach. Es war wahrscheinlicher, als es sein sollte. Killian wusste, dass ich hier in Irland war, und es gehörte nicht viel dazu herauszufinden, wo ich übernachtete.

»Wie sicher bist du, dass er es nicht war?«

»Liebes, er war es nicht.«

Mein verkorkstes Gehirn ließ mich Dinge sehen, die nicht da waren, wahrscheinlich hing das mit meinen Schuldgefühlen zusammen. Und wenn ich weiter aufschob, weshalb ich hergekommen war, würde es sicher immer schwieriger werden, hierzubleiben. Ich erhob mich langsam, und als ich sicher stand, zog ich meine Jacke an und lächelte Mum zu. Schweigend erwiderte sie mein Lächeln, und wir verließen das Zimmer. Nach einem schnellen Frühstück aus Toast und noch einer Kanne Tee gingen wir zum Auto. Beim Einsteigen blickte ich zum Bed & Breakfast zurück, um zu sehen, ob irgendwas anders war. Aber weder bei dem alten Gebäude noch auf den Feldern und Wiesen dahinter konnte ich irgendetwas oder irgendjemanden sehen.

Ich schnallte mich an, holte tief Luft, und Mum ließ den Motor an. Zeit, Owen zu besuchen.

16

17. MAI 2018
FRIEDHOF VON KANTURK

Wir waren gerade mal fünf Minuten unterwegs, da öffnete der Himmel seine Schleusen. Es fing als leichter Nieselregen an, doch mit jedem Kilometer, den wir zurücklegten, wurde er stärker, bis Mum und ich kaum einen Meter weit sehen konnten, obwohl die Scheibenwischer auf höchster Stufe liefen. Sie umklammerte das Lenkrad, die Hände auf zehn vor zwei Uhr. Über uns krachte ein Donnerschlag, und ich fuhr zusammen. Hoffentlich hatte Mum das nicht bemerkt. Doch natürlich war ihr das nicht entgangen, und sie warf mir einen besorgten Blick zu. Behutsam berührte ich ihren Arm, um ihr zu versichern, dass es mir gut ging. Was natürlich überhaupt nicht stimmte. Irgendwo in der Ferne zuckte ein Blitz, und wieder donnerte es laut; ich fuhr erneut zusammen. »Fuck!«, fluchte ich.

»Gleich wasche ich dir den Mund mit Seife aus.«

Ich zwang mich zu einem Lachen – aber es klang fürchterlich künstlich, weil ich dabei noch mehr an Owen denken musste. Er hatte das auch immer gesagt.

Hoffentlich war der Donner kein unheilvolles Omen für das, was wir gleich vorhatten. In einem unserer letzten gemeinsamen Momente hatten wir im Wohnzimmer getanzt, während draußen ein Gewitter getobt hatte, und wir waren beide betrunken gewesen von den zwei Flaschen Rotwein, die wir miteinander geleert hatten …

Nahezu im Blindflug ging es weiter, bis wir das Tor des Friedhofs von Kanturk passierten und der Straße folgten, die durch sein Zentrum führte. Mein Atem ging flach, als wäre ich gerade einen Hügel hinaufgerannt, und unwillkürlich spielte ich an meinen Hausschlüsseln herum, die immer noch an ihrer Kette um meinen Hals hingen. Ich zählte sie und sagte innerlich mein Mantra auf: Haustür, Hintertür, Fenster unten, Fenster oben. Haustür, Hintertür, Fenster unten, Fenster oben …

Durch das Seitenfenster blickte ich auf den Friedhof hinaus. Reihe für Reihe hübsch gepflegter Grabsteine. Jedes Grab eingefasst von einer kleinen Begrenzung aus Beton. Es gab Einzelgräber und Doppelgräber für Menschen, die sich liebten und nebeneinander begraben sein wollten. Einige davon waren schon voll belegt, andere warteten noch darauf, dass der Zweite dazukam.

Mum hielt an und zog die Handbremse. Sie wandte sich zu mir um und schaute mich auffordernd an. Doch ich konnte mich nur auf das trommelnde Geräusch des Regens auf dem Dach und das Quietschen der Scheibenwischer konzentrieren. Sie wollte mich dazu bringen, die Führung zu übernehmen, von diesem Moment Besitz zu ergreifen, das war mir vollkommen bewusst. Das hatte sie von Anfang an so gemacht, als ich zum ersten Mal nach draußen gegangen war, nachdem ich mich so weit erholt hatte, dass ich das Krankenhaus verlassen konnte. Als ich zum ersten Mal in den Supermarkt einkaufen gegangen war. Als ich zum ersten Mal Auto gefahren war. Bei allen drei Gelegenheiten war sie dabei gewesen und hatte geduldig darauf gewartet, dass ich den ersten Schritt machte.

Heute konnte ich das nicht. Es ging einfach nicht, und das lag nicht an meiner Angst oder Unruhe, sondern an etwas anderem, etwas, das mich mit tiefen Schuldgefühlen erfüllte. Ich blickte auf meine Hände hinunter, die meine Schlüssel so fest umklammerten, dass die Knöchel weiß wurden.

»Mum?«

»Wir haben es nicht eilig.«

»Darum geht es nicht. Es ist okay für mich, ihn zu besuchen, wirklich.«

»Dann geh voraus.«

»Mum, ich kann nicht.«

»Doch, Claire, du kannst es.«

Ich sah sie an, versuchte, ihren Blick zu halten, was mir nicht gelang, und konzentrierte mich stattdessen auf den Bereich zwischen ihrem Ohr und ihrer Schulter.

»Mum, ich weiß nicht, welches davon Owens ist«, flüsterte ich kaum hörbar.

»Oh, Liebes.«

Mum war dabei gewesen, als sie ihn zur letzten Ruhe gebettet hatten. Sie war tränenüberströmt hinter dem Leichenwagen hergegangen. Sie hatte sich die Predigt des Priesters angehört und wie Owens Freunde erzählten, was für ein wundervoller Mann er gewesen war. Dass er das Herz und die Seele des Freundeskreises, ein guter Freund gewesen, der viel zu früh von uns gegangen war. Mum war beim Leichenschmaus gewesen und hatte gesehen, wie Menschen, die Owen nahegestanden hatten, gegessen, Anekdoten erzählt und sein Glas auf ihn erhoben hatten.

Ich war nicht dabei gewesen – ich hatte im Krankenhaus in Cork im künstlichen Koma gelegen, während mein Körper alles getan hatte, um sich wieder zu erholen. Als ich entlassen wurde, wollte ich zu ihm gehen, mich von ihm verabschieden, doch die Presse hatte sich voll auf die Story und das Bild von mir eingeschossen, das ich niemals vergessen würde. Sie ließen mich einfach nicht in Ruhe. Deshalb konnte ich ihn damals nicht besuchen. Mum und die Ärzte beschlossen schließlich, dass es am besten für mich wäre, wenn ich schnell von hier fortginge. Sie setzten mich in Windeseile ins Flugzeug und brachten mich außer Landes, und seitdem bin ich nie wieder hier gewesen.

Mum stieg aus dem Wagen und spannte den Schirm auf, dann kam sie auf meine Seite und half mir heraus. Mir stiegen Tränen in die Augen, die ich mühsam hinunterschluckte. Ich wollte erst um meinen Mann weinen, wenn ich an seinem Grab stand, vorher nicht. Mum führte mich über einen schmalen Schotterpfad zwischen den Gräbern hindurch, der Schirm hielt nur meine linke Seite trocken, als ich hinter ihr herging.

Keiner von uns sagte ein Wort, und ich betrachtete die Grabsteine, an denen wir vorbeikamen. Die meisten waren aus dunkelgrauem Marmor, dem man sein Alter nicht ansehen konnte. Die Namen der Toten hatte man eingemeißelt und dann mit goldener Farbe nachgezogen. Ehemänner und Ehefrauen, die Seite an Seite lagen, manchmal auch übereinander. Ich las ihre Namen – *June und Patrick, vereint; Maureen und Sean, R.I.P.* – und fühlte mich elend. In Owens Grab war kein Platz für mich, das wusste ich – und das tat mir gerade unglaublich weh.

Mum blieb stehen und drehte sich zu mir um. Ihre Miene war feierlich und ernst. »Da drüben ist es«, sagte sie und deutete mit dem Kopf nach links.

Ich trat unter dem Schirm hervor und entfernte mich ein paar Schritte von Mum, die stehen blieb. Sie nickte mir zu, eine kleine Geste, die ich zu schätzen wusste, weil sie mich beruhigte.

Ich blickte mich suchend um, und da war er. In aller Stille wartete Owen auf mich, seine Frau. Sein Stein war denen der anderen ähnlich. Der gleiche dunkle Marmor, die gleichen goldenen Buchstaben. Doch auf Owens Grab standen keine Blumen, keine Kerzen oder Teddybären wie bei den anderen. Die Grabinschrift selbst war kürzer, als ich erwartet hatte.

Zum Gedenken an Owen Moore.
Liebevoller Ehemann und Sohn.
Viel zu früh von uns gegangen.
1982–2008.

Ich wandte mich zu Mum um, der Regen klebte mir die Haare auf die Wangen. Sie ging schon wieder zurück zum

Auto, um mir einen Moment Zeit zu lassen. Sie umklammerte mit beiden Händen den Schirm, setzte ihre Schritte ruhig und bedacht. Während ich sie beobachtete, blitzte vor meinem geistigen Auge ein Bild aus jener Nacht auf. Wie ich auf dem Boden lag, benebelt, unter Drogen gesetzt, auf der Suche nach etwas, worauf ich mich konzentrieren konnte. Und Owens schlaffer Arm, der aus der Badewanne hing.

Ich wandte den Blick wieder Owens Grabstein zu und suchte verzweifelt nach Worten, wollte mit ihm reden, aber ich wusste nicht, worüber – wo fing man an, wenn man sich zehn Jahre lang nur mithilfe der Stimme im eigenen Kopf unterhalten hatte? Wenn er doch nur zuerst sprechen würde … aber das tat er natürlich nicht. Ich atmete tief ein, die Luft reizte meine Kehle, und meine Worte kamen halb gehustet, halb geschluchzt heraus. Gerade so schaffte ich es, wieder zu Atem zu kommen, bevor sich das Ganze als Schrei entladen konnte. Suchend schaute ich mich nach Mum um, doch sie saß wieder im Auto und blickte starr geradeaus, als würde sie mich insgeheim aus den Augenwinkeln beobachten. Würde sie doch neben mir stehen, mir die Hand halten, sich mit mir unter den Schirm drängen! Aber sie machte genau das Richtige. Sie wusste immer, was das Beste für mich war. Auch wenn ich selbst es nicht wusste.

Ich schloss die Augen und stellte mir vor, Owen würde vor mir stehen, seine Haare nass und zerzaust, genau wie meine. Stellte mir sein Lächeln vor, das mich anstrahlte. Es fühlte sich fast so an, als könnte ich seine Hand ergreifen, wenn ich meine ausstreckte.

»Hey.« Meine Stimme brach bei dem Versuch, unbeschwert zu klingen. Ich wartete auf eine Antwort, die natürlich nicht kam. Er lächelte nur weiter. »Tut mir leid, dass ich nicht früher gekommen bin, es war … nun ja, ich denke, du weißt Bescheid. Und ich weiß ja auch, dass ich hätte herkommen sollen, aber …«

Ich stellte mir vor, wie er wissend nickte, mich ermutigte weiterzureden.

»Ich glaube, ich habe keine richtige Entschuldigung dafür, dass ich nicht gekommen bin – nicht nach so langer Zeit.« Die Worte fühlten sich klebrig an in meinem Mund.

Ich musste eine Pause machen und wischte mir eine Träne aus dem Auge. »Owen? Kannst du mich hören?« Noch mehr Tränen.

Ich versuchte gar nicht erst, sie zurückzuhalten, ließ ihnen freien Lauf. Das hätte ich schon vor zehn Jahren tun sollen. Regenwasser tropfte von meiner Nasenspitze, von meinem Kinn. Meine Haare waren schwer und klitschnass, eisige Tropfen liefen mir in den Nacken und zwischen meinen Schulterblättern hindurch. Ich zitterte vor Kälte, meine Hände liefen blau an, doch das alles kümmerte mich nicht. *Ich* konnte den Regen, die Kälte, den Wind spüren. Ich nahm all das wahr. Owen nahm gar nichts mehr wahr, und mit Grauen erinnerte ich mich an das, was die letzte Empfindung seines Lebens gewesen sein musste.

»Ich vermisse dich.« Ein Jahrzehnt hatten die Worte darauf gewartet, ausgesprochen zu werden. »Ich denke jeden Tag an dich, und es klingt seltsam, aber nach all dieser Zeit erwarte ich immer noch, dass du jeden Moment zur Tür hereinkommst, an meiner Seite bist … rechne ich damit, deine Stimme zu hören.« Im selben Moment, in dem ich das aussprach, schämte ich mich, weil ich mich an seine Stimme gar nicht mehr erinnern konnte. »Als ich im Krankenhaus aufwachte, nachdem … und Mum mir sagte, dass du tot bist, dass sie dich begraben haben, wollte ich herkommen. Sie sagten mir, das ginge nicht … ich hätte darauf bestehen sollen, um dich zu sehen … Aber das Problem war, dass mich die Presse nicht in Ruhe ließ. Ich war die Einzige, die überlebt hatte, und die Leute wollten alles darüber wissen. Wirklich alles. Ich bin mit all dem nicht fertiggeworden, war nicht stark genug. Mum hat mich deshalb mit nach England genommen, damit ich bei ihr und Geoff lebe. Ich wusste nicht, was ich sonst tun sollte. Das entschuldigt nicht, dass ich zehn Jahre nicht hier bei dir war, ich weiß.«

Mein Kinn zitterte, aber die eisige Hand – meine ständige Begleiterin – entspannte sich, ließ mich zum ersten Mal seit unserer Landung in Irland frei atmen. Ich schluchzte so heftig, dass ich beinahe zusammenbrach. »Es tut mir leid, Owen, hörst du mich? Es tut mir leid. Es tut mir leid, dass ich nicht da war, als sie dich begraben haben, es tut mir leid, dass ich so lange nicht hergekommen bin. Es tut mir leid, dass ich dich nicht retten konnte. Es tut mir leid, dass ich entkommen bin.« Ich starrte auf seinen goldenen Namen auf dem schwarzen Marmor. Owen Moore, mein Owen Moore.

Dann redete ich weiter, meine Stimme kaum mehr als ein Flüstern. »Ich hätte in jener Nacht mit dir sterben sollen, es tut mir leid, dass ich dich im Stich gelassen habe.«

Ich beugte mich vor und senkte mein linkes Knie auf den Boden, wohl wissend, dass sich irgendwo darunter sein Kopf befinden musste. Dann küsste ich seinen Namen und erhob mich langsam.

»Ich gehe jetzt. Ich hoffe, du bist an einem besseren Ort, mein Liebling.« Ich versuchte, ein bisschen fröhlicher zu klingen. Es gelang mir nicht so recht. »Und ich hoffe, du kannst mir verzeihen.«

Ich lächelte schwach. Ob er es sehen konnte von dort, wo er jetzt war? Dann ging ich zurück zum Auto, unfähig, mich noch einmal umzuschauen. Als ich einstieg, reichte mir Mum ein Handtuch vom Rücksitz und ich trocknete mir Gesicht und Haare ab. Sie nickte nur und ließ den Motor an. Ließ mich mit Mitgefühl und Plattitüden in Ruhe. Als wir langsam davonfuhren, warf ich noch einen Blick zurück, aber ich fand Owens Grabstein zwischen all den anderen schon nicht mehr. Ich schämte mich so. Fühlte mich so schuldig.

Plötzlich – wir hatten gerade das Friedhofstor passiert – bremste Mum abrupt, und obwohl wir langsam fuhren, grub sich mir der Sicherheitsgurt in die Halsbeuge.

»Himmel!«

»Was ist los, Mum, bist du okay?«

»Irgendein Idiot ist gerade quer über die Einfahrt gerannt, ich hätte ihn fast erwischt.«

»Was? Wo?« Ich schaute wieder nach vorn, konnte aber niemanden sehen.

»Er ist da lang!« Sie deutete nach rechts. Aber da war niemand. Oder war er schon um eine Ecke gebogen? Mum fuhr wieder an, blinkte in die Richtung, in die der Mann gelaufen war, und ich sah mich weiterhin suchend um. Wahrscheinlich war nur jemand wegen des Regens einfach blindlings über die Einfahrt gerannt, nicht mit irgendwelchen Friedhofsbesuchern rechnend – bei dem Wetter. Und trotzdem, mein Herz klopfte mir bis zum Hals.

Als wir die Straße erreicht hatten, zeigte Mum auf eine Bushaltestelle. Dort stand der Mann, den sie beinahe überfahren hätte. Ich seufzte erleichtert. Als wir vorbeifuhren, drehte er sich um, hob eine Kamera und verdeckte damit sein Gesicht. Ein Blitz leuchtete auf, und als er die Kamera wieder senkte, schnappte ich nach Luft.

»Claire, Liebes, was ist?«

»Er ist es. Ich bin sicher!«

»Was? Wer?«

»Killian. Der Mann, den du fast überfahren hättest, war Killian.«

»Bist du dir sicher?«

»Ja. Nein. Ich weiß es nicht, Mum.«

»Falls er es war – was macht er hier?«

»Ich glaube, er hat Fotos von mir gemacht.«

Hallo Claire,
ich frage mich, ob du gespürt hast, wie nah wir einander waren. Wie wir beide, du und ich, an denselben Stellen gestanden, dieselben Dinge gesehen haben. Ich wünschte, ich hätte dein Gesicht gesehen, als du das Grab besucht hast. Ich wünschte, ich hätte deinen Ausdruck von Nahem sehen können: Ich wünschte, Claire, ich hätte die Worte hören können, die du zweifellos gesagt hast … Wie haben sie wohl geklungen?

Von all den Nächten, in denen ich in Irland aktiv war, von all den Häusern, die ich besucht, von all den Leben, die ich beendet habe, denke ich wohl am meisten an die Nacht mit dir. Vielleicht weil du dich dagegen gesträubt hast zu sterben, während sich die anderen in ihr Schicksal fügten. Vielleicht aber auch – und das ist der Clou, Claire –, vielleicht aber auch, weil ich dich habe gehen lassen.

Ganz recht, Claire, ich habe dich in jener Nacht aus dem Badezimmerfenster klettern lassen. Und auch wenn ich weiß, dass es noch einige Zeit dauern wird, bis du diese Worte liest, freue ich mich dennoch, sie zu schreiben, weil ich weiß, dass *du sie eines Tages lesen wirst.*

Und der Grund, weshalb ich dich aus dem Fenster klettern ließ? Du hast dich gewehrt, du warst entschlossen, nicht zu sterben, ohne es wenigstens versucht zu haben. Das hat mir gefallen. Ich ließ dich hinausklettern, beobachtete, wie du dich durch das Gras geschleppt hast, und habe mich dabei gefragt, ob du wohl überleben würdest. Und das hast du, sieh dich nur an! Es amüsiert mich, dass die Welt glaubt, du wärst mir entkommen. Ich habe kurz überlegt, ob ich dich aufhalte, doch als ich dich durch den Schlamm kriechen sah, wusste ich, dass du dazu bestimmt warst zu überleben.

Alles, was ich je wollte, ist, dass Leute wie du lernen, und in diesem Moment wusste ich, zu was für einer Bereicherung du werden würdest. Du warst nicht einfach nur ein weiteres Gesicht, ein weiteres Opfer. Du warst etwas anderes, etwas Besonderes, und solange sich die Menschen daran erinnerten, wer du warst, würden sie an mich denken und an das, wofür ich stand.

Doch jetzt, zehn Jahre später, vergisst du mich allmählich. Du vergisst, weshalb ich gekommen bin.

Eigentlich war vorgesehen, dass du nie über die Nacht hinwegkommen solltest. Du solltest in der Existenz, die ich für dich geschaffen hatte, für immer gefangen bleiben. Aber du hast einen anderen Weg eingeschlagen, und du begreifst noch nicht, dass es derselbe ist wie früher.

Noch nie habe ich mich jemandem so nah gefühlt wie dir in jener Nacht. Nichts kommt diesem, kommt unserem gemeinsamen Moment gleich. Doch dass ich dir jetzt weniger bedeute, heißt, dass ich handeln muss. Bald wird jemand sterben. Eine Frau. Meine Nummer acht – die Achte, die du hättest sein können. Und sobald sie tot ist, beginnt die Reise, die uns wieder zusammenbringt, damit wir wieder einen unserer gemeinsamen Momente erleben.

Bis dahin werde ich nie weit von dir entfernt sein. ***Ich bin näher, als du denkst.***

17

18. MAI 2018
CULLEN, IRLAND

Von Kanturk fuhren wir sofort zurück zu unserem Bed & Breakfast. Es gab noch eine einzige andere Sache, die wir auf dieser Reise erledigen wollten, aber ich war viel zu verunsichert, zu nervös, um sie in Angriff zu nehmen. Ich hatte gehofft, Frieden zu finden und wieder schlafen zu können, wenn ich Owen besuchen und mit ihm reden würde. Wie töricht von mir. Obwohl es ja vielleicht sogar geklappt hätte, wäre da nicht Killian gewesen – oder jemand, den ich für Killian hielt.

Aber wenn er es war, woher wusste er, dass wir genau in diesem Moment Owen besuchten? Wenn es exakt der zehnte Jahrestag gewesen wäre, dann hätte ich es noch verstanden, aber wir waren schon heute da gewesen – einen Tag vorher. Es gab keine logische Erklärung, außer einer: Er musste uns schon die ganze Zeit, seit wir in Irland waren, gefolgt sein.

Die Vorstellung, dass er auf der Lauer lag, uns beobachtete, jagte mir einen solchen Schauer über den Rücken, dass ich mich wie erstarrt fühlte, als wäre mein gesamtes Inneres plötzlich vereist. Andererseits war ich mir ja auch sicher gewesen, dass ich Tommy Kay mit einem Labrador auf den Feldern gesehen hatte, obwohl ich wusste, dass Tommy Kay tot war. Verlor ich allmählich doch den Verstand?

Auf der Rückfahrt erzählte ich Mum, dass ich Killian früher vertraut hatte. Und dass unser Verhältnis seltsam geworden war. Er hatte mir Geschenke geschickt, und zwar nicht nur die von der Facebook-Gruppe – Essen, Bücher und diese Schecks, die ich nie einlöste. Es gab auch Geschenke von ihm persönlich. Schokolade, Blumen, CDs, die er mochte und von denen er dachte, dass sie mir auch gefallen könnten. Als ich ihn bat, damit aufzuhören, wurde er wütend, nannte mich undankbar und hielt mir all das vor, was er für mich getan hatte, die Anstrengungen, die er für mich unternommen hatte. Seine Wortwahl war verletzend und eindringlich, und die Art und Weise, wie er sprach, hatte so einen Unterton. Später entschuldigte er sich dafür, und ich nahm die Entschuldigung auch an, aber seitdem fühlte sich das Ganze nicht mehr richtig an. Ich hätte mich am liebsten ganz von ihm zurückgezogen. Dieses Gefühl ließ zwar irgendwann nach, verschwand aber nie ganz. Seine Nachrichten kamen unregelmäßig, wirkten auf mich aber immer noch übergriffig. Ich hatte mir eingeredet, dass das vielleicht mehr über mich verriet als über ihn.

Aber jetzt, diese Situation an der Bushaltestelle, das Wissen, dass er Fotos von mir gemacht hatte und mich verfolgte, jetzt merkte ich, dass mich mein Instinkt in Bezug auf ihn nicht getrogen hatte.

Wenn er es denn tatsächlich gewesen war.

Mum sagte – versicherte mir –, dass sie ihn »sich vorknöpfen« würde, wenn er uns an unserem letzten Tag hier belästigte. Ich lachte. Mum hatte mit Anfang fünfzig mit Kampfsport angefangen – Killian würde nicht wissen, wie ihm geschah.

Nach einer unruhigen Nacht war ich aufgestanden, hatte geduscht und saß nun im Frühstückszimmer, wo ich mein Müsli kaum hinunterkriegte. Gestern Abend hatte ich eine Nachricht von Paul bekommen und lange erfolglos über eine Antwort nachgegrübelt. »Alles läuft gut« ging nicht, denn er durchschaute mich immer sofort. Er hätte sich Sorgen gemacht, weil er mir nicht helfen konnte, und das wollte ich ihm nicht antun. Beim Frühstück kam wieder eine SMS von ihm, er fragte, ob ich gut geschlafen hatte, und wieder konnte ich nicht antworten. »Gut« wäre gelogen, aber die Wahrheit – dass ich letzte Nacht schrecklich geträumt hatte – wollte ich ihm auch nicht erzählen. Im Traum hatte ich wieder den Moment durchlebt, in dem ich aus meiner Bewusstlosigkeit – die durch Rohypnol herbeigeführt worden war, wie sich später herausstellte – erwachte, ins Badezimmer geschleift und dort fallen gelassen wurde. Aus den Augenwinkeln hatte ich Owens leblosen Körper gesehen, sein linker Arm hing über den Badewannenrand und sah irgendwie dünner aus, als er sollte. Der Mann stand mit dem Bolzenschneider über mir. Sein Gesicht war bis auf den Mund, der weit offen und blutig war, verschwommen. Eine dunkle Höhle, zu groß, um menschlich zu sein. Ich träumte oft von diesem Moment – war aber immer aufgewacht, bevor es weiterging, vielleicht wollte mein Unterbewusstsein mich vor dem schützen, was als Nächstes kam.

Letzte Nacht war ich nicht aufgewacht. Und im Schlaf durchlitt ich wieder das Grauen, als das kalte, scharfe Metall meine Zehen umfasste. Dann eine rasche Bewegung, und glühender Schmerz durchzuckte mein Bein, als er sie abschnitt. Ich musste wohl aufgeschrien haben, denn als ich die Augen aufschlug, war Mum an meiner Seite und strich mir übers Haar.

Das war mir schon lange nicht mehr passiert.

Nachdem wir zu Ende gefrühstückt hatten, packten wir unser Gepäck in den Wagen. Wir hatten noch eine Sache zu erledigen, dann wollten wir zurück nach Shannon fahren und von dort nach Hause fliegen. Ich saß auf dem Beifahrersitz, las Pauls Nachrichten noch mal und hatte ein schlechtes Gewissen, weil ich nicht in der Lage war zu antworten. Mum merkte, dass ich nicht in Plauderstimmung war, und summte leise vor sich hin, während draußen die irische Landschaft vorbeizog. Als wir an einem Schild vorbeikamen – Newmarket noch zwei Kilometer – veränderte sich plötzlich die Atmosphäre im Auto, die Anspannung wuchs. Mum hörte auf zu summen, begann über das Wetter zu plaudern, aber es war offensichtlich, dass sie bloß versuchte, ihre Nervosität zu verbergen. Ich nickte nur höflich, war nicht in der Stimmung für Small Talk. Wenn wir schon sprechen wollten, dann doch lieber über das, weshalb wir hier waren.

»Mum, was, wenn dort jetzt ein anderes Haus steht?«

»Das kann nicht sein, das Grundstück gehört immer noch uns.«

»Du hast es nicht verkauft?«

»Ich habe es nicht über mich gebracht. Du bist in diesem Bungalow aufgewachsen. Du hast dort mit deinem Hula-Reifen gespielt und Höhlen gebaut. Du und dein Vater habt im Garten Verstecken gespielt. Und wenn es ihm nicht gut ging, saß er dort und lauschte dem Wind in den Bäumen – wegen dieses Gartens hat er Frieden geschlossen mit dem Sterben. Ich weiß, ich hätte alles verkaufen sollen nach jener Nacht. Aber ich war so darauf konzentriert, dir durch alles hindurchzuhelfen, hatte einfach anderes im Kopf, und dann wurde es im Laufe der Zeit immer unwichtiger.«

»Weißt du, was jetzt dort ist?«

»Ein Teil des Bungalows ist noch übrig, aber nicht besonders viel.«

»Verstehe.«

Das Grundstück gehörte also noch immer uns, wahrscheinlich war es in den letzten zehn Jahren unberührt geblieben, mal abgesehen von den Arbeiten der Spurensicherung. Und als die Polizei abgezogen war, hatte die Presse gern aus dem Garten berichtet. Aber das Zuhause, das darauf errichtet worden war, das, was wir alle so sehr geliebt hatten, war verschwunden. In mancherlei Hinsicht wünschte ich mir, das Grundstück wäre ebenfalls nicht mehr da.

Als wir Newmarket erreichten, meldete sich die vertraute eisige Hand. Sie zupfte zwar nicht an meinem Zwerchfell, aber es war ein Gefühl, als kratzte sie mit den Nägeln über die Muskeln meines Brustkorbs, wie Fingernägel auf einer Schultafel, die dieses grässliche Geräusch verursachten, von dem man Zahnschmerzen bekam.

Das Zentrum des Ortes war ruhig, und abgesehen von der einen oder anderen roten Ampel hielten wir nicht an, als wir über die Hauptstraße, die Church Street, fuhren. In dieser Stadt hatten Owen und ich gelebt. Hier waren wir im Pub gewesen – Owen hatte sich immer an mich gelehnt und gesungen, wenn er ein bisschen zu viel getrunken hatte – und hatten uns Essen mit nach Hause genommen. In dieser Stadt hatte ich ihm zum ersten Mal gesagt, dass ich ihn liebte, und er hatte geantwortet, dass er mich ebenfalls liebte. Und hier hatte er angedeutet, dass er mich heiraten wolle.

Als wir nun wieder diese Straße entlangfuhren, erwartete ich irgendwie, dass etwas mit mir passierte: dass ich jemanden von früher erkannte, dass ich mich danach sehnte, auszusteigen und in dieser einmal so vertrauten Umgebung herumzulaufen. Aber da war nichts. Wir fuhren durch Newmarket, als wäre es irgendein Ort, eine kleine Stadt wie jede andere.

Aber das war es natürlich nicht, denn knapp drei Kilometer außerhalb lag mein altes Zuhause. Der Ort, der mich in meinen Träumen verfolgte.

18

18. MAI 2018
NEWMARKET, IRLAND

Langsam stieg ich aus dem Wagen und machte ein paar Schritte auf die Ruine zu, die einst mein Zuhause gewesen war. Ein Teil des Dachs über dem Badezimmer und dem vorderen Schlafzimmer fehlte. Sämtliche Fenster waren bei dem Brand geborsten oder vielleicht später von Jugendlichen eingeworfen worden. Wo das Dach fehlte, war selbst nach all dieser Zeit noch der schwarze Rußfleck an den Wänden zu erkennen, den das Feuer hinterlassen hatte. Ich drehte mich um, wollte Mum sagen, dass es mir vorkam, als wäre das alles nur Wochen, nicht Jahre her, doch sie saß noch im Auto und blickte in meine Richtung. Wollte sie mir Raum geben wie bei meinem Besuch bei Owen, oder brachte sie es nicht über sich, das Haus anzusehen, in dem ich fast umgekommen wäre? Ich wusste es nicht.

Als ich mich wieder dem Haus zuwandte, überkam mich plötzlich das Gefühl, als würden die Mauern mir etwas zuflüstern, als wollten sie mir die Geheimnisse verraten, die sie bargen, und einen Moment lang lauschte ich, unfähig, mich zu rühren. Die Ereignisse jener Nacht versuchten, sich mit allen grausamen, brutalen Details in meine Gedanken zu drängen, doch ich wehrte mich mit aller Kraft. Ich wollte mich nicht mehr erinnern, ich wollte endlich loslassen. Und mir wurde klar, warum Mum so vehement darauf bestanden hatte, dass wir hierherkämen – nicht, um sich zu erinnern, sondern um Abschied zu nehmen. Das, was in jener Nacht passiert war, würde mich nie mehr loslassen, es wäre naiv, etwas anderes zu glauben. Es würde immer einen Einfluss darauf haben, wie ich die Welt sah – aber vielleicht ließe sich sein Griff lockern.

Jahrelang hatte ich geglaubt, dass es mich umbringen würde, hierher zurückzukehren, aber bisher war das nicht geschehen. Ich hatte Owens Grab besucht und es überlebt. Jemand – vielleicht Killian – hatte mich ausspioniert und Fotos von mir gemacht. Ich hatte es überlebt. Und ich würde auch das hier überleben. Ich wurde zu jemandem, der klarkam.

Ohne mich noch einmal zu Mum umzudrehen, ging ich langsam auf die Ruine zu, bemüht, so wenig wie möglich zu hinken. Ich wollte nicht als Opfer zurückkehren. Ich wollte, dass das Universum erkannte, dass ich selbst entschieden hatte, hier zu sein.

Ich lief um den Bungalow herum. Alles, was uns zugestoßen war, war dahinter passiert. Als ich an der Haustür vorbeikam, spielte die eisige Hand wieder ihre Melodie, das Lied, das in jener Nacht über diesem Ort gehangen hatte. Sie versuchte, mich aufzuhalten, doch ich stieß sie weg und ging weiter. Atmete weiter.

Ich stapfte durch das Unkraut, das die Büsche erstickte, die ich früher einmal zurückgeschnitten hatte, und betrat den großen Garten. Das Erste, was mir ins Auge fiel, war der kleine Zaunabschnitt in der hinteren Ecke, neben dem Komposthaufen, auf den wir immer Laub und Rasenschnitt geworfen hatten. Dort hatten sie mich damals gefunden, angestrahlt von dem Hubschrauber, der über mir schwebte. Und dort hatten sie auch das Foto gemacht – das, das sie jedes Jahr aufs Neue ausgruben. Der knapp einen Meter hohe Maschendrahtzaun, der unser Grundstück von dem des Bauern trennte, war noch immer an der Stelle verbogen, an der ich versucht hatte, darüberzuklettern, um zu entkommen. Der Blick auf das Land dahinter, das sich in der Morgensonne vor mir ausbreitete, war herrlich. Ich hatte ganz vergessen, wie schön die Aussicht von hier war.

Plötzlich hörte ich hinter mir Schritte, und Panik durchzuckte mich, doch es war nur Mum, die sich leise neben mich stellte.

»Die Aussicht ist wirklich etwas Besonderes«, sagte sie.

»Damals hat es geregnet«, erwiderte ich und war von mir selbst überrascht.

Mum schwieg, wartete, dass ich weitersprach.

»Und siehst du, wie schief der Zaunpfahl da steht?« Ich deutete auf die Ecke. »Dort habe ich versucht, hinüberzuklettern, und er hat unter meinem Gewicht nachgegeben.«

Ich hätte nicht gedacht, dass ich je über diesen Moment reden würde; Mum hatte nie mehr darüber erfahren sollen, als in den Zeitungen stand, und doch fühlte es sich gut an, es auszusprechen. Es schien mir geradezu notwendig, und jetzt, wo ich einmal angefangen hatte, wollte ich nicht mehr damit aufhören. Ich schaute zu den Überresten des Badezimmerfensters hinüber. Von dort, wo ich stand, konnte ich beinahe hineinsehen.

»Als ich aus dem Fenster fiel, bin ich hier gelandet.« Ich zeigte auf das hohe Unkraut darunter. »Dann bin ich so schnell wie möglich davongekrochen. In diese Ecke.« Ich ging zum Zaun, und es fühlte sich an, als würde mich das Gewicht der Vergangenheit zu Boden drücken. Mum lief neben mir her, aber sie schwieg, tröstete mich nicht, sondern gewährte mir stattdessen diesen Moment, den ich schon so lange gebraucht hatte, ohne es zu ahnen. Es war seltsam – als ich weitersprach, schien es, als hätte der Wind aufgehört zu wehen, damit sich die Bäume meine Geschichte anhören konnten.

»Als ich es zum Zaun geschafft hatte, versuchte ich, darüber hinweg zu klettern, doch er riss unter meinem Gewicht vom Pfosten, und ich fiel zu Boden«, sagte ich, unfähig, meinen Blick vom Zaun abzuwenden.

An den Teil der Nacht, nachdem ich in den Garten gefallen war, erinnerte ich mich nur bruchstückhaft und merkwürdigerweise auch nicht aus meiner eigenen Perspektive. Ich sah mich von außen, auf dem Boden liegend, als würde ich meinen Körper durch die Augen des Mörders sehen. Ich musste schlucken, bevor ich weiterreden konnte.

»Ich hatte nicht die Kraft, es noch einmal zu versuchen, deshalb rollte ich mich zusammen und hoffte, dass er mich nicht sehen würde. Es war ja dunkel und regnete stark. Ich weiß noch, dass ich so fror, dass ich mit den Zähnen klapperte. So sehr, dass mein ganzer Kiefer schmerzte. Seltsamerweise tat das mehr weh als mein Fuß, mehr als mein Bauch. Dass ich mir den Arm aufgerissen hatte, als ich aus dem Fenster fiel, hatte ich nicht mal gemerkt.« Ich blickte auf meinen Arm hinunter, die Narbe lag unter meinem Ärmel verborgen.

Als sich unsere Blicke trafen, schien Mum etwas sagen zu wollen, aber ich sprach einfach weiter. »Ich weiß auch nicht mehr, wie lange ich dort lag. Aber ich weiß noch, dass ich Hitze spürte, die von …« Ich zögerte, versuchte, den Kloß in meiner Kehle hinunterzuschlucken, wollte nicht weinen. »… von dem Feuer kam. Es wärmte meine rechte Seite, weshalb sich meine linke umso kälter anfühlte. Jetzt merkte ich auch, dass ich fast nackt war. Die Flammen erleuchteten den ganzen Garten und die Umgebung, und mir wurde klar, dass er mich sehen musste. Ich habe dann versucht, mich unter dem Grasschnitt zu verstecken, den Owen am Nachmittag dort aufgehäuft hatte. Doch es fiel mir immer schwerer, mich zu bewegen. Wegen des Blutverlusts, nehme ich an.«

Eine einzelne Träne rollte mir über das Gesicht, und ich wischte sie mit dem Handrücken ab. Mum sagte nichts, sah mich an und wartete.

»Ich muss wohl das Bewusstsein verloren haben, denn das Nächste, woran ich mich erinnere, ist, dass jemand auf mich zukam. Ich dachte, es sei Kay, der kommt, um mir den Rest zu geben, deshalb versuchte ich verzweifelt, mich noch tiefer in dem Grasschnitt zu vergraben. Dann sah ich das Licht des

Scheinwerfers von oben und wusste, dass es von einem Hubschrauber kam. Ich weiß noch, dass ich dachte, ich hätte die Wahl. Mich vor Kay zu verstecken oder zu winken und zu hoffen, dass sie mich rechtzeitig entdeckten und retteten. Ich wollte mich verstecken, doch irgendwas hinderte mich daran. Vielleicht wollte ich, dass er mich fand, vielleicht wollte ich sterben? Ich weiß es nicht. Ich hob die Arme, und im Licht des Hubschraubers glänzte das Blut, das meine Hände bedeckte. Dann sagte eine ferne, metallische Stimme etwas, was ich nicht verstehen konnte, und der Hubschrauber kam immer näher.« Ich hielt einen Augenblick inne, als ich daran dachte, wie das Licht des Hubschraubers mich geblendet hatte. »Kurz bevor ich das Bewusstsein wieder verlor, hörte ich die metallische Stimme noch einmal. Und in diesem Moment wusste ich, dass Kay mich töten würde. Aber natürlich war das nicht Kay, sondern ein Polizist, der auf mich zukam, um mich zu retten.«

Ich schaute noch einmal auf die Stelle, an der ich vor genau einem Jahrzehnt blutüberströmt gelegen hatte. Die Erinnerung an diesen Moment war so stark wie noch nie. Ich roch das Blut auf meiner Haut, schmeckte die Grashalme in meinem Mund.

Mum lächelte sanft. »Was war das für eine metallische Stimme?«

»Der Polizeifunk. Als Nächstes erinnere ich mich daran, wie ich Wochen später im Krankenhaus aufwachte. Owen war beerdigt, du schliefst auf dem Stuhl neben meinem Bett, und die Presse wartete nur darauf, mich eine Heldin zu nennen.«

»Du bist eine Heldin.« Mum berührte meinen Arm.

»Bin ich nicht, Mum. Ich bin ein Feigling. Ich bin davongelaufen, ich habe mich versteckt.«

»Du hast überlebt!«

Ich sah sie lange an. »Ich habe Owen sterben lassen«, sagte ich schließlich mit bebender Stimme.

»Du hattest keine andere Wahl. Owen war …« Sie stockte und schaute zu Boden, unfähig, den Satz zu Ende zu bringen.

»Owen war was, Mum? Owen war was?«

»Owen wäre ohnehin gestorben.«

»Das kann man nicht wissen! Ich hätte ihn retten können.«

»Nein, hättest du nicht.«

»Woher weißt du das?«

Mum packte mich an den Schultern und zwang mich, sie anzusehen. Als sie dann sprach, war ihr Tonfall weicher, ruhiger, irgendwie überzeugter.

»Hör zu, Claire. Du hattest keine Chance, Owen zu retten. Höchstwahrscheinlich war er schon tot, als du aus diesem Fenster geklettert bist, und was du in dieser Nacht getan hast, hätte wohl jeder andere Mensch auch gemacht, wenn er gekonnt hätte. Aber diese Menschen vor dir – Gott schenke ihren Seelen Frieden – waren nicht so stark, nicht so zäh wie du. Du hast in jener Nacht das Unmögliche geschafft, du bist entkommen, trotz allem. Und Kay …«

»Es war pures Glück, Mum.«

»Und Kay hat seit damals nie wieder jemandem etwas angetan.«

»Ich bin nicht der Grund dafür, dass er …«

»Du hast überlebt, und das hat ihn erschreckt. Vielleicht glaubte er, dass du ihn erkannt hast, vielleicht ist ihm auch klar geworden, dass ihn jemand in seinem eigenen Spiel besiegt hatte. Aber nach jener Nacht existierte er nicht mehr. Wie dir die Presse hinterhergejagt ist, war zermürbend, ich weiß, aber dass sie hinter dir her waren, bedeutete, dass sie nicht mehr hinter ihm her waren. Er verlor seine Macht. Die Menschen hatten keine Angst mehr vor dem Blackout-Killer, weil sie Claire Moore hatten. Die, die überlebt hatte. Das ist das, was Tommy Kay fertiggemacht hat – zu wissen, dass er gescheitert ist. Er konnte sein krankes Spiel nicht mehr gewinnen, weil du ihn geschlagen hattest.«

Ich musste weg von dieser Stelle, deshalb ging ich wieder auf den Bungalow zu. Mum folgte einen Schritt hinter mir. Auf dem Sims des Badezimmerfensters war ein dunkelbrauner Fleck zu sehen, verblasst nach einem Jahrzehnt Sonne und Regen. Ich musste mich durch das Unkraut kämpfen, um näher heranzukommen, dann steckte ich den Kopf durchs Fenster und schaute hinein. Noch immer war der Rauch zu riechen, der sich in den Wänden festgesetzt hatte. Oben schien die Sonne durch das Loch im Dach. Die Toilette war noch an Ort und Stelle, genau wie das Waschbecken. Die Badewanne hingegen war weg; wo sie gestanden hatte, war nur noch ein Fleck auf dem Boden.

Ich stellte mir den Moment vor, in dem er mich auf dem Boden abgelegt hatte, Owen war in der Badewanne gewesen, nur sein dünner Arm hatte über den Rand gehangen. Benzingeruch lag in der Luft. Kay schnitt meine Zehen ab, und meine Schreie schockierten ihn. Ich glaube, er hatte damit gerechnet, dass ich noch bewusstlos war, doch kurz bevor er mich ins Badezimmer geschleift hatte, war ich zu mir gekommen. Er schreckte zurück, ließ den Bolzenschneider fallen, und irgendwie schaffte ich es aufzustehen und fuchtelte wild damit herum.

»In meinen Träumen schlage ich ihn manchmal mit dem Bolzenschneider, manchmal öffnet er dann die Tür und rennt hinaus, und dann weiß ich nicht mehr, was wahr ist.«

»Wahr ist, dass du gegen ihn gekämpft hast. Und das weißt du.«

Es war tatsächlich zum Kampf gekommen, ich hatte Narben, die das belegten.

»Dann bin ich entkommen. Und er hat Owen angezündet.«

Es auszusprechen fühlte sich falsch an, aber es gab nichts zu beschönigen. Tatsachen waren Tatsachen. Mein Mann war auf schreckliche Art gestorben. Verbrannt bei lebendigem Leibe, ihn durch Anschauen zu identifizieren war nicht mehr möglich gewesen – stattdessen wurde anhand von ein paar Zähnen, die nicht verbrannt waren, bestätigt, dass es sich um ihn handelte. Zähne, die ihm Kay ausgeschlagen hatte. Vielleicht hatte er aber auch schon nicht mehr gelebt, als die Flammen seine Haut berührt hatten. Wir konnten es nur hoffen.

Als ich durch das Fenster sah, konnte ich förmlich hören, wie Owen seine letzten Worte sagte. Aber ich wusste nicht, wie sie lauteten. Ob er Kay gebeten hatte, mich in Ruhe zu lassen? Hatte er gesagt, dass er mich liebt? Das war eine schöne Vorstellung, aber wahrscheinlich hatte er wohl um sein Leben gefleht, wie es jeder andere auch getan hätte. Ich wollte wegschauen, doch ich konnte den Blick nicht von dem Rand auf dem Boden losreißen, den die Badewanne hinterlassen hatte. Ich war wie hypnotisiert. Vor dieser Nacht war ich eine andere gewesen. Ich war fast jeden Morgen laufen gegangen, hatte bei offenem Fenster geschlafen, gern in der Dunkelheit draußen gesessen, die Sterne betrachtet und mich im Universum verloren. Aber diese andere gab es nicht mehr. Ich war ein Geist.

»Weißt du, Mum, Owen und ich hatten an dem Abend ein paar Gläser Wein getrunken und schliefen dann auf dem Sofa ein. Als ich aufwachte, war ich benommen und konnte nicht denken; da war er vermutlich schon angegriffen worden und rief nach mir. Er hat bestimmt gekämpft, dabei vielleicht etwas umgeworfen, aber ich war zu betrunken, um endgültig wach zu werden und was zu unternehmen!«

»Claire? Du gibst dir aber nicht selbst die Schuld für das, was passiert ist, oder?«

»Ich hätte mehr tun können.«

»Hast du auch nur ein Wort von dem, was ich gesagt habe, gehört?«, rief sie so laut, dass ich zusammenfuhr.

»Mum, bitte schrei mich nicht an, das hier ist schwer für mich.«

»Ich weiß, dass es schwer ist. Es ist verdammt schwer. Ein Serienmörder hat versucht, dich umzubringen, und er hat Owen getötet. Ich glaube kaum, dass es viel mehr Dinge gibt, die schwerer sein könnten als das.«

»Mum, hör auf, mich anzuschreien.«

»Aber du gibst dir verdammt noch mal selbst die Schuld dafür …«

»Mum!«

»Nein, Claire, nein. Schon seit zehn langen Jahren würde ich gerne schreien, brüllen und mit den Füßen aufstampfen. Seit zehn Jahren will ich dich schütteln und dich notfalls schlagen, damit du endlich einsiehst, wie fantastisch du bist. Und dann stehst du da und gibst dir selbst die Schuld für das, was geschehen ist? Dieser Mann, dieses Monster, hat sechs Menschen ermordet, bevor er zu diesem Haus kam. Sechs Menschen! Und Owen war der siebte, und du solltest Nummer acht werden. Alles davon ist seine Schuld, alles.«

»Aber …« Mehr als ein Stammeln brachte ich nicht hervor.

»Da gibt es kein Aber.« Ihr Ton war weicher geworden. Irgendwie zwang mich das, ihr in die Augen zu schauen. »Überhaupt keins.«

»Wie soll ich mir das verzeihen?«

»Indem du hier und jetzt einsiehst, dass dieser schreckliche Mensch, Tommy Kay, ein raffinierter, erfahrener Killer war. Er hat keine Spuren hinterlassen, er war schlauer als alle – auch wenn die Welt wusste, dass er diese schrecklichen Dinge tat, konnte man es ihm nie beweisen – und du warst einfach Claire Moore.«

»Einfach Claire Moore.«

»Du weißt, wie ich das meine. Du hättest an jenem Abend nichts anderes tun können, außer vielleicht sterben.«

Ich dachte einen Augenblick nach. Sie hatte recht. Er hatte Erfahrung im Morden gehabt, aber ich keine im Überleben. Zum ersten Mal machte ich mir klar, wie schlecht meine Erfolgschancen gestanden hatten. Trotzdem – ich hätte Owen retten können.

Ohne jede Vorwarnung brach ich in Tränen aus und sank an Mums Schulter. Sie sagte nichts, tröstete nicht. Sie hielt mich einfach fest und ließ mich weinen. Eine gefühlte Ewigkeit stand ich so da. Schluchzend, in Erinnerungen versunken. Nachdem ich mich wieder einigermaßen beruhigt hatte, führte mich Mum vom Bungalow weg und half mir in den Wagen. Ich schaute noch einmal auf die Überreste meiner Vergangenheit und verabschiedete mich davon. Dann fuhren wir los.

»Ich denke, es ist Zeit, heimzukehren.« Ich hatte mich dem Grauen dieser Nacht gestellt in der Hoffnung, mich danach gereinigt zu fühlen. Aber irgendwie dachte ich nur umso mehr an Owens Tod.

»Ja, Liebes. Es ist Zeit, nach Hause zu gehen.«

»Ich glaube nicht, dass ich je vergessen kann, was passiert ist.«

»Nein, Schatz, aber du musst nach vorne schauen.«

»Keine Ahnung, wie ich das anfangen soll.«

»Vielleicht indem du Paul schreibst? Ihm mitteilst, wann unser Flugzeug landet?«

»Ich werde nie aufhören, Owen zu lieben«, erklärte ich mit einem Seitenblick zu ihr.

»Natürlich nicht.«

»Wie könnte ich dann auch nur darüber nachdenken, ihn zu ersetzen?«

Mum seufzte und trommelte mit den Fingern auf das Lenkrad.

»Claire, du weißt, dass ich Owen auch lieb hatte, nicht wahr?«

»Ja, Mum.«

»Und du weißt auch, dass ich nicht gern schlecht von den Toten spreche.«

Ich schwieg, weil ich genau wusste, was als Nächstes käme.

»Muss ich es wirklich sagen?«, fragte sie.

Nein, das brauchte sie nicht. Ich senkte den Kopf, weil ich sie nicht mehr ansehen konnte. Owen war nicht immer nett gewesen. Er war mitunter aufbrausend, er trank manchmal ein bisschen zu viel. Verschwand für einen Tag oder auch zwei.

»Mum …«

»Und ich glaube, dass er manchmal grob wurde.«

Ihre Worte fühlten sich wie ein Schlag ins Gesicht an. Offenbar hatte ich es nicht so gut verbergen können, wie ich immer glaubte. Ich sagte nichts, sondern senkte den Kopf, und wieder rollte mir eine Träne über die Wange.

»Es stimmt, nicht wahr?«, fragte sie leise. Ich nickte.

»Ich sage nicht, dass du aufhören sollst, ihn zu lieben, ich sage auch nicht, dass du vergessen sollst, wie wundervoll er sein konnte. Ich will damit nur sagen, dass du ihn nicht heilig sprechen sollst, er hatte einige gravierende Fehler.«

»Die haben wir alle.«

»Hin und wieder solltest du dir diese Version von Owen ins Gedächtnis rufen.«

»Warum sollte ich das tun?«

»Damit du merkst, dass er nicht perfekt war, und damit du begreifst, dass es okay ist, jemanden mit all seinen Fehlern zu mögen, zu lieben. Gib dir selbst die Chance, eines Tages dein Glück wiederzufinden.«

»Mit Paul?«

»Nun, das hast *du* jetzt gesagt.«

»Was ist, wenn Paul es nicht versteht?«

»Ich habe so das Gefühl, als würde er bereits verstehen. Hör doch einfach mal auf damit, Claire. Hör auf, dein altes Leben als perfekt zu betrachten – denn das war es nicht, wie wir beide wissen. Es tut mir leid, dass Owen gestorben ist, wirklich, aber es wird Zeit, ihn von diesem Podest zu stoßen, auf das du und die Welt ihn gestellt habt, und erinnere dich mal richtig an ihn – an seine guten *und* an seine schlechten Seiten. Und lass um Himmels willen jemand anderes an dich heran.«

Ich nickte und hätte beinahe etwas offenbart, das schon so lange auf mir lastete, eine Schuld, von der niemand etwas wusste – aber ich tat es nicht. Ich würde dieses Geheimnis mit ins Grab nehmen. Denn wenn es ans Licht käme, ausgesprochen würde, wäre ich nicht mehr der Mensch, der ich sein wollte. Ich zog mein Handy aus der Tasche, um nicht mehr darüber nachzudenken. Paul hatte mir vor zwei Stunden geschrieben! Seine Nachricht war kurz.

Ich denke an dich. X

Ich musste lächeln. Heilte die Zeit vielleicht tatsächlich alle Wunden? Wenn mir jemand sagte, dass ich Owen nicht als den perfekten Mann betrachten musste, erteilte mir das womöglich die Erlaubnis, damit aufzuhören? Erlebte ich gerade eine Art Katharsis? Ich hörte zur Abwechslung mal auf, alles infrage zu stellen, und schrieb ebenso kurz zurück, in der Hoffnung, dass er die Schlacht, die zwischen Vergangenheit, Gegenwart und Zukunft in mir tobte, nicht herauslesen konnte.

Mum und ich landen kurz nach 22 Uhr. Was hast du abends vor?

Kaum hatte ich auf *Senden* getippt, erschienen auch schon die drei Punkte, die anzeigten, dass er zurückschrieb. Seine Nachricht war wieder kurz und direkt, dieselbe Botschaft wie damals, als ich versucht hatte, mit ihm Schluss zu machen.

Dich sehen.

Diese beiden Worte machten mir klar, dass er verstand, und unwillkürlich empfand ich … Leichtigkeit. Ich freute mich auf etwas! Ein Gefühl, von dem ich so lange geglaubt hatte, dass es für immer aus meinem Leben verschwunden war.

Während Mum fuhr, schaute ich schweigend aus dem Fenster und verabschiedete mich in aller Stille von Irland, von Owen – und hoffentlich von dieser Nacht mit Tommy Kay.

19

MAI 2008
NEWMARKET, IRLAND

Nummer sieben

Nach zwei Jahren stellte die Welt – mit seiner Hilfe – endlich den Zusammenhang her. Wie geplant hatte er bei den Zeitungen durchsickern lassen, worin die Verbindung zwischen all seinen Opfern bestand, und die vermeintlich willkürlichen Morde wurden nicht länger als solche betrachtet. Der Blackout-Killer hatte es auf schlechte Männer abgesehen – Männer, die ihre Frauen schlugen, deren Kontostand kontrollierten und diktierten, wen sie treffen durften und wen nicht. Gewalttätige Männer wie sein eigener Vater. Sie waren aber immer noch nicht dahintergekommen, warum er auch die Frauen dieser schlechten Männer tötete – es gab Spekulationen über seine Sexualität und Hypothesen über seine Beziehung zu seiner eigenen Mutter. Ein Psychologe, der für ein Boulevardblatt schrieb, behauptete sogar, er würde die Frauen in der Hoffnung töten, gestoppt zu werden. Das war natürlich Unsinn. Keiner von ihnen hatte recht, aber er genoss, wie sie sich anstrengten, sich einen Reim darauf zu machen. Und was die Zehen anging: Sie glaubten, dass er sie als Trophäen behielt. Er konnte sich nichts Ekelerregenderes vorstellen. Aber es gefiel ihm, wie komplex sich alles entwickelt hatte. Seine Botschaft war wie geplant angekommen. Die Opfer, diese »brillanten, fürsorglichen Männer«, waren ins rechte Licht gerückt worden. Und wenn er in den Pubs nach dem nächsten Opfer suchte, hörte er die Angst in den Stimmen der Männer, die wussten, dass sie die Nächsten sein könnten. Es ging auch das Gerücht, er sei eine Art Ordnungshüter, eine Stimme der Misshandelten. Ein Held. Bis das Unerwartete passierte.

Seine letzten Morde, der fünfte und der sechste auf seiner Liste – Justin Turner und seine Frau Melanie –, waren wie alle anderen gewesen. Er ein Kontrollfreak, sie nicht willens, sich zu ändern. Er verspürte keine Reue, ihr Leben beendet zu haben. Doch die Presse zog ans Licht, dass Melanie in der fünfzehnten Woche schwanger gewesen war. Das hatten zwar die angehenden Eltern und enge Freunde gewusst, aber das Paar hatte es noch nicht öffentlich gemacht. Melanie hatte vorher schon zwei Babys in einem frühen Stadium der Schwangerschaft verloren, und die beiden wollten sichergehen, dass das nicht wieder passierte, bevor sich die anderen allzu sehr mit ihnen freuten. Obwohl er Justin gut genug kennengelernt hatte, um zu wissen, dass er der Nächste sein musste, war ihm das doch entgangen. Und nun war er selbst zu dem geworden, was er so hasste. Dieses Baby war unschuldig gewesen, weder gewalttätig noch feige. Es hätte zu einem guten Menschen heranwachsen und Licht in die Welt bringen können. Er hatte diese Möglichkeit ausgelöscht, unschuldiges Leben genommen. Er war wie sein eigener Vater geworden, jemand, der anderen das Licht raubte. Was sein Vater seiner Mutter und ihm angetan hatte, hatte er jetzt einem ungeborenen Kind angetan.

Als er es erfuhr, spürte er das letzte Licht in seinem Inneren schwinden. Der Mann, der er gewesen war, war fort. Er würde sich nicht mehr gestatten, an seinen Vater und seine Bosheit zu denken oder an seine Mutter und ihr Leuchten. Alles, was mit ihm zu tun hatte, musste sterben. In seinen Gedanken hatte er keinen Namen, kein Gesicht mehr. Er war nur noch ein Schatten. Nach dem letzten Paar – der Mann musste mehr als sonst irgendjemand bestraft werden – würde er verschwinden. Er würde um den Mann trauern, der er gewesen war, und er würde zu etwas anderem werden. Zu etwas, das nicht mehr ganz menschlich wäre.

Das alles änderte seine Perspektive, seine Pläne. Opfer Nummer sieben und acht, die er ursprünglich vorgesehen hatte, passten nicht mehr. Seine Nachforschungen hatten ergeben, dass sie ebenfalls versuchten, ein Baby zu bekommen. Und ein unschuldiges Kind durfte er nicht töten, wenn es auch in ein Leben der Angst und der Kontrolle hineingeboren werden würde. Allerdings hoffte er, dass seine Anstrengungen der letzten beiden Jahre nicht vergebens gewesen waren, sondern dazu geführt hatten, dass das Kind in einer besseren Welt aufwachsen würde als er selbst. Doch das würde er nie erfahren, denn nach heute Abend wäre seine Arbeit beendet.

Nachdem das ursprüngliche Paar aus dem Rennen war, hatte er rasch ein neues gefunden. Der Fußweg von der Verteilerstation würde anstrengend werden. Über die Felder waren es mehr als anderthalb Kilometer, wenn er sich an die Straßen hielte, sogar mehr als drei. Zudem bedeutete das ein größeres Risiko, gesehen zu werden. Aber das war es wert. Dieser letzte Mord war schwierig in seiner Ausführung, und genau deshalb würde er bei jedem einzelnen gewalttätigen Mann in Irland Furcht säen. Das eigentliche Problem war aber gar nicht der Fußweg an sich, sondern die Lage der anderen Häuser, die um das anvisierte Haus herumstanden. Es waren nur neun, aber alle lagen an der schmalen, einspurigen Straße in Sichtweite voneinander. Und es war eine neugierige Nachbarschaft, in der alle hinter den Vorhängen lauerten. Ein Auto oder Spaziergänger kamen selten vorbei, und wenn doch, erregten sie Aufmerksamkeit. War der Strom erst mal weg, würden die Leute sich nicht in ihren Häusern einschließen – sie würden herauskommen und aufeinander aufpassen. Und er würde einen Weg an ihnen allen vorbei finden und direkt vor ihrer Nase zuschlagen. Heute musste er das Unmögliche vollbringen und zu einer Legende werden. Und alle, selbst die Guten, würden ihn von nun an fürchten. Danach, wenn er seine Aufgabe gemeistert hätte, würde er unauffindbar sein, das wusste er.

Er entfernte sich von dem Bungalow und ging auf den Generator zu, der in der Nähe, aber nicht direkt in Newmarket stand. Das Gehäuse hatte er bereits aufgebrochen. Alles, was er heute Abend sonst noch brauchen würde, lag in einem

Graben hinter dem Haus der Moores; er musste nur zurückkommen, es einsammeln und so wie all die anderen Male zuvor benutzen. In zehn Minuten würde die Häusergruppe in Dunkelheit versinken.

Und dann würde er sein minutiös geplantes Vorhaben durchführen.

Morgen würden die Nachrichten über die Ermordung Owen und Claire Moores berichten, den siebten und achten Mord. Der Blackout-Killer wäre verschwunden. Er würde nie gefunden, nie gefasst werden, und das würde sein Vermächtnis sicherstellen.

Und ihn im Gedächtnis der Menschen verankern, die ihn zu fürchten wussten.

20

18. MAI 2018
FLUGHAFEN STANSTED

Der Rückflug war weit weniger ereignisreich als erwartet; es war der letzte an diesem Tag. Eine Stunde und zehn Minuten nach dem Start landeten wir, innerhalb einer halben Stunde hatten wir unsere Koffer und steuerten auf den Ausgang zu. Ich war froh, wieder zu Hause zu sein, und konnte es kaum erwarten, in meinem eigenen Bett zu schlafen, bei verriegelten Türen und geschlossenen Fenstern zu versuchen, ein wenig Schlaf nachzuholen. Erst als wir unser Gepäck eingesammelt hatten, hörte ich auf, ständig nach Killian Ausschau zu halten, obwohl ich genau registriert hatte, wer in die Maschine eingestiegen war. Er war nicht dabei gewesen. Auch im Ankunftsbereich war es ruhig, abgesehen von einer Handvoll Leuten, die vereinzelt und müde herumstanden.

Geoff erwartete uns dort. Mum sah ihn zuerst und lachte, warum, ging mir erst auf, als ich ihn entdeckte. Er trug eine Anzugjacke mit Fliege, dazu aber immer noch seine alte, verschlissene Jeans, und hielt ein handgeschriebenes Schild hoch auf dem »Meine wunderbare bessere Hälfte (und ihre Tochter)« stand. Ich fiel in ihr Lachen ein, wurde aber sofort wieder ernst, als ich sah, wer neben ihm stand: Paul, er trug ebenfalls ein Jackett und lächelte zögerlich.

Mum rannte hinüber und schloss Geoff fest in die Arme, küsste ihn auf die Lippen und nannte ihn einen Blödmann. »Das Jackett ist ein wenig eng geworden, seit ich es zum letzten Mal getragen hab«, sagte er grinsend, schnappte sich Mums Tasche und ging Hand in Hand mit ihr voraus.

Paul und ich standen uns gegenüber, zwischen uns mein Koffer und tausend unausgesprochene Gedanken.

»Hey«, flüsterte er.

»Hey«, erwiderte ich nervös.

»Wie war euer Flug?«

»Gut, danke.«

»Gut, gut, das freut mich.«

Er zögerte, holte Luft, wollte eindeutig mehr sagen, hielt sich aber dann zurück. Ich beobachtete, wie er sich die Hände an den Hosenbeinen abwischte, um dann meinen Koffer zu nehmen.

»Sollen wir zu dir nach Hause?«, fragte er, während er den Griff packte. Ohne nachzudenken trat ich zu ihm und küsste ihn. Er erwiderte meinen Kuss, ließ den Koffer los und legte seine Hände um mein Gesicht. Ich schlang ihm die Arme um die Taille und genoss seine Nähe mehr, als ich je erwartet hätte. Als wir uns wieder voneinander lösten, drückte ich meine Stirn an seine – eine Geste, die bisher nur Owen und mir vorbehalten gewesen war. Es dauerte einige Sekunden, bis ich Worte formulieren konnte.

»Danke, dass du gekommen bist.«

»Ich bin einfach nur froh, dass du wieder da bist.«

Ich schaute in seine braunen Augen. Augen mit denselben Bernsteintupfen wie Owens. Der Moment war so intensiv, es fühlte sich an, als wäre alle Luft aus dem Gebäude gesaugt worden. Die Welt schien vollkommen stillzustehen. Und da wusste ich, dass ich nicht allein schlafen wollte. Ich wollte ihn neben mir spüren. Ich würde mich bemühen, dass das funktionierte – das wollte ich wirklich. Aber nichts davon konnte ich sagen. Nur ganz leise: »Ich bin auch froh.«

VIERZEHN WOCHEN SPÄTER

21

29. AUGUST 2018
ST IVES, CAMBRIDGESHIRE

Ich wachte auf und wälzte mich auf die Seite, um auf die Uhr zu schauen – es war kurz nach fünf. Ich war nicht wie sonst von einem Traum aus dem Schlaf gerissen worden, sondern vom Vogelgezwitscher erwacht, das durch das gekippte Fenster hereinwehte. Ich hatte in dieser Nacht nicht geträumt – seit fast zwei Wochen kein dunkler, höhlenartiger Mund mehr, der sich über mich beugte. Aber das würde ich für mich behalten; bei meinem Glück würde der Traum nämlich sonst mit voller Wucht zurückkehren.

Paul lag tief schlafend neben mir. Ich wollte ihn nicht stören, also hielt ich meine Halskette fest, damit die Schlüssel nicht klirrten; dann schälte ich mich leise unter der Decke hervor, richtete mich auf und schaltete meine Lampe aus. Paul hätte eigentlich erst heute irgendwann zu mir kommen sollen, doch statt in der Travelodge zu übernachten, was seine Firma bezahlt hätte, war er gestern am späten Abend noch von seinem Termin zurückgefahren. Ich hatte versucht, ihm das auszureden, doch er meinte, er sei lieber an meiner Seite und nehme dafür weniger Schlaf in Kauf. Ich akzeptierte das schnell, denn ehrlich gesagt war es mir in den vergangenen Wochen lieber gewesen, wenn Paul da war. Es gab immer noch Tage, an denen ich niemanden in meiner Nähe ertragen konnte, selbst ihn nicht, doch die wurden glücklicherweise immer seltener.

Und auch wenn meine Tage dann doch einmal dunkel waren, tat Paul mir gut. Er war nicht bei mir eingezogen, aber vielleicht nicht mehr weit davon entfernt. Er hatte ein wenig Kleidung und ein paar andere Dinge bei mir deponiert – einen Ersatzschlüssel für das Auto, ein Handy-Ladegerät, seinen E-Reader und natürlich eine Zahnbürste. Wenn er nicht beruflich unterwegs war, übernachtete er inzwischen etwa die Hälfte der Zeit bei mir. Er bat mich nie, bei ihm zu übernachten, weil er wusste, wie schwer das für mich wäre. Es fiel mir schon schwer genug, mich in meinen eigenen vier Wänden wohlzufühlen.

Paul murmelte etwas im Schlaf, und ich hielt den Atem an und rührte mich nicht. Er wälzte sich herum, runzelte die Stirn. Hatte er einen schlechten Traum? Ich beugte mich über ihn und beobachtete, wie seine linke Augenbraue zuckte. Seine Augäpfel bewegten sich unter den Lidern, schossen hin und her. Was ging da in den dunkleren Ecken seines Unterbewusstseins gerade vor sich? In den meisten Nächten träumte Paul etwas, das ihn beunruhigte; er gab seltsame Geräusche von sich, und seine Stirn legte sich dann in tiefe Falten. Am liebsten hätte ich ihn dann aufgeweckt, mich an ihn geschmiegt, die Arme um ihn geschlungen und ihm versichert, dass alles okay sei, doch das tat ich nicht. »Wir haben alle unser Päckchen zu tragen«, hatte er einmal zu mir gesagt, vielleicht arbeitete er sich an seinem im Schlaf ab. An einem Geheimnis, das er nicht bereit war zu teilen. Dabei wollte ich ihn nicht stören und stand auf. Ich hoffte, dass er es mir, was immer es auch war, eines Tages erzählen würde.

Ich trat an das geöffnete Schlafzimmerfenster und atmete tief die frische Luft ein. Mir war gar nicht bewusst gewesen, wie sehr ich die spätsommerliche Morgenluft im Zimmer vermisst hatte, bis ich vor einiger Zeit – Paul war gerade da – zum ersten Mal seit Langem bei angelehntem Fenster tief und fest schlief. Nun kam es mir vor, als würden die Vögel, die in den Bäumen im Garten zwitscherten, nur für mich singen. Ich nahm meinen Morgenmantel und ging aus dem Zimmer; Paul ließ ich weiterschlafen. Ich brühte mir meinen Tee auf, trat in den Garten hinaus und genoss die Wärme der Sonne auf meinem Gesicht.

Dr. Porter, die ich inzwischen wieder einmal pro Woche aufsuchte, hatte mir empfohlen, den Morgen zum Nachdenken zu nutzen – nicht über das, was vor zehn Jahren geschehen war, sondern über die jüngste Vergangenheit. Über die Zeit, die seit der Reise nach Irland verstrichen war, den Besuch von Owens Grab, die Rückkehr zu meinem alten Zuhause, den Schlafmangel, Killian. Über all das redete ich mit Dr. Porter, und sie half mir zu erkennen, dass die Reise – so schwer sie auch gewesen war – das bewirkt hatte, was für mich notwendig gewesen war. Sie hatte mir geholfen zu erkennen, dass es ein Leben, dass es etwas Neues für mich geben konnte, auch wenn ich Owen und das, was uns geschehen war, niemals würde loslassen können. Ich dachte an das, was Mum meinte, als ich mit mir haderte, dass ich nicht mehr getan hatte, um Owen zu retten. Dass ich selbst überlebt hatte, während er starb. *Tommy Kay hatte Erfahrung im Morden, ich aber keine im Überleben.* Ich hätte nichts anderes tun können, um am Leben zu bleiben. Das hatte man mir natürlich schon unzählige Male gesagt, aber erst jetzt hatte ich es wirklich begriffen. Und das befreite mich von der tiefen Schuld, die ich all die Jahre empfunden hatte. Die eisige Hand griff noch immer nach meinem Zwerchfell, doch dank Dr. Porters Hilfe klammerte sie sich nicht mehr ganz so stark daran fest.

Paul hatte mir mehr geholfen, als er ahnte. Er konnte stundenlang zuhören, war besonnen, ein Mann, dem ich vertraute. Der einzige, über den ich das sonst noch sagen würde, war Geoff. Paul ließ mich spüren, dass er mich begehrte, durch ihn fühlte ich mich weniger allein. Als ich körperlich so weit wiederhergestellt war, hatte ich nicht geglaubt, je wieder mit einem Mann intim werden zu können, und auch wenn wir uns im Dunkeln lieben mussten, liebten wir uns doch. Meine Narben gehörten vorläufig noch mir allein.

Ich stellte die Tasse neben mir auf den Boden, legte den Kopf in den Nacken, schloss die Augen und seufzte zufrieden. Die Vögel sangen aus voller Kehle und übertönten sogar den Verkehrslärm auf der A1. Beinahe eine Stunde lang saß ich so da, bis ich Geräusche aus der Küche hörte.

»Guten Morgen.« Paul summte, während er mir einen Kuss auf den Scheitel drückte.

»Guten Morgen.« Ich strahlte ihn an. »Hast du gut geschlafen?«

»Ja, du auch?«

»Ja«, erwiderte ich, schließlich hatte ich nicht wie sonst geträumt.

»Frühstück?«, fragte er, wartete aber die Antwort nicht ab und ging zurück ins Haus.

Nach ein paar Minuten nahm ich meine Tasse und folgte ihm; er stand am Herd und schlug Eier auf. Ich strich ihm über die Schulter, dann ging ich nach oben und holte mein Handy. Ich wollte mich später mit Penny treffen, und sie hatte mir spätabends noch eine Nachricht geschickt, um unsere Verabredung zu bestätigen. Ich hatte ihr noch nicht darauf geantwortet und wollte das jetzt nachholen.

Ich nahm mein Handy und loggte mich mit meinem Daumenabdruck ein. Acht neue SMS waren eingegangen: vier von Mum, zwei von Penny und zwei von Nummern, die ich nicht kannte. Außerdem hatte ich sieben neue Sprachnachrichten und mehrere Nachrichten auf Facebook, die meisten davon von meiner Unterstützergruppe. Schlagartig wurde mir übel, und ich tippte auf das Sprachnachrichten-Symbol, um mir die erste Nachricht – eingegangen heute Nacht um kurz nach drei – anzuhören.

»Mrs. Moore, hier ist Guy Blakemore von der *Mail.* Würden Sie mich anlässlich der neuesten Geschehnisse bitte zurückrufen? Sie erreichen mich unter …«

Ich löschte die Nachricht und öffnete dann die nächste.

»Hi, Claire. Kyle hier, von der Zeitschrift *Nation's Choice.*

Ich würde gerne …«

Wieder drückte ich auf »Löschen«, Panik stieg in mir auf. Die nächste Nachricht hatte mich kurz nach fünf Uhr heute Morgen erreicht und mich vermutlich aufgeweckt, ohne dass ich das bewusst wahrgenommen hätte. Ich kannte die Stimme gut genug, um Angst und Verunsicherung in ihr zu erkennen.

Und da war sie wieder, die vertraute eisige Hand. Ich fröstelte.

»Schatz, ich bin es, Mum. Ruf mich an, okay?«

Mit der einen Hand umklammerte ich mein Handy so fest, dass es wehtat, mit der anderen stützte ich mich an der Wand ab, während ich die Treppe hinunter und in die Küche ging. Paul stand mit dem Rücken zu mir am Herd und hantierte mit einer Pfanne.

»Heute gibt es Rührei, ich hoffe, das ist okay?«

Ich antwortete nicht, sondern hielt mich am Türrahmen fest und versuchte krampfhaft, mir Gründe zu überlegen, weshalb eine Zeitung und ein Magazin mich anriefen. Da stimmte doch etwas nicht. Paul drehte sich um, und sein Lächeln wich einem besorgten Stirnrunzeln.

»Claire?«

»Irgendwas ist passiert.«

»Was?« Er trat zu mir und ergriff sanft meinen Arm – vielleicht befürchtete er, ich würde umkippen.

»Ich weiß es nicht.« Paul führte mich zum Küchentisch.

»Ich verstehe nicht – was ist passiert, Claire?« Seine Stimme klang hoch und gestresst, während er mich auf einen Stuhl drückte und sich neben mich setzte.

»Meine Sprachnachrichten«, war alles, was ich als Erklärung herausbrachte. Plötzlich hatte ich das Gefühl, dass mein Körper dichtmachte, sich die Nervenenden abschalteten, um mich vor dem zu schützen, was immer da kam. Unfähig zu sprechen, unfähig mich zu bewegen, beobachtete ich, wie Paul mir das Handy aus der Hand nahm. Das Display war gesperrt, deshalb fragte er mich nach der PIN, doch ich konnte mich nicht daran erinnern. Während ich noch nach Worten suchte, nahm er einfach meine Hand und legte meinen Daumen auf »Home«. Dann hörte er meine Sprachnachrichten ab – und ihm wich alle Farbe aus dem Gesicht.

Ohne weitere Erklärung stürzte er ins Wohnzimmer und fluchte, als er die Fernbedienung nicht gleich fand. Schließlich erklang eine Stimme, weiblich, offenbar von einer Journalistin, so viel konnte ich erkennen. Was sie sagte, verstand ich nicht. Paul hatte den Ton leiser gestellt, und ich wollte es auch gar nicht wissen. Was immer es war – es war schlimm. Und doch spürte ich, wie langsam das Leben in meinen Körper zurückkehrte, und ehe ich michs versah, hatte ich mich erhoben und war ins Wohnzimmer gegangen. Paul stand wie erstarrt da, mit offenem Mund, die Fernbedienung noch immer im Neunzig-Grad-Winkel auf das Gerät gerichtet.

Ich blickte von ihm zum Fernseher an der Wand, und zuerst begriff ich nicht. Die Reporterin hielt einen Schirm, war aber trotzdem regennass; sie redete – und mir wurde elend. Eine Zusammenfassung der Ereignisse lief unten über den Bildschirm:

WAS BISHER BEKANNT IST …

- STROMAUSFALL IN ABGELEGENEM DORF, NAHE BETHESDA, WALES, NACH ANGABEN VON EINHEIMISCHEN KURZ NACH 23 UHR
- KURZ NACH NULL UHR BRACH EIN FEUER AUS
- DER LEICHNAM EINER FRAU WURDE GEFUNDEN

Die Welt begann sich zu drehen, und bevor ich mich auf den Weg zum Sofa machen konnte, fiel ich bereits.

22

29. AUGUST 2018
ST IVES, CAMBRIDGESHIRE

Ich erinnere mich nicht daran, wie ich auf dem Boden aufkam, Paul mich hochhob und aufs Sofa legte. Mein erster Gedanke war, dass meine linke Hand brannte, als würden Nadeln durch meine Finger schießen. Ich musste einige Zeit bewusstlos gewesen sein. Als ich mich aufsetzte, überlegte ich kurz, ob das, was ich im Fernsehen gesehen hatte, nur eine verrückte Halluzination gewesen wäre, hervorgebracht von meinen eigenen kaputten Gedanken. Und ob mich mein Kopf durch einen Trick dazu gebracht hatte zu glauben, mein Leben hätte endlich eine Wendung genommen. Doch schon einen Moment später sah ich, wie Paul mich anstarrte. Der Fernseher hinter ihm war ausgeschaltet, aber ich hatte die Bilder aus den Nachrichten auch so noch in aller Schärfe vor Augen.

Kein männliches Opfer war erwähnt worden, dieses Mal war es also anders – bei allen anderen Morden war immer ein Mann dabei gewesen. Beim letzten Mal Owen. Vielleicht handelte es sich aber auch nur um einen Fall von häuslicher Gewalt. Und der Mann oder Lebensgefährte hatte versucht, das zu vertuschen, indem er es so aussehen ließ, als sei der Mörder von vor zehn Jahren am Werk gewesen. Oder es war ein tragischer Unfall gewesen. Womöglich war die Frau mit einer brennenden Zigarette eingeschlafen oder hatte den Herd nicht ausgeschaltet, und das mit dem Stromausfall war totaler Zufall. Beides war doch plausibler als ein neuer Killer, der jemanden nachahmte, der vor zehn Jahren sein Unwesen getrieben hatte, oder?

Paul sagte etwas, aber ich bekam es nicht mit. Ich konzentrierte mich auf sein Gesicht, sah die Sorge, die sich darin widerspiegelte; ich versuchte zu sprechen, doch die Worte kamen unverständlich und wie ein Würgen heraus. Paul wollte mich umarmen, mich festhalten, mir versichern, dass er bei mir sei. Doch als er sich vorbeugte, hob ich die Hand und hielt ihn auf. Er verstand und setzte sich stattdessen in den Sessel gegenüber. Er lächelte schwach, doch ich konnte sein Lächeln nicht erwidern. Plötzlich ging die Haustür auf, und ich fuhr zusammen, sämtliche Fluchtinstinkte setzten ein, der Adrenalinstoß war so heftig, dass ich das Gefühl hatte, wieder ohnmächtig zu werden.

»Claire, es ist okay, alles ist in Ordnung«, flüsterte Paul; er streckte die Hände nach mir aus, die Handflächen nach oben gerichtet. »Ich habe deine Mum angerufen.«

Da kam sie auch schon ins Zimmer gerannt und ließ sich vor mir auf die Knie sinken; sie schlang die Arme um mich und zog mich in ihre vertraute Umarmung. Ich vergrub meinen Kopf an ihrer Schulter, nur einen Moment lang, bis ich ein paarmal durchgeatmet hatte und ihr Trost seine Wirkung zeigte. Ein durchsichtiger Schild, der meine Schuld, meinen Verlust, meine Angst und meine Wut eindämmte. Dann schob ich sie behutsam weg und stand auf. Es war einfach lächerlich; ich wusste doch, wie die Presse alles, was sie konnte, zu einer Sensation machte. Und nach allem, was ich gesehen hatte, gab es überhaupt keine echten Fakten. Nichts, was bewies, dass es sich um mehr als einen Gebäudebrand handelte. Etwas Ähnliches war erst vor vier Jahren passiert. Damals hatte ich auch mit dem Schlimmsten gerechnet; hatte angenommen, dass das, was die Presse brachte, Fakten waren. Wochenlang hatte ich damals nicht schlafen können, immer im Gedanken, da draußen wäre jemand, der mich umbringen will. Ich legte mir nachts eine Schere als Waffe unter das Kopfkissen, bis herauskam, dass das Feuer einfach nur ein Feuer gewesen war, das tragischerweise einen Mann und eine Frau das Leben gekostet hatte. Ein Ehepaar – siebenundvierzig Jahre verheiratet. Sie waren abends schlafen gegangen, und eine Rauchvergiftung hatte dazu geführt, dass sie nie wieder aufwachten. Keine Schmerzen, kein Leid. Seite an Seite. Daran war absolut nichts suspekt gewesen – tatsächlich war ich sogar irgendwie neidisch, als ich erfuhr, was wirklich geschehen war. Wenn nur alles so einfach wäre wie das.

Und trotzdem, diese Sache hatte mich damals wieder zurück auf Start gesetzt. Ich musste von Neuem lernen, wie man die Haustür aufschloss und nach draußen trat. Dahin durfte ich nicht mehr zurück, nicht jetzt. Nie wieder.

Ich schnappte mir die Fernbedienung und schaltete den Fernseher ein, ich wollte selbst sehen, dass das alles nur ein schrecklicher Zufall war, den Einschaltquoten zuliebe hochgespielt.

»Claire, Liebes«, begann Mum und verstummte sofort wieder, als ich sie ansah.

»Ich lasse mich nicht jedes Mal, wenn ein Haus brennt, zum Opfer machen, Mum.«

»Ich glaube wirklich nicht, dass du die Nachrichten anschauen solltest.«

»Ich muss es wissen.«

Ich wandte mich wieder dem Bildschirm zu, wo die Nachrichten liefen. Je mehr ich mir ansah, desto deutlicher erkannte ich die offensichtlichen Unterschiede. Es gab keinen toten Mann. Das war kein Serienmörder gewesen, sondern ein zorniger Ehemann oder Lebensgefährte. Ich entspannte mich ein wenig. Das alles hatte nichts mit mir zu tun, und auch wenn die Presse meinte, ich würde darüber reden wollen, musste ich schweigen, das wusste ich. Wenn ich nicht darauf einging, würde es aufhören, sobald sie einsahen, dass sie sich getäuscht hatten. Jetzt zeigten sie Aufnahmen einer Handy-Kamera, die ein Nachbar des brennenden Hauses gemacht hatte. Schwarzer Rauch quoll aus den Fenstern im oberen Stock, und ein Teil des Daches war eingestürzt; Flammen schlugen Schrecken erregend und zugleich hypnotisch hoch in den Himmel. Dann wurde der Bildschirm schwarz. Ich drehte mich zu Mum um, die die Fernbedienung in der Hand hielt. Sie befahl mir, mich hinzusetzen.

»Claire.«

»Es geht mir gut, Mum, ich weiß, dass das nur …«

»Gestern Abend hat die Polizei angerufen.«

»Warum?«

»Sie dachten, dass du noch bei mir wohnst.«

»Was haben sie gesagt?«

»Sie wollen kommen, um mit dir zu reden.«

»Was? Warum?«

»Das haben sie nicht gesagt, aber ich glaube, sie gehen von einem Nachahmungstäter aus. Ich glaube, sie denken, jemand macht nach, was in Irland passiert ist.«

»Warum sollte das jemand tun?«, fragte Paul und erhob sich. Mum sagte noch etwas – an Paul gerichtet –, aber ich konnte nicht verstehen, was. Die Welt um mich herum war auf das Rauschen des Blutes in meinen Ohren reduziert. Ich konnte ihre Stimme hören, aber es war, als würde sie unter Wasser reden.

Ich wollte es nicht glauben. Ich durfte es nicht glauben. Sie hatten immer und immer wieder gesagt, es gebe einen Nachahmungstäter, und jedes Mal hatten sie sich getäuscht. Das war dieses Mal bestimmt auch wieder so, oder? Die Polizei hatte uns immer wieder versichert, dass wir uns keine Sorgen zu machen brauchten. Doch jetzt wollten sie reden, wollten sogar vorbeikommen. Das hatte etwas zu bedeuten, oder? Meine Gedanken überschlugen sich, doch mein Körper war total kraftlos, als ich langsam aus dem Wohnzimmer, durch den Flur und die Treppe hinaufwankte. Undeutlich hörte ich Pauls Stimme, dann Mums, doch ich verstand nicht, was sie sagten.

Ich zählte die Stufen – insgesamt dreizehn –, ging dann ins Schlafzimmer und schloss die Tür hinter mir. Ich setzte mich auf die Bettkante und legte den Kopf in die Hände, mein ganzer Körper zitterte so stark, dass es wehtat. Ich konnte nicht damit aufhören und wollte das auch gar nicht. Ich zitterte und zitterte – und dann ließ ich meinen Tränen freien Lauf. Vor zehn Jahren hatte ich den Mordversuch erlebt – überlebt –, und seitdem hatte es mehrere Vorkommnisse gegeben, bei denen man angenommen hatte, dass jemand den Blackout-Killer kopierte. Doch dieses Mal war es anders. Etwas an diesem Haus, an dieser armen toten Frau war anders. Warum sonst wollte die Polizei persönlich mit mir sprechen?

Mum klopfte leise an die Tür und fragte, ob alles in Ordnung sei. Ich wischte mir über die Augen. »Es geht mir gut. Ich brauche nur einen Moment für mich«, erwiderte ich.

»Okay«, sagte sie und ging wieder nach unten, um Teewasser aufzusetzen und bei der Polizei anzurufen, dass ich nun bereit sei für eine Befragung. Ich stand auf, schaute in den Spiegel über der Kommode. Meine Augen waren verquollen und meine Haut fleckig. Ich holte tief Luft, und meine Unterlippe bebte, als ich mich zwang, nicht mehr zu weinen.

Falls es sich tatsächlich um einen Nachahmungstäter handelte, würden die Reporter wieder zu einer Meute mutieren, die ihre Beute im Rudel jagte. Ich ging ins Bad und spritzte mir kaltes Wasser ins Gesicht, die Kälte tat meiner Haut gut, und mein Kopf wurde wieder klar. Ich schaute noch mal in den Spiegel, meine Unterlippe bebte nicht mehr.

Reiß dich zusammen, Claire, bring es unter Kontrolle.

Ich ging die Treppe hinunter. Unten stand Paul und schaute zu mir herauf, seine Sorgenfalten waren noch tiefer als vorher.

»Es ist alles in Ordnung«, behauptete ich. Das war es aber nicht. In meinem Kopf kreisten zwei Fragen:

Wenn es ein Nachahmungstäter war, wollte er dann zu Ende bringen, was Tommy Kay angefangen hatte?

Würde er mich ins Visier nehmen?

Hallo, Claire,

wie es scheint, denke ich in den letzten paar Wochen mehr an dich als in den vorangegangenen zehn Jahren. Alles, was ich tue, wohin immer ich gehe – dauernd sehe ich etwas, das mich an unsere gemeinsame Zeit erinnert. Ich frage mich, ob es dir ebenso ergeht. Ich habe versucht, meine Gedanken an dich in dunklen Ecken zu vergraben. Aber du bist nie weit weg. Mir ist klar, dass es an der Achten liegt, der Frau aus Bethesda, und daran, was ich mit ihr gemacht habe. Ich habe es wie immer genossen, aber ich fühlte mich dir gegenüber illoyal. Du *warst meine Achte, Claire, und du sollst wissen, dass sie kein Ersatz für dich war. Sie war der erste Stein in der Brücke, die uns wieder zueinanderführen wird. Als ich in ihrem Badezimmer allein mit ihr war, wollte ich, dass sie kämpft wie du. Ich bot ihr sogar die Chance dazu, doch sie wollte oder konnte sie nicht ergreifen. Keine ist so wie du.*

Was denkst du jetzt? Hast du Angst, ich könnte dich holen kommen? Ahnst du, dass der Vorfall in Wales nicht die Tat eines Trittbrettfahrers war, sondern meine? Mir gefällt der Gedanke, dass es irgendwo tief in deinem Inneren, an einem ruhigen Plätzchen, das nur du und ich kennen, eine Stimme gibt, zerbrechlich wie der Flügel eines Vogels, die dir die Wahrheit zuflüstert.

Claire, Zeit ist eine wunderbare Sache, ein Geschenk, das weder genommen noch gewährt werden kann. Ich habe das

Gefühl, dass du die Zeit, die dir noch bleibt, verschwendest. Es gibt keine Zeit mehr für Geheimnisse, für das Unbekannte. Finde die Wahrheit heraus, bevor ich dich besuche, Claire, damit du, wenn wir uns treffen und du stirbst, erleuchtet von uns gehst.

Ich kann es kaum erwarten, dass du diese Briefe liest und wir uns nach so langer Zeit wieder in die Augen sehen.

Bis dahin werde ich nie weit weg sein. ***Ich bin näher, als du denkst.***

23

29. AUGUST 2018
ST IVES, CAMBRIDGESHIRE

Die Polizei kam ungefähr eine Stunde später. Als es an der Tür klingelte, war ich im Wohnzimmer, umklammerte mit einer Hand meine inzwischen kalt gewordene Teetasse und fummelte mit der anderen an den Schlüsseln an meiner Halskette herum. Ich stand auf, um die Haustür vom Türrahmen des Wohnzimmers aus zu beobachten. Geoff machte auf. Er war vor einer halben Stunde gekommen, hatte vorher noch zu Hause Nachrichten geschaut, um uns mit aktuellen Informationen zu versorgen. Ihm war klar gewesen, dass der Fernseher hier aus bleiben würde, um mich zu schützen.

Ich weiß nicht, warum, aber ich hatte fest damit gerechnet, dass ein ganzes Team von Polizeibeamten herkommen würde, und war überrascht, als ich nur einen sah. Einen groß gewachsenen, rundlichen Mann mit dickem rotem Bart, der sich als Peter vorstellte. Durch die offene Haustür hörte ich das unverkennbare Geräusch von auslösenden Kameras und sah Blitze aufleuchten. Natürlich war die Presse auch schon da. Peter merkte, dass ich an ihm vorbei nach draußen schaute, und lächelte mitfühlend. Er kam ins Wohnzimmer, und ich zog mich wieder in meinen Sessel zurück, nahm den kalten Tee und starrte Trost suchend in die Tasse. Peter setzte die Mütze ab und begrüßte uns. Seine Stimme war leise, viel leiser, als sein irgendwie imposantes Äußeres vermuten ließ, und er hatte freundliche Augen. Ich erwiderte nichts und nickte ihm lediglich zu. Er nahm mir gegenüber neben Paul Platz, der wiederum am liebsten an meiner Seite gewesen wäre, aber mein Bedürfnis nach Abstand respektierte. Geoff brachte mir eine frische Tasse Tee und stellte auch Peter eine hin.

»Nehmen Sie Zucker?«, fragte er.

»Nein danke. Das ist perfekt so«, erwiderte Peter und wandte sich mir zu. »Wie geht es Ihnen, Mrs. Moore?«

»Ich versuche zu überleben, und bitte nennen Sie mich Claire.«

»Sie versuchen zu überleben. Gute Wortwahl, Claire.« Er lächelte. »Sie fragen sich wahrscheinlich, weshalb ich hier bin und Ihnen nicht einfach am Telefon mitteile, dass der Vorfall von letzter Nacht nichts ist, worüber man sich Sorgen machen müsste.«

»Ja, das fragen wir uns allerdings«, mischte sich Mum ein – in einem Tonfall aggressiver Höflichkeit, der ihre Unruhe verriet.

»Mum, lass ihn aussprechen«, bat ich sie und sah dem Polizeibeamten fest in die Augen.

»Tut mir leid«, entschuldigte sie sich und suchte Halt bei Geoff, der ihr über den Rücken strich.

»Also, es ist folgendermaßen«, fuhr Peter fort und holte tief Luft. Dann beugte er sich vor und sah mich von unten herauf an. »Wir glauben, dass jemand mit dem Brand letzte Nacht die Morde in Irland nachahmen wollte.«

»Wie kommen Sie darauf?«, rief Mum, inzwischen deutlich panischer. »Es könnte doch häusliche Gewalt gewesen sein! Oder ein Versicherungsbetrug oder so. Und man hört doch auch immer wieder, dass Leute ihre Partner wegen Geld umbringen.« Geoff ergriff ihre Hand und zog sie an sich.

»Schatz«, sagte er leise. Und wieder murmelte sie eine Entschuldigung.

»Sie brauchen sich nicht zu entschuldigen, ich weiß sehr wohl, dass das für Sie alle enorm schwierig ist.«

»Danke«, flüsterte ich. Ja, ich war Peter aufrichtig dankbar für sein ruhiges, besonnenes Auftreten.

»Claire, es gibt viele Ähnlichkeiten zwischen dem Vorfall heute Nacht und dem, was Ihnen in Irland zugestoßen ist.«

»Was für Ähnlichkeiten?«, wollte Mum wissen, ihre Stimme klang jetzt überhaupt nicht mehr aggressiv.

»Die Art und Weise, wie die Tat ausgeführt wurde. Der Täter kannte offenbar Kays Vorgehensweise sehr gut und ahmte sie nahezu eins zu eins nach.«

»Wollen Sie mir damit sagen, dass das letzte Nacht in Wales jemand war, der in irgendeiner Verbindung zu *ihm* stand?«, fragte ich mit stockender Stimme.

»Ja, Claire, das glauben wir.«

»Fuck.« Ich ließ den Kopf in meine Hände sinken und versuchte verzweifelt zu atmen. Paul setzte sich neben mich und legte seine Hand auf meinen Rücken, um mich zu beruhigen.

»Claire, wir halten es für das Beste, wenn Sie mit mir kommen. Wir bringen Sie an einen sicheren Ort.«

»Wollen Sie damit andeuten, dass sie in Gefahr schwebt?«, rief Mum mit schriller Stimme.

»Nein, davon gehen wir nicht aus, aber Sie sind leicht zu finden, und sobald die Presse weiß, dass es sich um einen Nachahmungstäter handelt, bricht eine schwierige Zeit für Sie an.«

»Was weiß die Presse schon?«

»Noch nichts Genaues. Sie spekulieren – wie immer, wenn ein Haus brennt. Aber wir werden sämtliche Gerüchte und Klatschgeschichten dementieren. Sie an einen sicheren Ort zu bringen wäre eine reine Vorsichtsmaßnahme. Claire, was halten Sie davon?«

Ich wollte gerade zu einer Antwort ansetzen, da fragte Mum: »Wohin wollen Sie sie bringen?«

»In eine unserer sicheren Wohnungen.«

»Sichere Wohnung? Ich dachte, so was gibt's nur im Fernsehen«, sagte Geoff.

»Ich versichere Ihnen, dass wir so etwas haben. Und dort wäre sie vollkommen sicher. Niemand wird erfahren, wo sie ist, und sie müsste auch nur so lange bleiben, bis wir ihn gefasst haben.«

Nein, dachte ich, konnte es aber nicht aussprechen. Meine Stimme versagte, weil sich mein Zwerchfell anfühlte, als würde die eisige Hand es zerquetschen. Ich versuchte krampfhaft, mich und meine Atmung wieder unter Kontrolle zu bekommen.

»Wie lange wird das dauern? Ich meine, Sie haben Tommy Kay nicht wegen der Feuer drangekriegt«, fragte Mum.

»Ja, aber wir hatten Glück bei ihm, weil wir ihn wegen anderer Verbrechen anklagen konnten.«

»Wie können wir darauf vertrauen …« Mum schaffte es nicht, ihren Satz zu Ende zu bringen.

»Dieses Mal wird es klappen, Mrs. O'Healy«, sagte Peter zuversichtlich.

»Wann wollen Sie sie mitnehmen?«

»Heute, wenn möglich, nur um sicherzugehen.«

Nein, dachte ich wieder, während ich instinktiv nach meinen Schlüsseln griff und sie zählte; aber auch dieses Mal konnte ich es nicht aussprechen.

»Also gut. Geoff, hol bitte den Koffer vom Dachboden.« Meine Mutter schob ihre Panik beiseite und verfiel in ihren vertrauten Modus von Zielstrebigkeit und Aktionismus.

»Yep.«

»Paul, kannst du anfangen, ein paar Dinge für sie zusammenzusuchen?«

»Natürlich. Kann ich mitkommen?«, fragte er.

»Ja, sicher.« Peter nickte. »Das wäre sogar sehr gut. Aber Sie werden mit niemandem darüber sprechen dürfen. Wenn Sie also von hier weggehen, werden Sie sich für eine Weile verabschieden müssen. Wir sagen Ihrem Arbeitgeber Bescheid.«

»Gut, was immer notwendig ist.«

»Großartig. Wir stellen einen Wagen bereit. Meine Kollegen sind draußen und halten Ihnen die Reporter vom Hals. Mein Rat: Sagen Sie kein Wort zu denen.«

Plötzlich ließ die eisige Hand los, und die Worte schossen aus mir heraus wie die Lava bei einem Vulkanausbruch.

»Ich werde nicht gehen.«

»Claire, Liebes? Was meinst du damit?« Mum schaute mich entsetzt an.

»Ich werde nicht gehen, Mum, ich gehe nicht weg. Ich laufe nicht wieder davon. Wenn er …« Ich hielt inne, einerseits schockiert von meinen eigenen Worten, aber gleichzeitig wahnsinnig stolz auf mich, weil ich sie endlich aussprechen konnte. Ich meinte es genau so, wie ich es sagte. Und ich fühlte mich als Siegerin.

»Wenn jemand den Blackout-Killer kopiert und versucht, mich zu finden, dann wird ihm das gelingen. Wenn er auch nur ein bisschen wie Tommy Kay ist, dann ist er schlauer als alle anderen. Ich verstecke mich nicht, nur damit er mich in einer Ecke kauernd findet. Wenn er mich findet, dann in meinem Haus, in meiner Umgebung.«

»Claire, bitte, ich glaube …«

»Ich weiß, was du glaubst, Mum, wirklich. Und ich verstehe dich …«

»Dann müssen wir dich von hier wegbringen.«

»Ich gehe nicht weg, Mum.«

»Warum nicht?«

Mir lief ein Schauer über den Rücken, als würde ich durch

das, was ich jetzt sagte, mein eigenes Schicksal besiegeln. Und doch verliehen mir diese Worte Kraft.

»Weil er mich am Arsch lecken kann. Tommy Kay hat versucht, mein Leben zu zerstören, und das ist ihm lange Zeit gelungen. Ich lasse nicht zu, dass dieser Trittbrettfahrer dasselbe schafft.«

24

2. SEPTEMBER 2018
WREXHAM, WALES

Er bestellte bei dem hübschen Mädchen hinter der Theke einen Filterkaffee und lächelte, als er ihn entgegennahm, woraufhin sie rot wurde. Unwillkürlich fühlte er sich größer. Stärker, imponierender – so gut wie seit zehn Jahren nicht mehr. Er war nicht mehr der kleine Junge, der sich vor seinem Vater duckte, der in einem abgedunkelten Zimmer wartete und nur ans Licht durfte, um zur Schule zu gehen. Er war wieder da, auch wenn die Welt das noch nicht wusste.

Doch sein letztes Werk war nicht der Grund für seine Euphorie. Er hatte in den letzten zehn Jahren oft getötet, Menschen am Rand der Gesellschaft, die niemand vermissen würde. Nein, es war ihre Angst, die ihn wachsen ließ.

Es fühlte sich so unglaublich gut an, gefürchtet zu werden, es verlieh ihm Macht – und er kam sich unbesiegbar vor. Er beobachtete die Menschen, wenn sie lasen, anschauten oder hörten, was er getan hatte. Er sah ihren Schock, ihre Ungläubigkeit, ihre Neugier. Und das Beste war: Er konnte sich wie jeder andere einfach unter diese Leute mischen. Das trieb ihn an. Er fand einen Tisch in einer Ecke und nippte an seinem Kaffee, während er seine Umgebung studierte.

Seit seiner letzten Tat waren vier Tage verstrichen, und noch immer beherrschte er die Titelblätter der Zeitungen. Sie zogen Vergleiche zu den Morden in Irland, fanden die Zusammenhänge in Stil und Ausführung, was sie zu der Behauptung veranlasste, es müsse jemand sein, der Kay kannte und dessen Arbeit fortsetzte. Irgendwie eine unwiderstehliche Lektüre, und ein Teil von ihm glaubte ihr sogar. Natürlich hatte Tommy Kay mit seinen Taten in Irland nichts zu tun, und Kays Festnahme war damals eine angenehme Überraschung gewesen. Als dann keine weiteren Morde geschahen, sahen alle das als Beweis, dass Kay der Blackout-Killer war. Kay schwieg und schuf so eine Legende, die ihm Unsterblichkeit sicherte. Und dafür sorgte, dass *er* nie gefasst wurde. Eines Tages würden alle erfahren, dass Tommy Kay damit nichts zu tun hatte, aber alles zu seiner Zeit.

Einen Tisch weiter saß ein älterer Mann, in ein Boulevardblatt vertieft, und als er einen Blick hinüberwarf, starrte ihn die Achte, Kath Brinck, an. Es war dasselbe Foto, das in jeder Nachrichtensendung gezeigt wurde und auch auf allen anderen Titelseiten prangte. Sie trug einen Winterpulli und eine passende Bommelmütze dazu, wahrscheinlich irgendwann um Weihnachten herum aufgenommen, wie die Dekoration im Hintergrund nahelegte. Sie lächelte in die Kamera, glücklich und voller Leben. Er fragte sich einen Moment lang, wer das Bild wohl gemacht hatte. War diese Person bis zuletzt Teil ihres Lebens gewesen? Er wandte den Blick ab und entdeckte eine andere Zeitung, die gefaltet im Ständer steckte. Auch wenn die halbe Seite verdeckt war, konnte er erkennen, dass darauf ein Foto des brennenden Hauses abgebildet war. Die Schlagzeile lautete: *Treibt da draußen ein Trittbrettfahrer des BOK sein Unwesen?*

Ja und nein, dachte er. Stolz, dass sich seine »Marke« zu einem Kurzwort gemausert hatte.

»Glauben Sie, dass es sich um einen Trittbrettfahrer handelt? Sie wissen schon, bei dem Feuer in Wales?«, fragte er den älteren Mann höflich, der vermutlich Ende fünfzig, Anfang sechzig war.

»Wie bitte?«

»Der Mann, der das Feuer gelegt hat? Glauben Sie, dass er diesen Mörder kopiert, diesen irischen Serienkiller … ach, wie war noch mal sein Name?« Er schnipste mit den Fingern, um Vergesslichkeit vorzutäuschen.

»Sie meinen den Blackout-Killer«, half der ältere Mann weiter.

»Genau der, der Blackout-Killer. Was er getan hat, war furchtbar.«

»Ja, das war es.«

»Ich habe davon noch nicht allzu viel mitbekommen. Was weiß man über ihn?«

»Nicht besonders viel, aber eine Quelle meint, dass das Verbrechen auf ganz ähnliche Weise begangen wurde. Fast als wäre es Tommy Kay selbst gewesen.«

»Aber es wurde doch nie bewiesen, dass er es war.«

»Er muss es gewesen sein.«

»Dann war es vielleicht jemand, der Kay kannte?«

»Genau das vermuten sie. Eine kranke Welt, in der wir da leben, finden Sie nicht auch?«, sagte der Mann.

»Auf jeden Fall. Hoffen wir, dass sie ihn dieses Mal fassen«, erwiderte er, während der Mann sich erhob und zur Tür ging.

»Ja, hoffentlich. Ihnen noch einen schönen Tag.«

»Danke, ebenfalls!« Er lehnte sich auf seinem Stuhl zurück, während er beobachtete, wie der Mann die Straße überquerte, völlig ahnungslos, dass er gerade mit einem Serienmörder gesprochen hatte.

Er zog sein Handy heraus und loggte sich in seinen Online-Dating-Account ein. Drei Nachrichten waren eingegangen. Michelle, Cath und Jennifer. Alle drei lebten in der Umgebung von Wrexham, was wichtig für seinen Plan war. Ihre Nachrichten hielten sie in einem seichten, informellen Plauderton, und er hatte noch nicht entschieden, welche die Nächste sein würde – wenn es überhaupt eine von ihnen wäre. Er würde sich noch Zeit lassen und den Small Talk erst mal ein wenig vertiefen. Er strebte keine sexuellen Beziehungen mit ihnen an, sondern würde abwarten, was sie tun würden, ihnen gestatten, ihr Schicksal selbst zu steuern. Aber dazu musste er sich Zeit nehmen, was bedeutete, dass das Gefühl der Macht, das ihn jetzt erfüllte, schwinden würde. Er musste so diszipliniert bleiben wie bisher, wenn er sich mit den Männern in den Pubs unterhielt. Die Richtige würde sich vom Rest abspalten. Sie wäre wie die anderen Frauen, wie Claire Moore – eine, die zu große Angst vor Veränderung hatte. Diese Frauen taten so, als hätten sie sich weiterentwickelt, aber er durchschaute sie. Es waren Frauen, die ihre Männer verlassen hatten, aber am liebsten zu ihnen zurückkehren würden. Oder noch schlimmer: Die einen Mann finden wollten, der wie der war, den sie verlassen hatten, und der sie in einem Kreislauf festhielt, den *er* unbedingt durchbrechen musste.

Seine Zielperson würde von Veränderung sprechen – aber sie wäre nicht fähig dazu.

Er schrieb nicht zurück, das würde er später erledigen, wenn er allein war. Stattdessen machte er lieber Pläne und spekulierte ein wenig herum. Die Aufregung um den Tod von Kath Brinck würde abflauen und am Ende ganz verfliegen. So schockierend das auch war, die Angst würde rasch nachlassen – schließlich gab es jeden Tag mehr als genug schlechte Nachrichten, die die Leute beschäftigten. Und dann würde er ihnen zeigen, wie sehr sie sich getäuscht hatten, und ihnen unmissverständlich klarmachen, dass er niemals gefasst worden und jetzt zurückgekehrt war. Doch das würde er erst tun, wenn die Zeit reif dafür war.

Wie damals in Irland hatte er auch jetzt einen Plan, ein letztes Ziel. Vermutlich würde es vier Menschenleben brauchen, es zu erreichen. Das erste Opfer, die Frau aus Bethesda, war bereits tot – das letzte würde Claire sein. Wenn er sein Ziel erreicht hatte, verschwand er. Aber sie würden niemals wieder vergessen, dass er noch irgendwo da draußen war und sie beobachtete.

25

6. SEPTEMBER 2018
ST IVES, CAMBRIDGESHIRE

An dem Morgen, an dem wir erfahren hatten, dass es eventuell einen Nachahmungstäter gab, bearbeiteten Mum, Geoff und Paul mich eine halbe Stunde lang, doch noch das Haus zu verlassen und in eine sichere Wohnung zu gehen. Aber von Minute zu Minute wuchs meine Überzeugung, das Richtige zu tun, bis einer nach dem anderen klein beigab und wir anfingen über Alternativen nachzudenken. Als Peter einsah, dass ich nicht nachgeben würde, schlug er vor, einen Polizisten abzustellen, der das Haus unter Beobachtung hielt. Ich willigte ein, wenn auch widerstrebend. Beobachtet zu werden missfiel mir. Mum bestand darauf, dass der Beamte einen Schlüssel bekäme, um im Fall der Fälle sofort eingreifen zu können. Als wir uns endlich auf ein Vorgehen geeinigt hatten, fuhr Paul nach Huntingdon und kaufte eine kleine Kamera, die er draußen an der Hauswand befestigte. Eine App verband mein Tablet mit der Kamera, sodass ich sehen konnte, wer zur Tür kam. Die Bilder wollten wir für alle Fälle abspeichern. Das war vielleicht etwas übertrieben – ein draußen stationierter Polizeibeamter hätte ausgereicht, fand ich –, aber Paul meinte, dass ich so ein wenig Kontrolle bekäme. Und er hatte recht – von dem Moment an, in dem ich die Straße beobachten konnte, ohne an die Tür gehen zu müssen, hatte ich das Gefühl, die Dinge wieder im Griff zu haben. Vermutlich würde ich mich am Ende doch noch in Paul verlieben, wenn er nicht aufpasste.

Jetzt allerdings, eine Woche nachdem ich mit dem Fuß aufgestampft und mich geweigert hatte wegzugehen, bereute ich meine Entscheidung bitterlich. Ich schlief nicht mehr, konnte kaum etwas essen, und mich im Bad aufzuhalten, versetzte mich dermaßen in Panik, dass ich mich am Waschbecken der Gästetoilette wusch – bei offener Tür, damit ich mich nicht eingeschlossen fühlte. Am schlimmsten war, dass ich den Blick kaum mehr vom Display meines Tablets abwenden konnte. Ich hatte es immer griffbereit, es war dauernd an, und jedes Mal, wenn jemand meinem Haus zu nahe kam, schoss mir das Adrenalin durch die Adern. Das behielt ich allerdings für mich; Geoff würde darauf bestehen, dass ich damit aufhörte, und vorschlagen, das Tablet aus dem Haus zu schaffen, aber es war zu einer Art Placebo für mich geworden. Paul, der nicht mehr von meiner Seite gewichen war, wusste zwar, dass ich dauernd draufstarrte, hatte aber keine Ahnung, wie schlecht es mir eigentlich damit ging. Ich mochte es ihm nicht sagen, schließlich hatte er die Kamera installiert; und Mum, nun ja … Mum war immer noch sauer auf mich, weil ich nicht mit der Polizei gegangen war.

Niemand verstand meine Weigerung, von zu Hause wegzugehen, jedenfalls dachte ich das bis gestern. Aber beim

Abendessen sagte Geoff – zu meiner Überraschung und sehr zu Mums Ärger –, dass er wahrscheinlich dasselbe getan hätte. Paul allerdings musste noch überzeugt werden. Er weigerte sich, wieder arbeiten zu gehen. Wollte unbezahlten Urlaub nehmen, um bei mir bleiben zu können, aber ich fand, dass es albern wäre, meinetwegen sein ganzes Leben zum Stillstand zu bringen, und sagte ihm das auch. Niemand konnte sich unbemerkt dem Haus nähern. Zum einen war die Polizei immer in der Nähe, und zum anderen lauerten überall irgendwelche Reporter, auf der Jagd nach einem Foto oder einem Statement von mir. Natürlich war ich bisher noch nicht rausgegangen. Mum, die zwischen ihrem und meinem Zuhause hin- und herpendelte, meinte, dass sie einfach nur wissen wollten, wie ich mich fühlte, einen Insider-Bericht haben wollten von der Frau, »die überlebt hatte«. Sie waren hartnäckig und aufdringlich, aber sie verschafften mir damit auch Sicherheit – nun ja, zumindest ein wenig.

Außerdem brauchte ich Raum, sagte ich zu Paul, und Zeit, um die Situation zu verarbeiten, damit ich mit ihm darüber reden und unser gemeinsames Leben eine Zukunft haben konnte. Auch das sagte ich ihm. Und als sich heute die Sonne als dünner oranger Streifen über dem Horizont zeigte, stand er auf, duschte und zog sich an, um zu einer Baustelle zu fahren, die drei Stunden Fahrt nordwärts lag. Er ging sehr widerwillig, das sah ich ihm an, als er die Tür hinter sich schloss. Und ehrlich gesagt missfiel mir das auch. Aber irgendwann musste ich doch dem Alleinsein die Stirn bieten. Durch einen Spalt in den Vorhängen beobachtete ich, wie er in sein

Auto stieg und rückwärts aus der Einfahrt fuhr. Ein einzelner Fotograf setzte sich in Bewegung, um Fotos zu schießen, Blitzlichter durchzuckten die Dämmerung. Paul fuhr davon, die Rücklichter seines Wagens verschwanden in der Ferne. Ich sah, wie der Fotograf zum Haus herüberblickte, zu den Fenstern, zum Glück konnte er mich nicht sehen.

Ich ging zum Sofa, wollte mich hinsetzen, blieb aber stattdessen wie gelähmt stehen. Ich war allein. Zum ersten Mal, seit ich von dem Mord in Wales erfahren hatte, war niemand bei mir. Das Haus fühlte sich stiller an als normal – so still, als wäre alles darin gestorben. Ich musste etwas tun, deshalb ging ich in die Küche, meine nackten Füße auf dem Linoleum waren so laut, als würde eine Trommel geschlagen. Seit einer Woche hatte ich eine solche Stille nicht mehr erlebt – entweder hatte Mum geredet, die Nachrichten liefen, Geoff atmete schwer oder Paul las irgendwas laut vor. Nun waren all diese Hintergrundgeräusche verschwunden, und ich wurde mir meiner selbst überdeutlich bewusst – und das gefiel mir ganz und gar nicht. Schlimmer noch: Das Haus schien mich zu bemerken, und unwillkürlich hatte ich das Gefühl, als würde es jede meiner Bewegungen registrieren.

Als ich den Wasserhahn aufdrehte, um den Wasserkocher zu füllen, kam es mir vor, als würde ich in einer Bibliothek Lärm machen. Das Geräusch des sich erhitzenden Wassers steigerte sich zu einem höllischen Crescendo, und als ich mich wieder auf den Weg ins Wohnzimmer machte, um mich aufs Sofa zu setzen, schien es mir, als wollte mich der Kaffee in meiner Hand verbrühen.

Ich zählte die Sekunden der tickenden Uhr und fing jedes Mal, wenn ich bei sechzig anlangte, wieder von null an. Und so verharrte ich stundenlang, zählte jede Sekunde jeder Minute – und fing dann wieder von vorne an. Ich verlangsamte meinen Atem, konzentrierte mich auf die kleinen Dinge, wie Dr. Porter es mir beigebracht hatte. Den letzten Termin bei ihr hatte ich versäumt und eigentlich gehofft, heute hingehen zu können. Aber das würde nicht passieren. Ich fürchtete mich, vor die Tür zu gehen, mehr als in den vergangenen zwölf Monaten.

Ich hatte versagt.

Irgendwann hörte ich auf, die tickenden Sekunden zu zählen. Die Sonne strahlte warm vom Himmel, und der Kaffee war mittlerweile eiskalt. Ich trank ihn trotzdem, mein Schlucken klang laut und aggressiv in dem ansonsten stillen Haus. Als ich ausgetrunken hatte, seufzte ich. Der Kaffeesatz am Boden der Tasse hatte die Form eines Feuers.

Plötzlich hörte ich ein Geräusch. Irgendwo im Haus bewegte sich etwas. Ich spitzte die Ohren, lauschte, um herauszufinden, woher das Geräusch kam, und versuchte verzweifelt, meinen gesunden Menschenverstand einzuschalten. Es war sicher nur das Gebälk, in dem es knirschte, oder Balu, der oben umherstreifte. War der eigentlich überhaupt hier, oder war er bei Mum? Oder es war ein Vogel, der auf dem Dach herumtrippelte? Ich hielt den Atem an … und wartete.

Da ertönte ein lautes Klopfen und ich fuhr zusammen, wobei ich mit dem Knie gegen den Couchtisch stieß und die leere Tasse zu Boden warf. Fluchend stand ich auf. Es konnte nichts Unheilvolles sein – es war nur jemand an der Tür. Und doch war ich so panisch, dass ich meinen Körper nicht unter Kontrolle hatte, ich zitterte wie Espenlaub. Ich nahm das Tablet von der Sofalehne, um nachzuschauen, wer es war, doch der Akku war leer, und ich verfluchte mich für meine Unachtsamkeit. Wieder schlug jemand gegen die Tür, und ich klatschte in die Hände in dem Versuch, meine Angst loszuwerden. Ein Nachahmungstäter würde nicht vormittags zuschlagen, wenn die Presse da war und ein Polizeibeamter draußen im Auto saß. Und selbst wenn er das täte, würde er wohl kaum anklopfen.

Ich ermahnte mich, mich zusammenzureißen.

Als ich mich der Haustür näherte, fühlte ich mich dennoch, als müsste ich mich gleich übergeben.

Wieder klopfte es, wieder drei harte Schläge; jeder einzelne davon durchfuhr mich, und ich taumelte zurück, weg von der Tür ins Wohnzimmer.

Noch mehr Schläge, und jetzt rief jemand meinen Namen. Doch ich konnte nicht antworten, sank zu Boden. Machte mich so klein wie möglich. Dann hörte das Klopfen auf, die Stimme verstummte. Und es war wieder still im Haus.

Ich konnte nicht aufstehen, meine Beine gehorchten mir nicht, deshalb kroch ich mehr oder weniger zur Haustür. Ich presste mein Ohr an das kühle Holz und lauschte, ob sich Schritte entfernten. Nichts. Wer immer es gewesen war – er war fort. Ich schleppte mich zum Fuß der Treppe und vergrub meinen Kopf in den Händen, zwang mich zu atmen und redete mir selbst gut zu, um mich zu beruhigen. Nach ein paar Minuten funktionierte das auch, doch als ich gerade aufstehen wollte, schob sich ein Schlüssel in das Schloss, und die Tür wurde so plötzlich aufgerissen, dass ich zu Tode erschrak.

Eine Polizistin – ich glaube, sie hieß Jenny – kam herein und sah das Entsetzen in meinem Gesicht. Entschuldigend hob sie die linke Hand. In der rechten hielt sie eine Schachtel – ein Bote hatte versucht, ein Päckchen zuzustellen.

»Bitte entschuldigen Sie, Mrs. Moore, ich wollte Sie nicht erschrecken.«

Ist schon okay, wollte ich sagen, aber ich konnte nicht. Stattdessen sank ich zurück auf die Treppenstufe und brach in Tränen aus. Ich wollte nicht schwach wirken, ich wollte kein Mitleid von ihr, doch ich kam mit dem plötzlichen Schock nicht zurecht. Während ich weinte, wurde mir klar, dass ich in dem Moment, in dem ich ernsthaft glaubte, in Gefahr zu sein, gelähmt war wie das Kaninchen vor der Schlange. Früher konnte ich noch weglaufen, ich war auch weggelaufen, doch das ging jetzt nicht mehr.

»Es tut mir wirklich leid, dass ich hier so hereingeplatzt bin und Sie erschreckt habe, aber als Sie die Tür nicht aufmachten, habe ich mir Sorgen gemacht.«

»Schon gut«, stieß ich zwischen zwei Schluchzern hervor.

Draußen fuhr ein Auto vor, Auslöser klickten. Die Fotografen hofften darauf, ein Foto zu schießen, das viel Geld einbrachte. Dann hörte ich Mums Stimme, die sie anherrschte, dass sie aus dem Weg gehen sollten. Die Polizistin hatte sie sicher angerufen, um zu fragen, ob ich bei ihr war, bevor sie ins Haus kam. Mum trug Sportkleidung, man hatte sie wohl bei ihren täglichen Yoga-Übungen zu Hause erwischt.

»Was ist los, Liebes?«

»Nichts, Mum.«

»Warum hat sie dann …«

»Ich dachte, etwas stimmt nicht«, mischte sich Jenny ein, »aber ich habe mich geirrt.«

»Sie haben sich geirrt? Könnten Sie vielleicht ein wenig einfühlsamer sein?«

»Mum, sie macht nur ihre Arbeit.«

»Ich geh dann mal wieder. Bitte entschuldigen Sie nochmals, Mrs. Moore.«

Ich lächelte die Beamtin an, als sie die Schachtel auf den Boden stellte, nach draußen ging und die Tür hinter sich zuzog. Mum setzte sich neben mich auf die Treppe und legte ihren Kopf an meine Schulter. »Was ist passiert?«

»Jemand hat an die Tür geklopft. Um das hier abzugeben«, sagte ich und deutete auf das Päckchen. »Ich bekam Panik.«

»Verstehe.«

»Ich bin total im Eimer, Mum.«

»Das weiß ich doch, Schatz. Ich weiß«, erwiderte sie, und ich musste lächeln, obwohl mir gar nicht danach war.

»Na, schönen Dank auch, Mum. So direkt hättest du das nun auch wieder nicht zu sagen brauchen.«

»Es spricht nichts dagegen, das Kind beim Namen zu nennen.«

»Es ist beschissen.«

»Ja, das kann man wohl sagen.«

»Verdammt beschissen.«

»Es ist ein riesiger, dampfender Scheißhaufen.«

»Mum!«, sagte ich, schockiert von ihrer Wortwahl.

»Na ist doch wahr.«

»Ja, aber …«

»Nichts aber. Sagen wir doch einfach, wie es ist.«

»Du willst, dass ich sage, wie es ist?«

»Ja, lass es raus, Liebes.«

»Okay, es ist anstrengend.«

»Claire, du bist in Sicherheit …«

»Ich meine nicht, dass dieser Trittbrettfahrer anstrengend ist, sondern so zu leben. Ich habe die Nase voll davon, so zu leben.«

Mum hob den Kopf von meiner Schulter, und ich ließ mich in die Sicherheit ihrer Umarmung gleiten. Schließlich setzte ich mich auf, weil ich plötzlich das Gefühl hatte, schlafen zu müssen.

»Geht es dir gut, Liebes?«, fragte sie.

»Nicht wirklich, aber danke, Mum.«

»Gern geschehen. Was ist in dem Paket?« Sie deutete auf das quadratische Päckchen, das ich ganz vergessen hatte.

»Ich weiß es nicht.«

Mum stand auf und betrachtete den Adressaufkleber. »Handgeschrieben.«

Sie suchte den Anfang des Klebebands und zog es von der Schachtel. Dann nahm sie den Deckel ab und lächelte. »Es ist von dieser Unterstützergruppe, eine Karte von Wendy und Veronica. Kennst du sie?«

»Ja«, sagte ich, erleichtert, dass es nicht von Killian war. »Das sind zwei pensionierte Frauen, die mir zu Weihnachten und zum Geburtstag Karten schreiben. Sie sagen dann immer, sie wären von der ganzen Gruppe. Aber sie sind von ihnen.«

»Wie süß.«

»Was schreiben sie?«

Mum kniff die Augen zusammen, sie hatte ihre Brille nicht dabei. Nachdem sie es ein paar Sekunden lang versucht hatte, reichte sie mir die Karte.

Um den Stress abzubauen, den du gerade zweifellos empfindest.
Wir denken an dich und sind nur eine Nachricht von dir entfernt.
Wendy, Veronica und alle anderen von CMSP

Mum schob mir die Schachtel hin, und als ich hineinsah, entdeckte ich Badekugeln, Schaumbad, Räucherstäbchen und andere Dinge, die das Wohlbefinden steigern sollen. Das Geschenk war süß und fürsorglich, aber ich schob Mum die Box wieder hin.

»Nimm du es, Mum. Ich werde das nicht benutzen.«

»Wie meinst du das?«, fragte sie, aber als sie selbst einen Blick hineingeworfen hatte, verstand sie. Sosehr ich es auch vermisste – ich badete nicht. Jedes Mal, wenn ich es versucht hatte, ging es mir hinterher schlechter. Wenn man ein Bad nahm, konnte man seinen Körper betrachten, und ich hatte schon mehr als genug Zeit damit verbracht, mir meine Narben anzuschauen.

»Alles klar«, sagte sie, während sie sich wieder auf die Treppenstufe setzte, ihre Schulter und ihr Arm berührten meine. »Na ja, vergiss trotzdem nicht, dich bei ihnen zu bedanken.«

»Das werde ich.«

»Claire, da ich dir jetzt einen Gefallen tue, indem ich dir diese schrecklichen Badeprodukte abnehme …«

»Schrecklich sind sie wohl kaum.«

»… und heute Abend leider Kleopatra in der Badewanne spielen und Geoff mir zu Willen sein muss …«

»Igitt, Mum, das will ich gar nicht so genau wissen.«

»… mir jeden Herzenswunsch erfüllen und mich mit Trauben füttern muss …«

»Mum, hör auf!« Ich lachte und stieß sie sanft an. Ich wollte lieber nicht wissen, was sie und Geoff taten, wenn sie allein waren.

»Da ich freundlicherweise all dies für dich tue, würdest du im Gegenzug auch etwas für mich tun?«

Mum bat mich nicht oft um einen Gefallen, deshalb war ich bestürzt, sie wirkte plötzlich so ernst. Worum wollte sie mich bitten? Hatte es etwas mit Geoff zu tun oder mit Geld? Ich besaß selbst keins, aber ich hatte den letzten Scheck von der Gruppe noch. Den könnte ich ihr geben.

»Was ist los, Mum?«

Sie holte tief Luft, und kurz bevor sie anfing zu reden, verzogen sich ihre Lippen zu einem Grinsen.

»Geh mal duschen, Liebes. Du miefst allmählich.«

»Du bist ein Aas, Mum, ich hatte mir echt Sorgen gemacht!« Ich roch an meinen Kleidern. »Oh Gott, das stimmt. Tut mir leid.«

»Entschuldige dich nicht bei mir, ich denke nur an den armen Paul.«

»Er hat kein Wort gesagt. Das sollte er aber.«

»Vielleicht ist er einfach nur nett.« Sie lächelte mich an, und ich lächelte zurück. Sie hatte recht, er war nett. Er sorgte dafür, dass ich aß, und massierte mir die Schultern, wenn die Anspannung zu groß wurde. Er redete nicht die ganze Zeit auf mich ein, seine Ruhe, sein Schweigen sagten viel mehr. Und vermittelten mir Sicherheit. »Entweder das, oder er riecht es schon gar nicht mehr.«

Mum lachte zu laut über ihren eigenen Witz und rappelte sich hoch. »Komm nach oben, ich stelle schon mal die Dusche an.«

Sie ging voraus, und ich folgte ihr. Ich brauchte ihr nicht zu sagen, dass das Badezimmer der schrecklichste Ort für mich war, wenn ich mich verletzlich fühlte. Sie verstand womöglich noch besser als ich, was Traumaübertragung bedeutete. Und ich brauchte sie nicht darum zu bitten, sich vor die Tür zu setzen und laut mit mir zu plaudern, während ich mich wusch. Weil sie es schon Tausende Male zuvor getan hatte.

26

6. SEPTEMBER 2018
ST IVES, CAMBRIDGESHIRE

Ich wollte mein Spiegelbild nicht sehen, deshalb wartete ich, bis sich das Badezimmer mit Dampf gefüllt hatte. Ich setzte mich auf die Bettkante und bereitete mich mental darauf vor, in einem Badezimmer zu sein, bei geschlossener Tür. Die ganze Woche schon fürchtete ich mich wieder davor. Zum Glück war Mum da. Sie hatte ohne große Worte das Wasser angestellt und das Badezimmer verlassen. Jetzt nahm sie sich die Abstellkammer auf der anderen Seite des Flurs vor und räumte vor sich hin summend darin auf. So gab sie mir den Raum, den ich brauchte, und versicherte mir gleichzeitig, dass sie nicht weit weg war. Als ich fand, dass die Spiegel genug beschlagen waren, ging ich ins Badezimmer und schloss die Tür. Das Wasser stellte ich so heiß ein, dass ich es gerade noch aushalten konnte, dann schrubbte ich mich ab, bis meine ganze Haut so rosa war wie das Narbengewebe an meinem Fuß. Ich sah zu, wie abgestorbene Hautpartikel und Schmutz in den Abfluss flossen. Draußen sang Mum jetzt eines ihrer Lieblingslieder, gerade laut genug, dass ich sie hören konnte.

Als ich fertig war, wickelte ich ein Handtuch um mich und trocknete mir mit einem anderen rasch die Haare ab, dann holte ich einmal tief Luft – wischte den Spiegel ab und betrachtete mich darin. Zugegeben, ich sah noch ein bisschen mitgenommen aus, aber sonst eigentlich ganz okay. Wenn man nicht wusste, was ich wusste und wer ich war, würde man sagen, dass ich wie jede andere aussah. Beinahe normal.

Erstaunlich. Ich betrachtete meine Füße, erst beide zusammen, dann den rechten, schaute auf die Stelle am Boden, wo eigentlich zwei Zehen sein sollten. Danach ließ ich den Blick zu meiner Wade wandern. An der Stelle, an der er mich angezündet hatte, war die Haut regelrecht geschmolzen. Aber auch das sah normal aus, stellte ich überrascht fest. Nicht normal nach den Standards anderer, sondern *mein* Normal. Ich streckte den Arm aus und betrachtete die Narbe, die ich mir beim Sturz aus dem Fenster zugezogen hatte. Kurz überlegte ich, das Handtuch fallen zu lassen und mir meinen Bauch anzusehen, aber das wäre vielleicht doch zu viel, deshalb ließ ich es lieber bleiben. Manchmal sind die kleinen Siege die wichtigsten.

Wieso fühlte ich mich plötzlich mit mir selbst wohl? Was hatte sich verändert? Es musste an meinem gerade erwachenden Selbsterhaltungstrieb liegen. In mir schlummerte noch immer die Kraft der Person, die am ganzen Körper blutend aus dem Fenster geklettert war. Die einem sadistischen Mörder entkommen war. Ich war dazu bestimmt zu überleben, nur dass es dieses Mal nicht darin bestand, wegzulaufen und mich im Kompost zu verstecken. Jetzt bestand das Überleben darin, hinauszugehen. Zuzulassen, dass ich fotografiert wurde. Wieder ein realer Mensch zu sein. Das erschien mir Furcht einflößender als zu versuchen, durch ein Badezimmerfenster zu fliehen. Aber es musste sein. Denn wenn ich es nicht täte, könnte ich genauso gut tot sein.

Als ich aus dem Bad kam, blickte Mum von einem Buch auf, das sie in der Abstellkammer gefunden hatte. »Und? Fühlst du dich jetzt besser?«

»Ja, Mum. Hast du Lust, Kaffee trinken und Kuchen essen zu gehen?«

Mums Gesicht hellte sich auf, und sie grinste von einem Ohr zum anderen. »Und ob!«

27

6. SEPTEMBER 2018
ST IVES, CAMBRIDGESHIRE

Wir verließen das Haus, und die wenigen Fotografen, die immer noch draußen campierten, sprangen auf. Offensichtlich hatten sie nicht mit mir gerechnet, als sie hörten, wie sich die Tür öffnete. Die Kameraverschlüsse klickten, als wir zu Mums Wagen liefen, den sie in der Einfahrt abgestellt hatte. Mum ging voraus und öffnete mir die Beifahrertür. Ich stieg ein, und als Mum die Tür zuwarf, tastete ich nach meiner Halskette. Haustür, Hintertür, obere Fenster, untere Fenster.

Ich umklammerte immer noch meine Schlüssel, als Mum rückwärts aus der Einfahrt fuhr, und schaute aus dem Fenster. Mein Blick traf den eines Fotografen. Das Foto, das er jetzt womöglich schoss, würde irgendwo in einer Zeitung oder einem Magazin landen, das war klar. Und er, der Trittbrettfahrer, würde es zweifellos sehen. Der Fotograf zuckte zusammen, als er merkte, dass ich ihn anstarrte, und ließ die Kamera sinken, was mir einen Moment zum Nachdenken verschaffte: Wenn sich der Trittbrettfahrer ein Foto von mir anschaute – was sollte er dann sehen? Eine gebrochene, traurige, verstörte Frau? Oder eine Frau mit erhobenem Kopf, die ihn herausfordernd und ohne jede Angst ansah? Es gab nur eine richtige Antwort. Ich lächelte dem Fotografen durch die Scheibe hindurch zu. Und er drückte den Auslöser, bevor er mein Lächeln erwiderte. Die Welt – und *er* – würde mich glücklich und unbeschwert sehen. Furchtlos. Ich war nicht nur die Frau, die überlebt hatte. Ich war die, die lebte und sich nicht verstecken würde. Das schien nur eine Kleinigkeit zu sein, doch während wir auf das Stadtzentrum zusteuerten, fühlte ich mich, als hätte ich eine riesige, entscheidende Schlacht gewonnen.

Fünf Minuten später waren wir in der Stadt und stellten das Auto ab. Wir gingen zu Fuß zu dem Café, in dem ich schon oft gewesen war, und ich hätte erwartet, dass ich mehr fragende Blicke auf mich ziehen würde. Doch zu meiner Erleichterung beachtete mich niemand. Seit einer Woche hatte ich mich nicht mehr getraut, Nachrichten zu schauen, aber ich ging davon aus, dass das Foto von mir aus jener Nacht – blutend, mit Grasschnitt bedeckt, vom Hubschrauber geblendet – wieder ausgegraben worden war. Inzwischen hatte ich mich allerdings ziemlich verändert, und außerdem rechneten die Leute nicht damit, jemanden wie mich hier in ihrem alltäglichen Leben zu treffen. Von außen betrachtet schien ich völlig normal. Unauffällig. Und das gefiel mir.

Ich bezahlte unsere Getränke und den Kuchen – Mum hatte sich den Kaffee-Walnuss-Kuchen ausgesucht, ich einen Blaubeer-Muffin –, und wir gingen damit auf die Terrasse am Fluss. Ich setzte mich in eine Ecke, mit dem Rücken zur Brücke, und nippte an meinem Kaffee. Am liebsten hätte ich die Augen geschlossen, um die strahlende Sonne zu genießen, die mein Gesicht wärmte. Das gehörte zu den wenigen Dingen, an denen ich mich noch uneingeschränkt erfreuen konnte. Doch dieses Mal gelang es mir nicht. Jedes Auto, das über die Brücke fuhr, lenkte meine Aufmerksamkeit auf die Geräusche meiner unmittelbaren Umgebung: Geplapper, das Klappern von Tassen auf Untertassen, Musik aus den Lautsprechern drinnen. Ich musste all meine Kraft aufwenden, um nicht panisch zu werden. Trotzdem war ich froh, draußen zu sein. Froh, dass ich »fuck you« zu meiner Angst sagen konnte. Froh, dass ich den Fotografen angelächelt hatte.

Ich atmete ein paarmal tief ein und blickte nach oben, meine Sonnenbrille dämpfte das helle Licht und verlieh dem Himmel und der Wolke hoch über unseren Köpfen einen Sepiaton. Ich versuchte, etwas in der Wolke zu erkennen. Mum hingegen versuchte immer mal wieder, ein Gespräch in Gang zu bekommen. Aber ich konnte mich nicht darauf konzentrieren, deshalb gab ich nur hin und wieder ein zustimmendes Brummen von mir, und schließlich hörte sie auf zu reden, schloss die Augen und hielt ihr Gesicht der Sonne entgegen. Eine Zeit lang beobachtete ich sie, neidisch auf ihre Fähigkeit, so ganz bei sich zu sein.

Ich holte mein Handy heraus und schrieb Penny, dass ich wieder draußen in der Welt war und ob sie später vielleicht vorbeikommen wollte, damit ich sie auf den neuesten Stand bringen konnte. Dann schrieb ich Paul, dass ich ihn vermisste. Normalerweise antwortete er sehr schnell, doch es kam nichts, und das Display wurde schließlich schwarz. Er war wohl beschäftigt. Eine Sache gab es noch, die ich unbedingt erledigen musste. Ich seufzte – ich musste der Facebook-Gruppe für das nette Geschenk danken.

Kaum hatte ich die App geöffnet, wünschte ich mir, ich hätte es nicht getan. Der Feed war voll von Nachrichten, die zwischen einigen der 8.027 Mitglieder hin und her gingen, und immer war der Mord an Kath Brinck das Thema. Im letzten Teil des Threads diskutierten sie eine Frage, die Killian aufgeworfen hatte.

Sollen die Ermittlungen wieder aufgenommen werden?

Unter diesem Post standen 418 Kommentare. Überrascht und erleichtert las ich, dass die meisten Nein sagten. Manche meinten, die Polizei würde nicht wollen, dass jemand sie behinderte oder sich in ihre Arbeit einmischte, schließlich handele es sich um eine neue Ermittlung. Killian fand, dass die Arbeit der Polizei so gut wie nutzlos wäre, wenn der Nachahmungstäter so schlau wie Tommy Kay war.

Wir wissen alle, dass er hinter Claire her ist. Wir müssen alles tun, um sie zu beschützen.

Niemand widersprach ihm in diesem Punkt. Ich sah mir andere Kommentare unter Killians Post an. Die Leute wünschten mir alles Gute. Beteten für mich. Boten Unterstützung an, falls ich welche brauchte. Sie meinten es gut. Doch jede Nachricht machte mich noch mehr zum Opfer, und irgendwie nahm ich ihnen das übel. Ich musste so schnell wie möglich raus aus dem Chat, deshalb bedankte ich mich hastig für die Badekugeln, und gerade, als ich mich auslоggen wollte, poppte eine direkte Nachricht von Wendy Clarke auf. In den frühen Tagen – bevor die Gruppe außer Kontrolle geraten war und sich seitdem wie eine irre Sekte zu meinen Ehren aufführte – war ich mit einigen ihrer Mitglieder befreundet gewesen. Mit Wendy und Veronica, mit einem pensionierten Polizisten namens Craig und mit Killian. Ich überlegte immer mal wieder, sie aus meiner Freundesliste zu streichen, aber ich wollte sie nicht verletzen. Meistens ließen sie mich ja auch in Ruhe.

Hi, Claire, es freut mich, dass das Päckchen mit den Geschenken gut bei dir angekommen ist. Wie geht es dir? Können wir irgendetwas tun?

Ich blickte auf den kleinen grünen Punkt neben ihrem Namen. Sie war da und sah zweifellos auch meinen grünen Punkt, der ihr sagte, dass ich ebenfalls online war. Am liebsten hätte ich sie ignoriert, aber das wäre nicht okay gewesen. Sie wollte nur nett sein.

Hi, Wendy. Vielen Dank dir und Veronica, das war wirklich sehr nett. Und ja, es geht mir gut. Jetzt wo ich meine Badezusätze habe, habe ich alles, was ich brauche – danke euch!

Ich setzte noch einen Smiley dahinter, in der Hoffnung, dass die Nachricht damit unbeschwert daherkam. Ihre Antwort erfolgte prompt.

Das freut mich zu hören. Wenn wir etwas tun können, lass es uns einfach wissen.

Ich hielt einen Moment inne, und als ich vom Handy aufblickte, sah mich Mum an.

»Ist alles in Ordnung, Liebes?«

»Ich bin auf der Gruppenseite, sie wollen ihre Nachforschungen wieder aufnehmen.«

»Und was hältst du davon?«

»Ich will das nicht. Es ist zu belastend.«

»Dann sag ihnen das.«

Ich nickte und tippte eine Nachricht an Wendy.

Eine Sache: Könntest du die Gruppe in meinem Namen darum bitten, die Ermittlungen nicht wieder aufzunehmen? Ich finde das sehr verstörend.

Wieder kam ihre Antwort schnell.

Claire, tut mir leid zu hören, dass du das verstörend findest. Ja, natürlich. Ich werde mit allen sprechen und ihnen sagen, dass du darum gebeten hast. Ich bin ohnehin dagegen. Wir wollen der Polizei bei ihrer Arbeit nicht in die Quere kommen. –

Danke, Wendy. –

Claire, nur damit du Bescheid weißt – Killian ist nicht mehr Mitglied der CMSP.

Killian hatte die Gruppe vor zehn Jahren gegründet und war das aktivste Mitglied gewesen, er hatte die Leute zusammengetrommelt, sie motiviert, sich um mich zu kümmern (egal, ob ich das wollte oder nicht). Weshalb hatte er die Gruppe verlassen? Als ich Wendy nach dem Grund fragte, gefror mir bei ihrer Antwort das Blut in den Adern.

Er hat die Gruppe nicht verlassen. Wir haben ihn hinausgeworfen.

28

6. SEPTEMBER 2018
ST IVES, CAMBRIDGESHIRE

Als ich mich wieder gefasst hatte, drängte ich Wendy, mir Details zu berichten. Sie reagierte ausweichend, schrieb aber, dass er gegen die Gruppenregeln verstoßen hätte. Vielleicht hatten sie herausgefunden, dass er mich in Irland verfolgt und in Kanturk fotografiert hatte. Wenn er das denn in Irland überhaupt gewesen war. Vielleicht verstieß das gegen die Regeln. Ich hatte nie so genau wissen wollen, worin die bestanden, aber es gab wohl eine Art Verhaltenskodex, der vorschrieb, was sie zu mir sagen durften und was nicht. Jetzt wollte ich mehr darüber wissen. Ich erzählte Mum nichts von Killian, sie hatte im Moment genug Sorgen. Nachdem wir unseren Kaffee ausgetrunken und unseren Kuchen gegessen hatten, machten wir uns auf den Heimweg. Der Weg zurück zum Auto war viel bedrückender als der Hinweg. Ich hatte das Gefühl, dass überall Augen waren, die von Dächern, Bäumen und Straßenlaternen zu mir herabstarrten.

Als wir zu Hause ankamen, waren die Fotografen verschwunden. Entweder sie waren zufrieden mit dem, was sie bekommen hatten, oder ihnen war schlicht langweilig geworden, denn letztlich passierte ja eigentlich nichts. Wie auch immer – ich freute mich einfach darüber, dass sie weg waren. Die Polizei blieb vorerst, ich konnte mir jedoch vorstellen, dass sie auch bald abziehen würde. Mum bot an, für den Rest des Tages bei mir zu bleiben, doch Penny hatte inzwischen zurückgeschrieben, dass sie sehr gern zu bestelltem Essen und einem Glas Wein vorbeikommen würde. Essen klang gut, trinken würde ich allerdings nichts. Das vernebelte meine Sinne, und auch wenn ich vollkommen sicher war, solange die Polizei draußen Wache hielt, dieses Risiko konnte ich nicht eingehen. Nicht noch einmal. Mum kam noch mit rein, vergewisserte sich, dass im Haus alles so war, wie es sein sollte, und ging dann.

»Ruf mich an, wenn du mich brauchst«, sagte sie zum Abschied. Ich versprach es, schloss die Tür hinter ihr und beobachtete dann durch das Wohnzimmerfenster, wie sie in ihr Auto stieg und sich auf ihren kurzen Nachhauseweg machte.

Kaum war sie außer Sicht, wurde mir schlagartig bewusst, dass ich wieder allein war. Ich musste mich irgendwie ablenken, also schrieb ich eine Liste von Dingen, die ich erledigen musste, für den Fall, dass mir ein Überfall drohte. Ich nahm meine Halskette ab und fühlte mich sofort nackt ohne sie. Dann schloss ich alle Fenster im Haus auf und wieder zu, mit Haustür und Hintertür tat ich dasselbe. Als ich damit fertig war, legte ich die Halskette wieder an. Ich zählte die Schlüssel, indem ich sie durch die Finger gleiten ließ, erleichtert, dass sich alle vier an ihrem angestammten Platz befanden. Wirklich beruhigt war ich aber immer noch nicht. Mir fiel wieder ein, wie ich vormittags erstarrt war, als der Bote geklopft hatte. Absolut handlungsunfähig wie ein Kaninchen im Angesicht der Schlange. Eine solche Reaktion wäre tödlich, wenn es darauf ankam. Um mich mental vorzubereiten, traf ich noch ein paar weitere Vorkehrungen. So legte ich einen alten Tennisschläger vor die Haustür und einen Snooker-Queue, der Geoff gehörte, vor die Hintertür. Nur um etwas zur Hand zu haben, falls jemand eindringen wollte. Ich legte sogar eine Schere in meine Nachttischschublade. Fast hätte ich noch ein Messer dazugelegt, aber der Gedanke, ein Mensch zu sein, der ein Messer neben seinem Bett brauchte, hatte etwas so Beängstigendes, dass ich es in der Küche ließ. Nach meiner Kontrollrunde putzte ich gerade und räumte auf, als Penny mir schrieb, dass sie gegen achtzehn Uhr käme. Mein Tablet lag griffbereit und die Kamera war eingeschaltet, damit ich alles im Blick behalten konnte.

Penny war pünktlich, drei Minuten vor sechs hörte ich, wie sich draußen zwei Leute unterhielten. Ich warf einen Blick auf den Tablet-Bildschirm und konnte Pennys Scheitel und die Mütze eines Polizisten erkennen. Penny erklärte dem Polizisten offenbar gerade ziemlich lebhaft, wer sie war und weshalb sie hergekommen war. Durch die Haustür konnte ich nur »Warum sollte ich denn sonst eine Flasche Wein dabeihaben?« verstehen.

Ich musste meine Freundin retten, also ging ich zur Tür, schob den Riegel zurück und legte dann die Hand auf das Sicherheitsschloss, um es zu öffnen. Penny stand direkt vor der Tür und unmittelbar neben ihr der Polizist, und dennoch musste ich erst mal tief Luft holen, bevor ich das Tor meiner sicheren kleinen Welt zu der großen weiten da draußen öffnen konnte. Knarrend ging die Tür auf, und die Diskussion draußen verstummte.

»Schon gut, sie ist meine Freundin.«

»Verstehe, Mrs. Moore. Tut mir leid, wir haben nur Ihre Familie auf unserer Liste.«

»Ich gehöre zur Familie!«, protestierte Penny.

»Alles in Ordnung, Officer, vielen Dank.«

Lächelnd nickte er mir zu und ging wieder zu seinem Wagen zurück, der ein Haus weiter auf der anderen Straßenseite parkte.

»Ihnen noch einen schönen Abend«, rief Penny ihm nach. »Himmel noch mal, was sollte *das* denn?«

»Sie wollten eigentlich, dass ich woandershin gehe, weißt du? Nach allem, was passiert ist. Aber ich habe das abgelehnt.«

»Du hast es abgelehnt?«

»Ja.« Ich nickte langsam und konnte den Stolz in meiner Stimme kaum unterdrücken.

»Gut gemacht!« Sie boxte mir gegen den Arm. »Willst du mich nicht reinbitten?«

»Klar, entschuldige.«

Penny trat hinter mir ein und ging direkt in die Küche, um die Flasche Wein zu öffnen, die sie in der Hand hielt. Nachdem ich die Straße auf und ab geschaut hatte, schloss ich die Tür hinter mir und verriegelte sie wieder. Penny kam ganz vorsichtig mit zwei bis zum Rand gefüllten Gläsern ins Wohnzimmer und stellte sie auf dem Couchtisch ab, den

Geoff trotz meiner Proteste gekauft hatte. Dann ließ sie sich aufs Sofa fallen und streifte ihre Schuhe ab, so wie jedes Mal, wenn wir uns trafen.

»Ich bin total am Verhungern, bitte sag mir, dass du auch etwas vom Chinesen willst.«

»Ja, unbedingt.«

»Prima. Das Übliche?«

»Ja, ich hole Geld.«

»Nee, ich bin mit Bezahlen dran. Du hast letztes Mal schon.«

Ja, das stimmte, ich hatte letztes Mal bezahlt. Allerdings hatte sie insgesamt bestimmt achtzig Prozent all unserer gemeinsamen Essen bezahlt, weshalb ich das eigentlich für die nächsten sechs Monate übernehmen müsste. Aber Widerspruch war zwecklos, in dieser Hinsicht war sie wie Mum – wenn sie etwas beschlossen hatte, dann blieb sie dabei. Vielleicht war sie deswegen meine beste – und einzige – Freundin. Sie und Mum waren sich in so vielem ähnlich: Beide waren stark, unabhängig und frei. Alles, was ich auch gern wäre. Als sie das Essen bestellte, musste ich unwillkürlich lächeln. Penny war wirklich eine großartige Freundin. Sie machte keinen Wirbel um mich, fragte nicht dauernd, ob ich zurechtkam, behandelte mich nicht wie ein rohes Ei, weil ich total im Eimer war. Nein, sie benahm sich einfach so, wie man es tut, wenn man an einem stinknormalen Donnerstagabend mit einer Freundin etwas beim Chinesen bestellt.

Das Essen kam kurz nach sieben, und als ich die Folie abzog und mir der Duft meiner gebratenen Nudeln in die

Nase stieg, hatte ich plötzlich einen Bärenhunger. Wir aßen schweigend, nur hin und wieder seufzte eine von uns zufrieden.

Später erzählte sie von ihrem Mann, was er so machte, und richtete mir liebe Grüße von ihm aus. Und sie berichtete das Neueste aus ihrem Job, der wirklich nicht leicht war. Sie arbeitete seit acht Jahren als Sozialarbeiterin, und ich war wieder einmal erstaunt, wie sie den Stress aushielt, dem sie täglich ausgesetzt war.

»Und wie geht es dir?«, fragte sie schließlich.

»Ich komme zurecht«, erwiderte ich. »Aber ich möchte jetzt gar nicht darüber sprechen, ich brauche mal eine Pause von meinen Gedanken.«

Das verstand sie natürlich und wechselte das Thema. Wir plauderten über künftige Urlaubsreisen, darüber, dass sie überlegte, sich einen neuen Job zu suchen. Alltägliche Dinge eben. Und auch wenn ich nicht viel sagte, fühlte ich mich zum ersten Mal seit Langem beinahe normal im Umgang mit einem anderen Menschen. Es war schön, alles aus Pennys Leben zu erfahren, zeigte mir das doch, dass sich die Welt trotz allem weiterdrehte.

Gegen elf ging Penny nach Hause. Ich beobachtete durch einen Spalt im Vorhang, wie sie meine Einfahrt überquerte, dem Polizisten zuwinkte und dann aus meinem Blickfeld verschwand. Ich hatte gar nicht mehr gewusst, wie schön es war, so unbeschwert mit einer Freundin einen Abend zu verbringen. Beim Alkohol hatte ich mich sehr zurückgehalten, allerdings ohne dass Penny es bemerkte. Ich hatte den Großteil meines Glases zurück in die Flasche gegossen, als sie auf der Toilette gewesen war, und es dann mit Sprudel aufgefüllt. Penny hatte munter den ganzen Rest getrunken. Mit Sicherheit rief sie mich spätestens morgen an und schwor bei allem, was ihr heilig war, nie wieder Alkohol anzurühren – bis zum nächsten Mal.

Ich ging in die Küche, um mir vor dem Schlafengehen noch einen Tee zu kochen. Heute Nacht würde ich zum ersten Mal seit dem Mord in Wales allein in meinem Haus schlafen. Das erfüllte mich mit Stolz. Und dank des schönen Abends mit Penny war ich auch optimistisch, dass mir keine schlechte Nacht bevorstand. Allerdings brachte ich nicht den Mut auf, die Fenster zu öffnen, um mal ordentlich durchzulüften. Ich nahm meinen Tee und löschte mit Ausnahme der Flurlampe alle Lichter im Erdgeschoss. Jetzt war es still im Haus, was sich aber nicht beklemmend anfühlte. Als ich gerade ins Bett schlüpfte, kam eine Nachricht von Penny. Sie sei gut nach Hause gekommen und würde – natürlich – nie wieder Alkohol trinken. Ich schrieb noch mal an Paul. Wieder keine Antwort. Aber das war okay. Er war mir schließlich keine Rechenschaft schuldig, und morgen früh, wenn ich aufwachte, hatte ich bestimmt eine Nachricht von ihm.

Eigentlich war ich hundemüde, aber ein innerer Zwang brachte mich dazu wieder aufzustehen. Lieber doch noch mal überprüfen, ob die Fenster auch wirklich geschlossen waren, ob das Bügeleisen, das ich schon seit Monaten nicht mehr benutzt hatte, aus war und ob ich die Kühlschranktür auch nicht versehentlich offen gelassen hatte. Ich würde erst zur Ruhe kommen, wenn ich das alles noch einmal kontrolliert hatte, deshalb begann ich eine neue Runde durchs Haus. Leise zog ich die Vorhänge zurück und überprüfte die Fenster. Natürlich waren sie geschlossen. In der letzten halben Stunde war Nebel aufgezogen. Nicht ungewöhnlich in England am Ende des Sommers. Und wir waren hier auch am Rand der Moore. Die winzigen Wassertröpfchen, die in der Luft hingen, sorgten dafür, dass die Straßenlaternen wirkten, als wären sie nicht von dieser Welt. Das Licht brach sich in der Feuchtigkeit und erleuchtete förmlich die Luft. Ich dachte an den Winter, sehnte mich plötzlich nach den Tagen, an denen ich – dick eingepackt und mit meinem Morgenkaffee in der Hand – aus dem Haus trat, um den Sonnenaufgang anzuschauen. Mein Blick wanderte von der Straßenlaterne zu dem Auto auf der anderen Straßenseite, der Polizist darin sah aus, als würde er schlafen. Ich wollte gerade vom Fenster wegtreten, als ich im Augenwinkel einen ganz in Schwarz gekleideten Mann weiter unten an der Straße entdeckte, er blickte durch den Sucher einer Kamera in meine Richtung. Die Fotografen waren gar nicht verschwunden. Diese Scheißkerle. Ich hatte meinen Schlafanzug an und wollte mich gerade hinlegen. Kannten die denn überhaupt keine Rücksicht?

Ich musste mich stark zurückhalten, ihm nicht den Mittelfinger entgegenzustrecken, aber der Fotograf hatte offenbar gemerkt, dass ich ihn gesehen hatte, und ging weg. Wahrscheinlich hatte er Angst, ich würde den schlafenden Polizisten alarmieren. Zu Recht, denn genau das würde ich tun.

Ich hatte sein Gesicht nicht genau genug gesehen, um es beschreiben zu können, deshalb öffnete ich mein Tablet und ging die Videoaufnahmen der Überwachungskamera durch. Vielleicht tauchte er darauf auf und es reichte aus, um ihn bei der Polizei anzuzeigen. Zuerst ging ich zu weit zurück, denn als ich das Video verlangsamte, sah ich, wie Penny dem Polizisten im Auto zuwinkte und dann nach Hause torkelte. Ich klickte wieder auf Schnellvorlauf, und die Nacht zog in dreifacher Geschwindigkeit an mir vorbei. Da war der Fotograf! Ich verlangsamte das Video wieder, sah, wie er zuerst zum Polizeiauto ging und hineinspähte, um sich zu vergewissern, dass der Polizist eingeschlafen war, und dann selbstsicher weiterging. Blöderweise hatte er der Kamera den Rücken zugewandt. Dann blieb er an der Stelle, an der ich ihn entdeckt hatte, stehen und ich sah, wie er seine Kamera herausholte, sich umdrehte und mir sein Gesicht zeigte.

Obwohl das Bild körnig und der Mann von Nebel umhüllt war, glaubte ich ihn zu erkennen.

Der Mann auf dem Bild sah aus wie Killian.

29

6. SEPTEMBER 2018
WREXHAM, WALES

Er nippte an seinem Wein und lächelte, wenn er es für angebracht hielt; hin und wieder gab er zustimmende Geräusche von sich, während er so tat, als würde er der Frau zuhören, die ihm gegenübersaß. Er schaute ihr in die Augen, wenn sie ihn ansah. Meist schweifte ihr Blick jedoch umher, während sie von ihrer Arbeit redete, und dann beobachtete er die Gäste in diesem gedämpft beleuchteten Restaurant, in dem immer noch Essen bestellt werden konnte, obwohl es schon so spät am Abend war.

Ihm fiel eine attraktive Frau ins Auge, die einem beträchtlich älteren, fetten Mann gegenübersaß, der aufrecht wie ein Lord am Tisch thronte. Wahrscheinlich ist sie des Geldes wegen mit ihm zusammen, dachte er voller Verachtung. Er konnte das Gesicht des Mannes nicht sehen, weil der mit dem Rücken zu ihm saß, doch die Frau wirkte gelangweilt und bemühte sich auch gar nicht, das zu verbergen. Genauso gelangweilt wie er, während er dem öden Geschwafel seines Dates zuhörte.

Zu seiner Linken saß ein älteres Paar – keiner der beiden sprach, sie saßen einfach nur in einer Art kameradschaftlichem Schweigen da. Sie wussten, wie der jeweils andere tickte, was er dachte, reden war überflüssig geworden. Eigentlich ein schöner Gedanke, aber wahrscheinlich langweilten sie sich auch, wenn sie ehrlich waren. Wenn er sich so im Restaurant umschaute, schien der ganze Raum von Langeweile förmlich zu strotzen. Der einzige Mensch, der zufrieden wirkte, war ein Mann, der allein saß. Er war vielleicht Ende zwanzig und schien vollkommen im Einklang mit sich und der Tatsache, dass er allein in einem Restaurant saß, das eigentlich auf romantische Abendessen ausgelegt war. Der Mann las einen Roman mit dem Titel *Play Dead*. Über den Titel musste er lächeln.

Er nahm noch einen Schluck Wein und merkte, dass Jennifer, sein Date, ihn eindringlich ansah. Sie erwartete ganz offensichtlich eine Reaktion, er wusste dummerweise aber nicht, worauf. Als er ihr zum letzten Mal tatsächlich zugehört hatte, hatte sie von ihrem Freund Sam von der Arbeit erzählt, und kurz davor hatte sie über ihren Hund gequatscht. Er hatte keine Ahnung, was sie ihn gefragt hatte.

»Tut mir leid, ich war gerade ganz weit weg.«

»Das habe ich gemerkt«, sagte sie und strich sich eine Haarsträhne hinter das linke Ohr. »Ist alles okay?«

Er wusste nicht, wann es akzeptabel war, jemandem, den man gerade erst kennengelernt hatte, persönliche Fragen zu stellen. Bei der zweiten Verabredung zum Abendessen war es aber wohl noch zu früh.

»Ja, alles okay, ich war nur etwas zerstreut wegen der Arbeit.«

»Willst du darüber reden?«

Er lächelte still – ein Lächeln, das sie so interpretieren würde, dass ihn ihr Mitgefühl rührte. Doch das traf nicht zu. Er lächelte, weil er sich gerade vorstellte, dass er ihr von seinen Sorgen bei der Arbeit erzählte. Von dem Problem, dass er innerhalb der nächsten Wochen wieder töten musste, aber noch nicht die richtige Frau zum Ermorden gefunden hatte; und dass sie Glück hatte, weil er heute Abend beschlossen hatte, dass sie auf seiner Liste ziemlich weit nach unten gerutscht war. Sie war zu leidenschaftlich, zu gesprächig, zu unabhängig. Warum konnten nicht alle Frauen so sein? Fähig, endlich auf eigenen Füßen zu stehen und ihr beschissenes Leben hinter sich zu lassen. Aber genau das tat sie, und deshalb konnte sie nicht Nummer neun sein.

Was würde sie wohl tun, wenn er ihr alles über seine Arbeit erzählte? Vermutlich würde sie wegrennen, die Polizei rufen und ihn verhaften lassen. Aber andererseits wollte sie gefallen. Sie wollte Frieden wahren, höflich sein. Vielleicht würde sie sich unbehaglich fühlen und wegwollen, es aber stattdessen mit einem Lachen abtun. Weil sie sich einredete, er würde Witze machen, auch wenn das Gegenteil der Fall war.

»Nein, schon gut. Nur langweiliger Papierkram.«

»Ich hasse Papierkram, deshalb tue ich das, was ich tue.«

Sie arbeitete als Tierarzthelferin, ein Job, der vermutlich trotzdem reichlich Papierkram mit sich brachte. Wieder versuchte sie so sehr, ihm zu gefallen, auch wenn er sich ihr gegenüber gleichgültig zeigte. Anscheinend machte es ihr nichts aus, dass er nicht zuhörte, denn sie legte schon wieder los, sagte doch tatsächlich, dass sie Stille gern ausfüllte. Kein Witz. Während sie weiterquatschte, wurde er sich der Uhr an der Wand hinter ihrem lebhaften Kopf schmerzlich bewusst. Er verschwendete seine Zeit, indem er mit der letzten Frau seiner derzeitig engeren Wahl hier herumsaß. Sein Instinkt hatte ihm gesagt, dass sie perfekt sei, dass es richtig war, ihr seine kostbare Zeit zu schenken, aber offenbar hatte ihn sein Instinkt wider Erwarten getäuscht.

Nachdem Jennifer weitere zehn Minuten ununterbrochen geredet hatte, entschuldigte sie sich und ging zur Toilette; ihr Gang wirkte ein wenig gekünstelt, ihr war sehr wohl bewusst, dass er beobachtete, wie sie sich bewegte. Sie war nicht unattraktiv, und er wusste, dass sie gerne mit ihm schlafen würde. Sie hatte seinen Körperbau kommentiert, seine – wie sie es ausdrückte – perfekten Zähne und sein vollkommenes Lächeln. Doch er interessierte sich nur für die Aufgabe, die vor ihm lag. Für ihn war der Reiz eines perfekt ausgeführten Mordes weitaus größer als der, Sex mit jemandem zu haben, den er gerade kennengelernt hatte.

Sobald sie außer Sichtweite war, wandte er seine Aufmerksamkeit wieder den anderen Paaren zu, die überwiegend wortlos ihr Essen zu sich nahmen. Das schweigsame ältere Paar war inzwischen zum Nachtisch übergegangen, der Single-Mann hatte gezahlt und packte gerade sein Buch ein, um zu gehen. Der fette Lordabklatsch und die Trophäen-Frau waren immer noch beim Hauptgericht, aber sie hatte Messer und Gabel schon beiseitegelegt, während er sich nach wie vor Essen in den Mund schaufelte. Die Frau hob ihr Weinglas und stieß dabei ihr Messer vom Teller, es fiel klirrend auf den gefliesten Boden und erregte damit die Aufmerksamkeit der Leute. Sie entschuldigte sich leise, hob es auf und legte es wieder auf den Tisch. Dann sah sie ihm in die Augen.

Zuerst dachte er, sie würde sich gewissermaßen persönlich bei ihm entschuldigen wollen, auch wenn er nicht wusste, wofür. Ihm war doch vollkommen egal, dass sie ihr Besteck hatte fallen lassen. Doch als sie ihre Aufmerksamkeit wieder dem Mann zuwandte, der ihr gegenübersaß, beobachtete er, wie sich ihre Schultern ganz leicht in Richtung Kinn schoben. Und er erkannte, dass es kein entschuldigender Blick gewesen war, sondern einer, aus dem Angst sprach. Sie strich sich seitlich über den Hals, bevor sie den Kopf ein wenig zu hoch hob, sodass ihr Kinn ein wenig zu sehr vorstand. Sie täuschte Selbstsicherheit vor. Das machte sie interessant. Er richtete seine Aufmerksamkeit auf ihren Begleiter, der ihm immer noch den Rücken zuwandte und weiterhin Essen in seinen fetten Mund schaufelte, doch seine Körpersprache hatte sich verändert. Er saß noch genauso aufrecht wie zuvor, nur dass seine rechte Hand jetzt auf dem Tisch lag und zur Faust geballt war. Er hatte wohl zu auffällig gestarrt, denn die Frau sah ihn jetzt wieder an, was ihren Begleiter dazu veranlasste, sich umzudrehen und einschüchternd zurückzustarren. Es funktionierte nicht.

»Arschloch«, brummte der Dicke verhalten und wandte sich dann wieder seinem Essen zu. Hinter dem Tisch der beiden tauchte Jennifer auf und lächelte ihm zu. Als sie sich gerade hingesetzt hatte und an ihrem Wein nippte, blickte er über ihre Schulter hinweg noch einmal zu der Frau hin. Auf ihrem Gesicht zeichneten sich Verzweiflung und Not ab. Und da wusste er, warum ihm sein Instinkt gesagt hatte, dass er heute Abend in dieses Restaurant kommen sollte.

»Warum lächelst du?«, fragte Jennifer.

Und er erwiderte: »Deinetwegen.« Sie wurde rot und klemmte sich die Haare hinter die Ohren. Aber natürlich lächelte er nicht wegen der Frau, die direkt vor ihm saß; er lächelte wegen der, die sechs Meter weiter weg saß.

Er brauchte noch eine Bestätigung, doch sein Bauchgefühl sagte ihm, dass er gerade Nummer neun gefunden hatte.

30

7. SEPTEMBER 2018
ST IVES, CAMBRIDGESHIRE

Stundenlang schaute ich mir die Aufnahmen meiner Überwachungskamera an. Immer und immer wieder sah ich mir den Moment an, in dem sich der Mann näherte und fotografierte. Mit jedem Mal wurde ich unsicherer. War es wirklich Killian? Um zwei Uhr morgens kam ich endlich zu dem Schluss, dass er es nicht gewesen sein konnte und dass er auch nicht der Mann in Irland gewesen war. Aber wenn er es nicht war, wer beobachtete dann mein Haus?

Da ich nicht schlafen konnte, versuchte ich zu lesen, konnte mich aber nicht konzentrieren. Den Fernseher einzuschalten traute ich mich nicht, aus Angst, etwas – oder jemanden – im Haus nicht zu hören. Also sah ich mir das Live-Feed der Kamera an und beobachtete die Welt da draußen vor meiner Haustür – eine Welt, die überwiegend still war. Ich sah ein junges Paar, das Arm in Arm ging; die Frau hielt ihre High Heels in der Hand, der Mann hatte ihr seine Jacke um die Schultern gelegt, beide schwankten ein wenig, sie hatten wohl ein paar Drinks zu viel intus. Ein paar Minuten später waren sie aus dem Bild getorkelt. Ich sah eine

Gruppe junger Männer, eigentlich noch Jungs, die mitten auf der Straße rannten und übereinander kletterten, ausgelassen wie kleine Kinder. Der Polizist draußen im Auto schaute ihnen nach und wandte dann seine Aufmerksamkeit wieder der Innenseite seiner Augenlider zu. Kurze Zeit später kam ein einzelner junger Mann vorbei, die Hände in den Hosentaschen vergraben, den Kopf gesenkt, als trüge er die Sorgen der Welt. Noch später entdeckte ich einen Fuchs, der vor dem Polizeiwagen die Straße überquerte und dann im Nebel verschwand, der im Laufe der Nacht immer dichter geworden war. Irgendwann zwischen dem Auftauchen des Fuchses und der Auflösung des Nebels durch die Sonne schlief ich ein.

Als ich aufwachte, kam es mir vor, als wäre es immer noch gestern; vorsichtig ging ich nach unten, um Kaffee zu kochen. Ich legte die Hände um die dampfende Tasse, der Duft gaukelte meinem Gehirn vor, wacher zu sein, als ich tatsächlich war. Ich sah die Hintertür an und hätte sie gern geöffnet, um die Morgensonne hereinzulassen, aber ich schaffte es nicht. Was, wenn der Mann immer noch irgendwo da draußen war? Als ich ein wenig klarer im Kopf war, überlegte ich noch einmal, wer er gewesen sein könnte. Die offensichtlichste Antwort war, dass es sich einfach um einen Reporter handelte, doch mein Bauchgefühl sagte mir, dass das nicht stimmte. Wie er dagestanden hatte, die Kleider, die er trug – es musste jemand anderes gewesen sein, jemand, der aus einem anderen Grund fotografierte.

Ich musste Mum und Geoff erzählen, was ich gesehen hatte, musste ihnen die Aufnahmen zeigen. Ihr Blick war objektiver als meiner, und sie würden mir sagen können, ob es sich dabei um Killian handelte oder nicht. Aber das konnte ich ihnen nicht antun – nicht schon wieder. Ich hatte immer das Gefühl gehabt, beobachtet zu werden – wahrscheinlich musste ich einfach damit leben, womöglich gehörte das einfach zu mir, und meistens kam ich ja auch irgendwie damit zurecht. Bis auf einmal, vor etwa vier Jahren, da hatte ich einfach nicht mehr gekonnt. Ich war so davon überzeugt gewesen, dass mich ein Mörder beobachtete, dass ich am Ende überhaupt nicht mehr geschlafen hatte und so dünn geworden war, dass ich eines Morgens zusammengebrochen und erst in einem Krankenhausbett wieder aufgewacht war. Zwei Wochen hatte ich dableiben und mich einer strengen psychologischen Begutachtung unterziehen müssen.

Dort wollte ich nicht wieder landen, nicht jetzt, nicht nachdem ich so lange gekämpft hatte, um all die Schlachten zu gewinnen, mit denen ich mich jeden Morgen aufs Neue konfrontiert sah. Ich beschloss, das Videomaterial und meine Paranoia vorerst für mich zu behalten und jetzt erst mal meinen Tag in Angriff zu nehmen.

Ich würde Penny anrufen, fernsehen oder Musik hören. Außerdem würde ich frische Luft ins Haus lassen. Ich würde den Anschein erwecken zurechtzukommen. Also stellte ich die Kaffeetasse auf die Küchentheke, nahm meine Halskette ab und steckte den Schlüssel ins Schloss der Hintertür. Als ich ihn drehte, hörte ich, wie sich die Riegel zurückzogen. *Es ist ein Morgen wie jeder andere und du hast nichts zu befürchten*, redete ich mir ein. Es gab keinen Grund, nicht hinauszugehen, wenn ich Lust dazu hatte. Es war ein harter Kampf, der sich da in meinem Kopf abspielte, doch schließlich rang ich mich dazu durch, vorsichtig die Tür zu öffnen. Die frische Morgenluft atmen zu können fühlte sich wie ein weiterer kleiner Sieg an.

Ich ließ die Hintertür offen, holte meine Kaffeetasse und ging ins Wohnzimmer, wo die Luft angenehm zirkulierte. Ich setzte mich aufs Sofa und machte es mir gemütlich. Um die Stille zu unterbrechen, zog ich mein Handy aus der Hosentasche und stellte meine Playlist auf Zufallswiedergabe. Es war schwierig, nahezu unmöglich, nicht mit einem Ohr an der Hintertür zu kleben und mit dem anderen nach Geräuschen über meinem Kopf zu lauschen. So schwierig, dass ich gar nicht mitbekam, welcher Song zuerst lief. Dann kam ein Lied, das ich schon ewig nicht mehr gehört hatte. Ein Lied, das mich an jene Nacht erinnerte. Direkt beim ersten Klavierakkord mit dem darunterliegenden Regengeräusch versuchte die eisige Hand an meinem Zwerchfell mitzuspielen. Ich sprang auf, wechselte zum nächsten Song, setzte mich wieder hin und konzentrierte mich darauf, meine zitternden Hände zu beruhigen. Erstaunlich, dass mir bei diesem Lied nach all der Zeit noch immer so elend wurde.

Das nächste Lied, ein alter Song von Maroon 5, erinnerte mich an einen Mädelsurlaub, den ich mit ungefähr zwanzig unternommen hatte. Ich zwang mich dazu, das Lied bewusst anzuhören, damit meine Gedanken nicht wieder auf Abwege gerieten. Während Adam Levine, in den ich früher verliebt gewesen war, sang, stiegen Bilder vor meinem geistigen Auge auf, und ich versuchte, mich an ihnen festzuklammern. Owen und ich waren damals schon offiziell zusammen gewesen, und ich hatte gewusst, dass ich vermutlich zum letzten Mal nur mit den Mädels wegfahren würde. Ich war mit drei Freundinnen unterwegs, Michelle, Cassy und Molly – eine Woche lang Sonne tanken, trinken und tanzen auf Korfu. Ich stellte mir vor, wieder an diesem Strand zu sein. Völlig entspannt in der Sonne zu liegen und meinen Kater zu pflegen. Was war wohl aus diesen Freundinnen geworden? Wir hatten uns damals so gut verstanden.

Wie heißt es noch gleich so schön: *Youth is wasted on the young?* An diese Tage zu denken war herrlich, doch mit der Erinnerung kam auch die Frage, wie mein Leben wohl verlaufen wäre ohne die Ereignisse dieser einen Nacht. Ich stand auf, schaltete die Musik ab und schloss die Hintertür. Mein Triumph war nur von kurzer Dauer gewesen.

Ich konnte keine Musik hören, ich konnte nicht rausgehen, ich konnte nicht fernsehen, aber irgendwas musste ich tun, um nicht verrückt zu werden. Da kam mir ein Gedanke. Zehn Tage waren inzwischen vergangen, seit jemand diese arme Frau in Wales umgebracht hatte, und ich kannte noch nicht einmal ihren Namen. Aus Respekt musste ich mehr über Nummer acht erfahren, weil mir nur allzu klar war, dass dies eigentlich meine Nummer gewesen wäre. Ich schnappte mir mein Handy und googelte »Mord in Wales«, um so viel wie möglich herauszufinden.

31

7. SEPTEMBER 2018
ST IVES, CAMBRIDGESHIRE

Die Frau, die in Bethesda getötet worden war, hieß Kath Brinck, und sie war erst sechsundzwanzig gewesen, als sie hatte sterben müssen. So alt wie ich damals. Sie hatte keine Kinder, genau wie ich. Sie war ebenfalls verheiratet, doch hier endeten dann die Ähnlichkeiten. Ich hatte bis zu jener Nacht ein relativ ruhiges, behütetes Leben geführt, bei ihr war das ganz anders. Nach allem, was ich beim Scrollen durch ihren öffentlichen Facebook-Feed sehen konnte, schien ihr Leben reich und erfüllt gewesen zu sein. Auf jedem einzelnen ihrer Fotos sah sie glücklich und zufrieden aus und lächelte breit. Oft war sie mit Freundinnen beim Ausgehen zu sehen, aber auf den meisten mit ihrem Mann. Er hieß Neil, wie ich erfuhr, als ich mit dem Mauszeiger über eines ihrer vielen gemeinsamen Bilder fuhr. In ihren Augen sah man deutlich, wie sehr sie ihn liebte.

Die neuesten Bilder stammten aus einem Urlaub, das Album auf Facebook trug den Titel »Zakynthos 2017«. Ihre von der Sonne gebräunte Haut war beneidenswert, genau wie die offensichtliche Zuneigung ihres Mannes. Eines der

Fotos berührte mich besonders – das Paar stand im ruhigen, flachen Meer, hinter ihm eine Insel, die die Form einer Schildkröte hatte. Ihr Lächeln, ihre Augen – sie lebten ganz offensichtlich ein glückliches Leben. Natürlich war mir bewusst, dass sich die Nutzer in den sozialen Medien immer nur von ihrer besten Seite zeigten, die Fotos in der Regel bearbeitet und aufgehübscht waren. Dennoch nahm ich ihr ab, dass sie so glücklich war, wie sie aussah. Auf den neuesten Fotos war Neil nicht mehr zu sehen, das fiel mir direkt auf.

Auf ihrer Timeline fand ich jede Menge Nachrichten von Freunden, die ihre Trauer und ihren Schock zum Ausdruck brachten. Die schrieben, wie sehr sie sie liebten und vermissten und dass sie sie nie vergessen würden. Die ihre schönsten Erinnerungen erzählten. Ich scrollte weiter runter, las mir diese vor Liebe und Freundlichkeit förmlich überbordenden Beiträge durch; sie berührten mich, aber gleichzeitig fühlte ich mich immer unbehaglicher, als würde ich viel zu tief in ihre Privatsphäre eindringen, trotzdem konnte ich nicht aufhören zu lesen. Sie war offensichtlich eine Frau gewesen, die die Menschen, die sie liebte, erbittert beschützte, für sie eintrat, wenn es nötig war. Sie war witzig, kühn, manchmal auch wild gewesen. Ihre Freunde teilten Fotos von ihr, auf denen sie jünger war – darauf lachte sie dem Betrachter spitzbübisch und frech entgegen. Unwillkürlich mochte ich sie, fühlte mich aber gleichzeitig schuldig.

Irgendwann stieß ich auf eine Nachricht von Neil. Sie war kurz, und er hatte sie vier Tage nach ihrem Tod verfasst; als ich sie las, kamen mir die Tränen.

Kath. Ich weiß nicht, wie ich ohne dich weitermachen soll. Bitte, bitte, komm zurück. Ich hätte mich mehr anstrengen müssen, um dir zu zeigen, wie sehr ich dich liebe, ich hätte mehr tun müssen.

Es tut mir leid, mein Liebling.

Das, was ich hier machte, war nicht gesund. Es tat mir nicht gut. Ich sollte mir nicht das Leben von jemandem anschauen, den ich nicht kannte, von jemandem, dessen Tod indirekt etwas mit mir zu tun hatte. Doch meiner Psyche zuliebe musste ich herausfinden, warum er sie ausgewählt hatte. Und warum jetzt. Vielleicht gab es irgendeine tragische Verbindung zwischen ihrem und meinem Leben. Aber Kath Brinck war ganz anders als ich: aufgeweckt, bezaubernd, mittendrin. Sie war kein Geist. Ich las weiter.

Ich erfuhr, dass sie an der Universität von Cardiff studiert, als Pflegekraft auf der Isle of Anglesey nahe Bethesda gearbeitet und dort auch gewohnt hatte. Sie hatte sich um Menschen gekümmert, die Unterstützung und Pflege brauchten. Sofort kam ich mir selbstsüchtig vor – sie war eindeutig ein viel besserer Mensch gewesen als ich. Meine Schuldgefühle waren mit Macht wieder da. Ob sie wohl noch leben würde, wenn ich wie geplant die Nummer acht gewesen wäre? Hätte sie ihr Leben gelebt, bis sie alt und grau geworden wäre und irgendwann zufrieden zurückgeschaut hätte? War es nicht unfair, dass sie hatte sterben müssen und ich, die nichts getan hatte, außer die letzten zehn Jahre ihres Lebens zu verschwenden, immer noch da war?

Ich musste etwas loswerden, deshalb tippte ich einen kurzen Post.

Es tut mir leid.

Und für einen Moment glaubte ich wirklich, sie würde es lesen.

Balu, der von Mum herüberspaziert und heute Morgen zur Hintertür hereingekommen war, schnurrte zu meinen Füßen. Ich sah auf die Uhr. Schon fast elf! Der Kater war wahrscheinlich am Verhungern. Ich riss mich vom Laptop los und fütterte ihn. Als ich wieder zurückkam, sah ich, dass es Reaktionen auf meinen Post gab. Die Leute wussten, dass ich *die* Claire Moore war, sie schrieben, es sei nicht meine Schuld; dass ich nichts hätte tun können, und einen Moment lang fühlte ich mich getröstet. Auch ihr Mann hatte eine Nachricht hinterlassen, und das Gefühl des Getröstetseins verschwand. Er schrieb, dass er meinen Kommentar unangebracht fand. Ich hatte eine Linie überschritten, das merkte ich jetzt und löschte meinen Post hastig. Eine neue Nachricht poppte in meine Inbox – ich dachte zuerst, es sei noch jemand von Kaths Seite, doch das war nicht der Fall. Es war Killian, und ich spürte, wie mein Herz plötzlich bis zum Hals klopfte.

Hey, wie ich sehe, bist du online, können wir uns unterhalten?

Wenn ich ihn jetzt ignorierte, würde er noch einmal schreiben, oder noch schlimmer: vor meiner Haustür auftauchen. Ich schwankte immer noch, ob er es gewesen war, den ich auf den Kameraaufnahmen gesehen hatte. Ich wollte mich nicht mit ihm unterhalten, er sollte mich in Ruhe lassen. Aber es musste sein.

Ich wollte dir schon schreiben, Killian. –

Wirklich? Worüber möchtest du reden? Geht es dir gut? –

Warum warst du vor dem Friedhof in Kanturk?

Eine Pause entstand.

Ich dachte, du hättest mich nicht gesehen.

Jetzt gab es keinen Zweifel mehr. Er war es, was bedeutete, dass er auch vor meinem Haus gestanden und Fotos gemacht hatte.

Doch, ich habe dich gesehen. Warum warst du dort? –

Ich wollte mich vergewissern, dass du okay bist. Du hast nicht auf meine Nachrichten geantwortet; ich habe mir Sorgen gemacht. –

Das ist sehr nett von dir, Killian, aber du solltest dir keine Sorgen um mich machen. –

Na ja, wir kennen uns jetzt schon so lange, es ist meine Aufgabe, mir Sorgen zu machen. –

Nein, ist es nicht. –

Aber du bist ganz allein, Claire, ich möchte für dich da sein.

Das war es – wenn ich ihm jetzt von Paul erzählte, würde er sich zurückziehen.

Ich habe den Sprung gewagt, Killian, ich bin nicht mehr allein.

Es folgte eine weitere Pause. Diesmal dauerte sie länger.

Oh, hast du jemanden kennengelernt?

Ich musste behutsam vorgehen. Jetzt kam es drauf an. Wenn ich die richtigen Worte fand, seine Gefühle nicht verletzte, konnte ich ihn dazu bringen, mich in Ruhe zu lassen. *Falls* ich die richtigen Worte fand.

Ja, und ich bin glücklich. Du brauchst dir keine Sorgen mehr um mich zu machen. Ich weiß, dass du gestern Abend vor meinem Haus warst. Wenn du dir wirklich Sorgen machen würdest, würdest du mir Raum geben. Wie du weißt, mag ich es nicht, beobachtet zu werden. Bitte respektiere meine Wünsche.

Ich wartete auf seine Antwort, doch der grüne Punkt, der anzeigte, dass jemand online war, war verschwunden. Hoffentlich war das von Dauer. So lange hatte ich mir schon gewünscht, dass er mich in Ruhe ließ, und endlich hatte ich es ausgesprochen. Ich hatte ihn sicher verärgert, doch das nahm ich in Kauf – langfristig war es für uns beide das Beste. Wenn er sich nicht mehr zwanghaft mit mir beschäftigen musste, fand er vielleicht eine andere, die er mochte – und die in der Lage war, ihn auch zu mögen.

Als ich den Laptop zuklappte, war ich hin- und hergerissen. Einerseits froh, dass mich Killian jetzt hoffentlich in Ruhe ließ, andererseits schämte ich mich zutiefst dafür, etwas auf der Facebook-Seite einer toten Frau gepostet zu haben. Das hätte ich nicht tun sollen, es war ein Fehler, ja, aber ich hatte nicht anders gekonnt – ob es den Leuten gefiel oder nicht, zwischen uns gab es jetzt eine Verbindung.

Ich stand auf und streckte mich, spreizte meine Finger zur Zimmerdecke und spürte, wie sich das Narbengewebe an meinem Bauch dabei spannte. Ich hatte noch nichts gegessen, und obwohl ich keinen Hunger hatte, zwang ich mich, wenigstens eine Scheibe Toast zu mir zu nehmen. Wohl kaum ein ausgewogenes Frühstück, aber immerhin – wenn ich mich nicht zum Essen anhielt, ließ ich es ganz schleifen. Als ich aufgegessen hatte, startete ich meine Kontrollrunde. Wegen Killian war das unbehagliche Gefühl wieder zurück.

Als ich alles geprüft hatte und einigermaßen überzeugt war, in Sicherheit zu sein, setzte ich mich neben die Hintertür und schaute durch die Glasscheibe zum Himmel hinauf, auf der Suche nach Wolken. Vielleicht könnte ich eine Form in ihnen erkennen, so wie früher. Doch es waren einfach nur Wolken.

32

8. SEPTEMBER 2018
ST IVES, CAMBRIDGESHIRE

Ich träumte, wieder im Garten des Bungalows zu stehen und zum Küchenfenster zu blicken. Ich trug dunkle Kleidung, die – soweit ich wusste – nicht mir gehörte, und in der rechten Hand hielt ich etwas Schweres. Die Nacht war schwarz und bedrohlich. Der Wind peitschte den Regen von der Seite, mein nasses Haar klebte mir am Gesicht. Ich pirschte mich an wie ein Panter an seine Beute, bewegte mich seitwärts auf das Badezimmerfenster zu, spähte hinein und sah Owens toten, schlaffen, knochendünnen Arm über den Badewannenrand hängen. Ich schlich weiter, bog an der Küche ab und näherte mich dem Schlafzimmer. Ich presste die Hände an die Scheibe und schaute hinein. Im Bett lag eine Frau, sie war jung und zierlich. Sie wälzte sich im Schlaf herum, und ich konnte selbst im schwachen Licht sehen, dass das auf dem Kissen mein Kopf war.

Über mir zuckte ein Blitz. Ich trat zurück und zählte: *Eins, zwei, drei, vier, fünf, sechs, sieben, acht …* dann der krachende Donner. Und gleich wieder erleuchtete ein Blitz den Himmel, und einen Augenblick lang konnte ich mein

Spiegelbild im Glas erkennen. Aber es war überhaupt nicht mein Spiegelbild. Sondern seines; ich war Tommy Kay. Ich konnte die Einzelheiten seines Gesichts nicht erkennen, aber ich wusste es. Ich drehte mich um, ging auf die Hintertür zu und hielt dann inne; ich blickte hinauf zu einer dunkelvioletten, schweren, Unheil verkündenden Wolkendecke, die sich in alle Richtungen ausbreitete. Sie sah aus, als würde sie jeden Moment über mich hereinbrechen und mich ersticken. Ich blickte auf meine Füße hinunter, sie steckten in schweren Arbeitsstiefeln; dann ging ich ein paar Schritte rückwärts und machte mich bereit. Ich wollte die Tür eintreten, reinlaufen. Owen überwältigen, mich selbst unter Drogen setzen und dann uns beide umbringen. Über mir grollte erneut ein Donner. Ich machte drei große Schritte und setzte den Fuß auf der Tür auf. Das Krachen, als die Tür barst, war ohrenbetäubend.

Da wachte ich auf. Das Krachen war irgendwie von der Traumwelt in die reale Welt übergegangen.

In meinem Schlafzimmer war es stockfinster. Die Lampe neben meinem Bett war aus, ich griff hinüber, um sie wieder anzumachen, drückte ein paarmal den Schalter, doch es tat sich nichts. Ich lauschte, ob irgendetwas seltsam war, aber das einzige Geräusch kam vom Regen, der draußen aus der kaputten Dachrinne tropfte. Im Dunkeln machte ich mich auf den Weg zum Lichtschalter neben der Tür. Während ich gegen meine wachsende Panik ankämpfte, sagte ich mir bei jedem Schritt, dass nur die Birne durchgebrannt war, sonst nichts. Die Nachttischlampe war nicht darauf ausgelegt, die ganze Nacht zu brennen, und auch diese neuen Birnen hielten nun mal nicht ewig. Irgendwann gingen auch sie kaputt, und ich konnte mich nicht mal mehr daran erinnern, wann ich sie zum letzten Mal ausgetauscht hatte. Das ließe sich auf jeden Fall leicht beheben. Ich wusste nicht, wie viele Schritte es bis zur Tür waren, und stieß unterwegs gegen mein Bettgestell und die Kommode. Mir wurde bewusst, dass ich mich im Dunkeln nicht in meinem Schlafzimmer zurechtfand, weil es nie notwendig gewesen war.

Ich erreichte die Tür und tastete die Wand ab, bis ich den Lichtschalter fand. Ich drückte darauf und erwartete, gleich vom Licht geblendet zu werden.

Nichts passierte.

Ich versuchte es wieder und wieder, doch die Dunkelheit blieb, und leise begann die eisige Hand in meinem Innern mit ihrer Symphonie. Ich rannte von der Tür zum Fenster, und als ich den Vorhang zurückzog, wich mit einem Wimmern alle Luft aus meinen Lungen. Es regnete in Strömen; auf der Straße stand das Wasser, und wenn der Wind es aufpeitschte, wirkte es wie ein Ozean. Die Häuser auf der anderen Straßenseite lagen ebenfalls im Dunkeln, aber ich konnte sehen, dass in einem oder zweien der Strahl einer Taschenlampe oder eines Handys umhertastete. Die Straßenlaternen waren auch aus, so weit das Auge reichte.

Der Strom war ausgefallen.

Ich wusste, dass ich handeln musste, dass ich mein Handy nehmen und die Taschenlampenfunktion einschalten musste. Doch so eindringlich mir mein Kopf dies auch befahl – meine

Beine rührten sich nicht. Ganz im Gegenteil: Ich rutschte an der Wand hinunter auf den Boden. Wollte mich so klein machen, wie es nur ging, möglichst unsichtbar. Ich tastete nach meinem Handy – es war nicht an seinem üblichen Platz auf dem Nachttisch. Hatte ich es unten gelassen? Vielleicht neben dem Laptop? Das Geräusch, das ich verursachte, als ich die Lampe umstieß, klang in der Stille umso lauter. Und es verriet, wo ich war. Aus Angst, gefunden zu werden, beschloss ich, das mit dem Handy erst mal zu vergessen. Ich schleppte mich aus dem Schlafzimmer hinaus, um nach unten zu gehen und zu fliehen.

Irgendwo im Haus hörte ich ein Krachen, genauso eins wie in meinem Traum, als ich die Tür eingetreten hatte. Ich erstarrte. Meine Gedanken überschlugen sich: Jemand war hereingekommen; jemand war gekommen, um zu Ende zu bringen, was Tommy Kay vor einem Jahrzehnt begonnen hatte. Auf wackligen Füßen versuchte ich, die Treppe hinunterzugehen, doch ich rutschte aus und stürzte die Hälfte der Stufen hinunter, bevor ich mich wieder fangen konnte und irgendwo in der Mitte zum Halt kam. Ich hatte mir das Gesicht irgendwo angeschlagen, vielleicht am Geländer oder an einer Stufe, und schmeckte Blut im Mund. Meine rechte Hüfte war verletzt, aber nicht allzu sehr – ich konnte mich noch bewegen.

Plötzlich war das Haus für den Bruchteil einer Sekunde hell erleuchtet – eine Kamera, die ein Foto schoss – und ich schlug die Hände vor das Gesicht. Aber dann merkte ich, dass es nur ein Blitz gewesen war. Und das krachende

Geräusch, das ich gehört hatte, war keine Tür, die eingetreten, und kein Fenster, das eingeschlagen wurde, sondern der Widerhall des Donners. Das bedeutete natürlich nicht Entwarnung. Natürlich konnte es sein, dass jemand das Gewitter ausnutzte, um sich anzupirschen und am Ende die Beweise fortspülen zu lassen wie Tommy Kay damals. Also wappnete ich mich besser und machte mich bereit zum Handeln.

So leise wie möglich ging ich die letzten Stufen nach unten. Ich hatte gelesen, dass man am besten in die Küche lief, wenn man merkte, dass Einbrecher im Haus waren. Mein Handy war wohl im Wohnzimmer – es musste dort sein –, und für einen Moment überlegte ich, es mir schnell zu holen. Doch ich tat es nicht. Ich musste in die Küche. Hier gab es in den Schubladen und Schränken jede Menge potenzieller Waffen, mit denen man zustechen oder werfen konnte, um sich zu verteidigen. Ich schlich darauf zu, bemühte mich, meine Atmung unter Kontrolle zu halten, leise zu sein. In meiner Wahrnehmung war mein Luftholen lauter als der Regen, der draußen gegen das Fenster peitschte.

Ich drückte den Rücken gegen den Herd und öffnete die Besteckschublade, aus der ich mir das größte Messer schnappte, das ich finden konnte. Am liebsten wäre ich zur Haustür hinausgerannt, aber wahrscheinlich würde er da auf mich warten. Zur Hintertür konnte ich auch nicht hinaus, denn womöglich würde er mir dort auflauern. Die Chancen standen also fünfzig zu fünfzig, und ich konnte mich nicht entscheiden, welche der beiden Möglichkeiten ich riskieren sollte. Ich saß in der Falle und konnte nur beten, dass der

Strom bald wieder da war. Beten, dass das Gewitter die Ursache des Stromausfalls war. Beten, dass er mich nicht fand.

Da war wieder ein Geräusch, etwas, das nicht der Regen war oder meine Atmung oder der Song, den ich vergessen wollte, aber niemals konnte. Etwas, von dem mein Unterbewusstsein wollte, dass ich mich darauf konzentrierte. Es nahm mir die Luft; es unterbrach sogar die Melodie, die die eisige Hand spielte. Dann Stille. Wieder das Geräusch, ein Knarren, ein Einrasten, ein Schritt. Dann noch einer. Und noch einer. Ich sah Licht auf dem Boden, einen schwachen Strahl, der nach ein paar Sekunden noch schwächer wurde. Ein gedämpftes Licht, mit dessen Hilfe er sich in meinem stockfinsteren Haus zurechtfinden konnte.

Ich starrte nach vorne, Richtung Küchentür, die ich nicht sehen konnte, wartete. Unfähig zu blinzeln. Unfähig zu atmen, unfähig wegzulaufen. Noch ein Schritt. Dann eine Stimme.

»Claire?«

Ich wollte um Hilfe rufen. Ich wollte weglaufen, mich verstecken. Aber ich war wie gelähmt. Ich konnte nur die Hände heben, das Messer fest umklammert, wie ein Kind ein Spielzeugschwert.

»Hallo? Claire?«

Wieder die kleine Taschenlampe, dieses Mal näher, dieses Mal sah ich sogar die Hand, die sie hielt. Der Lichtstrahl wurde auf mein Gesicht gerichtet, und reflexartig wandte ich mich ab, weil er mich blendete; ließ das Messer sinken, meine Deckung. Die Taschenlampe richtete ihren Strahl auf die Waschmaschine neben mir. Ein dunkler Schatten querte ihn.

Ich wollte mit dem Messer zustoßen, war aber zu langsam. Arme umfassten mich und drückten das Messer nach unten. Die Klinge blitzte im Licht der Taschenlampe auf. Sein Griff war fest, und ich wehrte mich, aber es half nichts, er war zu stark. Seine nassen Kleider klebten auf meiner Haut, als würde sich der Tod persönlich um mich herumschlingen.

»Claire, stopp! Claire, ich bin es.«

»Lass mich los.«

»Claire, ich bin es, Paul, beruhige dich. Es ist okay, alles ist in Ordnung.«

Ja, der Stimme nach könnte er es sein. Ich wandte den Kopf, um sein Gesicht im Dunkeln auszumachen.

»Es ist okay, alles ist gut. Ich bin da.«

»Paul?«

»Ja, Liebling, ich bin's.«

Ich war so unfassbar erleichtert, dass ich in Tränen ausbrach und lange und heftig in seiner Umarmung schluchzte.

»Alles ist gut, alles in Ordnung, mein Schatz«, flüsterte er immer wieder.

Ich atmete seinen vertrauten Duft ein, und nach ein paar Minuten hatte ich mich wieder so weit gefasst, dass ich sprechen konnte.

»Ich dachte, er wäre es. Ich dachte, du wärst der Mörder.«

»Tut mir leid. Ich wollte dich nicht erschrecken.«

»Ich dachte, es wäre er, und ich konnte nichts tun.«

»Claire, alles ist gut. Ich bin bei dir. Alles ist in Ordnung.«

Ich sank auf den Boden, Paul setzte sich neben mich, und über eine Stunde lang blieben wir dort, bis der Strom wieder anging. Die kleine Lampe im Flur beleuchtete das Erdgeschoss meines Hauses genug, dass wieder Leben in meine erstarrten Gliedmaßen kam.

»Lass uns zu mir fahren«, sagte Paul, und ich war viel zu erschöpft, um zu widersprechen. Er ging mit mir nach oben, und während ich auf der Bettkante saß, packte er ein paar Dinge in eine kleine Reisetasche. Dann nahm er mich bei der Hand und führte mich zur Haustür, breitete seine Jacke über meinen Kopf und rannte mit mir zum Wagen.

Wir schwiegen, während er fuhr, und als der Adrenalinspiegel wieder abfiel, war ich auf einmal todmüde. Ich wollte nur noch die Augen schließen und schlafen, aber das würde nichts werden, das ahnte ich schon. Ich blickte auf die Uhr am Armaturenbrett, es war kurz vor eins. Ich wusste nicht, weshalb Paul hergekommen war. Aber ich war so unendlich froh darüber. Ein paar Kilometer von seinem Haus entfernt war das Gewitter noch immer in vollem Gang, und ein gegabelter Blitz schoss über den Himmel und erschreckte mich.

»Keine Angst, hier im Auto sind wir sicher«, sagte Paul zärtlich, ich streckte die Hand aus und legte sie ihm aufs Bein. Plötzlich erinnerte ich mich an einen Gedanken, der mir vorhin bei meinem Treppensturz durch den Kopf geschossen war. Als ich kurz geglaubt hatte, jemand habe mich fotografiert. Und dann fiel mir ein, dass das schon einmal passiert war. In jener Nacht. Die Erinnerung daran hatte ich wohl verdrängt.

In der Nacht, in der Owen ermordet worden war, hatte der Killer ein Foto von uns gemacht.

33

8. SEPTEMBER 2018
ELY, CAMBRIDGESHIRE

Nachts um halb zwei erreichten wir Pauls Zuhause. Ruhig führte er mich zum Sofa und verschwand dann in der Küche, um einen Augenblick später mit einem Glas Wasser zurückzukommen.

»Hier, für dich.«

»Danke, Paul.«

Als das Wasser meine Lippen berührte, merkte ich erst, wie durstig ich gewesen war, und trank das Glas auf ex aus. Danach seufzte ich erleichtert, und Paul lächelte zärtlich.

»Hast du vielleicht etwas Stärkeres?«, fragte ich.

Er berührte mich an der Schulter, ging wieder in die Küche, und ich nutzte die Zeit, mich umzuschauen. Ich war noch nie bei Paul zu Hause gewesen, obwohl wir schon seit ein paar Monaten zusammen waren. Er kam immer zu mir, um es mir leichter zu machen, und prompt hatte ich ein schlechtes Gewissen – sein Haus war viel schöner. Das Sofa war einladend und bequem und der Rest des Wohnzimmers viel hochwertiger eingerichtet als meins. Vor mir befand sich ein richtiger, funktionstüchtiger Kamin, und ich stellte mir vor, wie er davorsaß und in die Flammen schaute, in der einen Hand eine Tasse Tee, in der anderen ein Buch, die Flammen faszinierend und Furcht einflößend zugleich. Über dem Kamin hingen die Abschlussfotos von seinen Mädchen in einem breiten silbernen Rahmen. Ich hatte sie noch nicht kennengelernt, und vermutlich würde das auch noch lange dauern. Sie sahen ihm ähnlich – das gleiche Lächeln und das gleiche verschmitzte Blitzen in den Augen.

Paul kehrte mit einem Whiskey oder Brandy zurück, und obwohl ich beides nicht mochte, bedankte ich mich bei ihm und trank. Die Flüssigkeit wärmte meinen Hals und meinen Magen, und auch die eisige Hand zog sich langsam zurück.

»Möchtest du noch einen?«

»Nein danke, einer reicht. Ich bin heute zum ersten Mal in deinem Haus.«

»Ja«, sagte er und setzte sich neben mich. Ich lehnte meinen Kopf an seine Schulter, und wir schauten beide auf den kalten Kamin.

»Tut mir leid.«

»Was?«

»Dass ich dich so oft von hier wegzerre. Es ist schön hier.« Er drückte mir einen Kuss auf den Scheitel. »Du brauchst dich nicht zu entschuldigen, niemals.«

Eine ganze Weile saßen wir so da. Mein Kopf lag an seiner Schulter, seine Hände waren um meine gelegt.

»Früher liebte ich Feuer«, sagte ich. Paul antwortete nicht, nickte aber, wie um zu sagen, dass er verstand. »Das Knacken, wenn das Holz birst. Der Geruch, den es verströmt.

Ich schaute gern in die Flammen und spürte die Hitze auf meinem Gesicht. Als ich jünger war, saß ich an den meisten Abenden im Garten an der brennenden Feuerstelle, egal wie kalt es war. Kein Fernsehen, kein Handy. Nur das Feuer, es wirkte so lebendig, und über meinem Kopf die Sterne.«

»Das klingt perfekt«, flüsterte Paul, während er mich zärtlich aufs Haar küsste.

»Jetzt jagt mir die Vorstellung, im Dunkeln vor einem Feuer zu sitzen, Angst ein.« Ich wandte mich zu ihm um und merkte, dass er einen Moment lang nicht mich, sondern die Brandnarben auf meinem Fuß und meinem Bein ansah. »Paul, was ist, wenn ich nie darüber hinwegkomme?«

»Das wirst du schon noch.«

»Es ist schon so viel Zeit vergangen, und immer noch stehe ich vollkommen neben mir, wenn der Strom ausfällt. Das Ganze macht mich immer wieder fix und fertig.«

Paul nahm seine Hand von meiner und drehte sich zu mir, sein Gesicht nur Zentimeter von meinem entfernt.

»Nein, Claire, du wirst siegen. Du machst weiter, bist am Leben. Das ist mehr, als die meisten von uns schaffen, mehr als ich je könnte, wenn ich durchgemacht hätte, was du durchgemacht hast.«

»Paul …«

Er legte mir die Hände auf die Schultern und hielt mich fest. »Und jeden Tag schaffst du es aufs Neue, jeden Tag stehst du auf, machst weiter, gehst einkaufen, gießt die Blumen. Du wirst gewinnen. Jedes Mal, wenn du dich mit mir triffst oder mit deiner Mum Kaffee trinken gehst, siegst du.«

»Das wirkt nur so, weil du oder Mum bei mir seid. Wenn ich allein bin, bin ich keine Siegerin.«

»Das kommt noch.«

»Ich hoffe.« Meine Stimme war kaum mehr als ein Flüstern.

Paul nahm mich an der Hand und führte mich nach oben; unterwegs schnappte er meine Reisetasche, die noch neben der Haustür stand, und dann zeigte er mir den Rest seines Hauses. Zwei geräumige Schlafzimmer, eines davon war als Gästezimmer für die Mädchen eingerichtet. Sein eigenes Schlafzimmer war sauber und ordentlich, aber auch ein bisschen nüchtern. Es gab keine Bilder an der Wand, keine Dekoration. Nur das Bett, einen Schrank und ein Bücherregal, auf dem vor allem Krimis und Thriller standen. Ich setzte mich auf die Bettkante; er ging hinaus und kam kurz darauf mit zwei großen flauschigen Handtüchern wieder.

»Möchtest du vielleicht duschen?«

»Du kannst Gedanken lesen«, sagte ich lächelnd. Es war so schön, dass Paul mich allmählich so gut kannte, dass er wusste, wer ich wirklich war – jenseits der offensichtlichen Tatsachen und meiner »Marotten«.

»Das Badezimmer ist gleich hier.« Er deutete nach links, dann stellte er meine Tasche aufs Bett und öffnete den Reißverschluss. Ganz oben lag mein Pyjama. Er reichte ihn mir, weil er wusste, dass ich mich vor ihm nicht ausziehen würde, dass ich mich immer noch verstecken musste.

»Danke, Paul.«

»Schon gut. Ich warte vor der Badezimmertür.«

»Warum?«, fragte ich. Er erwiderte nichts, sondern warf mir nur einen Blick zu, der mir sagte, dass er verstand. Falls ich irgendwelche Bedenken gehabt hatte, mich in Paul zu verlieben, waren sie spätestens jetzt verschwunden. »Danke, Paul«, sagte ich nur, auch wenn ich gern so viel mehr gesagt hätte.

»Schon gut.«

»Nein, ich meine, für alles. Dafür, dass du verstehst.«

Er lächelte, und ich küsste ihn, dann nahm ich die Handtücher und meinen Pyjama und verschwand im Bad.

34

8. SEPTEMBER 2018
ELY, CAMBRIDGESHIRE

Ich legte die Hände auf die warmen Fliesen, senkte den Kopf unter die Dusche und bemühte mich, das heiße Wasser zu genießen, das in meinen Nacken prasselte und zwischen meinen Schulterblättern hindurchströmte. Hoffentlich löste sich dadurch die Anspannung. Doch ich konnte nicht aufhören, daran zu denken, wie ich auf den Stromausfall reagiert hatte. So ein Blackout konnte jeden Tag passieren, jeder erlebte das von Zeit zu Zeit. Ich hatte geglaubt, besser auf eine solche Situation vorbereitet zu sein. Ich hatte erwartet, dass ich rationaler reagieren würde. Aber ich konnte ja nicht einmal mein Schlafzimmer verlassen, ohne irgendwas umzuwerfen oder mich zu stoßen, und wie ich dann wie gelähmt auf dem Küchenboden gesessen hatte … ich war enttäuscht von mir.

Genauso schockiert war ich allerdings, dass ich mich auch jetzt noch immer wieder an neue Details aus jener Nacht erinnerte. Das mit dem Foto war mir gerade erst wieder eingefallen, und deshalb fühlte sich die Erinnerung viel frischer an. Irgendwo da draußen gab es ein Foto von mir in Unterwäsche, blutend, und zweifellos war mir das Entsetzen ins Gesicht geschrieben. Und neben mir mein toter Mann. Unwillkürlich empfand ich Neid darüber, dass Kay in jener Nacht das Gesicht meines Mannes hatte sehen können und ich nicht. Ich hatte nur Owens Arm gesehen, der über den Badewannenrand gehangen hatte, ein Anblick, den ich so gern vergessen würde. Hunderte, Tausende anderer Bilder von Owen hatte ich im Kopf, aber dieses überlagerte alle. Ich wollte mich nicht daran erinnern, als wäre es gestern gewesen. Mein rechter Fuß wurde rosa, als das heiße Wasser auf das Narbengewebe traf – ich konzentrierte mich darauf. Narben lügen nicht in Bezug auf ihr Alter, und ihr Alter tröstete mich, erinnerte es mich doch daran, dass das alles schon lange zurücklag.

Ich wusch mich mit Pauls Duschgel und genoss den herben Duft, der mich umhüllte, dann wickelte ich mich in die weichen Handtücher und musterte mich im Badezimmerspiegel. Da war wieder dieser Blick, der gleiche, den ich an mir bemerkt hatte, kurz nachdem ich wegen des Paketboten in Panik geraten war. Ich musste es versuchen. Es gab noch jemand anderen, für den das wichtig war. Ich musste versuchen, mutig zu sein. Da saß ein Mann in einem Zimmer, nur drei Meter von mir entfernt, jemand, der mich nie zu etwas gedrängt hatte. Jemand, der sich für mich interessierte, der wissen wollte, wer ich war, der meine Vergangenheit verstehen wollte, mir aber alle Zeit der Welt ließ, mich zu erklären.

Ich verließ das Badezimmer und ging zurück ins Schlafzimmer. Paul saß auf dem Bett, noch immer vollständig angezogen, und wartete auf mich. Er war sichtlich überrascht, dass ich noch in ein Handtuch gewickelt war und meinen Pyjama nicht übergestreift hatte.

»Claire, ist alles in Ordnung?«, fragte er leise und stand auf.

»Ja.«

»Soll ich rausgehen, damit du dich anziehen kannst?«

»Nein.«

»Oh«, sagte er verwirrt. Er rührte sich nicht, sondern sah mir fragend in die Augen.

»Willst du immer noch wissen, was passiert ist?«, flüsterte ich.

»Ja.« Er hielt inne. »Aber nur, wenn du bereit dazu bist.«

»Du weißt von dem Bolzenschneider und was er damit getan hat?« Er nickte und blickte auf meinen Fuß hinunter. »In den Zeitungen haben sie geschrieben, dass ich bewusstlos war, als es passierte. War ich aber nicht. Ich habe gelogen, weil ich kein Mitleid wollte.«

»Du warst bei Bewusstsein?«

»Ich war angeschlagen, aber ja, ich erinnere mich an jede Sekunde dieses Moments.«

»Oh, Claire.«

»Er nahm meine Zehen und ließ sie in die Badewanne fallen, auf Owen, und dann hat er Benzin auf ihn gegossen. Ich wünschte, ich hätte mich vorgebeugt, um ihn noch ein letztes Mal zu sehen. Mir ist aus jener Nacht nur noch das Bild von seinem schlaffen Arm vor Augen. Doch selbst das sehe ich nur wie durch einen Nebelschleier. Er hat den Bolzenschneider danach weggelegt, und da habe ich ihn mir geschnappt. Die hier …« – ich drehte ihm meine rechte Seite zu und schob das Handtuch nach unten, um ihm die Narben auf meinen Rippen zu zeigen – »… sind von meinem Kampf mit ihm. Ich kann mich nicht mehr an alle Einzelheiten erinnern, aber ich glaube, ich habe ihn mit dem Bolzenschneider geschlagen, und als ich dann versuchte zu fliehen, hat er zurückgeschlagen. Er hat mir drei Rippen gebrochen. Auch im Gesicht hatte ich Schnitte und Blutergüsse.«

»Du hast dich gegen ihn gewehrt?«

»Ich glaube schon. So heißt es jedenfalls. Sie haben gesagt, dass er in Panik geraten und geflohen ist, nachdem ich ihn geschlagen hatte, natürlich erst, nachdem er das Feuer gelegt hatte. Offenbar hatte ich Benzin an mir, und als er die Badewanne anzündete, fing mein Fuß Feuer. Und das hier«, sagte ich und streckte Paul meinen Unterarm entgegen, »stammt davon, dass ich auf der Flucht aus dem Badezimmerfenster stürzte.«

Paul war entsetzt von dem, was ich ihm erzählte, das konnte ich sehen, und damit hatte ich auch gerechnet. Was ich nicht gedacht hätte, war, dass es sich so gut anfühlen würde, es auszusprechen. Ich wartete darauf, dass er etwas sagte, mich nach weiteren Details fragte, doch stattdessen berührte er zärtlich meinen Rücken, meine Narben. Unwillkürlich wich ich zurück – um dann wieder auf ihn zuzugehen. Ich wollte das hier. Ich wollte endlich alles offenbaren. Ich atmete einmal tief durch, löste den eingesteckten Zipfel des Handtuchs, und es fiel zu Boden. Paul trat einen Schritt zurück. Unsere Blicke trafen sich. Ich nahm seine Hand und legte sie auf meinen Bauch, ließ sie über das Narbengewebe streichen. Paul schaute an, was er berührte, und sah dabei zum ersten Mal das wütende Lächeln, das in mich eingraviert war.

»Als ich aus der Betäubung wieder aufwachte, war das schon passiert. Ich wusste es damals noch nicht, aber das ist die Verletzung, die dazu geführt hat, dass ich niemals Kinder bekommen kann.«

Er sah mich wieder an, bemühte sich sichtlich, die Fassung zu wahren, doch ich sah die Trauer in seinen Augen. Und dann tat Paul etwas, worauf ich nicht vorbereitet war. Er senkte den Kopf und küsste die Narbe auf meinem Unterarm. Seine Berührung war sanft, zärtlich, und kleine Stromschläge jagten durch meinen ganzen Körper. Zum ersten Mal ließ ich es zu, dass mich dort jemand berührte – abgesehen von Ärzten und Mum natürlich. Es fühlte sich seltsam an, als würde ich etwas Verbotenes tun, und ein Teil von mir hätte ihn am liebsten aufgehalten, hätte am liebsten die Lichter ausgeschaltet und sich versteckt. Doch dieser Teil von mir hatte heute Abend schon einmal gesiegt, als er während des Stromausfalls dafür gesorgt hatte, dass ich vollkommen hilflos war. Ich durfte nicht zulassen, dass dieser Teil wieder gewann. ICH hatte hier das Sagen.

Ich schloss die Augen. Paul küsste den rosa Riss in meiner Haut und wanderte mit den Lippen meinen Arm hinauf. Dann setzte er sich aufs Bett, sein Kopf befand sich nun auf Höhe der Narben über meinen Rippen. Als er mit dem Daumen darüberstrich, durchrieselte meinen ganzen Körper ein wohliger Schauer. Was wir da taten, fühlte sich gefährlich an, es fühlte sich wild an. Er küsste meine Rippen, meinen Bauch bis hin zu dem Stück rosa Narbengewebemasse, das mir das Gefühl gab, hässlich zu sein. Mein ganzer Körper spannte sich an. Ich stand nackt in einem hellen Zimmer. Ich war mit dem Mann zusammen, den ich mochte – Unsinn, in den ich verliebt war –, und ich legte einen Mut an den Tag, der noch vor Kurzem undenkbar gewesen war. In mir tobte ein Kampf – der mutige, tapfere Teil, der wollte, dass Paul weitermachte, gegen den Teil, der sich in der nächsten Ecke verkriechen und verstecken wollte. Paul hatte das wohl bemerkt, denn er hörte auf, meinen Bauch anzusehen, und schaute stattdessen zu mir auf – sein Blick voller Gefühl. Mein Körper schockierte ihn nicht; ich sah in seinen Augen, dass er bei mir bleiben wollte. Er begehrte mich, und ich wollte, dass er mich begehrte. Ich wollte, dass er alles begehrte, meine Narben, die ich davongetragen hatte, die Vergangenheit, an der ich mich festklammerte, die Geheimnisse, die ich hatte.

Ich lächelte ihn an und fuhr ihm mit den Fingern durch die Haare, während ich sanft sein Gesicht wieder an meinen Körper zog. Wieder küsste er meinen Bauch, zuerst um die Narbe herum, dann die Narbe selbst. Seine warmen Lippen beruhigten mich. Plötzlich erhob er sich, ohne etwas zu sagen, und küsste mich leidenschaftlich auf den Mund. Ich löste seinen Gürtel und kämpfte mit den Knöpfen seiner Jeans, lachte, als ich es nicht schaffte, sie zu öffnen. Auch Paul lachte, knöpfte sie selbst auf und streifte die Hose ab. Ich zog ihm das T-Shirt über den Kopf und sah ihn an, wie er mich angesehen hatte. Da wurde mir bewusst, dass ich seinen Körper auch noch nie bei Licht gesehen hatte – er war nie mit einem Handtuch um die Taille aus der Dusche gekommen, hatte sich nie vor mir umgezogen.

Beim nächsten Kuss ließ er seine Unterwäsche zu Boden gleiten, und unwillkürlich schaute ich hin. Zum ersten Mal sah einer den anderen nackt – und ich begehrte ihn. Ich schubste ihn auf das Bett und setzte mich rittlings auf ihn. Beobachtete, wie sein Blick von meinen Augen über meinen Körper wanderte bis hinunter zu meinem Bauch und meinen Schenkeln. Ich hielt den Atem an.

»Was denkst du gerade?«, wagte ich zu fragen. Würde er jetzt sagen, dass er meine Narben widerwärtig fand? Oder dass er lieber wieder das Licht ausschalten würde?

»Dass du schön bist.«

Ich beugte mich vor und küsste ihn, spürte, wie er mit der Hand zwischen meine Schenkel glitt, mich streichelte, meinen ganzen Körper, meine Brüste, meine Narben – und das war verstörend und höllisch sexy zugleich.

Ich war nackt, und es war hell. Ich fühlte mich attraktiv. Seltsamerweise nicht, weil er gesagt hatte, dass er mich schön fand, sondern weil ich es war, die die Initiative ergriffen hatte. Ich hatte die Entscheidung getroffen, alles von mir zu zeigen. In diesem Moment wusste ich, dass es kein Zurück mehr gab.

Ich beugte mich zu seinem Ohr vor und flüsterte ihm zu, dass ich ihn brauchte, dann griff ich nach unten, nahm ihn in die Hand und führte ihn in mich hinein.

35

27. SEPTEMBER 2018
WREXHAM, WALES

Er steckte seine Pfund-Münze in das Schloss am Einkaufswagen und schob diesen dann in den Supermarkt, um Lebensmittel zu kaufen, die er nicht brauchte. Er tat das, weil sie – die neue potenzielle Nummer neun, die, deren Blicke er neulich in dem Restaurant bei seinem Date mit Jennifer aufgefangen hatte – im selben Supermarkt einkaufte. Durch seine Beobachtung der Menschheit war er zu dem Schluss gekommen, dass die Menschen, je älter sie wurden, umso durchschaubarer waren. Es war, als würde ihr Unterbewusstsein gegen das Wissen ankämpfen, dass sie alterten, dass ihr Leben sich Tag für Tag mehr dem Ende näherte. Und sie klammerten sich an die Gewissheit einfacher Aufgaben, um wenigstens das Gefühl zu haben, den Prozess zu verlangsamen. Je gelangweilter sie waren, je mehr Routine einkehrte, desto mehr Zeit blieb ihnen – so hofften sie. Eigentlich war das traurig, aber er konnte es zu seinem Vorteil nutzen.

Die potenzielle Nummer neun erledigte jeden Donnerstagmorgen um dieselbe Zeit, nach ihrem Pilates-Kurs, ihren Wocheneinkauf bei Waitrose. Diese Gewohnheit hatte er recht schnell erkannt – in nur zwei Wochen. Heute war nun der dritte Donnerstag, und er war sich zu neunundneunzig Prozent sicher, dass sie ihn nicht enttäuschen würde. Montags besuchte sie ihre Mutter, samstags ging sie shoppen im nahen Wrexham und traf sich immer zur selben Uhrzeit mit Freundinnen auf einen Kaffee. Sie war ein wenig älter und ein wenig reicher als seine üblichen Opfer, aber bisher hatte sie es ihm leichter gemacht als alle anderen, ihr zu folgen. An jenem Abend im Restaurant hatte er so getan, als hätte er eine SMS erhalten, und Jennifer, dem Plappermaul, erzählt, dass es seiner eben erfundenen Tochter schlecht ginge und er gehen müsse. Er entschuldigte sich wortreich bei ihr, und sie meinte, das sei doch nicht nötig und ob sie sich vielleicht ein andermal wiedersehen könnten? Vielleicht zu einem weiteren Abendessen? Er hatte eingewilligt, obwohl schon klar war, dass er die SIM-Karte mit der Nummer, die er ihr gegeben hatte, in den nächsten Mülleimer werfen würde. Zweifellos war sie gekränkt gewesen, als sie gemerkt hatte, dass er sie nicht mehr anrief. Was sie allerdings nicht ahnte, war, dass die Tatsache, dass er nie wieder anrief, ihr das Leben rettete.

Als er dann in den Septemberregen hinausgetreten war und schon nicht mehr an Jennifer gedacht hatte, war ein schwarzer Range Rover an ihm vorbeigerast, und die Frau, die seinen Instinkt geweckt hatte, schaute ihm durch die Scheibe des Autofensters hindurch in die Augen – ihr Gesicht vor Nervosität ganz bleich. Das Nummernschild des Wagens lautete: MR BIG. Natürlich. Er war zu seinem Auto gerannt, um ihnen zu folgen.

Er fuhr einige Minuten, ohne den Range Rover zu sehen, was ihn aber nicht besonders beunruhigte. Seine Ahnung lotste ihn auf die A483 Richtung Süden, und nach einem knappen Kilometer auf der zweispurigen Straße kam das Nummernschild wieder in Sicht. Er hielt Abstand und fuhr dem Wagen etwa zehn Minuten hinterher, bis sie zu einem kleinen Ort namens Ruabon gelangten. Sie bogen in eine Wohnstraße – Paddock Row – ab, an deren Einmündung ein Sackgassenschild stand. Hier beendete er die Verfolgung, riskierte nicht einmal einen Blick, als er vorbeifuhr. Sie lebten irgendwo in dieser Straße, und sie zu finden wäre kein Problem, da war er sich sicher.

Jetzt, drei Wochen später, war er bereit, die Frau anzusprechen. Er würde einen Weg finden, beim Einkaufen »rein zufällig« mit ihr zusammenzustoßen. Und dann würde eines von drei Dingen passieren:

Sie würde ihn sofort dem Restaurant zuordnen können.

Oder sie wäre sich sicher, sein Gesicht zu kennen, wüsste aber nicht mehr, woher.

Oder sie würde ihn überhaupt nicht mehr erkennen.

Eigentlich spielte das aber auch überhaupt keine Rolle, er würde sie ohnehin manipulieren, weil er wusste, dass sie genau wie alle anderen Menschen urteilen würde. Sie würde aufgrund dessen, was sie vor sich sah, Annahmen treffen, und dann würde sie diesen Annahmen vertrauen.

Er ging durch die Gänge und lud alles Mögliche an Waren in seinen Einkaufswagen. Er nahm Mini-Joghurts, Windeln, Feuchttücher, Babynahrung und noch einiges anderes, was man bei einem Wocheneinkauf eben so kaufte. Die Kindersachen legte er absichtlich nach oben. Wenn sie zusammenstießen und sie einen Blick auf seinen Einkauf warf, sollten sie die rührende Geschichte untermauern, die er sich ausgedacht hatte. Er war keine Bedrohung. Er war jemand, dem man vertrauen konnte.

Es dauerte nicht lange, bis er seinen Plan umsetzen konnte. Doch zunächst schlenderte er durch die Gänge, sie ging in der entgegengesetzten Richtung an ihm vorbei. Nachdem er sorgfältig jede ihrer Bewegungen verfolgt hatte, inszenierte er ihr Zusammentreffen. Als er in den Gang mit den Frühstücksflocken einbog, kam sie ihm aus der anderen Richtung entgegen, den Blick auf die Regale gerichtet. Er ließ es so aussehen, als würde er dasselbe tun, und in der Mitte des Ganges krachten ihre Einkaufswagen zusammen. Durch den Aufprall stieß ihr Wagen gegen ihre Seite, und sie ließ die Schachtel Knuspermüsli fallen, die sie in der Hand gehalten hatte.

Perfekt.

»Oh, meine Güte, es tut mir so leid«, sagte er, seine Stimme klang schockiert und besorgt. Er ging um den Wagen herum, um die Schachtel aufzuheben.

»Nein, schon gut, es war meine Schuld. Ich habe nicht geschaut, wo ich hinlaufe.«

»Nein, wirklich, ich hätte besser aufpassen müssen!« Er ließ sich auf ein Knie sinken, um den Karton aufzuheben.

»Danke.« Sie lächelte ihn an, und ihre Augen verrieten ihm, dass sie sein Gesicht zwar erkannte, aber nicht wusste, wo sie ihn schon mal gesehen hatte.

»Ich habe Ihnen doch hoffentlich nicht wehgetan, oder?«, fragte er mit überzeugend gespielter Sorge.

»Nein, alles gut. Danke.« Wieder ein Lächeln, das noch breiter wurde, als sie einen Blick in seinen Einkaufswagen erhaschte.

»Sind Sie sicher? Mir ist das so unangenehm«, beteuerte er.

»Nein, wirklich, es geht mir gut.«

»Da bin ich aber erleichtert. Noch einmal: Es tut mir sehr leid.«

»Nicht nötig.«

»Na gut, dann wünsche ich Ihnen noch einen schönen Tag.« Er steuerte seinen Wagen um sie herum und ging weiter. Sie würde ihm nachschauen, bis er verschwunden war.

Die Saat war gesät, sie würde rasch aufgehen.

Eine halbe Wagenladung später wartete er am Ende der Tiefkühlabteilung auf sie, um zur Kasse zu gehen. Ihre hellgrauen Leggins und die hellroten Turnschuhe ergaben eine Kombination, die herausstach aus der Menge der überwiegend älteren morgendlichen Supermarktkunden. Sie tauchte in der Kassenschlange vier Reihen von ihm entfernt auf. Mit gesenktem Kopf bahnte er sich seinen Weg zur Kasse neben ihr und stellte sich an.

Einen Moment lang befürchtete er, sie zu verpassen. Die alte Dame vor ihm beschwerte sich über einen Posten auf ihrem Kassenzettel, der angeblich zu hoch war. Sie war erbost, sprach laut und zog so die verstohlenen Blicke der Umstehenden auf sich. Seine potenzielle Nummer neun schaute auch herüber, dann entdeckte sie ihn hinter der Frau und lächelte. Er verzog das Gesicht, um anzudeuten, dass die alte Frau verrückt sei, und sie musste wegschauen. Eigentlich war überhaupt nichts lustig an der Situation, doch sie lachte – die Saat war aufgegangen. Schließlich posaunte die alte Dame, dass sie hier nie wieder einkaufen würde, und verschwand. Er lächelte höflich, während er die Dinge bezahlte, die er nachher wegwerfen würde.

Als er auf den Ausgang zulief, sah er sie draußen stehen. Der Himmel hatte seine Schleusen geöffnet, und sie wartete, zweifellos in der Hoffnung, es würde bald aufhören zu regnen. Der Kontakt war hergestellt, jetzt war es Zeit, ihn zu vertiefen. Sie musste die Nächste sein. Alles sprach dafür.

»Hello again«, sagte er, als er seinen Wagen dicht neben ihren stellte.

»Mistwetter.«

»Das sind die kleinen Freuden, wenn man auf einer kleinen Insel im Atlantik lebt.«

»Absolut.«

Er blickte zu den Wolken hinauf, während er sprach. Wie leicht es doch war, mit potenziellen Opfern ins Gespräch zu kommen. Als er nach einer Dekade der Abstinenz zu seiner Berufung zurückgekehrt war, hatte er befürchtet, es würde schwierig werden, mit dem anderen Geschlecht ins Gespräch zu kommen – er hatte sich in seiner Auszeit nicht allzu sehr mit ihm befasst. Tatsächlich war es sogar einfacher als damals in Irland, als er sich mit den Männern hatte anfreunden müssen, auf die er es abgesehen hatte. »Sieht aus, als würde es bald wieder aufhören.«

»Das hoffe ich. Diese Frau vor Ihnen – was war da los?«

»Ich glaube, sie ist wegen zwei Pfund auf ihrem Bon außer Fassung geraten.«

»Wow, manche Leute … Für so etwas ist das Leben viel zu kurz.«

Vielleicht kürzer, als du denkst.

»Tut mir leid, das klingt jetzt vielleicht schräg«, fuhr sie fort, »aber kennen wir uns nicht irgendwoher?«

»Genau den Gedanken hatte ich auch schon.« Er lächelte.

»Oh, Gott sei Dank. Das hört sich immer so komisch an, nicht wahr?«

Er lachte, erfreut über ihren Kommentar. »Nein, überhaupt nicht. Ich habe mir schon den Kopf darüber zerbrochen, wo wir uns über den Weg gelaufen sein könnten. Haben Sie Kinder?«, fragte er, auch wenn er die Antwort bereits kannte.

»Nein.«

»Oh, ich dachte, ich hätte Sie vielleicht auf irgendeinem Spielplatz oder so gesehen.«

»Offensichtlich haben Sie welche.« Sie deutete in seinen Einkaufswagen voller Windeln und Babynahrung.

»Ja, eins«, log er.

»Wie alt?«

»Fast zwei. Sie ist ein ziemlicher Racker, aber es macht Spaß.«

»Das glaube ich gern.«

»Ich war mir so sicher, Sie im Zusammenhang mit Kindern von irgendwoher zu kennen.«

»Nein, leider nicht. Welches Fitnessstudio besuchen Sie?«, fragte sie.

»Sehe ich aus wie jemand, der ins Fitnessstudio geht?« Er lachte – natürlich war auch das gelogen, denn seit seiner Metamorphose ging er regelmäßig zum Training – und sie lachte ebenfalls. Unfassbar, wie einfach das war. Und alles nur wegen ein paar Windeln im Einkaufswagen und einer entwaffnenden Art.

»Dann habe ich wirklich keine Ahnung.«

»Ich auch nicht. Ich bin übrigens Jason.«

»Lauren.«

»Schöner Name.«

»Danke.«

Sie wurde rot, ihr Lächeln war kokett – sie genoss die Aufmerksamkeit. Wahrscheinlich war dies seit einer ganzen Weile die erste positive Zuwendung, die sie erhielt. Aber wenn auch alles dafürsprach, dass sie die Nächste war, brauchte er noch eine Bestätigung, und das würde dauern. Nachdem die Saat aufgegangen war, würde er sie jetzt erst mal wachsen lassen.

»Nun gut, ich muss los. Ich muss Charlotte, meine Tochter, noch von der Tagesmutter abholen. Vielleicht laufen wir uns nächste Woche beim Einkaufen wieder über den Weg. Ich bin ein totales Gewohnheitstier.« Er lächelte, weil ihm auffiel, dass er seiner imaginären Tochter gerade den Namen seines ersten weiblichen Opfers gegeben hatte.

»Ich auch.« Sie lächelte zurück, wenn auch aus völlig anderen Gründen.

»Ah!« Er hob triumphierend den Zeigefinger. »Wetten, dass wir uns daher kennen? Bestimmt haben wir uns mal beim Einkaufen gesehen.«

»Ja, bestimmt.«

»Nun, wenn wir uns nächste Woche sehen, verspreche ich auch, Sie nicht wieder über den Haufen zu fahren.«

Wieder lachte sie. »Okay. Schön, Sie kennengelernt zu haben, Jason.«

»Ganz meinerseits, Lauren.«

Er ging auf sein Auto zu, Regen tropfte ihm in den Nacken, und während er seine Taschen einlud, warf er einen Blick über die Schulter. Lauren schaute immer noch zu ihm herüber. Er winkte ihr freundlich zu, setzte sich dann hinter das Lenkrad und fuhr davon.

In sieben Tagen würde er sich seine Bestätigung holen. Und sobald er mit Gewissheit wusste, ob sie diejenige war, die er brauchte, würde er zuschlagen.

Als er sich auf die A483 einfädelte, lächelte er vor sich hin, immer noch erstaunt, wie leicht es war.

36

27. SEPTEMBER 2018
ELY, CAMBRIDGESHIRE

Aus einigen Nächten bei Paul wurden fast drei Wochen, und so gern ich dort auch war, so langsam vermisste ich mein eigenes Bett, meine eigenen Sachen, meine eigene Umgebung. So viele Jahre war all das mein einziger Trost gewesen, und es fiel es mir schwer, darauf zu verzichten. Über den Stromausfall und meine Reaktion darauf konnte ich inzwischen fast lachen, und das sagte mir, dass es an der Zeit war, nach Hause zurückzukehren. Ich brauchte ein wenig Raum für mich selbst – nicht weil ich nicht bei Paul sein wollte. Ich wollte bei ihm sein, ich wollte ihn immer um mich haben. Wenn er bei mir war, fühlte ich mich befreit und zugleich sicher. Nein, ich brauchte aus einem ganz anderen Grund eine Nacht für mich allein. Ich musste wissen, ob ich es aushalten würde, ob ich allein sein konnte, ohne eine Panikattacke zu bekommen, ohne beim kleinsten Anlass wieder völlig durchzudrehen. Wenn mir das nicht gelang, dann würde ich wieder zu Hause bei Mum landen, unfähig zu handeln oder irgendwohin zu gehen, so wie in den ersten paar Jahren nach Irland. Eine Nacht, nur ich allein, ohne den Schutz, den Paul mir bot, wenn er neben mir im Bett lag. Hoffentlich konnte ich das Paul genauso erklären, und hoffentlich verstand er es. Ich wusste, dass ich für eine Nacht allein sein musste – nicht Claire, die Überlebende, oder Claire das Opfer, nicht einmal Claire Moore, sondern einfach nur Claire.

Ich sagte es Paul, kurz bevor er zu seiner langen Fahrt zur Arbeit in Richtung Norden aufbrach.

»Ich finde das nicht gut«, erwiderte er. »Ich komme mit zu dir nach Hause. Ich kann nicht schlafen, wenn du nicht da bist!«

Als ich das hörte, hätte ich fast nachgegeben. Aber ich musste mich durchsetzen, es war ungemein wichtig für mich.

»Nein«, sagte ich deshalb und hatte den Eindruck, dass meine Entschlossenheit ihn verletzte. Ich versuchte, so gut es ging meine Gründe zu erklären, und langsam schien sich seine Haltung zu ändern. Er bemühte sich, mich zu verstehen, war aber noch nicht überzeugt. Er meinte, allein die Vorstellung mache ihn supernervös.

»Paul, es ist das Beste für mich, ich muss es tun.«

Paul lief mit gerunzelter Stirn im Wohnzimmer auf und ab.

»Ich mache mir nur Sorgen, das ist alles. Was, wenn es stimmt, was die Polizei gesagt hat, und dieser Mörder in Wales kopiert Tommy Kay? Was, wenn er noch etwas vorhat?«

»Paul.«

»Und was ist mit diesem schrägen Typen – Killian?«

»Er ist harmlos.«

»Aber du dachtest, er steht vor deinem Haus und macht Fotos.«

»Seinetwegen brauchst du dir keine Sorgen zu machen. Ich habe ihm letztes Mal, als er mir geschrieben hat, von dir erzählt und ihm erklärt, dass ich keinen Kontakt mehr zu ihm möchte. Und ich habe seit Wochen nichts mehr von ihm gehört.«

Paul blieb stehen. »Du hast ihm von mir erzählt?«

»Ja.«

»Was hast du gesagt?«, fragte er lächelnd und genoss offensichtlich, dass ich knallrot geworden war.

»Einfach nur, na ja … Paul!«

Er lachte und setzte sich neben mich, dann ergriff er meine Hand und drückte sie leicht.

»Ich halte es immer noch nicht für eine gute Idee«, sagte er leise.

»Ich lasse mich nicht mehr kontrollieren, es geht nicht. Killian ist keine Bedrohung, und wenn dieser andere Kerl etwas vorhat, dann hat er etwas vor – dagegen kann niemand was machen.«

»Aber wenn du hier bei mir bleibst …«

»Wenn ich bei dir bleibe, hält ihn das trotzdem nicht auf«, unterbrach ich ihn.

»Claire …«

»Nein, Paul, hör mir bitte zu«, sagte ich und sah ihn dabei eindringlich an. »Vor zehn Jahren habe ich alles verloren. Ich habe mit angesehen, wie mein Haus mit meinem Ehemann darin abgebrannt ist. Ich selbst habe nur knapp überlebt und war danach überzeugt, nie wieder glücklich sein zu können. Ich bin nicht gestorben, und ich bin wider Erwarten glücklich, weil ich meine Unabhängigkeit habe.« Ich hielt inne, weil ich merkte, dass ich klang wie meine Mutter, wenn sie gestresst war. »Und dich«, fuhr ich etwas leiser fort. »Aber ich muss um mein Glück kämpfen. Es kommt nicht leicht zu jemandem, der so etwas wie ich durchgemacht hat. Ich bin sehr gern bei dir. Aber wenn ich nicht mehr mit mir allein sein kann, hat das keinen Sinn. Es ist nur für eine Nacht. Nur damit ich weiß, dass ich allein sein kann.«

»Aber was ist, wenn …?«

»Paul«, sagte ich fest. »Ich mache das. Ich habe kapiert, dass du nicht verstehst, warum, aber du musst es akzeptieren.«

»Na schön«, räumte er ein.

»Danke.« Ich beugte mich vor und küsste ihn zärtlich.

»Aber lass dein Handy an. Ich komme heute Abend zurück. Es wird spät, aber sag einfach Bescheid, wenn irgendwas ist.«

»Du solltest bei der Arbeit bleiben.«

»Aber was ist, wenn du mich brauchst?«

»Mum ist gleich um die Ecke, dann rufe ich sie an. Du fährst schon seit Wochen jeden Tag zur Arbeit und wieder zurück – du siehst erschöpft aus.«

»Das ist mir egal. Ich mag es, abends mit dir zusammen zu sein.«

»Und darüber bin ich wirklich froh. Aber bleib heute Abend dort. Hol ein wenig Schlaf nach. Ich komme schon klar.«

Ich stellte meine Kaffeetasse ab und nahm seine Hände in meine. »Du hast vor einiger Zeit Witze gemacht und gesagt, du hättest auch ein Leben, in dem es nicht um mich geht. Das darfst du nicht vernachlässigen. Ich komme ein, zwei Nächte klar, du solltest auf der Baustelle bleiben. Trink mal ein Bier mit den Kollegen. Lies etwas. Melde dich bei deinen Mädchen. Tu alles, was du sonst auch tust, wenn du weg bist.« Ich lächelte. Er lächelte zurück. Offenbar hatte ich ihm die Idee, dass auch er ein wenig Raum brauchte, gut verkauft.

»Okay, du hast gewonnen. Ich packe meine Tasche.«

37

27. SEPTEMBER 2018
ELY, CAMBRIDGESHIRE

Paul stieg widerwillig ins Auto, er machte sich große Sorgen, das merkte ich ihm an. Ich verstand, warum. Er fuhr zu der Baustelle bei Chester, die er inspizieren sollte – zweihundertfünfzig Kilometer und etwa vier Stunden entfernt, wenn die Götter des Verkehrs gnädig gestimmt waren, wie er immer sagte. Während er ein paar Sachen in seine kleine Reisetasche geworfen hatte, erinnerte ich ihn noch zweimal daran, dass ich bereits ein Jahrzehnt ohne ihn überlebt hatte und dass Mum gleich um die Ecke wohnte. Als er rückwärts aus der Einfahrt gefahren war und den ersten Gang einlegte, lächelte er mich nervös an. Ich lächelte zurück, bemüht, nicht selbst nervös rüberzukommen. Ich wollte völlig abgeklärt wirken, unbeeindruckt von seiner Abreise. Das war ich natürlich nicht. In Wahrheit war ich voller Angst.

Während er wegfuhr, stand ich auf der Türschwelle und wartete, bis seine Rücklichter um die Kurve verschwunden waren. Als ich nichts mehr von ihm sehen konnte, verspürte ich das dringende Bedürfnis, wieder im Haus zu sein. Ich musste mir die richtigen Schlachten aussuchen, wenn ich den Krieg gewinnen wollte, deshalb ging ich wieder in Pauls Haus und verriegelte die Tür hinter mir. Ich wusch mich rasch, packte meine Sachen und rief ein Taxi für den Nachhauseweg. Ich hätte Mum anrufen können, sie oder Geoff hätten mich bestimmt gern abgeholt. Doch ich ließ es sein. Wenn ich schon unabhängig sein wollte, dann richtig.

Kurz vor halb acht kam das Taxi, angekündigt von einer SMS, in der auch das Kennzeichen angegeben war. Ich verließ Pauls Haus und schloss die Tür mit dem Ersatzschlüssel ab, den er mir gegeben hatte. Es ging mir erstaunlich gut damit, allein nach Hause zu fahren. Die eisige Hand war zwar immer noch da, doch sie ließ mich im Moment in Frieden.

Der Fahrer stieg aus und kam auf mich zu, er hatte die Hände ausgestreckt, um mir mit der Tasche zu helfen.

»Guten Morgen, junge Frau.«

»Guten Morgen.«

»Ich nehme Ihnen das mal ab«, sagte er und lud meine Tasche in den Kofferraum seines Taxis, dann sagte er irgendetwas über die Hitze des vergangenen Sommers und dass die Sommer in seiner Kindheit ganz anders gewesen waren.

Ich stieg hinten ein und nannte ihm meine Adresse. Die ganze Fahrt über plauderte er mit mir, wie er es mit jedem anderen wahrscheinlich auch tat. Und ich plauderte mit ihm. Leicht. Offenherzig. Frei. Die Fahrt war im Handumdrehen vorbei, und schon war ich zu Hause. Ich hatte erwartet, dass vor der Tür noch ein Polizeiauto stand, doch da war keins. Die Polizei war natürlich abgezogen. Ich war schließlich wochenlang nicht zu Hause gewesen. Ich dankte dem Taxifahrer für das nette Gespräch und bezahlte ihn. Er bedankte sich ebenfalls.

»Die meisten Leute sind so in sich selbst versunken, dass es unmöglich ist, eine höfliche Konversation mit ihnen zu führen«, sagte er, und ich fühlte mich, als hätte ich den nächsten kleinen Sieg errungen. Er bot mir an, mir mit meinem Koffer zu helfen, aber das war nicht nötig. Als ich zum Vorbau ging, hupte er zum Abschied, und ich drehte mich um und winkte ihm, bevor ich die Haustür aufschloss und eintrat.

Die Luft war abgestanden. Staubpartikel schwebten in einem Lichtstrahl, der durch das kleine Fenster hoch über der Haustür einfiel. Ich stellte den Koffer ab, bückte mich nach der Post, die in einem kleinen Haufen zu meinen Füßen lag, und blätterte sie flüchtig durch. Es waren die üblichen Rechnungen, ein Kontoauszug, den ich nicht zu öffnen wagte, und zwei handbeschriftete Umschläge. Der Blick auf sie erweckte die eisigen Finger, aber bevor sie anfangen konnten zu spielen, legte ich den ganzen Stapel Briefe auf das Regal über der Heizung – die beiden von Hand adressierten Umschläge ganz zuunterst.

Ich ging ins Wohnzimmer, zog die Vorhänge auf und ließ das Sonnenlicht hereinfluten, das den Staub wie einen Nebel erleuchtete. Ich musste unbedingt lüften und öffnete das Fenster. Dasselbe tat ich in der Küche und im Schlafzimmer und fühlte mich gleich besser, als frische Luft durch das Haus wehte.

Beflügelt durch meine mutige Entscheidung, Zeit allein zu verbringen, beschloss ich, den Frühjahrsputz anzugehen, der schließlich seit Monaten fällig war. Im Wohnzimmer fing ich an. Ich saugte den Boden und die Couch, schüttelte die Kissen auf, warf alte Zeitschriften in den Papiermüll. Dann holte ich meine Trittleiter und staubte die Bilder ab, die an der Wand hingen. In der Küche warf ich abgelaufene Lebensmittel weg und wusch die Schränke aus, was ich tatsächlich noch nie gemacht hatte. Ich öffnete sogar die Hintertür, pflückte ein paar Herbst-Anemonen aus dem Topf, der direkt am Haus stand, und stellte sie in einer Vase auf die Frühstückstheke. Danach musste ich die Tür aber wieder schließen und verriegeln. Die Fenster offen zu lassen war eine Sache – die Tür jedoch eine ganz andere.

Nach einer Pause mit einer Tasse Tee machte ich im Schlafzimmer weiter, dann im Gästezimmer und putzte schließlich das Bad. Ich schrubbte Wanne und Toilette, sprühte das Waschbecken ein und wischte es ab. Und zu keinem Zeitpunkt war ich dabei nervös. Vielleicht hatte ich inzwischen ja doch gelernt, wenigstens in einer so harmlosen Umgebung wie der meines Hauses meine Ängste zu zügeln. Aber ich wollte mich nicht zu sehr freuen. Rückfälle kamen vor.

Als ich fertig war, war mein Schlafzimmer liebevoll hergerichtet, das Gästezimmer war frei von Gerümpel, und man konnte in dem Bett, das dort stand, tatsächlich schlafen, falls Penny nach unserem monatlichen Take-away mal wieder einen über den Durst trinken sollte; und auch das Badezimmer wirkte wie neu. Das Ganze hatte fünf Stunden gedauert, und ich war ziemlich ins Schwitzen geraten, mein Haar war zerzaust und klebte mir an der Stirn, und von der Anstrengung pulsierte mein rechter Fuß. Aber es fühlte sich fantastisch an, fast so, wie ich mich früher immer nach dem Laufen gefühlt hatte. Eine Dusche wäre fällig gewesen, doch weil ich allein war, ging das nicht. Stattdessen zog ich mir bequeme Kleidung an – eine Jogginghose und ein ärmelloses Oberteil – und fläzte mich aufs Sofa, wo ich das rosa Gewebe an der Stelle, wo früher meine Zehen gewesen waren, knetete.

Mir fielen die beiden von Hand adressierten Umschläge im Flur wieder ein, und ich ging sie holen. Ich legte sie neben mir auf die Armlehne des Sofas und musterte sie, unsicher, welchen ich zuerst öffnen sollte. In der Ecke des einen war ein Stempel, beim anderen nicht. Als ich den gestempelten Umschlag aufriss, wurde mir schwer ums Herz, als ich sah, was es war. Eine Einladung der *Nation's Choice*, einer billigen Zeitschrift, meine Sicht der Dinge bezüglich des Nachahmungstäters zu schildern. Ich wollte niemandem ein Interview geben, und schon gar nicht den Leuten, die mir noch lange nachdem mich alle anderen vergessen hatten nachstellten.

Ich warf den Brief auf den Couchtisch und nahm den zweiten Umschlag. Dieser machte mich noch nervöser, weil er persönlich eingeworfen worden war. Was bedeutete, dass jemand an meiner Haustür gewesen war. Der Brief lag schwer in meiner Hand, als ich ihn umdrehte und herauszufinden versuchte, von wem er sein könnte. Ich hielt ihn in Richtung Fenster, um ihn zu durchleuchten, doch ich konnte keine Wörter erkennen. Dann schob ich den Fingernagel unter die versiegelte Klappe und zögerte. Bevor ich ihn öffnete, wollte ich wissen, von wem er war. Ich nahm mein Tablet, loggte mich ein und sah mir die Videoaufzeichnungen der letzten zweieinhalb Wochen an.

Ich ging zu der Nacht zurück, in der Paul mich vor mir selbst gerettet hatte, aber es gab keine Aufnahmen. Natürlich nicht, da war ja der Strom ausgefallen. Die ersten Bilder waren von kurz vor ein Uhr, als der Strom wieder da gewesen war. Ich startete einen Schnelldurchlauf und schaute zu, wie aus Nacht Tag wurde und dann wieder Nacht. Ich stellte nur langsamer, wenn sich eine Gestalt meiner Tür näherte. Der Briefträger – der, der immer kam – war mehrmals zu sehen. Und zweimal näherten sich Leute, die ich nicht kannte, sie klopften an die Tür und schauten dann durch den Briefschlitz. Ihrer Aufdringlichkeit nach zu urteilen, handelte es sich um Journalisten, die die Gelegenheit ausnutzten.

Dann, vor drei Tagen, kam jemand, den ich kannte; laut Zeitanzeige war es kurz vor vier Uhr morgens. In seiner Hand hielt er den Brief.

Es war Killian.

Ich beobachtete, wie er sich von der Haustür entfernte und hinter das Haus ging, die Kamera verlor ihn, als er um die Ecke bog. Ein paar Minuten später kam er wieder zurück, und ich sah, dass er zitterte. Als er die Straße erreichte, schaute er nach rechts und links und wischte sich die Hand an der Hose ab; ein dunkler Schmierfleck zeichnete sich auf seinen Schenkeln ab. Er senkte den Kopf und ging rasch weg.

Was hatte er in meinem Garten zu suchen? Das musste ich wissen, deshalb ging ich zur Hintertür und schloss sie mit bebenden Händen auf. Ich trat auf die Terrasse hinaus.

Zuerst konnte ich nichts Ungewöhnliches entdecken. Erst als ich die Mauer an der Seite absuchte und in die Gasse schaute, die nach vorne führte, sah ich, was er getan hatte – und musste mich übergeben. Ich rannte zurück ins Haus, Tränen strömten mir über das Gesicht; ich verriegelte die Türen und rannte nach oben, um alle Fenster zu schließen. In blinder Panik suchte ich nach meinem Handy, und als ich es endlich fand, rief ich Mum an, die nach dem zweiten Klingeln abnahm.

»Guten Morgen, Claire.«

»Mum, kannst du bitte kommen?«

»Claire, was ist passiert?«

»Bitte komm einfach. Er … hat unsere Katze umgebracht. Er hat Balu getötet.«

38

27. SEPTEMBER 2018
ST IVES, CAMBRIDGESHIRE

Als Mum da war, riefen wir die Polizei und warteten, bis sie kam. Mum kochte mir eine Tasse süßen Tee, und ich hielt ihn in meinen zitternden Händen, unfähig, ihn zu trinken. Das Bild von Balu hatte sich in mein Gehirn eingebrannt, und ich war kurz davor, mich entweder wieder zu übergeben, hysterisch zu weinen oder ohnmächtig zu werden. Ich rechnete nicht damit, dass sich die Polizei so schnell mit einer toten Katze befassen würde, aber in Anbetracht dessen, wer ich war, standen sie binnen einer Stunde bei mir vor der Tür.

Einer von ihnen war Peter, der ruhige, besonnene Polizist mit dem roten Bart, der vor vier Wochen versucht hatte, mich davon zu überzeugen, mein Haus für eine Weile zu verlassen. Als er mich sah, lächelte er teilnahmsvoll. Er und seine Kollegin Beth blieben nicht lange: Sie hörten sich meine immer wieder von Schluchzern unterbrochene Aussage an und nahmen das Videomaterial und den ungeöffneten Brief von Killian mit. Bevor sie gingen, bat Peter widerstrebend um ein altes Handtuch, und ich brauchte einen Moment, bis mir klar wurde, wofür er es brauchte. Als er fragte, ob wir Balu selbst begraben wollten, sagte ich Nein. Ich konnte den Anblick der armen Katze nicht noch einmal ertragen.

»Geoff wird ihn holen«, sagte Mum.

Peter legte ihren geliebten Kater in das Handtuch gewickelt in eine Plastikkiste aus dem Schuppen.

»Wir bleiben in Kontakt«, versprach er lächelnd an der Haustür. »Sie kommen doch klar?«

»Machen Sie sich keine Gedanken«, erwiderte ich. Mum war bei mir, Geoff würde gleich kommen, und morgen wäre auch Paul wieder zurück. Er verstand, dass ich zu erschöpft war, um mir irgendwelche Gedanken zu machen, und nickte.

»Werden Sie Killian verhaften?«, fragte Mum in einem aggressiven Ton – ihre Art, ihre Angst zu überspielen.

»Wir werden uns das Material, das Sie uns zur Verfügung gestellt haben, ansehen, und wenn genügend gegen ihn vorliegt, dann ja. Wir reden aber auf jeden Fall ein Wörtchen mit ihm«, sagte er.

Ich nickte und drückte Mums Hand, um zu verhindern, dass sie noch etwas hinzufügte. Mit einem letzten freundlichen Lächeln ging Peter, und Mum schloss die Haustür. Schweigend begleitete sie mich zum Sofa, und ich rollte mich unter einer Decke zusammen. Sie schaltete den Fernseher ein und setzte sich in den Sessel rechts von mir. Es lief *Mary Poppins*, und ich versuchte, mich in diese Welt entführen zu lassen, an diesen Ort, an dem die Farben weicher waren und das Lächeln aller so herzlich war. Wo fröhliche Lieder alles begleiteten, und an dem Magie Wirklichkeit war. Ich bemühte mich nach Kräften, doch stattdessen verschwamm mir alles vor den Augen, mein Körper flüchtete sich in die altbekannte Taubheit, die tröstlich und vertraut war. Mum blieb nicht lange sitzen, sie begann durchs Haus zu streifen, lobte mich, wie schön das Haus jetzt aussah, aber sie war genauso aufgewühlt wie ich, das war ihr deutlich anzumerken.

Der Tod hatte wieder in unser Leben Einzug gehalten, und die eisige Hand, die normalerweise in meiner Brust hauste, hatte sich einen Weg hinauf in meine Kehle gebahnt.

Irgendwann musste ich wohl eingeschlafen sein, denn als ich zu mir kam, war es dunkel. Mum saß wieder im Sessel neben mir, bis zu den Achseln eingehüllt in eine Decke. Selbst im Dämmerlicht sah ich, wie mitgenommen sie war. Seit zehn Jahren unterstützte sie mich, wo sie konnte, um das Grauen dieser furchtbaren Nacht zu verarbeiten. Jede Falte repräsentierte einen meiner Zusammenbrüche, jede feine Linie eine weitere Panikattacke. Ihre immer dünner werdenden Lippen verdankte sie meinen Krankenhausaufenthalten, ihre eingesunkenen Augen meinen schlaflosen Nächten, in denen sie mit mir Wache gehalten hatte. Ich trug die Narben jener Nacht, aber sie ebenfalls. Voller Schuldgefühl wandte ich meinen Blick ab.

Ich nahm mein Handy und sah, dass ich zwei SMS von Paul erhalten hatte. Du liebe Güte, ich hatte völlig vergessen, ihm zu schreiben. Ich antwortete schnell, dass es mir gut ginge und ich den Großteil des Tages verschlafen hätte. Das würde er schon verstehen – er wusste, dass ich Schlaf nachholen musste. Von Killian und dem, was er getan hatte, schrieb ich nichts. Keine Ahnung, warum.

Leise stand ich auf und ging in die Küche, um mir ein Glas Wasser zu holen. An weiterschlafen war nicht zu denken, deshalb schaltete ich den Fernseher in der Küche ein, mein Finger schwebte über dem Lautstärkeregler, um leiser zu stellen, sobald das Gerät zum Leben erwachte. Es liefen Nachrichten; zuerst achtete ich nicht darauf, doch dann bemerkte ich den Text, der unten auf dem Bildschirm entlanglief:

EILMELDUNG: IM ZUSAMMENHANG MIT DEM »BLACKOUT-MORD« IN NORD-WALES WURDE EIN MANN VERHAFTET.

Ich las diese Nachricht immer und immer wieder, während sie langsam, geradezu bedächtig, von rechts nach links vorbeizog. Jemand war verhaftet worden, jemand, von dem sie annahmen, dass er etwas mit dem Mord an Kath Brinck zu tun hatte. Könnte es Killian sein? Seit ich begonnen hatte, mich von jener Nacht zu erholen, war er auf eine Art Teil meines Lebens gewesen. Er kannte meine Bewegungen besser als alle anderen. Er wusste so viele Einzelheiten von dem, was in Irland passiert war – und zwar nicht nur von dem, was Owen und mir zugestoßen war, sondern auch, wie sich die sechs anderen Mordfälle abgespielt hatten.

Und nach allem, was er Balu angetan hatte, war klar, dass er in der Lage war zu töten.

39

28. SEPTEMBER 2018
ST IVES, CAMBRIDGESHIRE

Die ganze Nacht saß ich da und schaute auf dem kleinen Gerät in der Küche fern, schaltete von einem Kanal auf den anderen, immer auf der Suche nach Nachrichten, um mehr zu erfahren. Mum weckte ich nicht auf, sie brauchte ihren Schlaf. Die Details waren vage, aber offenbar war die Polizei durch einen Tipp auf den Mann aufmerksam geworden. Plötzlich wachte Mum auf.

»Claire? Wo bist du?«, rief sie mit Panik in der Stimme, als sie merkte, dass ich nicht mehr im Zimmer war.

»In der Küche!«, rief ich zurück.

Eine Sekunde später kam Mum zu mir in die Küche gestürzt. »Guten Morgen«, sagte ich, ohne den Blick vom Bildschirm losreißen zu können. Es gab noch keine neuen Informationen, aber wenn es welche gab, wollte ich die Erste sein, die sie erfuhr. Irgendwie fand ich, das stünde mir zu. Es war, als würde ich wieder das Material aus der Überwachungskamera anschauen und darauf warten, dass etwas passierte – in der Hoffnung, dass nichts passierte.

Draußen hörte ich die Presse vorfahren – sie hofften wohl

auf ein Foto, auf eine Stellungnahme von mir, ein paar Worte, wie ich mich fühlte. Ich wollte nicht mit ihnen reden, gar nicht mal, weil ich ihnen aus dem Weg gehen wollte, sondern eher, weil ich tatsächlich nicht wusste, was ich empfinden sollte, falls der Mörder von Wales tatsächlich Killian gewesen war.

Der Tag verstrich, und ich ließ den Bildschirm kaum aus den Augen. Mum hatte versucht, Peter zu erreichen, der uns seine Nummer hinterlassen hatte, doch jedes Mal wurde sie auf die Mailbox umgeleitet. Endlich rief er mich auf meinem Handy zurück, und ich stellte ihn auf Lautsprecher, damit Mum und Geoff, der inzwischen auch herübergekommen war, mithören konnten. Mum und ich saßen auf dem Sofa, Geoff stand daneben, und wir alle starrten auf das Handy in meiner Hand.

»Claire, hier ist Police Constable Blackmore, Peter.«

»Peter, was läuft da?«

»Tut mir leid, dass es so lange gedauert hat, ich musste erst mal die Fakten ordnen.«

»Okay?«

»Also: Wir haben Killian in seinem Hotel aufgesucht und befragt. Er wich uns ständig aus, was uns verdächtig vorkam. Wir besorgten uns einen Durchsuchungsbeschluss für sein Haus und entdeckten genug Beweise, um ihn festzunehmen.«

»Was denn für Beweise?«, mischte sich Mum ein.

»Er kannte jede Menge Einzelheiten in Bezug auf Tommy Kay. Außerdem fanden wir Beweise, dass er sich, kurz nachdem in den Nachrichten über den Brand berichtet wurde, in

Nord-Wales aufgehalten hat, sowie eine Akte mit Details über das Opfer. Wir haben seinen Computer und sein Handy beschlagnahmt. Und wir haben jede Menge Bilder von Ihnen gefunden. In Irland, bei Ihnen zu Hause. Wir haben auch herausgefunden, dass er Kay vor dessen Tod 2014 mehrmals im Gefängnis besucht hat.«

»Glauben Sie, dass er es ist, ich meine, halten Sie ihn für den Trittbrettfahrer?«

»Das ist sehr wahrscheinlich.«

»Warum hat er das getan?« Ich konnte mir einfach nicht erklären, wie der Mann, der mich in den Monaten nach Owens Tod so unterstützt hatte, zu so etwas fähig sein konnte.

»Sein Brief an Sie – haben Sie ihn gelesen?«

»Nein.«

»Darin schreibt er, wie sehr er Sie braucht, dass er sich ein Leben ohne Sie nicht vorstellen kann. Claire, Killian ist besessen von Ihnen. Und nach allem, was wir herausgefunden haben, ist er das schon seit geraumer Zeit. Wir vermuten, dass er das alles getan hat, damit Sie in seiner Nähe bleiben.«

Dass ergab einen Sinn – so entsetzlich das auch war. Damals, als ich mich langsam erholt hatte, waren Killian und ich uns sehr nah gewesen, vielleicht zu nah. Und eine Zeit lang hatte ich mich sogar gefragt, ob es da vielleicht noch mehr zwischen uns gab. Als ich immer besser allein zurechtkam, hatte ich das Gefühl, ihm etwas für seine Freundlichkeit zu schulden. Sein Verhalten war in den letzten Jahren immer unberechenbarer geworden, und ich hatte mich wohl entschieden, das zu ignorieren. Bis ich vor ein paar Monaten

Paul kennengelernt hatte. Und als ich Killian schrieb, dass es da jemanden gab, dachte ich, er sei schockiert gewesen, schließlich meldete er sich gar nicht mehr. Aber da hatte er es bestimmt schon gewusst – er wusste doch auch sonst alles über mich. Und dann, genau als es ernst wurde zwischen Paul und mir, starb eine Frau.

Hatte er Kath Brinck ermordet, um uns einander wieder näher zu bringen? War ich dafür verantwortlich, dass ein unschuldiger Mensch ermordet worden war?

Ich wollte Peter für seinen Anruf danken – er hatte bestimmt genug anderes zu tun, als mir den Stand der Ermittlungen zu berichten –, doch die Worte blieben mir im Hals stecken. Geoff übernahm das für mich, und Peter versprach, mich so gut es ging auf dem Laufenden zu halten, bevor er auflegte.

Einen Moment lang rührte sich keiner von uns dreien, wir starrten das Handy mit dem inzwischen dunklen Display an. Ich versuchte, die Informationen zu verarbeiten, versuchte die Hinweise zu erkennen, die es in Bezug auf Killian schon immer gegeben hatte, und je mehr ich darüber nachdachte, desto sicherer war ich mir, dass Peter recht hatte. Er war es gewesen. Mir wurde übel. Meinetwegen war eine unschuldige Frau ermordet worden.

Mum brach den Bann, indem sie sich erhob und erklärte, dass sie Tee für uns kochen würde – ihr Standardhausmittel, wenn sie etwas zu verarbeiten hatte. Geoff setzte sich neben mich. Ich legte meinen Kopf an seine Schulter, und er strich mir über den Rücken, während ich auf den Teppich starrte.

»Alles okay, Kleines?«

»Nein, eigentlich nicht.«

»Dumme Frage, tut mir leid.«

»Ich versuche gerade, das zu kapieren, ich meine ... irgendwie ergibt das einen Sinn. Er hatte schon immer etwas Seltsames an sich. Aber ... ist er wirklich der Nachahmungstäter?«

»Es scheint so. Wahrscheinlich dauert es noch eine Weile, bis du das realisierst.«

Ich nickte, das würde noch ewig dauern.

»Claire, sieh mich an.«

Ich wandte mich ihm zu, und er blickte mich aus seinen großen braunen Augen eindringlich an.

»Du wirst damit fertigwerden, und bis es so weit ist, musst du dich auf die Tatsache konzentrieren, dass es vorbei ist. Keine Angst mehr. Keine ängstlichen Schulterblicke mehr. Bleib nicht in der Vergangenheit stecken, von der du dich so mühevoll befreit hast. Diese letzten paar Wochen waren so schwer für dich ... für uns alle. Aber jetzt kannst du wieder mit deinem Leben weitermachen.«

»Ja«, war alles, was ich darauf sagen konnte. Und weil er spürte, dass ich einen Moment für mich brauchte, küsste er mich auf den Scheitel und ging zu Mum in die Küche. An der Tür blieb er stehen, und ich erwartete, dass er sich noch einmal umdrehen würde, um noch etwas zu sagen, doch er klopfte nur zweimal gegen die Wand und ging hinaus. Seine Worte hallten noch in meinem Kopf nach. Keine ängstlichen Schulterblicke mehr. Kein Steckenbleiben in der Vergangenheit.

Sobald es offiziell bestätigt war, sobald es endgültige Beweise gab, würde ich mit der Presse sprechen und meinen Teil dazu beitragen, dass die Geschichte abgeschlossen werden konnte. Und dann würde ich genau das tun, was Geoff gesagt hatte: Ich würde weitermachen.

40

28. SEPTEMBER 2018
WREXHAM, WALES

Er musterte sich im Badezimmerspiegel des Hotels, und ihm gefiel, was er sah. Sein vom Duschen nasser Körper fing das Abendlicht ein, und seine nackte Haut schimmerte golden. Vor zehn Jahren war er um die Taille herum fett gewesen, seine Augenlider schwer, seine Zähne schief. Doch jetzt war der Mann, der vor ihm stand, perfekt. Stark, athletisch, schön. Aus der Raupe war ein Schmetterling geworden. Er spannte seine Brustmuskeln an, und auch dort blitzte die Haut golden auf, bevor sich eine Wolke vor die Sonne schob, eine der wenigen, die heute am Himmel aufgezogen waren, und der Schimmer verschwand. Sein Körper war wieder sterblich. Langsam machte sich das Alter bemerkbar – feine Linien entsprangen seinen Augenwinkeln, die Haare auf seiner Brust wurden grau. Selbst die Narbe, die sich wie ein Peitschenhieb über sein Kinn zog und die ihm Claire Moore beschert hatte, wirkte verblasst, als würde sie eines Tages mit allem anderen, was ihn ausmachte, zu Staub werden. Doch das beunruhigte ihn nicht, das Leben war nichts als geliehene Zeit.

Er ging ins Schlafzimmer, schaltete den Fernseher ein und dachte über Nummer neun nach. Sie hatten genau eine Woche nachdem sie »zufällig« zusammengestoßen waren im selben Supermarkt Telefonnummern ausgetauscht, und sie hatte ihn nun per SMS nach seinen Plänen für heute Abend gefragt. Er hatte gelogen und behauptet, er würde bei der Arbeit feststecken. In Wirklichkeit würde sie ihn schon sehr bald sehen. Er bereitete sich darauf vor, ihr einen Hausbesuch abzustatten. Im Fernsehen brachten sie Nachrichten, etwas anderes schaute er ohnehin nicht. Sie berichteten über Killian Jones, einen sanft aussehenden Mann, den sie im Zusammenhang mit Nummer acht verhaftet hatten und den sie für den Nachahmungstäter hielten. Er kannte ihn – ein Freund von Claire Moore. Als sie die Gründe darlegten, weshalb sie Killian verdächtigten, erstarrte er. Sie waren dümmer, als er gedacht hatte, und lagen völlig falsch.

Er war zutiefst enttäuscht, er hätte mehr von den Behörden erwartet. Außerdem machte ihn wütend, dass ein anderer die Aufmerksamkeit für *seine* Arbeit bekam. Mit Tommy Kay war es dasselbe gewesen. Aber dann hatte er erkannt, dass sich ihm damit eine wundervolle Gelegenheit bot, sein Erbe zu zementieren, während alle Welt woandershin schaute. Er lächelte vor sich hin, vielleicht würde er durch sein nächstes Werk noch berühmter. Die Presse war so sehr damit beschäftigt, mit dem Finger auf den armen Kerl zu zeigen, war sich so sicher, dass er der Trittbrettfahrer war. Aber wenn sie erst mal begriffen, dass Killian es nicht war, beziehungsweise noch schlimmer: dass es überhaupt keinen Nachahmungstäter gab, sondern das Original zurückgekommen war, um sie in Angst und Schrecken zu versetzen –, dann würde er endgültig zur Legende werden. Das Schicksal hatte ihm diese Gelegenheit in die Hände gespielt, und er musste nur noch zugreifen. Fast tat ihm der arme Mann leid, der sich zweifellos in seiner Gefängniszelle zu Tode fürchtete.

Es war beinahe zu perfekt. Er dachte nach. Er würde seinen »Hausbesuch« verschieben, um sich noch mal zu versichern, dass Lauren die richtige Wahl war. Bei genauer Betrachtung würde er sogar auf mehr als nur eine Weise davon profitieren, wenn Killian angeklagt wurde. Er hoffte, dass die Spekulationen, die Anschuldigungen sich immer weiter verdichten würden, dass sie sich immer mehr auf Killian als Täter einschießen würden. Und wenn das passierte, dann würde er die Bombe platzen lassen und Nummer neun umbringen. Das würde allen den Boden unter den Füßen wegziehen. Wenn sie Killian aber wieder freiließen und er Nummer neun ihre gerechte Strafe zukommen ließ, dann wäre Killian vermutlich ihr Hauptverdächtiger. Er wollte nicht, dass das passierte. In der Theorie wirkte es zu riskant, doch er hatte das Gefühl, dass er dieses Risiko eingehen musste.

In der kurzen Zeit, die er Lauren kannte, hatte er begriffen, dass nicht nur sie einer eingefahrenen Alltagsroutine folgte, sondern auch ihr widerlicher Ehemann ein Gewohnheitstier war, dessen Zeitplan man leicht folgen konnte. Montags und freitags erzählte er seiner Frau, dass er länger arbeitete, doch als er ihm letzte Woche gefolgt war, hatte er gesehen, wie er mit einer jüngeren Frau in ein Hotel eincheckte. Zweifellos, um Sex mit ihr zu haben. Das war abstoßend, doch es verschaffte ihm genau das Zeitfenster, das er brauchte, um seine Frau umzubringen. Nicht heute Abend, aber schon sehr bald.

Wenn er sich mehr Zeit gab – und diese klug nutzte –, dann würde ihr Tod ein wirklich perfektes Bild in seinem großen Plan abgeben.

Er schrieb ihr also, dass sein Meeting abgesagt worden sei und er freihätte, wenn sie noch immer etwas unternehmen wollte. Ihre Antwort kam ziemlich prompt. Sie stünde zur Verfügung und würde gerne etwas mit ihm trinken gehen, schrieb sie.

Sie stand zur Verfügung. Eine interessante Wortwahl, wie er fand.

Er schnappte sich sein Handtuch, trocknete sich ab und zog eine schwarze Jeans und ein schwarzes T-Shirt an. Dann brach er auf, ließ aber seinen fertig gepackten Rucksack am Fußende seines Bettes stehen. Ihn würde er heute Abend nicht brauchen.

Für die Fahrt nach Wrexham benötigte er – beziehungsweise Jason, der Name, unter dem die Neunte ihn kannte – weniger als fünfzehn Minuten; er parkte in der Nähe des Stadtzentrums und ging zu Fuß zu der Bar, die sie vorgeschlagen hatte. Sie hatten acht Uhr vereinbart, und als er auf die Uhr sah, merkte er, dass er ein paar Minuten zu früh war. Er stellte sich in die Nähe der Eingangstür und wartete geduldig. Bestimmt würde sie sich verspäten. Aber sie war pünktlich. Er sah sie, wie sie auf der Hauptstraße auf ihn zukam, bevor sie ihn entdeckte, und das gab ihm die Gelegenheit, sie zu beobachten, in ihren Kopf einzudringen, ihre Gedanken zu lesen. Sie war nervös. Das war gut. Das schärfte zwar ihren Fokus auf die Umgebung oder auf Stimmungen, aber Worte wurden davon meist überschattet. Was bedeutete, dass er sie manipulieren und in Erfahrung bringen konnte, was er wissen musste. Sie lächelte, als sie ihn entdeckte, und er beobachtete, wie sie den Rücken durchdrückte, ihre freudige Miene beibehielt und ihre wahren Gefühle versteckte, etwas, woran sie im Umgang mit ihrem widerwärtigen Mann gewöhnt war. Als sie sich umarmten und auf beide Wangen küssten, fragte er sich, wie viel sie zu verbergen hatte. Heute Abend würde er es herausfinden.

»Du siehst umwerfend aus«, sagte er.

»Danke.«

Sie erwiderte das Kompliment nicht, auch wenn er wusste, dass er fabelhaft aussah. Das lag an ihrer Anspannung, sie war um Worte verlegen.

»Lass uns etwas zu trinken bestellen.«

Er öffnete die Tür und ließ sie vor ihm eintreten. Als sie einen freien Tisch gefunden hatten, setzte sie sich, während er einen Weißwein für sie und ein alkoholfreies Bier für sich selbst am Tresen holte. Als er an den Tisch zurückkam, machte er ein wenig Small Talk, fragte sie, wie ihr Tag gewesen war, plauderte über das warme Wetter, das, obwohl es schon Ende September war, immer noch anhielt. Er erzählte von seiner Arbeit und von Charlotte, die gerade mit der Vorschule anfing. Während er über seine imaginäre Tochter redete, merkte er, wie sich Nummer neun entspannte.

Hingebungsvolle Väter erzeugten offenbar ein Gefühl der Sicherheit; das musste er sich merken und wieder einsetzen, wenn er sich Nummer zehn heranzog.

Eine Stunde und ein weiteres Glas Wein später vertiefte sich das Gespräch, wurde persönlicher. Sie fing damit an, indem sie ihn fragte, ob sie sich schlecht fühlen sollte, weil sie seine Gesellschaft genoss, obwohl sie doch verheiratet war.

»Das kommt darauf an«, sagte er in gleichmütigem Ton, der ihr vermitteln sollte, dass er nicht urteilte.

»Worauf?«

»Darauf, ob er dir guttut. Wenn er dir guttut und wenn er dich so behandelt, wie du es verdienst, dann ja, dann solltest du dich schlecht fühlen. Wenn nicht, dann nicht. Außerdem tun wir ja nichts Verbotenes, wir sind nur zwei Erwachsene, die sich gern miteinander unterhalten.«

»Du findest immer die richtigen Worte, Jason. Danke.«

»Fühlst du dich denn schlecht?«

Sie sah ihn an und sprach dann die Worte aus, die den Beweis enthielten, den er brauchte. Drei Worte, die ihr Schicksal besiegelten.

»Nein, überhaupt nicht.«

41

30. SEPTEMBER 2018
ST IVES, CAMBRIDGESHIRE

Paul lächelte mich im Schlafzimmerspiegel mitfühlend an, während ich versuchte, aus meinem Haar irgendwie eine Frisur zu machen. Unwillkürlich fragte ich mich, was ich wohl damit angestellt hätte, wenn es noch genauso lang wäre wie früher. Ich hielt inne. Und kehrte wieder zu diesem Moment in Irland zurück, als er mich im Dunkeln an diesen Haaren weggeschleift hatte, als ich benebelt, betäubt war und gleich Owens Arm sehen würde, der über den Badewannenrand hing. Paul konnte nicht ahnen, weshalb ich zögerte.

»Claire, du siehst bezaubernd aus.«

Seine Stimme holte mich in die Gegenwart zurück. »Ich sehe fix und fertig aus, und meine verdammten Haare …«

Er schnitt mir das Wort ab, indem er mir einen Kuss auf die Schulter drückte. »Ehrlich, du siehst toll aus.«

»Danke. Tut mir leid, ich bin nervös.«

»Das darfst du auch. Bald ist alles vorbei.«

»Wirklich? Wann?«

»Ab heute Abend wird alles peu à peu wieder so, wie es früher war.«

»Wie es früher war, fühlt sich immer noch sehr weit weg an.«

»Ich weiß, Schatz«, sagte er, während er einen Verspannungsknoten an meiner Schulter massierte. »Ist es aber nicht, es ist näher, als du …«

»Seid ihr fertig?«, rief Geoff von unten. Seine Stimme klang so ruhig wie immer.

»Fast«, rief ich zurück.

»Okay, Liebes. Sie warten auf dich, du kannst dir also ruhig Zeit lassen.«

Wieder betrachtete ich mich im Spiegel, dann nahm ich meine Halskette und stopfte sie in mein Oberteil, um sie zu verbergen. Ich holte tief Luft. Mein Gesicht wirkte entweder tapfer oder angstvoll. Oder beides. Das ließ sich nicht so genau sagen.

»Du musst das nicht tun«, flüsterte Paul, als ich mich ihm zuwandte und meinen Kopf an seine Brust lehnte.

»Doch, muss ich. Und dann ist es erledigt, nicht wahr? Wenn ich ihnen gebe, was sie wollen, dann lassen sie uns in Ruhe.«

Ich rechnete damit, dass er widersprechen würde. Dass sie mich niemals in Frieden lassen würden, so lange ich lebte. Doch das tat er nicht, er trat einfach zurück, legte die Hände auf meine Schultern und gab mir lächelnd recht. Und das bedeutete, dass ich es durchziehen musste.

»Claire?« Dieses Mal war es Mum, sie klang schon weniger beherrscht als Geoff. Sie wurde andauernd bedrängt, wann ich denn nun endlich herunterkäme. Man hatte vorne auf dem Rasen ein Rednerpult aufgebaut, an das sollte ich jetzt treten, um der Welt zu sagen, was ich Killian gegenüber empfand, der nach dreitägiger Ermittlung des Mordes an Kath Brinck angeklagt worden war.

Während ich die Treppe hinunterging, fingerte ich durch mein Oberteil hindurch an der Halskette herum. Haustür, Hintertür, Fenster oben, Fenster unten. Mit jedem Schritt versuchte ich mich davon zu überzeugen, dass ich bald alles überstanden hatte. Dass alles gut werden würde. Paul ging hinter mir, er hielt ein wenig Abstand, weil er wusste, dass ich das brauchte. Als ich unten ankam, umarmte mich Mum, und Geoff nickte mir zu, als sich unsere Blicke über ihre Schulter hinweg trafen. Auch Penny war da, sie lächelte, aber ich merkte ihr an, dass sie genauso nervös war wie ich.

»Du schaffst das, Claire.«

»Danke, Pen.« Ich lächelte schwach.

Ich hatte die Klinke der Haustür schon in der Hand, da hielt Paul mich auf und reichte mir meine Notizen.

»Vielleicht brauchst du sie.«

»Oh Gott, die hätte ich fast vergessen. Danke, Paul.«

»Alles wird gut.«

»Paul, ich weiß, dass ich gesagt habe, ich würde das allein durchziehen. Aber würdest du bitte mitkommen?«

Ich erwartete, dass Paul Ja sagen würde, und das tat er auch, aber da war dieses ganz kurze Zögern. Auch wenn es nur den Bruchteil einer Sekunde dauerte, sagte es doch sehr viel aus.

»Lass nur, tut mir leid, ich hätte nicht fragen sollen.«

»Nein, schon gut.«

»Nein, wirklich. Ich schaffe das schon«, erwiderte ich mit atemloser Stimme.

»Claire, wenn du willst, dass ich mitkomme, dann komme ich mit.«

Er nahm meine Hand in seine. Und obwohl er lächelte, merkte ich, dass er angespannt war, genauso angespannt wie ich.

»Bist du bereit?«, fragte er.

Ich zuckte mit den Schultern. »Nein, aber ich muss da jetzt durch.«

Er drückte meine Hand ein wenig fester und öffnete die Haustür; Blitzlichtgewitter blendete mich. Am liebsten hätte ich mich sofort versteckt. Wenn Paul nicht gewesen wäre, der mir seine freie Hand sanft auf den Rücken gelegt hatte und mich führte, hätte ich es niemals bis zu dem Pult geschafft. Während ich meine Notizen ablegte, wurde es still auf dem Rasen, das Blitzlichtgewitter hörte auf, die Leute warteten. Ich merkte erst, dass die Presseleute sich unterhalten hatten, als sie damit aufhörten. In das Schweigen hinein sang ein Vogel, und ich konzentrierte mich einen Moment lang darauf. Wie seltsam, dass er sang, wo es doch dunkel war. Ich öffnete den Mund und atmete tief ein. Die fünf Mikrofone vor mir verstärkten das Geräusch, es wurde von den Häusern gegenüber zurückgeworfen und klang unnatürlich laut. Ich atmete wieder aus, was den gleichen Effekt hatte, und dann fing ich an zu sprechen.

»Ich kannte Killian Jones«, sagte ich mit gepresster Stimme und holte tief Luft, meine Lunge brauchte Sauerstoff. Dann musste ich den Kopf abwenden, um zu husten.

Es ging schief. Ich wollte zeigen, dass ich alles im Griff hatte. Je mehr Kontrolle ich über mich hatte, je stärker ich rüberkam, desto weniger Stoff für eine gute Story würde ich hergeben. Und umso größer wäre dann die Chance, dass man mich nach heute Abend in Ruhe lassen würde. Bisher wirkte ich allerdings wie eine gebrochene Frau. Als ich hustete, blitzten sofort wieder die Kameras auf, die Reporter fingen meine Zerbrechlichkeit ein. Ich musste all meine Kräfte aufbieten, um nicht zurück ins Haus zu rennen. Als ich wieder atmen konnte, straffte ich meinen Rücken und richtete mich auf. Ich umklammerte den Rand des Rednerpults, bis meine Fingerknöchel weiß wurden. Dann fuhr ich fort.

»Er … er hat mich in den Monaten, nachdem ich damals, vor zehn Jahren, beinahe umgebracht worden wäre, unterstützt – in jener Nacht, als mein Mann, Owen Moore, Tommy Kays siebtes Opfer wurde.«

Aus den Augenwinkeln sah ich, dass sich Mum mit geschlossenen Augen an Geoff gelehnt hatte. Geoff wiederum schaute mich so liebevoll an, dass ich wieder Mut fasste. Genug Mut, um mich den Presseleuten zu stellen, einer diffusen Masse aus Gesichtern mit Diktaphonen und Kameras, die wie eine Verlängerung ihrer Körper erschienen. Wirklich erkennen konnte ich sie nicht, denn die Lichter, die auf mich gerichtet waren, blendeten mich. Die ganze Situation bekam etwas Surreales.

»Der Killer starb vor langer Zeit, und auch wenn er die Morde nie gestanden hat, glaubt die Polizei, dass er es war. Seitdem überlebe ich, das heißt, ich mache Tag für Tag so gut es geht mit meinem Leben weiter.«

Noch eine Atempause, noch ein Blick hinüber zu Geoff und Mum. Paul, der neben mir stand, legte mir wieder die Hand auf den Rücken, und ich wusste, was er mir damit sagen wollte: dass ich mich wacker schlug.

»Kath Brincks Ermordung hat mich bis ins Mark erschüttert, und ich bin mit meinen Gedanken bei ihren Freunden und Angehörigen. Aus Erfahrung weiß ich, was für eine schwierige Zeit sie jetzt durchmachen. Dass sie von Killian Jones' Hand gestorben ist, bricht mir das Herz. Diese abscheuliche Tat, dieser Akt des Bösen war dazu gedacht, meine Aufmerksamkeit zu erregen, deshalb muss ich einen Teil der Verantwortung auf mich nehmen. Ich möchte ihre Angehörigen um Verzeihung bitten, in der Hoffnung, dass sie dies hören: Es tut mir sehr, sehr leid.«

Tränen schossen mir in die Augen, deshalb trat ich vom Rednerpult zurück und senkte den Kopf. Zum ersten Mal hatte ich ausgesprochen, weshalb Killian diese arme Frau umgebracht hatte, und es mich selbst sagen zu hören, machte es noch realer. Sie war gestorben, weil ich überlebt hatte. Paul schlang den Arm um mich und beugte sich vor.

»Mach weiter«, flüsterte er mir zu.

Wieder blitzten die Kameras auf. Ich spürte, wie ich mich anspannte. Letztlich war es völlig egal, was ich sagte und wie ich mich präsentierte, sie würden auf jeden Fall eine Story daraus machen. Also richtete ich mich auf und trat wieder ans Rednerpult. Je eher ich sagte, was ich zu sagen hatte, desto eher konnte ich zurück ins Haus. Ich blätterte meine Notizen durch und schaute Mum an, die meinen Blick erwiderte. Ich beschloss, meine Stichwortzettel zu ignorieren, bat darum, das Licht etwas zu dämpfen, damit es mich nicht blendete, und schaute beim Reden ganz bewusst so vielen der Reporter wie möglich direkt in die Augen.

»Ich habe in den letzten zehn Jahren darum gekämpft, dass es mir wieder gut geht. Ich habe immer noch Angst im Dunkeln, ich brauche noch immer meine Mutter bei mir.« Traurig lachte ich über mich selbst, und Paul rückte ein Stück näher an mich heran. Ich würde diese Dinge nie wieder laut in der Öffentlichkeit aussprechen. Deshalb musste ich es zu Ende bringen.

»In den meisten Nächten habe ich Albträume. Es fällt mir immer noch schwer, das Haus allein zu verlassen. Doch all das wird einfacher – mit der Zeit, mit dem entsprechenden Raum. Wegen dem, was Kath Brinck zugestoßen ist, ist in letzter Zeit alles wieder genauso schwierig für mich geworden wie in den Monaten, den Jahren nach dieser Nacht in Irland. Und zu wissen, dass der Mann, der ihr das Leben genommen hat, jemand ist, mit dem ich gesprochen habe, jemand, dem ich einmal vertraut habe, ist für mich nur schwer zu ertragen.«

Ich hielt inne und betrachtete meine Fingerspitzen.

»Und ich werde mir das nie verzeihen können. Killian Jones ist hinter Gittern, wo er hingehört, und ich werde mich mit der Zeit erholen. Mit allem Respekt bitte ich Sie deshalb darum, dass Sie meine Familie ab heute in Ruhe lassen. Dass Sie *mich* in Ruhe lassen. Dass Mrs. Brinck von jemandem getötet wurde, den ich kenne, macht es mir schwer, weiterzuleben. Und ich brauche Raum, mit dem, was passiert ist, persönlich fertigzuwerden. In den Nachrichten, die den Mord und die Anklage Killians behandeln, sollte es nicht um mich gehen, sondern um diese arme Frau und ihre Familie.«

Als ich zurücktrat und offensichtlich wurde, dass ich alles gesagt hatte, was zu sagen war, wurde das Blitzlichtgewitter noch stärker als zuvor, und die Reporter feuerten eine ganze Salve an Fragen auf mich ab. Ihre Rufe waren wie eine Wand aus Lärm, die gegen meinen Kopf drückte. Verdammte Scheiße. Hatte ich nicht gerade darum gebeten, in Frieden gelassen zu werden? Meine Stimme zitterte vor Wut, als ich wieder vortrat und den Reporter, der mir am nächsten stand, ansprach.

»Wie heißen Sie?«

»Rupert«, antwortete er verblüfft.

»Rupert, hat je jemand versucht, Sie umzubringen?«

Meiner Frage folgte ein überraschtes Schweigen – nicht nur von ihm, sondern auch von allen anderen.

»Und Sie?«, fragte ich die Frau neben ihm; sie sah mich an und schüttelte den Kopf.

»Sie?«, fragte ich den Nächsten. Er senkte den Blick.

»Irgendjemand von Ihnen?«

Keine Antwort.

»Nein, das dachte ich mir. Sie haben alle großes Glück. Ich weiß, das hatte ich auch – ich habe schließlich überlebt. Aber das hat einen verdammt hohen Preis, und keiner von Ihnen weiß, was es heißt, ihn zu bezahlen.«

Schweigen.

Ich schaute noch einmal in die Runde und ging zurück ins Haus, wo Penny mich umarmte.

»Claire, das war so mutig.«

Ich konnte nichts antworten, deshalb nickte ich nur und ging ins Wohnzimmer.

Mum und Geoff kamen herein, schließlich folgte auch Paul, und die Haustür wurde geschlossen. Mum setzte sich neben mich aufs Sofa und strich mir über den Rücken. Plötzlich war ich unglaublich erschöpft, ließ mich auf ihren Schoß fallen – und brach in Tränen aus. Warum, konnte ich gar nicht sagen. Aber ich weinte und weinte und weinte, schluchzte hemmungslos, mit jeder Muskelfaser, jedem Atom. Und seltsamerweise versuchte niemand, mich zu trösten, mich zu beruhigen. Sie ließen mich weinen, gaben mir den Raum und die Zeit, die ich jetzt gerade brauchte, und dafür liebte ich sie unendlich.

42

1. OKTOBER 2018
WREXHAM, WALES

Nummer neun
Das Schicksal hatte ihm wieder einmal in die Hände gespielt. Seit Claire Moores emotionalem, wenn nicht gar verzweifeltem Auftritt gestern Abend wusste er, dass sie Killian des Verbrechens angeklagt hatten, das *er* begangen hatte. Es war kaum zu ertragen gewesen, wie sie sich abgemüht hatte. Die Details waren noch immer vage, doch das war zweitrangig. Wichtig war, dass das Land glaubte, dass der Täter gefasst war. Das Beste war, dass die Nachricht von Killians Anklage an einem Sonntag herauskam und der Ehemann von Nummer neun am folgenden Abend mit seiner jungen Geliebten unterwegs sein würde. Das Schicksal – oder die Vorsehung – hatte ihm wieder einmal gezeigt, wie wichtig seine Vorhaben waren. Nachdem er Claire gesehen hatte, schlief er tief und fest, weil er wusste, dass er die Neunte bald ausschalten konnte, schon vierundzwanzig Stunden, nachdem Killian angeklagt worden war.

Oh, wie sie in sich zusammenfallen würden.

Sein Tag war nach Plan verlaufen, sein Rucksack mit allen Werkzeugen, die er abends brauchen würde, gepackt. Jedes davon hatte seinen Platz, als hätte ein erfahrener Reisender sie eingepackt. Er war bereit, und genau wie bei der Achten führten die Aufregung, die Vorfreude und das Adrenalin dazu, dass er schon früh das Haus verließ. Die zusätzliche Woche, die er gewartet hatte, hatte sein Verlangen noch angeheizt.

Im Auto hörte er »Careless Whisper«, den Lieblingssong von Nummer neun.

Die Sonne verlor sich am Horizont. Es war noch zu früh, seinen Plan in die Tat umzusetzen, in den Häusern ihrer Straße gingen normalerweise gegen halb elf die Lichter aus, und bis dahin musste er auf jeden Fall warten. Für die Fahrt brauchte er ungefähr dreißig Minuten, er wäre also immer noch Stunden zu früh. Er entschied sich, auf einen Parkplatz zu fahren, der etwa fünfzehn Kilometer von ihrem Haus entfernt war, und wartete.

Er schaute aus dem Autofenster Richtung Westen. Die letzten Sonnenstrahlen erleuchteten den Himmel und tauchten die Wolken in die herrlichsten Farben. Wie konnte jemand bei einem solchen Anblick bezweifeln, dass Gott existierte? Für einen Augenblick vergaß er, was er vorhatte, und ließ sich ganz davon gefangen nehmen. Er stellte sich vor, seine Mutter wäre bei ihm und sie würden diesen wunderschönen Sonnenuntergang gemeinsam betrachten.

Heute Abend würde er dafür sorgen, dass sie stolz auf ihn war, heute Abend würde er seine Botschaft hinterlassen. Die Männer würden sich wieder anstrengen müssen, freundlicher zu sein, und die Frauen müssten wieder den Mut aufbringen, sie zu verlassen, wenn sie es nicht waren. Denn heute Abend würde er etwas hinterlassen, das die Polizei finden *musste*. Eine Nachricht, die erklärte, dass es Tommy Kay nicht gewesen war. Dass es keinen Nachahmungstäter gab. Und er würde es beweisen, würde für die Polizei drei Polaroid-Fotos am Tatort hinterlassen. Auf dem ersten war Blair Pattersons verstümmelter Körper zu sehen. Auf dem zweiten Jamie Connell und auf dem dritten Charlotte und Jack Merrill. Fotos, aufgenommen Sekunden bevor er sie angezündet hatte. Dann würde er die Informationen an die Presse weitergeben, und die Polizisten würden glauben, es gäbe in ihren Reihen ein Leck. Jemand hätte den Beweis dafür, dass der Blackout-Killer nicht Tommy Kay gewesen war und dass es keinen Nachahmungstäter gab, verkauft. Die Welt würde erfahren, dass der Mörder immer noch frei herumlief.

Und das wäre so schön wie die untergehende Sonne.

Jetzt musste er sich allerdings erst einmal auf die Aufgabe konzentrieren, die vor ihm lag. Den ganzen Ablauf, jeden Schritt in Gedanken durchspielen, damit alles gelang. Er schloss die Augen und sah vor sich, wie er die fünfzehn Kilometer zu dem grünen Stromverteilerhäuschen hinter dem abgeschlossenen Zaun zurücklegte, der nur zweihundert Meter von ihrem Haus entfernt war. Dann sah er vor sich, wie er das Schloss aufbrach, eintrat und das Gehäuse des Stromverteilers öffnete, der etwa vierhundert Häuser versorgte. Er stellte sich vor, wie er den Strom abstellte und die Welt in alles verschlingender, absoluter Finsternis versank. Unterwegs würde er die Süße der Furcht auf seiner Zungenspitze schmecken, die durch den Spalt unter den Haustüren und durch die

Schlüssellöcher der Häuser sickerte. Er kannte die Strecke zum Haus der Neunten und schritt sie in Gedanken ab. Sah vor sich, wie er hinter dem Haus über den Zaun kletterte, sich der Hintertür näherte und sie aufbrach, weil er wusste, dass ihr Mann gerade unterwegs war, um seine Geliebte zu vögeln. Er führte sich den Moment vor Augen, in dem er das Wohnzimmer betrat. Nummer neun hätte Kerzen auf dem Couchtisch angezündet, und Angst troff aus jeder ihrer Poren. Doch als er versuchte, sich ihr Gesicht vorzustellen, sah er stattdessen Claire vor sich. Ihr erbärmlicher, verzweifelter Auftritt in den Nachrichten war wie ein Dorn, der sich immer tiefer in sein Fleisch bohrte. Er erwartete mehr. Er wollte, dass die Reporter ihr nachstellten. Dass sie sie jagten, ihr vor ihrer Tür auflauerten. Was, wenn die Pressemeute ihre Bitte erfüllte und sie künftig in Ruhe ließ?

Aber wenn er zurückkam und sie direkt unter ihrer Nase tötete, würde er ihnen ein für alle Mal im Gedächtnis haften bleiben. Sie wäre die Nummer elf, durch einen glücklichen Zufall dieselbe Anzahl, auf die es Jack the Ripper gebracht hatte. Sie würden deswegen Vergleiche zwischen ihm und Jack the Ripper anstellen. Sie würden über eine Verbindung spekulieren, die es natürlich nicht gab. Sie würden weiter im Dunkeln tappen, was seine Identität anging, genau wie beim alten Jack. Claire Moore wäre die Letzte, Claire Moore würde zu seinem Schwanengesang werden.

Er versuchte, sich wieder auf das zu konzentrieren, was jetzt unmittelbar vor ihm lag, doch er konnte Claires Bild nicht abschütteln. Sie hatte sich zuerst verzweifelt präsentiert, danach kämpferisch. Ihm war klar, was sie erreichen wollte; sie versuchte, mutig und tough zu wirken. Doch das war ihr misslungen. Ihre Verzweiflung war nicht echt, und er wollte nicht, dass irgendjemand glaubte, dass dies der Fall war. Sie präsentierte eine falsche Version ihrer selbst, und aus Erfahrung wusste er, dass Selbsttäuschung am eigenen Ich fraß. Dass diese Pressekonferenz auf ihrem Rasen sie innerlich verzehrt hatte.

Genau wie es seine Mutter verzehrt hatte.

Als seine Mutter gestorben war, hatte ihm seine Familie erzählt, sie sei lustig und fröhlich gewesen, eine Frau, die einen Raum erhellte, sobald sie ihn betrat. An diese Seite von ihr konnte er sich tatsächlich fast noch erinnern. Die paar Mal, die sie als Familie ausgegangen waren, standen die Männer aufrechter, weil sie sich von ihr angezogen fühlten. Aber die Frauen lächelten sie an, denn sie fühlten sich von ihr nicht bedroht. Alle mochten sie, und alle wollten ein wenig wie sie sein. Draußen in der Öffentlichkeit hatte sie alles. Und oft fragte er sich, ob ihr wohl jemand geholfen hätte, wenn sie die Wahrheit hätte enthüllen können, wenn sie hätte zeigen können, dass sie traurig war, dass sie Angst hatte, Schmerzen hatte? Hätte irgendjemand verhindern können, was passiert war? Hätten sie ihr gesagt, sie solle ihren Mann verlassen, ihren Sohn mitnehmen und neu anfangen? Das würde er nie herausfinden. Und selbst wenn er es könnte, würde er das gar nicht wollen. Denn die Antwort darauf lautete wahrscheinlich Ja, und dann hätte er seine Mutter an jenem Tag nicht tot aufgefunden.

Nachdem sie sie begraben hatten, war sein Vater nicht mehr derselbe gewesen. Anstatt herumzubrüllen, hatte er aufgehört zu sprechen. War nicht mehr sichtbar. Er kam und ging, wie es ihm beliebte. Oft blieb er bis nach Einbruch der Dunkelheit weg, streifte durch die Straßen, trank, um zu vergessen. An einem kalten Abend, auf den Tag ein Jahr nach ihrem Tod, versuchte er ein letztes Mal, mit seinem Vater zu reden. Er sagte ihm, dass er ihn brauchte; erzählte ihm, wie traurig er war und wie einsam er sich fühlte. Daraufhin sagte ihm sein Dad, er sei selbst schuld, dass er sich so fühlte, denn er sei der Grund dafür, dass sie tot war.

»Bevor es dich gab, war unser Leben gut«, lallte er und fuchtelte dabei mit einer halb leeren Flasche Wein herum. »Deine Mum und ich waren glücklich, bis sie dich geboren hat. Und du hast uns das alles versaut.«

Er war aus dem Haus gerannt, hinauf zum Kanturk Castle – die alten Steine waren seine einzige sichere Zuflucht gewesen. Dort zu sein hatte ihn an das erinnert, was er beim Töten des verletzten Vogels empfunden hatte. Und ohne groß darüber nachzudenken, hatte er in der Umgebung der Burg nach einem Nest in den Bäumen gesucht. Als er endlich eines gefunden hatte, war das hungrige Piepen der Küken, die auf ihre nächste Mahlzeit warteten, zu hören gewesen, und er war hinaufgeklettert.

Eigentlich sollte er jetzt über seine Aufgabe nachdenken und über das Leben, das er gleich beenden würde, doch er konnte die Erinnerung an die sieben Krähenküken in ihrem Nest nicht verscheuchen. Damals hatte er das erste Küken, dessen Federn noch nicht ganz entwickelt gewesen waren, genommen und den kleinen, zerbrechlichen Körper schützend in seinen Händen gehalten. Das kleine Tier war verwirrt, zeigte jedoch keine Angst. Er fragte sich, ob es wohl fliegen konnte, ob es sich zu den Wolken aufschwingen konnte, und einen Moment lang wünschte er sich, er selbst könnte das tun. Einfach davonfliegen, irgendwohin, wo er geliebt würde, wo man sich um ihn kümmern würde. Wo man ihm abends, wenn die Sonne untergegangen war, eine Lampe erlaubte. Er streckte die Hand mit dem Küken aus, öffnete sie und beobachtete, wie es die Flügel spreizte, um zu fliegen, wie sein Instinkt es vorgab. Doch der winzige Körper war zu klein, die Flügel noch gar nicht ausgebildet, und er beobachtete, wie er sich überschlug und zu Boden fiel, hörte, wie sein Köpfchen mit einem dumpfen Schlag auf dem steinigen Pfad aufkam.

Durch das Geräusch fühlte er sich irgendwie besser, stärker, als könnte ihm sein Vater nichts mehr anhaben. Er nahm das zweite Küken und versuchte es noch einmal, und auch dieses fiel zu Boden. Er nahm das dritte; dieses Mal warf er es hoch in die Luft, sodass es beim Fallen an ihm vorbeikam, und auch dieses stürzte zu Boden. Plumps. Grob schnappte er sich das vierte, er drückte es, aber anstatt es fallen zu lassen oder hochzuwerfen, warf er es wie einen Cricketball und beobachtete, wie es einen Bogen beschrieb und hinter einer kleinen Mauer verschwand. Das fünfte schleuderte er gegen den nächsten Baum und lauschte, wie es gegen den Stamm krachte. Klonk. Als es zu Boden fiel, musste er lachen. Jetzt waren nur noch zwei übrig. Ene, mene, mu. Das linke. Er nahm es und drückte zu, das kleine Tier wehrte sich nicht. Er drückte noch stärker und spürte, wie der kleine Körper in seiner Hand zerquetscht wurde. Und noch immer wehrte sich das kleine Tier nicht, es rührte sich nicht, als seine kleinen Rippen mit einem ploppenden Geräusch brachen. Er ließ den Kadaver fallen, seine Hand war blutverschmiert. Eigentlich sollte er sich schlecht fühlen, wegen dem, was er da gerade gemacht hatte, aber dem war nicht so – ganz im Gegenteil: Er hatte das Gefühl, die Kontrolle zu haben, in Sicherheit zu sein. Den letzten Vogel ließ er allein weiterpiepen, vielleicht piepte er ja seine Geschichte in die Welt hinaus. Dann kletterte er vom Baum herunter. Ob sein Vater auch ploppen würde, wenn man ihn auf diese Weise drückte?

Er kehrte zu seinem Vater zurück, der nie wieder mehr mit ihm sprach als unbedingt notwendig. Als er in dieser Nacht im Bett lag, wurde ihm klar, dass nichts von alldem passiert wäre, wenn seine Mutter die wahre, die ehrliche Version ihrer selbst gezeigt hätte …

Die Weckfunktion seiner Uhr riss ihn aus seinen Erinnerungen, und er schaute nach, wie spät es war. Er blickte nach links; die Sonne hatte einen weiteren Tag beendet. Zeit zu gehen. Er ließ den Motor an und fuhr Richtung Osten, in die Dunkelheit hinein. In Richtung Nummer neun.

43

2. OKTOBER 2018
ST IVES, CAMBRIDGESHIRE

Licht fiel durch meine Schlafzimmervorhänge, und ich schlug die Augen auf. Von irgendwo im Haus hörte ich ein Geräusch, aber ich war noch viel zu schlaftrunken, um es richtig einordnen zu können. Einen Augenblick später merkte ich, dass der Fernseher an war, ich hörte Stimmen, konnte aber nicht verstehen, was gesagt wurde. Von den Schlaftabletten, die ich an den vergangenen Abenden eingenommen hatte, hatte ich einen schweren Kopf, und die Welt fühlte sich eigenartig ruhig an – mit den Reportern zu sprechen hatte ihnen gegeben, was sie wollten. Ich stand nicht mehr im Rampenlicht, denn durch Killians Verhaftung und mein darauffolgendes Statement vor der versammelten Presse gab es keine Story mehr zu erzählen.

Ich wälzte mich aus dem Bett und stellte beide Füße auf den Boden. Mein rechter Fuß tat weniger weh als sonst. Langsam ging ich zum Fenster, zog die Vorhänge zurück und schaute hinaus. Ich erwartete, dass die Straße ruhig dalag, vielleicht ein vorbeifahrendes Auto oder Fahrrad oder jemand, der seinen Hund im Sonnenschein ausführte. Aber was ich sah, versetzte mir regelrecht einen Schock: Die Straße war immer noch voller Reporter und Fotografen. Eine grimmig aussehende Frau entdeckte mich und deutete in meine Richtung, woraufhin alle ihre Kameras zückten. Mit einem Ruck zog ich die Vorhänge wieder zu, taumelte zurück und ließ mich aufs Bett fallen. Warum waren sie immer noch da? Ich hatte doch meinen Teil gesagt, die Geschichte war vorbei! Sie hatten Killian angeklagt. Mein Leben müsste doch eigentlich wieder so sein wie vor wenigen Wochen. Ich sollte wieder mit dem Hintergrund verschmolzen sein.

Ich rief nach Mum, dann nach Geoff, dann nach Paul. Keine Antwort. Die Jeans, die ich gestern getragen hatte, lag gefaltet am Fußende meines Bettes. Ich durchsuchte die Taschen nach meinem Handy.

Ich hatte mehrere verpasste Anrufe.

Mehrere SMS.

Mehrere Facebook-Benachrichtigungen. Alle von der Unterstützergruppe.

Genauso war es gewesen, als ich von Kath Brincks Tod erfahren hatte. Mein Herz rutschte mir in die Kniekehlen, die eisige Hand fand Halt und drückte zu.

Das konnte doch nicht sein …

Ich konnte mich nicht dazu überwinden, die SMS zu öffnen, ich traute mich nicht. Ich zog mich an und ging zur Treppe, jeder Schritt fiel mir so schwer, als hätte jemand Blei in meine Oberschenkel gegossen. Oben an der Treppe rief ich wieder, und Geoff trat aus dem Wohnzimmer. Ich versuchte zu lächeln, wollte ruhig wirken, aber wahrscheinlich brachte ich nur eine Grimasse zustande. Als er nicht zurücklächelte, wusste ich es. Killian war nicht der Nachahmungstäter. Und wer immer es war, er hatte wieder gemordet.

Mit krächzender Stimme fragte ich: »Wo ist Mum?«

»Im Wohnzimmer.«

»Und Paul?«

»Nachdem du schlafen gegangen warst, wurde er von der Arbeit angerufen und musste weg. Ich hab ihm versprochen, dass ich hierbleibe, damit du nicht allein bist, wenn du aufwachst.«

»Er ist arbeiten gegangen?«

»Ja.«

»Wann?«

»Um neun, halb zehn. Er wollte eigentlich nicht, bestand darauf zu bleiben, aber ich sagte ihm, er solle gehen. Er hat vorhin angerufen und gesagt, dass er so schnell wie möglich zurückkommt.«

»Geoff, ist es wieder passiert?«, fragte ich beklommen.

Er antwortete nicht, sondern senkte stattdessen den Kopf. Langsam und bedächtig schritt ich die Treppe hinunter und bemühte mich, das warme Gefühl nicht ganz zu verlieren, das mich vor wenigen Minuten noch erfüllt hatte. Geoff stand reglos da und sah mich an. Als ich unten war, umarmte er mich schweigend.

»Wahrscheinlich wäre es besser, wenn wir von hier weggingen«, sagte er.

»Was ist passiert?«, fragte ich mit einem letzten Funken Hoffnung, dass ich doch nur paranoid war. Aber Geoffs

Gesichtsausdruck verriet mir, dass ich mit meinen Ängsten genau richtiglag.

»Es gab wieder einen Stromausfall, noch einen Brand. Sie sagen, dass eine Frau im Haus gewesen war.«

»Es ist wieder passiert?«

»Ja.«

»Oh Gott. Es ist nicht Killian!«

»Nein, er war es nicht. Claire, ich glaube, du solltest dich hinsetzen«, murmelte Geoff, als er mich losließ und ins Wohnzimmer ging. Ich folgte ihm und setzte mich neben Mum, die mich müde und traurig anlächelte. Geoff schaltete den Fernseher aus und ließ sich im Sessel gegenüber nieder. Er wirkte angespannt, und die eisige Hand kroch über mein Zwerchfell und umklammerte mein Herz. Ich warf Mum einen Blick zu, sie war den Tränen nahe, und so wie sie aussah, war das heute Morgen wohl nicht das erste Mal. Sie rückte näher und umarmte mich.

»Mum, Geoff? Was ist los?«

»Es ist *er*«, flüsterte Geoff. Er sah mich an. Versuchte, stark zu sein.

»Was?«

»Es ist kein Nachahmungstäter. Es ist er. Dieselbe Person wie damals in Irland.«

»Was?«, sagte ich noch einmal, unfähig zu begreifen, was Geoff da gerade sagte. »Nein, das kann nicht sein. Tommy Kay ist vor vier Jahren im Gefängnis gestorben.«

»Claire, sie haben sich geirrt. Kay war es nicht«, schaltete sich Mum ein und brach in Tränen aus.

»Wie kannst du dir da so sicher sein?«

»Es kommt in den Nachrichten. Sie sagen, die Polizei hätte Beweise, nach denen es sich um denselben Täter wie vor zehn Jahren handelt.«

»Natürlich sagen das die Nachrichten«, rief ich, meine Stimme wurde lauter, bis ich Geoff beinahe anschrie. »Sie versuchen immer, es zu etwas zu machen, das …«

»Claire«, unterbrach mich Geoff. »Ich habe mit der Polizei gesprochen, mit Peter. Er hat bestätigt, dass es eine undichte Stelle in der Polizei gibt, sie wollen nur nicht, dass das an die Öffentlichkeit dringt. Er sagte, es besteht kein Zweifel, dass es derselbe Mann ist wie damals in Irland. Es ist der Blackout-Killer.«

»Wie … wie können sie sich da so sicher sein? Sie haben sich also in allem geirrt?«

»Die Polizei hat Fotos gefunden. Fotos von seinen ersten vier Opfern, die aufgenommen wurden, kurz bevor er sie umgebracht hat.«

Geoffs Worte hallten in meinem Kopf nach, während ich versuchte aufzustehen, ich wollte weg, nur weg, doch plötzlich war alles verschwommen, und mir wurde schwarz vor Augen.

Liebe Claire,
nun kennst du also die Wahrheit, oder zumindest einen Teil davon. Ich wünschte, ich hätte dein Gesicht gesehen, als du es erfahren hast. Ich wäre gern da gewesen, ganz nah dran. Hätte dich gerne getröstet. Aber ich hatte andere Verpflichtungen. Das verstehst du bestimmt. Was ich mich allerdings frage, Claire, wusstest du die ganze Zeit, dass ich noch irgendwo da draußen bin? Dieser Gedanke würde mir gefallen, aber du hast es wohl einfach nie wahrhaben wollen.

Vor Kurzem war ich bei deinem Haus – ich bin von Natur aus neugierig. Ich wollte dich sehen, wollte beobachten, wie du dich in deinem Zuhause bewegst. Ich wollte auskosten, wie du diese Schlüssel, die um deinen Hals hängen, umklammerst. Mir gefällt der Gedanke, du könntest an mich denken, wenn du nach diesen Schlüsseln greifst. Ich hatte vor, dich zu beobachten und dich dann in Ruhe zu lassen. Aber du warst nicht da. Interessanterweise hast du Kameras draußen am Haus, aber nicht drinnen. Hast du gemerkt, dass ich im Haus war? Dass ich auf deinem Sofa gesessen, in deine Schränke geschaut habe? Ich habe ein paar Sachen mitgenommen, kleine Dinge. Hast du gemerkt, dass sie verschwunden sind? Als ich wieder ging, habe ich deine Katze gesehen. Sie kam ganz gelassen zu mir, war neugierig. Du weißt ja, Claire, was man über neugierige Katzen so sagt.

Ich habe gehört, was Killian mit deiner Katze gemacht hat. Das war wohl ziemlich verstörend für dich, oder? Und wenn ich dir ein Geheimnis verraten darf: Ich bin eifersüchtig, weil ein anderer Mann dich in Angst und Schrecken versetzen kann. Ich hatte gehofft, das wäre allein mir vorbehalten.

Jetzt, wo ich dir ein Geheimnis verraten habe – wirst du mir deines ebenfalls anvertrauen? Denn ich weiß, dass du eins hast, Claire, aber andererseits haben wir alle unsere Geheimnisse, nicht wahr? Dinge, die wir von anderen fernhalten. Dinge, über die wir den Mantel des Schweigens breiten, Dinge, von denen wir hoffen, dass niemand sie jemals herausfinden wird. Auch du hast eines, Claire – die Frau, die die ganze Welt kennt, verbirgt etwas in ihrem Schatten. Aber ich kann im Dunkeln sehen und weiß, was du dort versteckst. Claire, ich kenne dich schon so lange.

Eines Tages werden wir von Angesicht zu Angesicht über die Geheimnisse reden, die wir mit uns herumtragen. Bis dahin bin ich nie weit weg von dir. Ich bin näher, als du denkst …

44

2. OKTOBER 2018
ST IVES, CAMBRIDGESHIRE

Soweit ich mich erinnern kann, bin ich noch nicht so oft ohnmächtig geworden, letzten Monat aber dafür gleich zweimal. Gott sei Dank fing Geoff mich auf und brachte mich zum Sofa. Dort lag ich nun, starrte an die Decke und war völlig konfus. Langsam richtete ich mich wieder auf, und Mum, die neben mir saß, zog mich an sich. Sie lächelte mich an, und ich brach in Tränen aus, das zweite Mal innerhalb von zwölf Stunden. Gestern Abend hatte ich geweint, weil ich so erleichtert und befreit war, weil ich endlich etwas zu Ende gebracht hatte. Jetzt schluchzte ich, weil der Albtraum wieder da war. Was für einen Unterschied zwölf Stunden machen können. Nach einer Weile hatte ich mich so weit beruhigt, dass ich Mum um eine Tasse Tee bitten konnte. Sie sprang auf und flitzte in die Küche. Geoff ließ sich auf ihren Platz auf dem Sofa gleiten und legte mir den Arm um die Schulter.

»Alles okay, Mädchen?«

»Wie lange war ich weg?«

»Nicht mal eine Sekunde. Als ich dich auffing, bist du schon wieder zu dir gekommen.«

»Es kommt mir vor, als wäre ich Ewigkeiten weg gewesen.«

»Das liegt am Schock. Wie fühlst du dich?«

»Ich weiß auch nicht.« Ich versuchte, auf die Reihe zu bekommen, was gerade passierte. Zuerst war es irgendein Nachahmungstäter, dann war dieser Nachahmungstäter plötzlich Killian, aber jetzt war er es doch nicht, und Tommy Kay auch nicht, sondern irgendein anderer, jemand, der nie gefasst worden war.

»Ist es wirklich er? Ich meine, ist es wirklich derselbe Mann, der …«

»Das sagen sie.«

»Scheiße.«

Ich legte ihm den Kopf auf die Schulter und seufzte tief. Er strich mir über den Rücken.

»Jetzt, wo wir das wissen, Liebes – was willst du daraus machen?«

»Wie meinst du das?«

»Ich meine, wir müssen hier weg. Dein Haus ist offenbar in den Nachrichten, unseres ist zu nah. Du musst zu Paul ziehen. Er weiß genau, was los ist, und sein Arbeitgeber unterstützt ihn, wo er kann.«

»Das ist gut.«

Er wiederholte seine seltsame Frage: »Was willst du daraus machen?«

»Geoff, was meinst du damit?«

»Ich kenne dich schon seit langer Zeit, und in dieser Zeit habe ich drei Versionen von dir gesehen. Die erste war die, bevor Owen starb – die Läuferin, die Freundin, die junge Frau, die völlig sorgenfrei war. Die zweite ist das Mädchen, das sich versteckte, das Angst hatte, das Haus zu verlassen, gesehen zu werden, das völlig panisch war, weil in seinen Augen jeder zum Killer wurde. Die dritte entwickelte sich aus der zweiten, sie ist eine Frau, die kämpft und alles in ihrer Macht Stehende tut, um zurechtzukommen.«

»Woher weißt du das alles?«

»Ich kenne dich, Claire, das ist mein Job. Ich bin zwar nicht dein leiblicher Vater, aber das hindert mich nicht daran, dein Dad zu sein.«

Geoff drückte mir einen Kuss auf den Scheitel, und ich schloss die Augen – das reichte aus, um die eisige Hand einen Moment lang in Schach zu halten.

»Claire, was ich damit sagen möchte, ist … welche dieser drei Personen möchtest du sein?«

»Ich weiß es nicht.«

»Die erste kannst du nicht wieder werden. Diese Person ist verschwunden.«

»Bleiben also noch die zweite und die dritte.«

»Und du kannst dir nur eine von beiden aussuchen, Kind.« Er hievte sich vom Sofa hoch. »Ich fange wohl besser mal an, deinen Koffer zu packen. Gibt es irgendetwas, was ich nicht vergessen darf?«

»Ich kann das auch machen.«

»Bleib bei deiner Mum und trink einen Tee.«

»Danke, Geoff. Für alles.«

»Nichts zu danken. Ich habe dich lieb, Kleines.«

Geoff sagte nicht oft, dass er mich lieb hatte, soweit ich mich erinnern konnte, hatte er das zuletzt gesagt, als ich noch in Irland im Krankenhaus gelegen hatte. Und das beängstigte und rührte mich gleichermaßen. Ich sah ihm nach, als er langsam die Treppe hinaufging, und fast hätte ich ihm nachgerufen, doch noch zu bleiben. Fast hätte ich ihm etwas gesagt, was ich noch nie jemandem hatte erzählen können. Etwas über Owen. Doch die Gewissensbisse, auch nur daran zu denken, es laut auszusprechen, erstickten meine Stimme, noch bevor ich ein Wort rausbringen konnte. Als er außer Sicht war, überlegte ich, was er wohl dazu gesagt hätte. Ich konnte nur eine Version meiner selbst sein, und jetzt musste ich mich entscheiden.

Mum kam mit zwei Tassen Tee zurück und setzte sich wieder neben mich. Als sie mir eine Tasse reichte, roch ich schon den Zucker. Normalerweise nahm ich ein Stück Zucker, doch als ich probierte, merkte ich, dass der Tee süßer war als sonst.

»Ich war mir so sicher, dass es Killian war, Mum.«

»Das waren wir alle.«

»Was wird nun mit ihm geschehen?«

»Sie haben ihn schon freigelassen.«

»Aber was ist mit Balu? Mit den Fotos, die er hatte? Dem Brief?«

»Sie haben uns versichert, dass sie ihn im Auge behalten. Er muss mindestens sechzig Meter Abstand zu diesem Haus, meinem Haus und Pauls Haus halten. Was er unserer Katze angetan hat … dafür wird er vor Gericht gestellt. Aber vorerst wurde er entlassen.«

»Aber wie können sie diese Sechzig-Meter-Regel garantieren, was ist, wenn …« Ich riss mich zusammen. Geoffs Worte über die Versionen meiner selbst hallten in meinem Kopf nach. Wenn ich den Satz beendete, würde ich automatisch zur zweiten Version werden. Das konnte immer noch passieren. Noch war nicht klar, welchen Weg ich am Ende einschlagen würde, doch mich in diesem Moment zurückzuhalten, bedeutete, dass ich immer noch die Wahl hatte.

Außerdem war Killian die letzte meiner Sorgen. Wenn *er* am Leben war, wenn sie *ihn* nie gefasst hatten, wenn der Blackout-Killer nie Tommy Kay gewesen war, hatte ich größere Probleme, über die ich mir den Kopf zerbrechen musste.

45

2. OKTOBER 2018
ELY, CAMBRIDGESHIRE

Geoff kam mit meinem Koffer voller Sachen herunter, nur fünf Tage nachdem ich nach meinem langen Aufenthalt bei Paul alles ausgepackt hatte. Als wir unseren Tee ausgetrunken hatten, bestand Geoff darauf, dass wir uns rasch und vor allem schweigend in Bewegung setzten. Ich warf mir eine Jacke über den Kopf, und er und Mum führten mich zu ihrem Wagen. Die Reporter bedrängten mich, versuchten, eine Kamera unter die Jacke zu schieben, um ein Foto zu machen. Sie brüllten uns Fragen zu. Wie ich mich fühlte – jetzt, wo ich wusste, dass der Blackout-Killer lebte. Ob ich es bereute, Killian einen Mörder genannt zu haben. Ich erwiderte nichts, und während ich auf den Rücksitz kletterte, zwang ich mich, ihnen auch nicht in Gedanken zu antworten.

Die Fahrt zu Paul dauerte fast eine Stunde, der Verkehr in und um St Ives schien zum Erliegen gekommen zu sein. Unterwegs sagte niemand von uns etwas, Mum, Geoff und ich versuchten jeder für sich zu begreifen, was passiert war und was wir daraus lernten. Schließlich brach Geoff das Schweigen, sagte, dass hinter uns eine Zivilstreife fuhr; Mum drehte sich um, ich nicht.

Als wir in die vertraute Straße einbogen, die zu Pauls Haus führte, erwartete ich, dass dort auch Reporter lauerten, doch niemand war zu sehen. Jedenfalls nicht im Moment. Ich schloss die Tür mit dem Schlüssel, den er mir gegeben hatte, auf. Als ich ins Haus trat, fuhr die Zivilstreife an uns vorbei, der Polizist auf dem Beifahrersitz sah mich an und lächelte vage. Ich erwiderte das Lächeln nicht. Kurz bevor ich die Haustür hinter mir schloss, beobachtete ich, wie sie ein Stück die Straße runter parkten.

Ich ließ meinen Koffer im Wohnzimmer einfach fallen. »Ich gehe duschen«, sagte ich. Mum wollte mir wie immer folgen, doch ich hielt sie auf.

»Schon gut, Mum. Es wird nicht lange dauern.«

Ich ging zur Treppe, und als ich den Fuß auf die unterste Stufe stellte, sah ich mich noch mal nach Geoff um, der nickte und lächelte. Er ahnte, dass ich mich für die dritte Version entschieden hatte, vorerst zumindest.

Ich ließ das Wasser laufen und bemühte mich, ruhig zu bleiben. Ich war nicht in Gefahr, Mum und Geoff waren hier, die Polizei war draußen, und es war helllichter Tag. Außerdem standen die Chancen gut, dass der Killer ohnehin nicht wusste, wo ich war. Ich zog mich aus und stellte die Musik-App meines Handys auf Zufallswiedergabe. Dann wartete ich, bis Dampfwolken über der Dusche aufstiegen, bevor ich hineinging. Das heiße Wasser war eine Wohltat für meine Nackenmuskeln und linderte die Kopfschmerzen, die mir vorher gar nicht aufgefallen waren.

Als ich mich endlich allmählich entspannte, hörte ich diesen Song … unseren Song. Ich war wie hypnotisiert. Die eisige Hand in mir erwachte aus ihrem kurzen Schlummer, und ich spürte, wie sie vor Erregung bebte, als sie von unten über meine Lungen strich. Das Grollen des Schlagzeugs schwoll an, sein Crescendo gipfelte in einem Beckenschlag. Weitere Akkorde übertönten die Dusche. Hohe Klaviertöne trillerten und wurden lauter und lauter …

Owen hatte The Who geliebt, und dies war einer seiner Lieblingssongs gewesen. Das Stück versetzte mich in einen Moment jener Nacht zurück, an den ich gar nicht mehr gedacht hatte. Vor dem Stromausfall hatten Owen und ich Wein getrunken, so weit erinnerte ich mich noch, aber ich hatte vergessen, dass wir im Wohnzimmer zu diesem Song, der in Dauerschleife gelaufen war, getanzt hatten und dass Owen ziemlich falsch mitgesungen hatte. Während das heiße Wasser auf meinen Kopf prasselte, erlaubte ich mir, mich in diesen Moment zurückzuversetzen. Wir tanzten und lachten, wirbelten herum und küssten uns. Es war kaum auszuhalten, mich daran zu erinnern, doch ich zwang mich dazu. Wenigstens einmal wollte ich wieder bei meinem Mann sein. Und während ich mich ganz in die Vergangenheit versenkte, kamen weitere Erinnerungen hoch. Mir fiel zum ersten Mal wieder ein, dass Owen in jener Nacht gesagt hatte, dass er mich liebte. Das war nicht oft vorgekommen, deshalb war es ein besonderer Moment gewesen. Er führte mich zur Couch und setzte sich neben mich, dann strich er mir mein langes Haar aus den Augen und küsste mich mit derselben Leidenschaft, derselben Lust wie damals, als wir uns gerade kennengelernt hatten. Wir zogen uns bis auf die Unterwäsche aus und liebten uns auf dem Sofa. Wir liebten uns, als hinge unser Leben davon ab. Aber vielleicht fühlte sich das auch nur im Nachhinein so an, wegen dem, was dann passierte.

Dann war es dunkel; die Musik war aus, doch ich hörte sie noch immer im Geist, konnte Owen aber nicht mehr sehen.

Ich musste aufhören, daran zu denken, aber es ging nicht. Ich war in dieser Erinnerung gefangen, ich war wieder zurück in jener Nacht.

Ich versuchte, nach ihm zu rufen, aber der Laut, der aus meinem Mund kam, war unwirklich. Wie von einem sterbenden Tier. Ich wollte aufstehen, aber ich konnte nicht, mein Körper ignorierte das, was ich von ihm verlangte. Stattdessen glitt ich vom Sofa auf den Boden, mein Gesicht versank im hohen Flor des Teppichs. Ich sah Füße, zuerst dachte ich, es wären mehrere Paare, doch dann merkte ich, dass das nicht stimmte; ich sah dasselbe Paar mehrmals. Wieder versuchte ich, nach Owen zu rufen, und wieder brachte ich keine Worte zustande. Dann wurde ich an den Haaren gezerrt. Ich konnte hören, wie sie von meiner Kopfhaut gerissen wurden. Das hätte eigentlich wehtun sollen, aber ich spürte nichts.

Ich wurde ins Badezimmer geschleift, noch immer spielte der Song in meinem Kopf. Ich sah mehrere Arme, nein, einen Arm, Owens Arm über den Badewannenrand hängen, leblos und dünn. Dann beugte sich ein Mann über mich, ich sah kein Gesicht, nur einen aufgerissenen, blutigen Mund, eine dunkle Höhle, die versuchte, mich zu verschlingen …

»Claire?«

Mums Stimme riss mich aus meinen Gedanken, und ich merkte, dass The Who zu Ende gesungen hatte.

»Alles in Ordnung, Mum.«

»Okay, Schatz.«

Ich hörte, wie Mum die Treppe hinunterging, und wusch mich rasch, bemüht, damit aufzuhören, meinen Erinnerungen nachzuhängen. Ich trat aus der Dusche, schaltete die Musik aus, trocknete mich in der Stille ab und versuchte, den The-Who-Song aus meinem Kopf zu verdrängen. Doch er hatte sich wieder dort eingenistet. Er würde mir wohl eine Weile erhalten bleiben.

Ich wischte mit der Hand den beschlagenen Badezimmerspiegel ab und betrachtete mich darin. Mein kurzes Haar stand vom Rubbeln mit dem Handtuch in alle Richtungen ab, meine Augenlider waren schwer, mein Blick sorgenvoll. Ich holte tief Luft. Ich konnte die Vergangenheit nicht ändern, ebenso wenig die Gegenwart – der Blackout-Killer, der echte Mörder, war wieder zurück. Doch wie ich damit umging, lag in meiner Hand. Ich musste tougher sein denn je; es musste mir gelingen, in meinen Garten zu gehen, ein Fenster offen zu lassen, Milch und Brot einzukaufen, wenn es ausging. Ich musste die eisige Hand unter Kontrolle bekommen.

Ich ging in Pauls Schlafzimmer und sah, dass Mum den Koffer auf dem Bett aufgeklappt und Leggings und ein Oberteil für mich herausgelegt hatte. Ich zog mich an und ging dann nach unten zu Mum und Geoff. Ich wusste, dass ich in Sicherheit war und der Blackout-Killer keine Ahnung hatte, wo ich mich aufhielt. Ganz egal, wie oft ich mir das jedoch sagte – ich konnte das Gefühl nicht abschütteln, dass er und ich uns noch begegnen würden.

46

2. OKTOBER 2018
ELY, CAMBRIDGESHIRE

Draußen vor dem Haus hörte ich Stimmen – zuerst die von jemandem, den ich nicht kannte, dann Pauls. Er klang gereizt, geradezu wütend: »Gehen Sie mir jetzt einfach aus dem Weg! Das ist *mein* Haus, verdammt noch mal!«

Ich hatte Paul noch nie aggressiv erlebt, es klang fremd aus seinem Mund. Geoff sprang auf und ging zur Haustür, um ihm beizustehen, und ich spähte um die Ecke zwischen Wohnzimmer und Flur, um nach draußen zu sehen. Ich wagte mich nicht hinaus, falls Reporter dort waren. Schließlich kam Paul herein und schlug die Tür so laut hinter sich zu, dass ich zusammenzuckte. Er ließ seine Tasche fallen und stürzte ins Wohnzimmer, wobei er in der Tür fast mit mir zusammenstieß.

»Himmel, tut mir leid, Claire.«

»Ist alles in Ordnung?«

Er holte tief Luft, eindeutig gestresst. »Ja, tut mir leid, alles in Ordnung.«

Er küsste mich auf die Wange, und als er zurücktrat, merkte ich, dass er genauso erschöpft war wie ich.

»Wie geht es dir, Liebling?«, fragte er, alle Schärfe war aus seiner Stimme verschwunden.

»Du weißt ja, ich überlebe es.«

»Ich bin froh, dass du da bist.«

»Ich auch«, erwiderte ich und meinte es auch so. Ich war dort, wohin ich gehörte.

»Brauchst du etwas?«

»Nein, du bist da, jetzt geht es mir gut.«

Paul lächelte und ging in die Küche; ich sah ihm hinterher. Sah, wie er sich an die Spüle lehnte, den Kopf gesenkt, als wäre er viel zu schwer; er rollte die Schultern nach vorne, als wären sie zu müde, um ihn aufrecht zu halten. Es war nur ein kurzer Moment, doch er ließ tief blicken. Als Paul merkte, dass ich ihn beobachtete, richtete er sich wieder auf und strahlte mich an.

»Möchtest du deinen Tee?«, fragte er lächelnd.

»Ja, gern.« Ich versuchte, die vermeintliche Leichtigkeit in seiner Stimme nachzuahmen. Er wandte sich wieder der Spüle zu, um zwei Tassen aus dem Abtropfgitter zu nehmen. Sein Spiegelbild im Fenster verriet mir, dass das Lächeln verschwunden und die tiefen Furchen auf seiner Stirn wieder da waren. Die Nachrichten machten ihn fertig, und das brach mir das Herz.

»Paul? Geht es dir gut?«

Er wandte sich zu mir um, öffnete den Mund, als wollte er etwas sagen, und hielt dann inne. »Alles gut«, sagte er schließlich. Ich glaubte ihm nicht.

Mum und Geoff blieben den ganzen Nachmittag noch da, sie versuchten, sich so normal zu verhalten wie möglich, und scheiterten. Mum bereitete mit Pauls Hilfe eine Lasagne für uns alle zu, eines ihrer Trostessen, das in der Regel sehr gut ankam. Das meiste davon stand noch auf dem Esstisch und erstarrte allmählich, weil keiner von uns wirklich Appetit hatte. Geoff versuchte, die Stimmung aufzuheitern, indem er lustige Geschichten aus seiner Militärzeit erzählte, aber niemand lachte. Keiner von uns hatte die Energie dazu. Trotzdem gaben wir uns alle Mühe, und ich war dankbar dafür. Der Tag verging schneller, als ich gedacht hätte.

Bei Sonnenuntergang brachen Mum und Geoff widerwillig auf, nicht ohne uns zu versichern, dass sie ja gleich um die Ecke wären. Allerdings war diese Ecke jetzt fast dreißig Kilometer entfernt. Kaum war die Haustür hinter ihnen zugefallen, herrschte totale Stille, und als ich mich aufs Sofa fallen ließ, beobachtete ich, wie Paul völlig erschlagen Gläser und Tassen abwusch.

»Paul …«

»Mach dir keine Sorgen, ich räume hier auf.«

»Nein, Paul, hör auf.«

Er gehorchte und sah mich überrascht an. »Was ist los, Claire?«

»Nichts, oder na ja, nichts, was nicht ohnehin schon los ist. Alles in Ordnung bei dir?«

»Ja«, erwiderte er ein wenig zu schnell.

»Du siehst aber nicht so aus.«

»Wirklich, alles okay, ich bin nur müde. Ich habe in letzter Zeit nicht gut geschlafen.«

»Warum hast du nicht …«

»Claire, zu wenig Schlaf abbekommen zu haben ist im Moment nicht von Bedeutung, oder?«

»Tut mir leid, ich wollte mich nur vergewissern, dass alles in Ordnung ist.«

»Es geht mir gut«, sagte er leise und kniff sich dabei in die Nasenwurzel.

»Okay«, flüsterte ich; ein seltsames Déjà-vu überkam mich. Ich stand auf und wollte in die Küche gehen, um zu Ende aufzuräumen, wollte mich mit etwas beschäftigen und das seltsame Gefühl abschütteln. Als ich an Paul vorbeikam, ergriff er meine Hand.

»Claire, es tut mir leid. Es fällt mir schwer, weil ich dich so mag. Und es tut mir leid, wenn ich ein wenig neben der Spur wirke – eine Nacht lang gut schlafen, neben dir, und ich bin wieder voll auf dem Damm.«

Ich machte mir Sorgen um ihn, um uns. Da war eindeutig etwas, was er sagen wollte, aber nicht konnte. Ich dachte einen Augenblick über seine Bemerkung neulich nach, dass wir alle eine Bürde aus unserer Vergangenheit auf den Schultern tragen, und fragte mich, ob was immer da gerade los war, mit seiner Bürde zu tun hatte. Nein, Unsinn. Etwas stimmte nicht, und das hatte nichts mit der Vergangenheit zu tun, sondern mit der Gegenwart, mit mir.

Paul stand auf, drückte mir einen Kuss auf die Stirn und ging in die Küche. Als er die Tassen in die Spülmaschine räumte, hallte das Klirren durch das ganze Haus. Das Schweigen zwischen uns fühlte sich neu an, und das schreckliche Gefühl eines Déjà-vu blieb. Ich musste irgendwas tun. Auf dem Couchtisch lag die Fernbedienung, und ich streckte die Hand nach ihr aus. Ich sollte das besser nicht tun, das war mir klar; sicherlich würde ich nur Berichte über *ihn* sehen. Dass es nicht Tommy Kay gewesen war und wie sehr sie sich doch geirrt hatten. Bestimmt würden sie darüber spekulieren, was der wahre Blackout-Killer ein Jahrzehnt lang getrieben hatte, wo er gewesen war. Ich konnte förmlich hören, wie sie ihn mit anderen ungelösten Mordfällen in Verbindung brachten. Ich wusste, dass mich das aufwühlen würde, aber wenn ich die dritte Version meiner selbst sein wollte, dann durfte ich mich dem, was in der Welt passierte, nicht verschließen. Also schnappte ich mir die Fernbedienung und schaltete die BBC-Nachrichten ein.

Nichts hätte mich auf das, was ich sah, vorbereiten können. Vom Bildschirm starrte mich Killian an, der vor der Polizeiwache von Huntingdon hinter einer Wand aus Mikrofonen stand.

Ich drehte den Ton auf; Paul kam zurück ins Wohnzimmer.

»Claire, ich glaube kaum …«

Er war ebenso schockiert wie ich, als er Killian sah, und brach mitten im Satz ab. Dann ließ er sich neben mir aufs Sofa fallen.

»… bin ich nicht wütend auf Claire Moore wegen dem, was sie all die Jahre gesagt und getan hat, ich habe vielmehr

Mitleid mit ihr. Ich wollte immer nur einem verzweifelten, traurigen, verängstigten Menschen helfen, so gut ich eben konnte. Ich habe eine Unterstützerseite für sie gegründet. Wir haben Spenden gesammelt, sie beraten, sogar selbst Nachforschungen angestellt, um dahinterzukommen, wer der Mörder war. Wir haben es infrage gestellt, als alle Welt glaubte, dass Tommy Kay hinter den entsetzlichen Morden in Irland steckte …«

»Was für ein Arschloch«, sagte Paul und riss sich dann wieder zusammen.

Ich konnte nicht glauben, was ich da hörte – Killian log zwar nicht direkt, aber die Art und Weise, wie er das sagte, seine Haltung … er stellte sich als mein Held, mein Retter dar! Was war mit dem Brief, was war mit der armen Katze? Noch bevor ich meine Fassung wiedergefunden hatte, stellte eine Stimme hinter der Kamera Killian eine Frage: »Wenn Claire Moore jetzt hier wäre, was würden Sie ihr sagen?«

Als er antwortete, sah er direkt in die Kamera, seine Augen verengten sich. »Ich würde sagen, es tut mir leid, dass sie geglaubt hat, ich wäre etwas anderes als ein treu sorgender Freund. Ich wollte dir nichts zuleide tun, Claire, und mit den Fotos, die in meinem Haus gefunden wurden, wollte ich nur bei den Ermittlungen helfen. Um für deine Sicherheit zu sorgen.«

»Mr. Jones, können Sie ihr verzeihen, dass sie Sie einen Mörder genannt hat?«

»Natürlich verzeihe ich ihr, aber das bedeutet nichts, wenn sie sich selbst nicht verzeihen kann.«

Ich schleuderte die Fernbedienung gegen den Bildschirm, quer durch die Mitte entstand ein Riss. Killian war immer noch zu sehen, er sprach über das, was er als Nächstes vorhatte, doch sein Gesicht war durch den Riss seltsam verformt. Paul sprang auf und schaltete den Fernseher über den Netzanschluss ab.

»Was für eine bodenlose Scheiße«, sagte ich zum Fußboden. »Was für eine bodenlose, gequirlte Scheiße. Wie ist er mit dem, was er getan hat, bloß davongekommen?«

»Ich weiß es nicht«, sagte Paul, während er die Fernbedienung und die Batterien einsammelte, die beim Aufprall herausgefallen waren.

»Er hat Mums Kater umgebracht. Er hat mich belästigt, heimlich Fotos von mir gemacht – warum wird er wie ein Opfer dargestellt, wie *mein* Opfer?«

Mir war nach Weinen zumute, doch ich hatte in letzter Zeit so viel geweint, dass mir die Tränen ausgegangen waren. Stattdessen sprang ich auf, Zorn pulsierte heiß durch meine Adern, und ich stolzierte aus dem Wohnzimmer. Ich musste noch mehr durch die Gegend schmeißen, auf irgendwas eindreschen. Ich öffnete die Hintertür und trat in Pauls Garten hinaus: Auch hier begleitete mich normalerweise immer die Angst, doch dieses Mal wurde sie von meiner Wut erstickt. Ich stand barfuß auf dem feuchten Rasen und nahm das Erste, was mir in die Hände fiel. Es war ein Rechen, der am Haus lehnte, und ich schleuderte ihn auf den Boden, bis die Zinken verbogen waren und der Stiel zerbrochen. Dann ließ ich ihn liegen und schnappte mir einen Gartenstuhl, den ich gegen die Garagenwand donnerte, die Schockwellen des Aufpralls übertrugen sich so heftig auf meine Hände, dass meine Finger wehtaten. Aber ich war immer noch nicht zufrieden, deshalb nahm ich eine Topfpflanze und schleuderte sie in die andere Richtung. Sie prallte dreimal auf, bevor sie ausrollte und liegen blieb. Ich war wütend, dass ich es nicht geschafft hatte, den Topf zu zerschmettern. Keuchend blickte ich zum Nachthimmel hinauf; das Mondlicht fiel auf die Wolken, die offenbar sorglos dahinzogen, und ich hasste sie dafür. Ein Geräusch drang aus meinem Mund – ein tiefer, lauter Schrei. Aus dem Geräusch wurden zwei Worte. Ich brüllte so laut, dass das Geräusch von den Wolken über mir zurückgeworfen wurde und als *fuck you* zu mir zurückkam. Und es war ein *fuck you*, das mir galt. *Fuck you, Claire; dafür, dass du überlebt hast, fuck you für deine Anstrengungen.* Aber es war auch ein *fuck you* für denjenigen, der versucht hatte, mich umzubringen. *Fuck you, Killian, für den Mord an Mums Kater. Und fuck you, Presse, die mich hatte glauben lassen, es wäre vorbei, als er verhaftet worden war.*

Arme legten sich um mich. Paul war gekommen, um seinen Garten vor meiner Raserei zu retten. Doch ich konnte nicht aufhören zu brüllen. *Fuck you. Fuck you.* Er hielt mich fest, so fest, dass ich kaum atmen konnte, und ich beruhigte mich so weit, dass ich merkte, was ich angerichtet hatte. Meine Beine knickten ein, und Paul ließ mich auf das feuchte Gras sinken, dann setzte er sich neben mich und legte den Arm wieder um mich. Er war bei mir, beschützte mich. Mein Zorn verwandelte sich in ein Zittern, das in einer niederschmetternden Trauer mündete. Als sie wieder nachließ, betrachtete ich das Chaos, das ich angerichtet hatte.

»Paul, es tut mir leid.«

»Hey, schon gut, es ist okay.«

»Ich habe deinen Fernseher kaputtgemacht.«

»Ja, aber das hat gutgetan, oder?« Er lächelte an meiner Schulter. Ich lächelte auch.

»Ja, hat es.«

»Was den Garten angeht – ich bin bloß froh, dass ich keine Gartenzwerge habe.«

Zuerst schaute ich ihn perplex an, dann musste ich lachen, Paul stimmte ein, und einen Moment lang waren wir einfach nur zwei lachende Menschen, die auf nassem Gras saßen, umgeben von Chaos. Von außen betrachtet wirkte das wohl einigermaßen bizarr, und es gefiel mir, dass Paul das nichts ausmachte. Als wir aufstanden, ging mir plötzlich auf, dass mich meine Raserei auch gleich noch vom Griff der eisigen Hand befreit hatte! Zurück im Haus, schlossen wir die Tür hinter uns ab und gingen nach oben.

Obwohl es erst halb neun war, war ich todmüde und wollte ins Bett, war mir aber nicht sicher, ob ich schlafen konnte. Als könnte Paul meine Gedanken lesen, ging er ins Bad und kam mit Schlaftabletten zurück. Ich nahm sie, ohne groß darüber nachzudenken, und legte mich hin. Paul setzte sich neben mich und strich mir über den Rücken, bis ich in einen unruhigen Schlaf fiel.

47

3. OKTOBER 2018
DAVENTRY, NORTHAMPTONSHIRE

Ein anderes Restaurant, eine andere Stadt, ein anderes Date am späten Abend. Sie hieß Esme Ormandy. Nummer zehn. Und nach einer halben Flasche Wein waren die Fragen, die sie stellte, so vorhersehbar, als hätte er ein Drehbuch für sie geschrieben.

»Wie lange bist du schon Single?«

»Etwa ein Jahr.«

»Hast du Kinder?«

»Ja, eins. Ein Mädchen.«

»Oh, wie süß. Wie heißt sie denn?«

»Charlotte.«

»Was wünschst du dir von einer Beziehung?«

Er langweilte sich. Es war zu einfach. Aufgrund seiner Antworten würde sie ihn für einen »feinen Kerl« halten und sich fragen, weshalb er noch auf dem Markt war.

Natürlich war er kein »feiner Kerl«. Er war selbstsüchtig. Er fragte nicht nach ihrem Leben; es interessierte ihn nicht, wer sie war, weil er schon alles wusste, was er wissen musste. Sie war verheiratet, ihr Mann ein Kontrollfreak. Er war neulich ausgezogen, besuchte sie aber mittwochabends, um auf seine Kosten zu kommen. Er nahm an, dass sie ihn deshalb an einem Mittwoch treffen wollte – sie hoffte, dass sie vielleicht heute Nacht mit ihm statt mit ihrem Mann schlafen konnte. Schon bei ihrer Unterhaltung auf der Dating-Website hatte er erfahren, dass sie ihn endlich verlassen hatte, nachdem er zehn Jahre lang kontrolliert hatte, was sie anzog, wohin sie ging, mit wem sie sich traf. Er war das Alphatier und sie nur sein kleines Weibchen. Und jetzt war sie draußen in der großen bösen Welt, und das flößte ihr Angst ein. Auch wenn sie sexuell an ihm interessiert war, es war klar, dass sie auf sicheres Terrain zurückkehren wollte. Sie war seiner Mutter ähnlicher als alle anderen. Dabei hatte er den Eindruck, dass sie gut allein zurechtkommen würde, so wie sie ihn ansah. Er erkannte eine Intelligenz, die er bei den anderen nicht wahrgenommen hatte. Aber sie war auch feige. Er konnte sie als Rechtfertigung für die Entscheidungen ihres Mannes förmlich sagen hören: »Er ist nicht perfekt, aber wer ist das schon?« Diese Schwäche konnte er ausnutzen, wenn die Zeit dafür gekommen war. So lange würde er warten, sein Instinkt würde ihm sagen, wann es so weit war. So oder so, er war bereit, die Strecke zu ihrem Haus war schon geplant. Die Stromversorgungsstelle ausgekundschaftet.

Mit jedem Mord wurden die Vorbereitungen einfacher. Es war fast schon ein Jammer, dass er bald damit aufhören würde.

Er und die Zehnte genossen ihr Essen und teilten sich anderthalb Flaschen Wein, wobei er ein Glas trank – und sie den ganzen Rest; und als er den Abend gerade zum Abschluss bringen wollte, bevor sie noch auf die Idee käme, sie könnten zusammen nach Hause gehen, fing sie an, von Claire Moore zu sprechen.

»Wie findest du, was sie jetzt über sie sagen?«

Gab es denn etwas Neues? Das Letzte, was er gehört hatte, war, dass Killian freigelassen worden war, weil man jetzt wusste, dass der echte Blackout-Killer nie gefasst worden war. Dank ihm und der Fotos, die er so lange aufbewahrt hatte.

»Ich gucke nicht oft Nachrichten. Es ist zu deprimierend. Was haben sie denn gesagt?«

»Dass sie Killian benutzt hat, um zurück ins Rampenlicht zu gelangen.«

»Was? Warum sollte sie das tun?«, fragte er verwirrt, sein Herzschlag beschleunigte sich.

»Du weißt ja, wie es heute mit Mördern und Opfern und so ist. Wahrscheinlich springt dabei ein Buchvertrag für sie raus.«

»Du meinst, sie ist hinter Geld her?«

»Wer weiß, zumindest sagen sie das im Internet.«

Er nickte zustimmend, passiv, doch in seinem Inneren war eine Glut entfacht. Sie waren wie Geier, denen er Fleischbrocken hingeworfen hatte, und wenn es keine mehr gab, erfanden sie einfach etwas über Claire Moore. Sie versuchte nur zu überleben, Leute wie Killian Jones waren diejenigen, die Kasse machen wollten. Als er Nachtisch bestellte – Nummer zehn erlaubte ihm, für sie einen auszuwählen –, loderte ein Feuer in ihm. Genau wie in den Häusern, die er angezündet hatte.

Als er der Zehnten eine gute Nacht wünschte und sie zart auf die Wange küsste, nahm er die Enttäuschung in ihren einsamen Augen wahr. Sie würde nach Hause gehen und höchstwahrscheinlich aus der Not heraus ihrem Mann eine Nachricht schreiben. Er fand sie durchaus attraktiv, aber er konnte ihr nicht nachgeben, auch wenn er es in Betracht gezogen hatte.

Als er an seinem Auto angelangt war, googelte er im Handy Claire Moore; die ersten Treffer kannte er schon, es ging darin um ihre gemeinsame Nacht. Beim Herunterscrollen entdeckte er einen neuen Artikel von einem Boulevardblatt, das er abgrundtief hasste. Normalerweise nahm er sich keine Zeit, auch nur irgendetwas zu lesen, was diese Schwachköpfe schrieben – er bevorzugte es, über die BBC herauszufinden, wie die Welt ihn wahrnahm. Doch Claire Moore auf dem Titelbild dieses Schundblatts zu sehen weckte seine Neugier, und er musste es einfach lesen.

Auf dem Foto saß sie neben ihrer Mutter im Auto. Bei näherer Betrachtung stellte er fest, dass es bearbeitet worden war. Ihre Augen waren dunkler und lagen tiefer in ihren Höhlen, sie hatten ihre Nase dünner gemacht und ihr Lächeln breiter. Sie hatten ihr absichtlich ein boshaftes Aussehen verpasst. Er las, was sie über sie geschrieben hatten, und wurde wütend. Wegen der Lügen, die sie erzählten. Man bezeichnete sie als aufmerksamkeitsheischend, als Z-Promi, der Leuten ihr schwer verdientes Geld aus den Taschen zog. Sie schrieben, dass Claire Geschenke von einer Unterstützergruppe bekommen hatte, die der inzwischen rehabilitierte

Killian Jones vor zehn Jahren für sie ins Leben gerufen hatte. Er las, dass sie mit dem Geld, das sie von dieser Unterstützergruppe erhalten hatte, Urlaub gemacht hätte, dass sie das Opfer gespielt hätte, um die Welt zu bereisen. Doch das war natürlich Blödsinn. Außer bei ihrer Mutter und abgesehen von dieser einen Reise nach Irland war Claire nirgends gewesen. Sie zitierten Killian Jones – wahrscheinlich zitierten sie ihn falsch –, der gesagt haben sollte, er hoffe, sie würde sich selbst verzeihen können, was sie getan hatte.

Sie stellten sie als Monster dar. Sie machten etwas aus ihr, was sie nicht war, diese Lügner. Er musste wieder von ihr ablenken; musste sie noch einmal beschützen, was bedeutete, dass er Nummer zehn eher früher als später töten musste, auf jeden Fall früher als geplant. Die Zehnte befand sich auf dem Heimweg und dachte sicher an ihn. Aber wahrscheinlich würde sie ihren Mann später bitten, zu ihr zu kommen, was bedeutete, dass er es heute Nacht nicht würde tun können. Er könnte auch beide erledigen – wie in den guten alten Tagen in Irland. Doch er wollte seine neue Botschaft, seine neue Argumentation nicht über den Haufen werfen.

Auch wenn manche billigen Magazine über Claire berichteten, konzentrierten sich die meisten auf die Verbindung zwischen seinen letzten Opfern. Inzwischen hatten sie seine Mission zumindest im Ansatz verstanden. Sie hatten herausgefunden, dass sich die Frauen von Männern getrennt hatten, die sie schlecht behandelten. Die Männer selbst wurden dadurch an den Pranger gestellt. Keine Helden in der Presse. Nur Opfer und Schurken. Genau, wie er es wollte. Was die paar anging, die so giftig über Claire berichteten, da wusste er, wie er gegen sie angehen würde – er würde die Zehnte kurz nach der Neunten umbringen. Wenn zwischen den Morden viel Zeit verstrich, wiegten sich die Menschen in Sicherheit.

Er würde ihnen dieses letzte Quäntchen Trost nehmen.

Als er wieder zurück in seinem Haus war, überprüfte er gewissenhaft den Inhalt seines Rucksacks, obwohl er natürlich bereits gepackt und in Ordnung war. Er legte sich auf sein Bett und ging seine Vorgehensweise durch: zuerst die Stromversorgung abschalten, dann die anderthalb Kilometer zum Haus laufen. Er stellte sich vor, wie er durch die Hintertür eindrang, sich wenn nötig um ihren Hund kümmerte und dann ihr Leben beendete. Nicht heute Nacht, er wollte den Moment ein wenig genießen, gut schlafen, wie immer, bevor er tötete, und morgen würde er sich die Zehnte schnappen.

Und dann würde es in den Schlagzeilen nicht mehr um Claire Moore gehen, seine Arbeit würde ihrem verleumderischen Tonfall einen Dämpfer verpassen. Die Fotos seines vierten, fünften und sechsten Opfers in Irland würde er für sie zurücklassen.

Das letzte Foto seiner Sammlung, das, das ihm am meisten bedeutete, würde er behalten. Vorerst.

48

4. OKTOBER 2018
ELY, CAMBRIDGESHIRE

Nach mehreren Tagen der Selbstmedikation mit Pauls Schlaftabletten fühlte ich mich von Morgen zu Morgen benebelter. Doch das machte mir nichts aus, ich genoss das Taubheitsgefühl, das damit einherging. Das bedeutete jedoch auch, dass ich nach dem Aufwachen in Pauls Bett mehr als nur einen Moment brauchte, bis mir wieder einfiel, wo ich war und weshalb ich nicht zu Hause in meinem Bett lag. Und so groggy ich auch war, erwachte dann die eisige Hand zum Leben und versuchte ihre Melodie zu spielen. Sie klang so verzerrt, wie das Bild von Killian aussah, nachdem ich Pauls Fernseher kaputtgemacht hatte. Mich auf die Seite zu wälzen erforderte mehr Anstrengung, als es sollte, und als ich diese gewaltige Aufgabe gemeistert hatte, war ich Pauls Schlafzimmerfenster zugewandt. Die Sonne stand schon hoch am Himmel, und als ich auf den Wecker blickte, war ich erschrocken, wie spät es war. Ich hatte fast zwölf Stunden geschlafen.

Ich richtete mich auf und stellte vorsichtig die Füße auf den Boden, in meinem Kopf drehte sich alles. Ich konnte nicht klar denken, als ich mich erhob, und verlagerte fast mein ganzes Gewicht auf den beschädigten Fuß; Schmerz durchzuckte mich, ich fiel zu Boden und schlug mit dem Ellbogen gegen den Heizkörper. Fluchend stand ich auf, verlagerte mein Gewicht nach links und ging langsam zur Schlafzimmertür. Ich fühlte mich, als hätte ich den schlimmsten Kater aller Zeiten. Ich rief nach Paul, als ich die Treppe zur Küche hinunterging, bekam jedoch keine Antwort. Im Haus herrschte Stille. Die Art von Stille, in der auch die Luft reglos ist. Ich war allein. Ich brühte mir eine Tasse Tee auf, um hoffentlich meinen aufgewühlten Magen zu beruhigen, und entdeckte eine Nachricht neben dem Tassenständer.

Ich musste heute früh zurück zur Arbeit. Tut mir leid, ich hasse es, dich allein zu lassen. Ich komme heute Abend zurück.

Für eine Sekunde war ich enttäuscht, dass ich bei ihm nicht an erster Stelle stand. Dann gab ich mir innerlich eine Ohrfeige. Das Leben musste schließlich weitergehen.

Ich schaltete das Radio an – gerade lief George Ezra –, nahm meine Tasse und ging zur Hintertür, öffnete sie und atmete die Morgenluft ein. Am liebsten wäre ich nach draußen gegangen, um den kühlen Boden unter meinen Füßen zu spüren, aber ich konnte nicht. Die Sachen, die ich vor zwei Tagen in meiner blinden Raserei zerstört hatte, lagen immer noch da, und ich schämte mich. Als ich fast den Mut aufgebracht hatte, hinauszugehen und Ordnung zu schaffen, hielt mich das Klingeln meines Handys zurück. Es war nicht in der Küche, aber irgendwo im unteren Stock, deshalb ging ich dem Klingeln nach und landete im Wohnzimmer. Bevor ich es vom Couchtisch nehmen konnte, verstummte es allerdings, und ich sah, dass ich vier verpasste Anrufe von Mum hatte – und mehrere Sprach- und Textnachrichten sowie jede Menge Facebook-Benachrichtigungen. Noch während ich das Telefon in der Hand hielt, poppte eine weitere Facebook-Nachricht auf und dann noch eine. Irgendetwas stimmte nicht. Panik ergriff mich, und mir wurde übel – hatte er wieder getötet, und dann auch noch so kurz nach dem letzten Mal?

Das Handy klingelte in meiner Hand, und wieder war es Mum. Ich konnte nicht drangehen. Ich traute mich nicht. Ich wollte es nicht wissen, was immer da gerade passierte, ändern konnte ich es ohnehin nicht. Zum ersten Mal wollte ich ahnungslos bleiben. Nicht erfahren, wenn er wieder gemordet hatte, nicht erfahren, wer das Opfer war oder wie ähnlich wir uns waren. Ich konnte diese Verantwortung nicht auf mich nehmen. Mum versuchte es noch einmal, ich ging nicht ran. Beim dritten Mal musste es sein, sonst hätte sie sich Sorgen gemacht. Als ich mich meldete, blieben mir die Worte in der Kehle stecken.

»Claire? Habe ich dich aufgeweckt?«

»Nein, schon gut. Was ist passiert?«

»Du klingst müde. Hast du nicht gut geschlafen?«

»Mum, was ist los?«

Ich hörte sie am anderen Ende der Leitung seufzen.

»Bleib einfach offline, okay?«

»Hat er es wieder getan?«

»Oh, nein, Liebes, nichts dergleichen.«

Ich schlug mir mit der Hand vor den Mund, um das Schluchzen zu unterdrücken, das in mir aufstieg, und hielt einen Moment lang den Atem an.

»Claire? Bist du noch da?«

»Ja, ich bin noch da«, sagte ich endlich. »Was ist los? Warum soll ich offline bleiben? Hat Killian etwas gesagt?«

»Seit seiner ruhmreichen Viertelstunde im Fernsehen nicht mehr. Dieser kleine Wichser!«

»Paul hat auch so etwas gesagt. Ich kann es nicht fassen. Aber wenn er nichts gesagt hat, worum geht es dann, was ist passiert?«

»Es ist …« Sie zögerte und rang um die richtigen Worte. »Es ist … Nun ja, die Medien sind eben die Medien. Eigentlich ist überhaupt nichts, ich will dich nicht beunruhigen. Soll ich zu dir kommen?«

Ich wusste nicht so recht, warum sie mich anrief. Nur um mir zu sagen, dass ich wegen der Medien offline bleiben sollte? Wir waren daran gewöhnt, dass sie uns jagten. Dass sie mich so oft angerufen hatte, konnte nur bedeuten, dass noch etwas anderes los war.

»Bist du sicher, dass das alles ist? Die Medien?«

»Ja. Eigentlich ist überhaupt nichts, ich habe mir nur Sorgen gemacht.«

»Okay?«

»Soll ich später vorbeikommen, vielleicht zum Mittagessen?«

»Ja, gern.«

»Gut, dann bis später.«

Mum legte auf, und ich war völlig durcheinander. Es sah ihr nicht ähnlich, dass sie mich vor etwas warnte und dabei so vage blieb. Mir zu sagen, ich solle offline bleiben, wo sie doch wusste, dass ich das ohnehin versuchte, fand ich seltsam. Was um alles in der Welt war passiert?

Wieder gab das Handy einen Ton von sich, eine weitere Facebook-Benachrichtigung. Ich ignorierte die Warnung meiner Mum, öffnete die App und sah eine ganze Flut von Nachrichten, die auf der CMSP-Gruppenseite gepostet worden waren. Das hatte kurz nach einundzwanzig Uhr angefangen, als ich schon in meinen von Tabletten herbeigeführten Tiefschlaf gefallen war.

Claire, mach dir nichts aus dem, was sie gesagt haben. Wer liest überhaupt ihren Schrott? –

Claire, ich finde unfair, was sie getan haben. Halt einfach durch, Mädchen. –

Killian war völlig daneben, als er das gesagt hat. Wir wissen, dass du nicht so bist, wie er behauptet, das ist teilweise der Grund, weshalb wir ihn aus der Gruppe geworfen haben. –

Das macht mich so wütend. Wie können sie es nur wagen, das zu drucken? Ignorier sie, Claire. Sie wollen unbedingt ihre Zeitschrift verkaufen. Jeder weiß, dass nur Mist darin steht. –

Claire, ich bin Anwältin. Was sie gesagt haben, ist eine Verleumdung. Wir werden dagegen kämpfen, sie müssen das widerrufen und sich entschuldigen. Wenn wir mit ihnen fertig sind, werden sie nie wieder ein Wort über dich drucken wollen. –

Was zum Teufel war passiert? Ich ging auf den Facebook-Messenger und entdeckte, dass sich Wendy gemeldet hatte. Als ich ihre Nachricht las, war ich zuerst schockiert, dann wurde mir übel, und dann packte mich die Wut. Ich schrieb ihr nicht zurück, sondern öffnete die Safari-App und suchte nach der *Nation's Choice*, der Zeitschrift, die mich angeschrieben hatte. Es handelte sich dabei um ein billiges Wochenmagazin, das Storys über Menschen brachte, die Aliens gesehen oder Elvis geheiratet hatten und anderen derartigen Schwachsinn. Ihr Ruf war nicht gerade glänzend, und ich war mir ziemlich sicher, dass niemand sie ernst nahm, trotzdem brach ich in Tränen aus, als die Seite aufging und ich sah, was auf dem Cover der dieswöchigen Ausgabe abgebildet war: Ich, wie ich in die Kamera lächelte. Das Foto war vor Wochen entstanden, als ich mit Mum ausgegangen war und so wirken wollte, als hätte ich alles im Griff. Sie hatten das Foto bearbeitet, sodass ich jetzt aussah wie ein Ghul, der manisch in die Kamera grinste. Darunter stand: »Der Blackout-Killer ist zurück, und Claire Moore sahnt ab.« Neben dem riesigen, manipulierten Foto war ein kleineres abgebildet, es zeigte mich ebenfalls draußen mit Mum. Ich hatte meine Sonnenbrille auf, den Kopf in den Nacken gelegt und versuchte, mich zum ersten Mal seit einer Ewigkeit zu entspannen. Die beiden Bilder zeigten mich als jemand, der glücklich war, mit sich im Reinen – obwohl ich alles andere war als das –, und als jemand, dessen Glück von Killians Unglück herrührte.

Ich musste das ignorieren, aber es gelang mir nicht: Zum ersten Mal, seit dieser zehn Jahre andauernde Albtraum begonnen hatte, war ich nicht das Opfer oder die Heldin, sondern die Schurkin.

Ich schloss den Browser und wählte Pauls Nummer. Ich musste seine Stimme hören, musste von ihm hören, dass alles gut werden würde. Ich rief an und rief an, aber er nahm nicht ab.

49

4. OKTOBER 2018
ELY, CAMBRIDGESHIRE

Ich erreichte Paul den ganzen Tag nicht und hinterließ Nachrichten über Nachrichten. Was immer bei seiner Arbeit los war, es musste etwas Großes sein, und seltsamerweise hoffte ich, das würde bedeuten, dass er nicht gesehen hatte, was ich – und der Rest der Welt – gesehen hatte. Mum kam nicht zum Mittagessen, ich hatte ihr abgesagt. Ich sei zu müde und wolle schlafen, log ich. Wie immer war sie besorgt, und fast hätte ich nachgegeben, doch dann erinnerte ich sie daran, dass ein Polizist draußen vorm Haus Wache hielt. Ich versprach, sie anzurufen, wenn ich geschlafen hatte. Aber es fühlte sich an, als würde ich nie wieder schlafen können.

Stattdessen ging ich auf und ab und führte Selbstgespräche, versicherte mir immer wieder selbst, dass alles gut werden würde. Und dann öffnete ich törichterweise die Nachrichten-App auf meinem Handy, und auch wenn ich wusste, dass ich das nicht tun sollte, las ich alles über das neunte Opfer. Die Frau, die ermordet worden war, als Killian in Haft gesessen hatte, hieß Lauren Hegarty. Sofort waren die erdrückenden Schuldgefühle wieder da. Ich hätte nicht weiterlesen sollen, doch ich konnte den Blick nicht vom Display abwenden. Auf einem Foto stand sie neben einem hochgewachsenen, korpulenten Mann. Laut Bildunterschrift ihr Ehemann, und im Artikel stand, dass ihre Beziehung explosiv war, dass er »mit harter Hand regierte«. Weiter unten las ich, dass sie etwas Ähnliches über den Mann des achten Opfers gesagt hatten.

Ich riss mich von den Meldungen los und ließ mein Handy auf das Sofa fallen; nahm es in der folgenden Stunde aber immer wieder zur Hand, las ihre Lebensgeschichte und das, was in Ruabon – einem Ort, von dem ich noch nie zuvor gehört hatte – geschehen war. Ihr Ehemann wurde befragt – nicht von der Polizei, sondern von einem Boulevardblatt –, und mir schoss durch den Kopf, dass er nicht so traurig war, wie er hätte sein sollen. In Anbetracht der hasserfüllten Berichte über mich machte es mich nervös, über sie zu lesen. Ich fühlte mich in Pauls Haus sicher, doch ich kannte die Geräusche noch nicht so gut wie bei mir zu Hause. Jedes Knarren war für mich ein Schritt auf dem Treppenabsatz, jedes Krachen in den Leitungen ein Fenster, das aus den Angeln gehoben wurde. Ich musste mich ablenken und durfte nicht noch mehr über die Rückkehr des Blackout-Killers lesen.

Mir fiel wieder ein, wie gut es sich angefühlt hatte, mein Haus zu putzen, und ich war mir sicher, dass es Paul nichts ausmachen würde – vor allem nicht, nachdem ich in seinem Garten randaliert und seinen Fernseher zerstört hatte. Außerdem brauchte sein Zuhause eine weibliche Hand. Ich fing in der Küche an, staubte die Vasen ab, in denen ich noch nie

Blumen gesehen hatte, und rückte die Bilder an der Wand gerade – Fotos, die Paul auf Reisen gemacht hatte. Ich wischte alle Rahmen ab und stellte mir Paul hinter der Kamera vor. Einige der Bilder waren so schön, dass ich bezweifelte, dass er sie selbst aufgenommen hatte. Als ich die Küche verließ, um im Flur Staub zu wischen und nach oben zu gehen, schwor ich mir, eines Tages ebenfalls zu reisen.

Ich putzte das Bad, räumte den Inhalt des Spiegelschrankes auf und vermied es dabei, mein Spiegelbild anzusehen, dann machte ich im Schlafzimmer weiter. Ich schüttelte die Kissen auf und wechselte die Bettwäsche. Als ich das Bett verschob, um die Ecken hineinzustecken, entdeckte ich einen Zettel auf dem Boden. Ich hob ihn auf und sah, dass es eine von Pauls Tankrechnungen war. Der Betrag belief sich auf siebzig Pfund, und der Bon stammte von einer Tankstelle in Daventry. Dort arbeitete er wohl gerade. Es war nur eine Stunde entfernt, trotzdem hatte ich ein schlechtes Gewissen, er verbrachte so viel Zeit auf der Straße, weil er das Gefühl hatte, abends heimkehren zu müssen. Er würde den Bon für die Steuererklärung brauchen, deshalb steckte ich ihn in meine Hosentasche und machte weiter. Als das Bett perfekt gemacht war, nahm ich das Gästezimmer in Angriff und stopfte dann die gesamte Bettwäsche in die Waschmaschine. Während das Wasser einlief, wurde mir bewusst, dass sich der Tag dem Ende zuneigte; die Sonne hing noch knapp über dem Horizont und tauchte die Welt in ein goldenes Licht. Ich hatte die letzten paar Stunden mit Putzen verbracht. Und darüber war ich froh.

Allerdings hatte ich immer noch nichts von Paul gehört und machte mir allmählich Sorgen. Was konnte bei der Arbeit passiert sein, dass er mir keine Nachricht schicken konnte? Weil ich wieder Zeit zum Grübeln hatte, vielleicht auch weil das Geräusch der Waschmaschine alles übertönte, was sonst womöglich zu hören gewesen wäre, stieg allmählich ein unbehagliches Gefühl in mir auf. Rasch und leise, als könnte ich durch schnelle Bewegungen dieses Gefühl ersticken, überprüfte ich immer wieder akribisch jedes Fenster, jede Tür und vergewisserte mich, dass ich sicher eingeschlossen war. Ich sorgte dafür, dass die Schlüssel in den Schlössern steckten, sodass ich rasch hinauskam, falls notwendig. Am liebsten hätte ich sie mir allerdings um den Hals gehängt wie meine eigenen Hausschlüssel, aber das erschien mir nicht klug. Wenn ich schnell hier rausmusste, würde ich nicht wissen, welcher Schlüssel zu welcher Tür gehörte. Ich zählte meine eigenen Schlüssel durch, auch wenn das keinen Sinn ergab. Haustür, Hintertür, Fenster oben, Fenster unten. Ich überprüfte den Garten; die Sicherheitsleuchte war aus, und ich hoffte, dass der Bewegungsmelder funktionierte. Dann kontrollierte ich die Vorderseite. Die Straße lag ruhig da, und ein Stück entfernt konnte ich den Streifenwagen sehen; der Polizist hinter dem Steuer sah sich etwas auf seinem Handy an, dessen Licht das Wageninnere in einen gespenstischen Schein tauchte.

Ich ging nach oben, um herauszufinden, wo Paul seine Kassenbons aufbewahrte, damit ich den, der heruntergefallen war, dazulegen konnte. Wenn ich mich beschäftigte, konnte ich mich daran hindern, Mum anzurufen, um ihr zu sagen, dass sie herkommen und mich retten sollte. Ich wusste, dass er Papierkram im Gästezimmer ablegte, und da es nicht groß war, kamen nicht viele Stellen infrage, an denen er die Bons aufbewahren konnte.

Ich schaute in den Schrank; das obere Fach war vollgestopft mit dicken Pullis und Jogginghosen. Außerdem besaß Paul eine Klimmzugstange, die kaum benutzt aussah. Unten im Schrank stapelten sich Bücher, die meisten betrafen die Arbeit. Ich ließ mich auf die Knie sinken und öffnete die Schubladen unter dem Schlafsofa. Insgesamt waren es vier, zwei auf jeder Seite. Die erste war voller Fotoalben, und ich kämpfte gegen das Verlangen an, dasjenige, das Fotos von seiner Ex-Frau enthielt, durchzublättern. Bestimmt waren die Bons in einer der anderen drei Schubladen. Die zweite Schublade war voller Krempel – ein altes Handy, ein paar Batterien, aber immer noch keine Schachtel mit Kassenzetteln. Ich öffnete die dritte Schublade, und da war sie: eine Ablagebox voller Kassenbons. Ich legte die Tankquittung hinein und klappte die Box wieder zu, bevor ich sie wieder genau dorthin stellte, wo ich sie gefunden hatte. Nun war nur noch eine Schublade übrig, die ich nicht inspiziert hatte, und meine Neugier nahm überhand. Überraschenderweise befand sich darin eine identische Box, und ich fragte mich, ob ich seine Tankrechnung falsch eingeordnet hatte, deshalb öffnete ich sie.

Alle Luft wich aus meiner Lunge bei dem, was ich dort sah.

Da lag eine Zeitung, eine, deren Datum ich wusste, noch bevor ich hinschaute: 19. Mai 2008. Der Tag, nachdem Owen gestorben war. Das Bild, das die gesamte Vorderseite einnahm, kannte ich nur zu gut. Ich war darauf abgebildet, starrte halb geblendet in ein Licht, unfähig zu erkennen, was dahinter lag. Ich hatte die rechte Hand ausgestreckt, sie war von Grasschnitt und Blut bedeckt. Meine Haut war aschfahl, meine hohlen Augen flehten darum, gerettet zu werden. Darunter, da, wo meine Beine von Grasschnitt bedeckt waren, stand: *Die Frau, die überlebte.*

Paul hatte die ganze Zeit eine Ausgabe dieser Zeitung gehabt, er hatte damals verfolgt, was mir passiert war, wusste viel mehr, als er zugegeben hatte.

Er hatte mich angelogen.

50

4. OKTOBER 2018
DAVENTRY, NORTHAMPTONSHIRE

Nummer zehn
Als er sein Werkzeug wieder im Rucksack verstaut hatte, wurde ihm bewusst, dass er ihn nicht so aufmerksam gepackt hatte wie sonst – er hatte die Sachen willkürlich hineingeworfen und dann den Reißverschluss zugezogen. Er suchte den Boden ab, bis er sicher war, dass er nichts zurücklassen würde. Dann stand er langsam auf und zog den weißen Schutzoverall aus. Er nahm die Kamera aus der vorderen Tasche seines Rucksacks und machte ein Foto von ihr, der Blitz blendete ihn; dann steckte er den Apparat wieder weg. Wahrscheinlich würde er das Foto sehr lange aufbewahren, vielleicht würde es außer ihm nie jemand zu Gesicht bekommen. Das Letzte, was noch zu tun war, war das, was ihm womöglich am meisten Spaß machte, und dennoch: Als er das Feuerzeug aus der Hosentasche zog, empfand er nichts. Vielleicht weil die Zehnte irgendetwas an sich gehabt hatte und es ihm irgendwie leidtat, dass sie sich nicht selbst hatte retten können, genau wie seine Mutter. Vielleicht auch, weil er innerhalb von vier kurzen Tagen zweimal getötet hatte und

das sein Gefühl von Macht, von Selbstwert eher verwässerte als verdichtete. Doch eigentlich wusste er, dass es daran lag, dass er beim nächsten Mal Claire Moores Körper mit Benzin übergießen würde.

Er machte das Feuerzeug an und hielt es an den verstümmelten Fuß der Zehnten, dann beobachtete er, wie die Flamme mit dem Benzin reagierte, das er über ihren Körper gegossen hatte, und sie in ein brennendes Inferno verwandelte. Er betrachtete ihr Gesicht, unfähig, die Flammen anzusehen, die an ihrem Bein hinaufkrochen, ihren Pyjama mit ihren Schenkeln verschmolzen, bevor ihr Oberteil Feuer fing. Sie war stark betäubt, stärker als alle anderen, weil sie seiner Mutter so ähnlich war. Er wollte nicht, dass sie zu sich kam. Sie durfte nicht erfahren, was da gerade passierte.

Während er sie musterte, stellte er sich seine Mutter im Badezimmer vor, an dem Tag, an dem er sie gefunden hatte; ihr Gesicht war genauso friedlich wie das der Zehnten gewesen. Stopp, er musste aufhören, an seine Mutter zu denken, sonst würde er noch in Tränen ausbrechen. Er konnte sich nicht erklären, weshalb ihm zum Weinen zumute war. Das lag nicht an seiner Mutter oder an der Frau vor ihm, sondern an etwas anderem, etwas, das er nicht finden konnte, etwas, das zu tief in ihm begraben lag. Er konzentrierte sich wieder auf die Flammen, die ihren Körper einhüllten, und nur an einem leichten Beben ihrer Lippen, kurz bevor die inzwischen einen Meter hohen Flammen ihm den Blick auf ihr Gesicht versperrten, merkte er, dass sie noch nicht tot war.

Er schwang sich seinen Rucksack über die Schulter, was anstrengender war als sonst; er war erschöpft. Und dann verließ er das Haus auf demselben Weg, wie er hereingekommen war. Er blickte erst zurück, als er sein Auto erreichte, das er in der Nähe des Stromverteilers geparkt hatte. Als er zum ersten Mal den Strom abgestellt hatte, hatte er in allen Häusern Bewegung gespürt. Wie Ratten, die hinter einer Wand scharrten; Angst war durch den Spalt zwischen den Vorhängen hindurchgesickert. Die Menschen hatten sich versteckt. Einige waren in ihre Autos gesprungen und davongebraust. Kinder weinten in den Armen ihrer Eltern, weil sie aus dem Schlaf geschreckt worden waren. Doch jetzt herrschte einfach nur Stille. Der nächste Atemzug würde ein Seufzer der Erleichterung sein, denn sobald die Menschen der Umgebung das Feuer sahen, wussten sie, dass sie außer Gefahr waren. Ob er wohl aufgehalten worden wäre, wenn die Menschen weniger egoistisch wären? Die Antwort war Ja. Wenn sich die Straßen plötzlich mit Menschen gefüllt hätten, die ihn anschauten und in ihm einen Fremden in ihrer Gemeinschaft erkannten, wäre es vorbei gewesen.

Doch das taten sie nie.

Als er ins Auto stieg, war er erschöpft. Sein Adrenalinspiegel war von Nummer neun immer noch hoch, und dass die Zehnte jetzt auch tot war, war zu viel, selbst für ihn. Er startete den Motor und fuhr davon. Eigentlich sollte er jetzt den Song der Zehnten, »Sealed by a Kiss«, hören, aber ihm war nicht danach. Seltsamerweise wollte er sich an sie gar nicht so detailliert erinnern wie an die anderen. Wenn er mehr Zeit zwischen der Neunten und der Zehnten gehabt hätte, hätte er sich vielleicht anders gefühlt, doch sein Instinkt hatte ihm geraten, sich schnell zu bewegen, und seinen Instinkt stellte er nicht infrage. Eben dieser Instinkt gebot ihm jetzt zu warten, sich Zeit zu lassen, still zu werden, und er würde sich danach richten. Dann, wenn die Zeit dafür reif war, würde er zu Claire Moore gehen.

Der Tod der Zehnten – eine weniger als Jack the Rippers geschätzte Gesamtzahl – war nicht seine Sternstunde gewesen, und während er in die Nacht hineinfuhr, wollte er zum ersten Mal vergessen, was er gerade getan hatte, was er seit Jahren tat, was ihm als Kind widerfahren war.

Er wollte vergessen. Er wollte ohne Unterbrechung schlafen. Wenigstens eine einzige Nacht.

Doch er hatte noch etwas zu tun, er musste noch eine Sache erledigen, bevor er nach Hause gehen und schlafen konnte. Seine letzte Aufgabe würde den Samen für seinen künftigen Besuch bei Claire säen. Und das würde ihn und seine Botschaft für alle Zeiten unsterblich machen.

51

4. OKTOBER 2018
ELY, CAMBRIDGESHIRE

Ich wusste nicht, was ich davon halten sollte. Paul hatte immer hartnäckig behauptet, kaum etwas über meine Geschichte zu wissen, nur wenige Details zu kennen und die Nachrichten damals nicht verfolgt zu haben. Und doch lag hier unterm Bett die erste Zeitung, die die Nachricht gebracht hatte. Ich legte sie aufs Schlafsofa und schaute hinten in der Schublade nach, in der stillen Hoffnung, nicht noch etwas zu finden.

Aber da war noch ein Buch mit festem Einband, eine Art Mappe. Ich nahm sie und schlug sie irgendwo in der Mitte auf, wo ich einen Zeitungsausschnitt fand. Über mich. Das Datum oben rechts besagte, dass der Artikel drei Wochen nach jener Nacht erschienen war. In dem Bericht wurde erörtert, was für ein Mensch ein Serienmörder sein konnte, welche verräterischen Anzeichen es dafür gab: zerrüttetes Zuhause, Trauma, Vernachlässigung, der Hang, Tiere zu töten – das alles war farbig hervorgehoben. Auf der nächsten Seite klebte ein Artikel, der mehr Einzelheiten über mich enthielt, darüber, was passiert war, und Paul hatte die Details meiner Verletzungen in Neonorange hervorgehoben. Als ich Paul meine Narben hatte berühren lassen, als ich ihm erklärt hatte, wie sie mir zufügt worden waren, hatte er so getan, als würde er das zum ersten Mal hören. Er hatte gelogen.

Mir wurde übel, und ich schluckte schwer, kämpfte darum, meine Atmung in den Griff zu bekommen, die schnell und scharf war, als wäre ich gerannt. Ich rang darum, genug Sauerstoff in mich hineinzupumpen, während ich die nächste Seite umblätterte, in der Hoffnung, dass das alles gewesen war. Natürlich war es nicht alles, dort klebte ein Artikel, der darlegte, wie sich Traumata und das Überleben von etwas Schrecklichem auf die Psyche auswirken konnten. Als ich aus dem Krankenhaus entlassen worden war, hatten sich viele Artikel mit diesem Thema beschäftigt. Es schockierte mich nicht, ihn zu sehen, oder besser gesagt, es hätte mich nicht schockiert, hätte ich ihn woanders als hier gefunden. Ich las einen der farbig hervorgehobenen Abschnitte; es ging darum, dass Betroffene Schwierigkeiten haben können, sich an die neue Realität anzupassen; es ging um Albträume und Phobien.

Ich blätterte ganz nach vorn. Auf der ersten Seite befand sich ein Bericht über den ersten Mord. Er war nur kurz, weil man davon ausging, dass Blair Patterson einem tragischen Unfall zum Opfer gefallen war. Ich las ihn widerstrebend, und die eisige Hand amüsierte sich und spielte ihre vertraute Melodie. Ich blätterte weiter und entdeckte ähnliche Meldungen über das zweite, dritte und vierte Opfer. Diese

Artikel enthielten mehr Details und wurden von mehr Zeitungen gebracht. Paul hatte eine der Überschriften farblich unterlegt: »Irland in der Gewalt eines Serienkillers«. In blinder Panik blätterte ich weiter, auch wenn ich nicht verstand, warum ich noch mehr herausfinden wollte. Ich fand die Berichte über die Morde an Kath Brinck und Lauren Hegarty. Aber sie war erst vor vier Tagen ermordet worden! Irgendwann, während ich schon hier war, hatte er seinem Tagebuch ihren Tod hinzugefügt.

Ich klappte das Buch zu, setzte mich aufs Sofa und wusste nicht, was ich tun sollte. Ein Teil von mir – der größte Teil – hätte am liebsten Mum angerufen, damit sie mich abholte und weit weg von ihm brachte, oder den Polizisten, der hoffentlich immer noch draußen Wache hielt. Doch das wäre die zweite Version von mir gewesen, paranoid und anklagend; die Version, die das Steuer übernommen hatte, als ich mit der Presse über Killian gesprochen hatte – und das war falsch gewesen. Ich war so geblendet von meiner Angst gewesen, dass ich die Wahrheit nicht hatte sehen können.

Bei Paul wollte ich nicht die gleichen voreiligen Schlüsse ziehen. Er hatte mich die ganze Zeit unterstützt, geliebt und sich um mich gekümmert. Es musste eine logische Erklärung dafür geben, weshalb Paul so viele Informationen über den Blackout-Killer, seine Opfer und mich hatte. Ich zwang mich dazu, mich zu konzentrieren, und konnte gerade so die dritte Version von mir hören, die mir leise zuflüsterte, dass ich es würde wissen wollen, wenn es umgekehrt wäre. Wenn dies jemandem passiert wäre, den ich lieb hatte. Das musste es sein. Ja, das musste es sein. Dennoch musste ich mit Mum darüber sprechen. Ich sah auf die Uhr, es war schon spät, wahrscheinlich hatte sie ihr Handy schon ausgeschaltet, doch ich versuchte es trotzdem. Ihre Mailbox ging an, ohne dass es überhaupt geklingelt hatte. Ich könnte sie auf dem Festnetz anrufen, dann würde sie garantiert rangehen, aber plötzlich erschien es mir unfair, sie mit etwas zu beunruhigen, von dem ich noch nicht wusste, ob ich mich täuschte, so wie bei Killian. Ich scrollte durch meine Kontakteliste und rief Penny an. Zum Glück hob sie ab.

»Claire!«, sagte sie erfreut, aber mit einem besorgten Unterton.

»Hey, Pen.«

»Ist alles gut bei dir?«

»Ja. Ja, es geht mir gut.«

»Hör mal, es tut mir leid, dass ich nicht angerufen habe, ich dachte, du brauchst wegen dem, was der kleine Scheißkerl gesagt hat, und wegen den neuesten Entwicklungen – du weißt schon – vielleicht ein wenig Abstand.«

»Das verstehe ich, du brauchst dich nicht zu entschuldigen.«

»Das sind alles Idioten.«

»Ja. Hör mal, kann ich dich was fragen?«

»Ja, klar.«

»Wie viel Zeug hast du über mich?«

»Wie meinst du das?«

»Zeitungsausschnitte und so. Hast du irgendetwas davon aufbewahrt?« Eine Pause entstand, ein Zögern. »Penny?«

»Als wir uns kennengelernt haben, habe ich alles nachgelesen. Und ja, ich hatte das eine oder andere.«

»Aber du weißt es nicht?«

»Nein, ich habe vor ein paar Jahren alles weggeworfen.«

»Warum?«

»Weil du meine Freundin bist und ich dich besser kenne als diese Drecksblätter.«

»Nein, ich meine, warum hast du es nachgelesen?« Ich wusste die Antwort, bevor sie es sagte, doch ich musste es trotzdem hören, denn ohne es zu wissen, würde sie damit Paul verteidigen, und ich brauchte jemanden, der das tat, weil ich es nicht konnte.

»Ich wollte es wissen, damit ich nichts tat oder sagte, was dich verletzen könnte.«

»Penny, ich weiß, dass du mich nicht verletzen würdest.«

»Nicht absichtlich, nein, aber Claire, wir wissen beide, dass du eine verletzliche Person bist. Das ist nichts Schlechtes – es ist das, was dich ausmacht. Und dafür mag ich dich. Ich hatte solche Angst, dass ich etwas sagen oder tun könnte, was dich abstößt oder in die Flucht schlägt.«

»Ich gehe nirgendwohin«, sagte ich lächelnd.

»Nun ja, jetzt nicht mehr, jetzt hast du mich an der Backe kleben.«

»Gut.«

»Claire, warum wolltest du wissen, ob ich recherchiert habe?«

»Weil …« Ich verstummte und kam mir blöd vor, überhaupt angerufen zu haben, verärgert darüber, mir selbst nicht mehr vertraut zu haben. »Weil ich gerade bei Paul bin und eine Mappe mit Artikeln über mich gefunden habe, über damals.«

»Vermutlich hat er einfach nur das getan, was ich auch getan habe.«

»Ja, das hätte ich begreifen sollen. Jetzt komme ich mir albern vor.«

»Claire, so solltest du nicht denken. Es passiert so viel. Wenn ich du wäre, würde ich ausflippen! Ich freue mich so darüber, dass du mich anrufst. Das zeigt doch, dass du viel besonnener bist, als ich das je gekonnt hätte.«

»Besonnen bin ich wohl kaum.«

»Schenk dir doch selbst mal ein wenig Anerkennung. Du machst das viel besser, als du denkst.«

»Danke, Pen.«

»Kommst du klar?«

»Ja, ich hau mich jetzt aufs Ohr und versuche, ein wenig Schlaf zu bekommen.«

»Wenn du etwas brauchst, sag einfach Bescheid, okay?«

»Das mach ich.«

Penny legte auf, und ich seufzte erleichtert, dann räumte ich das Zimmer auf, damit es so unberührt wie möglich aussah. Die dritte Version meiner selbst schob sich in den Vordergrund. Sie brachte mich dazu, das Zimmer zu verlassen und mich bettfertig zu machen. Wieder checkte ich mein Handy: Immer noch nichts von Paul, und als ich versuchte, ihn anzurufen, wurde ich sofort auf die Mailbox umgeleitet. Ich machte mir nicht die Mühe, eine Nachricht zu hinterlassen. Ich legte mich ins Bett; wenn er nach Hause kam, würde ich ihm sagen, was ich gefunden hatte. Dann würde ich ihm erklären, dass er mich einfach nur zu fragen brauchte, wenn er etwas wissen wollte. Mir gefiel nicht, dass er geheim hielt, was er über mich wusste.

Aber andererseits hatten wir wahrscheinlich alle unsere Geheimnisse.

52

5. OKTOBER 2018
ELY, CAMBRIDGESHIRE

Ich konnte nicht schlafen. Ich wollte es, brauchte es, kämpfte darum. Doch auch wenn mein Körper völlig ausgelaugt war, so sehr, dass ich kaum die Kraft hatte, mich im Bett umzudrehen, überschlugen sich meine Gedanken immer noch. In den letzten paar Tagen hatte ich kaum Zeit gehabt, darüber nachzudenken, dass Owens Mörder nie gefasst und zur Rechenschaft gezogen worden war. Er war die letzten zehn Jahre frei herumgelaufen, und unwillkürlich fragte ich mich, was er die ganze Zeit getan hatte. Hatte er ein ganz normales Leben geführt? Hatte er jemanden kennengelernt, den er liebte, hatte er eine Familie? Waren er und ich uns begegnet? Hatte er mich gegrüßt? Ich zermarterte mir das Gehirn darüber. War er der Mann gewesen, der mich damals im Wartezimmer von Dr. Porters Arztpraxis angelächelt hatte? War er der Mann, der mir im Regen seinen Schirm angeboten hatte? Hatte er ein Päckchen an meine Haustür geliefert? Konnte er der Mann gewesen sein, der vor ein paar Monaten meinen Einkauf bezahlt hatte?

Und dann fing ich an, mir die größeren Fragen zu stellen: Was hatte ihn veranlasst zurückzukehren? Warum mordete er wieder? Suchte er mich, um zu Ende zu bringen, was er begonnen hatte?

Als ich die Haustür hörte, fuhr ich zusammen. Paul kam endlich nach Hause. Ich stellte mich schlafend, ich wollte nicht, dass es womöglich zum Streit kam, wenn ich ihm sagte, dass ich seine Mappe gefunden hatte, denn dazu hatte ich nicht die Energie. Und als er ins Schlafzimmer kam und einen Seufzer ausstieß, dachte ich, dass er sie in diesem Moment wohl auch nicht hatte.

»Bist du noch wach?«, flüsterte er, und ich murmelte etwas zur Bestätigung, aber nur weil er mich aufgeschreckt hatte.

»Tut mir leid, dass es so spät geworden ist. Ich hatte mein Ladegerät nicht dabei, und der Akku war leer, sonst hätte ich angerufen. Und dann hatte auch noch das verdammte Auto eine Panne.«

Wieder murmelte ich vor mich hin, und er strich mir über den Arm. »Schlaf einfach weiter. Wir reden morgen.« Er klang müde und niedergeschlagen.

Ich hörte, wie er das Zimmer verließ und ins Bad ging, um Zähne zu putzen und sich bettfertig zu machen. Als er neben mir ins Bett kletterte, reagierte ich nicht. Er drückte mir einen Kuss auf die Schulter und wälzte sich auf seine Seite, lag mit dem Rücken zu mir. Kurze Zeit später schlief er tief und fest.

Ich war immer noch aufgewühlt wegen der Mappe, aber ich versuchte, meine Gefühle beiseitezuschieben. Was hatte Penny noch gesagt? Sie wollte mich nicht verletzen. Ich schloss die Augen, konzentrierte mich auf meine Atmung und passte sie Pauls gleichmäßigem Atemrhythmus an. Nach wenigen Minuten spürte ich, wie sich mein Zwerchfell entspannte, und wusste, dass mein erschöpfter Körper bald nachgeben würde. Als ich gerade dabei war einzuschlafen, riss mich ein Leuchten an der Decke aus meiner Ruhe; ich drehte mich herum und ergriff die Lichtquelle: mein Handy. Auf dem Display war ein Nachrichten-Update zu sehen:

HAUSBRAND IN DAVENTRY, ALLEINSTEHENDE BEWOHNERIN WOMÖGLICH VERBRANNT

Er hatte wieder zugeschlagen, so schnell! Sein zehnter Mord. Der dritte, seit im August dieser Albtraum begonnen hatte. Doch das war nicht das Erschreckendste an dieser Sache. Was mir am meisten Angst einjagte, war der Ort. Nicht zum ersten Mal heute Abend las ich das Wort Daventry.

Behutsam schlüpfte ich aus dem Bett, um Paul nicht zu wecken, und ging rasch ins Gästezimmer. Ich nahm die Schachtel, in der er seine Kassenbons und Arbeitsprotokolle aufbewahrte, ging damit nach unten in die Küche und schloss die Tür hinter mir. Ich schaltete die Beleuchtung über der Theke ein und öffnete die Schachtel neben dem Herd.

Ich fand den Kassenbon, den ich vorhin hineingelegt hatte, und las ihn noch einmal. Daventry. Ich schaute auf das Datum, der Bon war von vor zwei Tagen. Das war doch bestimmt ein Zufall, oder? Ich schaute mir andere Kassenbons des vergangenen Monats an. Die meisten von ihnen stammten von Tankstellen in der Nähe. Doch einige waren aus anderen Orten, von den meisten hatte ich noch nie etwas gehört und konnte sie nicht mal aussprechen: Die Ortsnamen sahen walisisch aus.

Ich nahm mein Handy und googelte Kath Brinck, mir war eingefallen, dass sie an einem Ort namens Bethesda gewohnt hatte. Ich schaute auf ihren Todestag, der 28. August, und suchte nach einer Tankquittung aus dieser Zeit. Es gab eine mit demselben Datum von einer Tankstelle in der Nähe von Betws-y-Coed. Ich gab den Ortsnamen in Google Maps ein, und mein Herz setzte einen Schlag aus, als ich herausfand, dass das nur fünfundzwanzig Kilometer von dort, wo sie gewohnt hatte, entfernt war. Dann googelte ich Lauren Hegarty, die neunte, ihr Wohnort war Ruabon. Ich fand einen Kassenbon für ein Tesco-Kombigericht in Wrexham am 26. September. Fünf Tage später wurde sie ermordet, und Wrexham war nur elf Kilometer entfernt.

Paul war an denselben Orten gewesen, zu ähnlichen Zeiten, als diese Frauen gestorben waren. Heute Abend war er in der Nähe von Daventry gewesen. Und jetzt war wieder eine Frau tot.

Das konnte nicht sein, ich weigerte mich, so etwas zu glauben. Dann fiel mir der Stromausfall vor ein paar Wochen wieder ein. Ich hatte nicht gehört, wie er durchs Haus gegangen war, um mich zu finden. Die meisten Menschen, mich eingeschlossen, würden herumstolpern, gegen Dinge stoßen, irgendwas umwerfen, aber er nicht – er bewegte sich schleichend, als wäre er an die Dunkelheit gewöhnt. Und ich hatte nicht einmal darüber nachgedacht, wie er hereingekommen war. Ich hatte ihm keinen Schlüssel gegeben, und doch war es ihm gelungen, ohne ein Geräusch zu machen reinzukommen! Dann dachte ich daran, wie er mich gehalten hatte – so fest, dass ich geglaubt hatte, ohnmächtig zu werden. Er war stark, stark genug, um jemanden an den Haaren wegzuschleifen. Und dann die letzten Morde – Bethesda, Ruabon, Daventry. Immer näher an meinem Zuhause, näher bei mir.

Ich wollte es nicht glauben, doch die Beweise existierten. Er war nur wenige Kilometer von jedem der Morde entfernt gewesen. Dank seiner Arbeit wusste er, wie man die Stromversorgung abschnitt. Wie man einen Generator beschädigte. Und dann die Mappe – ein Protokoll seiner Arbeit. Es war Paul. Es war die ganze Zeit Paul gewesen! Er war der Blackout-Killer. Vor zehn Jahren war er es gewesen, der in mein Haus gekommen war, er hatte Owen getötet. Er hatte mich über die Dating-Website gefunden. Er hatte mich gefunden und sich in mein Leben geschlichen. Um zu beenden, was er begonnen hatte.

Ich musste hier raus, und zwar schnell. Ich schnappte die Kassenbons, wobei einige zu Boden fielen, meine Hände zitterten so stark, dass ich gegen das Gefühl ankämpfen musste, mich zu übergeben oder ohnmächtig zu werden. Ich hob sie auf und wollte zur Haustür rennen, wobei es mir egal war, wie leise ich war. Sobald die Tür offen wäre, würde ich aus vollem Halse schreien und damit den Polizisten gegenüber alarmieren.

Doch als ich die Küchentür aufmachte, stand Paul am Fuß der Treppe und starrte mich mit einem Blick an, den ich noch nie zuvor an ihm gesehen hatte.

53

5. OKTOBER 2018
ELY, CAMBRIDGESHIRE

»Claire?« Er trat auf mich zu, und als ich anfing zu sprechen, rechnete ich damit, dass meine Stimme verzweifelt und schwach klingen würde. Überrascht stellte ich allerdings fest, dass sie sich leise und stabil anhörte.

»Bleib weg von mir.«

»Claire? Ich habe gerade die Nachrichten gesehen. Er hat es wieder getan. Er kommt näher. Wir müssen dich irgendwohin bringen, wo es sicher ist.«

»Ich gehe nirgendwohin. Nicht mit dir.«

»Claire, du musst. Wir müssen dich irgendwohin bringen, wo dich niemand finden kann.« Er machte noch einen Schritt und schaute mich verwirrt an. Dann sah er die Kassenzettel in meiner Hand, und sein Gesichtsausdruck veränderte sich. Als er wieder sprach, klang er bedächtiger, hatte plötzlich etwas gezwungen Ruhiges an sich. »Was hast du da in der Hand?«

»Du weißt verdammt gut, was das ist.«

»Claire, du musst dich jetzt beruhigen.«

»Du warst dort, in Nordwales. In Wrexham. Du warst in Daventry.«

»Claire …«

»Du warst an den Orten, an denen diese Frauen ums Leben kamen.«

»Lass mich das erklären. Es ist nicht so, wie du denkst, es ist alles nur ein …«

Meinen rechten Fuß zu belasten tat höllisch weh, doch ich biss mir auf die Lippe und tat es trotzdem. Ich wollte vorwärtsstürzen, in der Hoffnung, ihn unvorbereitet zu erwischen, um mich an ihm vorbeizudrängen und zur Haustür zu gelangen. Wenn ich sie öffnen konnte, würde ich schreien, und der Polizist draußen würde mich hören und mir zu Hilfe kommen. Ich bewegte mich so schnell ich konnte, doch Paul war genauso schnell, und als ich an ihm vorbeihastete, spürte ich, wie seine Hände in meine Haare fuhren und mich nach hinten zerrten. Ich stürzte, erwartete, dass er mich an den Haaren rückwärts schleifen würde wie damals, doch stattdessen schlang er mir den Arm um die Taille, seine Finger gruben sich in die Narbe an meinem Bauch, und als er mich wieder auf die Füße zog, schrie ich auf. Einen Arm um meinen Rumpf gelegt, schlug er mir die andere Hand vor den Mund und erstickte damit das Geräusch meines Schmerzes.

Seine Hand roch nach Benzin.

Er zerrte mich zurück in die Küche, prallte mit dem Rücken gegen den Kühlschrank, und mein rechter Fuß landete unter seinem. Er stellte sich mit seinem ganzen Gewicht darauf, nur einen Moment lang, doch es tat so weh, dass ich sicher war, das Narbengewebe wäre gerissen. Der plötzliche Schmerz brachte mit einem Schlag eine Erinnerung jener

Nacht zurück. Den Moment, nachdem er meine Zehen abgeschnitten hatte. Mir fiel wieder ein, wie ich ihn mit dem Bolzenschneider geschlagen hatte, wie ich auf das Fenster zugetaumelt war. Ich hatte auf meinen Fuß hinuntergeschaut. Im Rhythmus meines Herzens war das Blut pulsierend herausgeströmt, und ich war überzeugt, ich würde verbluten, wenn ich nicht handelte. Er hatte mich nicht angezündet, ich hatte es selbst getan. Ich hatte meinem Körper so große Schmerzen zugefügt, weil ich dadurch die Blutung stillen und die Wunde ausbrennen konnte. Mein vernarbtes rechtes Bein war nicht das Bein eines Opfers, sondern das einer Überlebenskünstlerin, und zu wissen, wie weit ich gegangen war, um ihm zu entkommen, verlieh mir neue Entschlossenheit. Schon damals war ich die dritte Version gewesen. Vielleicht war ich das schon immer?

Ich kämpfte gegen ihn an, doch sein Griff wurde noch fester, und seine Finger gruben sich in meinen Bauch, es tat so weh, dass ich glaubte, mich übergeben zu müssen. Ich versuchte, ihn zu treten, um mich zu schlagen, doch ich war hilflos, nutzlos. Aber ich hatte keine Angst. Meine schreckliche Angst war durch etwas anderes ersetzt worden, das sich zwar regte wie Angst, klang wie Angst … doch ich fürchtete mich nicht. Ein Jahrzehnt lang hatte ich in Angst gelebt, im Schatten, und jetzt war mein schlimmster Albtraum Wirklichkeit geworden. Aber seltsamerweise hatte ich jetzt weniger Angst als vor einem Gewitter oder der Dunkelheit.

Ich entspannte mich; ich hörte auf zu kämpfen und spürte, wie sich sein Griff lockerte. Er glaubte wohl, ich hätte aufgegeben oder womöglich so große Angst, dass ich das Bewusstsein verloren hatte, und das war genau das, was ich wollte. Seine Hand lag immer noch auf meinem Mund, aber ich spürte, wie sich sein Arm um meine Taille gerade so weit lockerte, dass ich handeln konnte. Ich ließ mich fallen, drehte mich und stieß mich ab. Dann warf ich mich von ihm weg, quer durch die Küche, wobei ich aufsprang und mir einen Stuhl vom Esstisch schnappte. Als er wieder auf mich zukam, holte ich weit mit dem Stuhl aus. Das Geräusch des Holzes, als es auf seinen Schädel traf, würde ich nie vergessen, und als Paul zu Boden ging, stürzte auch ich wegen der schieren Anstrengung, die es mich gekostet hatte, ihn niederzuschlagen.

Ich rappelte mich wieder auf, während er stöhnte und sich auf den Rücken wälzte; Blut aus der Wunde auf seiner rechten Kopfhälfte sammelte sich unter ihm zu einer Pfütze. Ich hatte erwartet, dass er liegen bleiben würde, doch er kam bereits wieder auf die Füße. Ich machte einen Satz zur Küchentür und riss sie so vehement auf, dass sie gegen die Arbeitsfläche krachte, dann humpelte ich weiter, so schnell es mein rechter Fuß erlaubte, der von glühenden Schmerzen zerrissen wurde. Als ich nach dem Knauf der Haustür griff und daran drehte, hatte er mich eingeholt. Er wirbelte mich herum, sodass ich ihn anschauen musste. Blut strömte ihm über das Gesicht, umrahmte seine Augen, sodass das Weiße darin monströs aufleuchtete wie bei einem Teufel. Ich schrie um Hilfe, und wieder hielt er mir den Mund zu, drückte fest, presste meinen Schädel an den Türrahmen. Ich hob mein rechtes Knie und rammte es ihm in den Schritt, sodass er vornüberklappte.

Als er auf dem Boden aufschlug, öffnete ich die Tür und rannte in die Nacht hinaus. Jemand musste meine Schreie gehört haben, denn als ich es bis zum Ende der Einfahrt geschafft hatte, war der Polizist aus dem Auto gesprungen und kam auf mich zugerannt. Als ich mich in seine Arme warf, brachte ich gerade noch sieben Worte heraus.

»Er ist es, er ist der Blackout-Killer.«

EPILOG

29. DEZEMBER 2018
ST IVES, CAMBRIDGESHIRE

Ich öffnete die Haustür, schaltete das Licht im Flur ein und hielt einen Moment inne, um meinem Haus zu lauschen. Es war still, wie erwartet. Ich zögerte. Geoff, der neben mir stand, legte mir die Hand auf die Schulter.

»Willst du, dass ich mit reinkomme?«

»Nein, alles in Ordnung«, erwiderte ich lächelnd.

»Ja, das weiß ich«, sagte er und lächelte zurück. »Deine Mum und ich sind wirklich stolz auf dich, Liebes.«

»Danke, Geoff. Vieles davon ist dir zu verdanken, weißt du das?«

»Weil ich dich nach Hause begleitet habe?«

»Weil du mir die drei Versionen meiner selbst gezeigt hast. Das geht mir seitdem nicht mehr aus dem Kopf und hat mich dazu gebracht, mich mehr anzustrengen, die dritte zu sein.«

»Die zweite Version war nicht deine beste«, räumte er ein.

»Und die erste gehört zu einem Mädchen, das so nicht mehr existiert«, beendete ich seinen Satz.

Wieder lächelte er. »Ich bin froh, dass ich irgendetwas für dich tun konnte.«

»Mehr als nur irgendetwas, Geoff, wegen dir habe ich gegen Paul gekämpft. Deinetwegen bin ich davongekommen. Paul … ich kann es immer noch nicht glauben.«

»Ich auch nicht, aber jetzt ist es geschafft.« Er umarmte mich und küsste mich auf die Wange. »Nacht, Kleines.«

»Nacht, Geoff.«

»Sieh zu, dass du ein wenig Schlaf bekommst, du hast morgen Frühschicht.«

»Das werde ich, danke für den schönen Abend.«

»Obwohl ich das Essen habe anbrennen lassen?«

»Es war trotzdem schön. Immerhin hast du Mum und mich nicht vergiftet.«

Ich gab ihm ebenfalls einen Kuss auf die Wange, und er drehte sich um und ging, die Hände in den Hosentaschen, zurück nach Hause. Ich schloss die Haustür hinter mir und hielt einen Moment länger den Atem an, als ich das hätte tun sollen. Dann ließ ich meine Tasche fallen und ging in die Küche.

Ich schaute auf die Uhr am Herd, es war kurz vor zehn Uhr. Ich musste um fünf aufstehen, mich fertig machen und um sechs bei der Arbeit sein, also wollte ich noch schnell eine Tasse Tee trinken und dann schlafen gehen. Mein Job war nicht gerade anspruchsvoll – ich putzte das lokale Kinderzentrum in Huntingdon; dabei arbeitete ich nicht direkt mit Kindern, wie ich gern gewollt hätte und wie ich es früher getan hatte, doch das spielte keine Rolle. Es war ein Job, *mein* Job, mein erster hier in England und erst mein zweiter überhaupt, und deshalb liebte ich ihn. Ich wusste ihn zu schätzen.

Paul war im Gefängnis. Er wurde angeklagt und für die Morde an Kath Brinck, Lauren Hegarty und Esme Ormandy verurteilt. Nach seiner Verhaftung hatte sich die Presse auf ihn gestürzt, und vieles aus Pauls Vergangenheit kam ans Licht, einschließlich seiner Ex-Frau, die darüber berichtete, wie er sie geschlagen hatte. Ihre Story »Wie ich einen Serienmörder überlebte« kam in allen Boulevardblättern. In seiner Jugend hatte er offenbar getrunken und sich oft geprügelt. Genau wie die Männer, auf die er es in Irland abgesehen hatte, und die Frauen dieser Männer, die er in letzter Zeit ins Visier genommen hatte.

Ich war so wütend auf mich selbst, weil ich das nicht erkannt hatte. Der endgültige Beweis, der zu seiner Anklage führte, wurde in seinem Kofferraum gefunden. Dummerweise hatte er dort den Bolzenschneider zurückgelassen, an dem das Blut aller drei Opfer nachgewiesen werden konnte. Aufgrund weiterer Indizien – der Mappe mit den Artikeln über die Morde sowie der Nachweise, dass er zur Tatzeit in der Nähe der Tatorte gewesen war – dauerte das Verfahren nicht lange, und die Geschworenen stimmten einhellig dafür, ihn zu dreimal Lebenslänglich zu verurteilen. Für die Morde in Irland, für die sieben Menschen einschließlich Owen, die dort gestorben waren, wurde er nicht belangt. Doch es war klar – der ganzen Welt war klar –, dass er es gewesen war. Zu wissen, dass er nie wieder das Gefängnis verlassen würde, reichte mir – es musste reichen. Ich hätte mir gewünscht, dass er gestand und damit mir und den anderen Familien half, den Abschluss zu finden, den wir alle brauchten, aber natürlich plädierte er auf unschuldig. Nichtsdestotrotz war es vorbei, wirklich vorbei. Und zu wissen, dass ich nicht einen, sondern zwei Anschläge auf mein Leben überlebt hatte, veränderte etwas in mir. Ich war eine Überlebende. Und zum ersten Mal war das okay für mich. Ich konnte weitermachen. Ich konnte allein sein. Ich hatte noch nicht alle meine Ängste besiegt. Nachts muss ich noch immer ein Licht anlassen. Ich hatte immer noch die Schlüssel bei mir, doch inzwischen bewahrte ich sie in meiner Hosentasche auf.

Mit einer Tasse Tee in der Hand vergewisserte ich mich, dass die Haustür abgeschlossen war, und ging hinauf ins Schlafzimmer; ich putzte mir die Zähne, legte mir meine Arbeitskleidung für den Morgen zurecht und warf einen Blick aus dem Fenster, bevor ich ins Bett schlüpfte. Es war Halbmond, doch das Licht reichte aus, um die leichten Winterwolken zu sehen. Ich erkannte einen Drachen, eine Burg, einen Zug. Lächelnd legte ich mich hin. Ich schaltete den Fernseher ein, die Zehn-Uhr-Nachrichten fingen gerade an, und es ging immer noch um Paul. Aber das interessierte mich nicht mehr. Die dritte Version meiner selbst war damit fertig. Ich wechselte den Sender, und der Bildschirm wurde kurz schwarz, als er wieder hell wurde, blieb ich für einen Moment bei einer Renovierungsshow hängen. Eigentlich mochte ich diese Sendungen; sie ließen mich an meine eigenen Pläne für mein Haus denken, daran, mir ein Leben aufzubauen, ein Leben, das ich verdient hatte. Aber ich wollte mich nicht mehr in Träumen verlieren, und deshalb wechselte ich wieder den Kanal. Wieder wurde der Bildschirm schwarz, und dann kam ein Trickfilm für Kinder. Wer um alles in der Welt schaute sich um diese Uhrzeit so etwas an? Ich drückte wieder auf die Fernbedienung. Der Bildschirm wurde schwarz – und alles andere im Zimmer auch. Einen Augenblick lang dachte ich, ich würde mir das einbilden, doch nirgendwo gab es Licht. Ich schaute auf meinen Wecker, doch der war ebenfalls aus.

Der Strom war ausgefallen.

Die eisige Hand, die ich fast die letzten drei Monate hatte ruhig halten können, erwachte zum Leben, krallte sich in mich, als wären meine Innereien die Wand eines Brunnens, in dem sie sich verzweifelt bemühte, nicht zu ertrinken.

Es ist nur ein Stromausfall, nur eine Sicherung ist herausgesprungen, redete ich mir ein, und mein Herz schlug mir bis zum Hals. *Steh auf, Claire, bring es in Ordnung.*

Ich gehorchte meinen eigenen Anweisungen und schwang die Beine aus dem Bett, doch als ich versuchte aufzutreten, fühlten sie sich taub an. Ich holte dreimal tief Luft, um mich zu beruhigen – Paul saß im Gefängnis, und Stromausfälle kamen andauernd vor. Ich fand mein Handy und schaltete die Taschenlampenfunktion ein; dann ging ich zur Treppe und klammerte mich beim Hinuntergehen am Geländer fest, um nicht zu stürzen.

Ich überprüfte die Haustür, sie war immer noch verschlossen, immer noch unangetastet. Ich atmete auf, doch als ich den Lichtstrahl zur Küche richtete, stach mir etwas ins Auge, das wenige Zentimeter vom Eingang entfernt auf dem Boden lag. Ein Umschlag. Ich bückte mich, hob ihn auf und sah ihn mir an. Es war keine Adresse darauf, keine Briefmarke. Nur mein Name in einer Schrift, die ich kannte. Es war nicht Mums oder Geoffs, deshalb musste es Pennys sein – vielleicht hatte sie eine Nachricht für mich eingeworfen, etwas Nettes, Freundliches. Sobald der Strom wieder da wäre, hätte ich etwas zu lesen, was meine Ängste zerstreuen würde.

Ich behielt ihn in der Hand und ging zum Schrank unter der Treppe, um in den Sicherungskasten zu schauen. Hier war alles in Ordnung, alle Sicherungen intakt, und abgeschaltet war der Strom auch nicht. In meinem Haus kam kein Strom an. Panik stieg in mir auf, und ich hinkte durch das Wohnzimmer, um nach draußen zu schauen. Die Häuser in der Umgebung waren ebenfalls dunkel, die Straßenlaternen aus.

Es ist nur ein Stromausfall, Claire. Tief durchatmen …

Ich setzte mich aufs Sofa und zwang mich dazu, mich zu beruhigen, damit ich nicht hyperventilierte und womöglich umkippte. Wenn es mir gelang, mich auf meine Atmung zu konzentrieren, dann käme der Strom letztendlich zurück, und ich wäre einen Schritt weiter auf meinem Weg zu einem Leben als vollkommen unabhängige Erwachsene: Wenn ich das jetzt hinkriegte, dann würde ich es für den Rest meines Lebens auch schaffen. Ich bin nicht in Gefahr, sagte ich mir immer und immer wieder. Stromausfälle kamen eben vor.

Sobald ich meine Atmung wieder unter Kontrolle hatte, fühlte ich mich besser, und um mich noch weiter zu stärken, blickte ich auf den Umschlag in meiner Hand hinunter. Als ich ihn öffnete, rechnete ich mit einem handgeschriebenen Brief von meiner besten Freundin. Sie würde mich zum Lächeln bringen, dafür sorgen, dass es mir gut ging. Der Umschlag enthielt mehrere Seiten. Als ich sie umdrehte, erkannte ich, dass sie keineswegs von Penny waren, sondern von jemand anderem. Die letzte Seite fiel herunter, ich hob sie auf und las.

Hallo Claire,
ich habe lange auf diesen Moment gewartet. Ich wollte, dass du es weißt, begreifst, verstehst. Ich nehme an, dass du jetzt verwirrt bist und dich fragst, warum die Lichter aus sind. Wahrscheinlich versuchst du gerade, dir einzureden, dass es sich nur um einen ganz normalen Stromausfall handelt – das muss es wohl sein, oder? Denn der Blackout-Killer sitzt im Gefängnis. Nun ja … Ich habe eine Überraschung für dich.

Mein Herz setzte einen Schlag aus, ich rannte zur Haustür und schaute durch den Spion, ob draußen jemand war. Doch in der Dunkelheit konnte ich kaum den Gartenweg erkennen. Wer immer das eingeworfen hatte, spielte mir einen grausamen Streich. Ich wusste, dass ich den Brief weglegen sollte, aber ich konnte es nicht.

Weshalb ich zurückgekommen bin? Warum ich nach zehn langen Jahren wieder aufgetaucht bin? Die Antwort ist einfach: Du. Du bist der Grund dafür. Vor langer Zeit habe ich schlechte Männer bestraft, Männer, die wie mein Vater waren. Er war nicht von Anfang an schlecht. Ich erinnere mich an Momente in meiner Kindheit, in denen er sich um mich gekümmert hat. Er hat zugehört. Er hat für meine Mutter und mich gesorgt. Doch dann hat sich alles geändert, und ich habe gelernt, wie man Männern wie ihm trotzen konnte – Männern, die lernen mussten, ihre schlimmen Taten wiedergutzumachen. Das habe ich zuerst versucht. Doch dann habe ich erkannt, dass es nicht nur ihre Schuld war.

Dein Mann war nicht gut zu dir. Er hat dich geschlagen. Und ich kenne dein Geheimnis, Claire. Ich weiß, dass du ihn verlassen wolltest, dass du ohne ihn neu anfangen wolltest. Ich wartete darauf, dass du weggehst, aber du bist nicht gegangen, du konntest es nicht. Weil du schwach warst …

Er kannte mein Geheimnis. Das Geheimnis, das ich nicht einmal mit meiner eigenen Familie teilen konnte. Er war jemand, der mir nahestand.

Ich hatte vor, dich für diese Schwäche zu töten, um dir ein Leben zu ersparen, in dem du immer das Opfer gewesen wärst. Aber in der Nacht in diesem Badezimmer in Irland erkannte ich, dass du doch nicht schwach warst. Ich habe gesehen, wie du dich wehrst, wie du dich selbst angezündet hast, um zu überleben. Und das erfüllte mich mit Hoffnung. Du bist zu jemandem geworden, der anderen eine Stärke zeigen konnte, die sie nicht hatten, deshalb ließ ich dich am Leben.

Dann hast du Paul kennengelernt, einen Mann mit Vergangenheit. Claire, hast du dich nie gefragt, weshalb er keinen Alkohol trank? Wolltest du nie wissen, wie seine Ehe geendet hat? Er war ein Mann, der seine Frau schlug. Die Welt weiß das jetzt. Er ist wie der Mann, den du geheiratet hast, als du jung warst. Als ich sein Geheimnis herausfand, was einfach war – so einfach, dass es auch dir gelungen wäre, wenn du es versucht hättest –, begriff ich, dass du wieder schwach geworden bist. Deshalb bin ich zurückgekehrt. Und habe andere ins Visier genommen, die wie du waren. Ich habe dir damit die Chance gegeben zu begreifen, aber du hast dich wieder einmal blenden lassen.

Paul etwas anzuhängen war einfach. Seine Arbeit diktierte, wo er hinmusste, und ich konnte meine Taten so planen, dass er zur richtigen Zeit in der Nähe des Tatorts war. Und die schlagenden Beweise zu platzieren, die im Kofferraum seines Wagens gefunden wurden. An dem Tag, an dem ich in dein Haus eindrang, fand ich seinen Ersatzschlüssel. Er war eines dieser kleinen Dinge, von denen ich wusste, dass es dir niemals auffallen würde, wenn sie verschwanden.

Vermutlich bist du jetzt verwirrt. Du fragst dich, wie dieser Brief in deinen Besitz gelangt ist, und wenn ich nicht Paul bin, wer dann?

Das wirst du schon sehr bald herausfinden, denn ich bin dir näher, als du denkst.

Ich ließ den Brief fallen, zusammen mit den anderen, die ich noch in der Hand hielt und die alle mit meinem Namen anfingen. Sie flatterten zu Boden, und ich entdeckte ein Polaroid-Foto, das mit der Vorderseite nach unten aus dem Stapel glitt. Langsam drehte ich es um.

Im Licht meiner Handy-Taschenlampe sah ich, dass es ein Foto von mir war. Betäubt, nur halb bei Bewusstsein. Ich starrte in die Kamera, mit glasigem, unfokussiertem Blick. Neben mir war die Badewanne, Owens Arm hing heraus.

Nur dass ich jetzt, als ich das Foto ansah, erkennen konnte, dass es überhaupt nicht Owens Arm war, es war nur der Ärmel eines Oberteils – eines von Owens Oberteilen. Aber Owen selbst war nicht in der Badewanne. Neben mir auf dem Badezimmerboden unter dem Waschbecken war eine kleine Pfütze Blut, und darin lagen kleine weiße Dinge, die wie Zähne aussahen, daneben eine blutverschmierte Zange. Ich wusste noch, wie sie Owen anhand seiner Zahnarztakte identifiziert hatten, mithilfe der Zähne auf dem Boden neben mir. Doch mein Mann war nie mit mir im Badezimmer gewesen. Und wenn mein Mann nicht in der Badewanne gewesen war, wo dann? Das Bild des dunklen, höhlenartigen Mundes, das mich in meinen Träumen verfolgte, kam mir wieder in den Sinn und verriet mir das Schlimmste.

Ich ließ das Foto und mein Handy fallen und stieß ein Schluchzen aus, dann rannte ich zur Haustür. Als ich dort angekommen war, fehlte der Schlüssel. Hatte ich ihn abgezogen, als ich nach Hause gekommen war? War er vorhin noch da gewesen, als ich überprüft hatte, ob die Tür abgeschlossen war? Ich konnte mich nicht erinnern. Panisch machte ich mich auf den Weg zur Küche, doch bevor ich die Tür öffnete, hörte ich auf der anderen Seite ein Geräusch. Ein gedämpftes Knacken, als ginge Glas unter einem anderen Material zu Bruch. Jemand war in meinem Haus.

Da ich sonst nirgendwohin konnte, rannte ich nach oben in mein Schlafzimmer und schlug die Tür hinter mir zu. Dann mobilisierte ich meine ganze Kraft und zog mein Bett davor, bevor ich mich dafür verfluchte, dass ich in der Hast mein

Handy hatte fallen lassen. Ich hielt den Atem an und wartete darauf, etwas zu hören – Schritte, Mums Stimme, die nach mir rief, Geoff, der mir sagte, dass ich in Sicherheit war. Doch stattdessen hörte ich etwas anderes. Etwas, das mir das Blut in den Adern gefrieren ließ. Ich hörte das Geräusch von Regen und einen Klavierakkord. Ein paar Sekunden später Schlagzeugklänge wie Donner. Es war dieser Song. *Owens Song.*

Die Musik wurde lauter, ihr Klang kam die Treppe herauf. Ich sah mich um, auf der Suche nach etwas, das ich als Waffe benutzen konnte; da fiel mir die kleine Nagelschere in meiner Nachttischschublade ein. Sie war nicht gerade gefährlich, aber sie musste genügen. Ich war jetzt die dritte Version meiner selbst und würde den Mann auf der anderen Seite der Tür töten. Ich hielt die Schere wie einen Dolch über meinem Kopf und wartete. Die Musik wurde noch lauter, und die Schritte kamen über den Treppenabsatz zu meiner Tür. Und ich wartete. Mein Herz hämmerte, die eisige Hand spielte die Melodie mit, zu der ich einst in meinem Wohnzimmer getanzt hatte. In der Nacht, in der ich zu viel getrunken hatte und in einem Stromausfall aufgewacht war.

Der Blackout-Killer war nicht Killian gewesen, nicht Paul. Sondern der erste Mann in meinem Leben.

Dann hörte ich durch den Song hindurch eine Stimme. Eine helle Stimme. Eine Stimme, die ich schon so lange nicht mehr gehört hatte. Sie sang den Text mit. Eine Stimme, die angeblich tot war.

Ich holte weit mit der Schere aus. Mein Herz hämmerte, und ich wusste, ich würde heute sterben, es sei denn, ich tötete zuerst. Ich hatte ihn schon einmal besiegt, und auch wenn er dieses Mal auf der Hut war, konnte ich ihn wieder schlagen. Das musste ich. Der Türknauf drehte sich, und langsam bewegte sich das Bett, als er die Tür aufschob. Ich ließ mich zu Boden fallen und stemmte mich mit den Füßen dagegen. Ich hatte nicht genug Kraft, die Tür wieder zu schließen, doch es gelang mir, ihn zurückzuhalten. Dann hörte er auf zu drücken, und die Tür schloss sich wieder. Die Füße weiterhin gegen das Bett gestemmt, lauschte ich. Alles war still.

Ich packte die Schere so fest, dass meine Knöchel weiß wurden, und kam langsam auf die Füße. Einen Moment lang dachte ich, er wäre weg. Irgendetwas hätte ihn erschreckt und er wäre geflohen. Doch dann bewegte sich der Türknauf wieder.

»Bist du inzwischen dahintergekommen, Claire? Bist du jetzt erleuchtet?«, fragte er; seine Stimme versetzte mich zurück in Zeiten, an die ich nicht denken wollte. Ich versuchte, meine lückenhaften Erinnerungen an jene Nacht vor zehn Jahren zusammenzusetzen. Ich begriff nicht, weshalb ich, weshalb alle geglaubt hatten, er wäre tot. Dann fiel mir das Foto wieder ein, das er gemacht hatte. Das Blut auf dem Boden, die Zähne und der dunkle, höhlenartige Mund, der mich in meinen Träumen verfolgte. In dieser Nacht hatte er sich die Zähne gezogen, um seinen eigenen Tod vorzutäuschen.

»Claire? Willst du, dass ich es laut ausspreche, würde das helfen?«

Er wartete darauf, dass ich etwas sagte, aber diese Genugtuung würde ich ihm nicht verschaffen.

»Ich war nie in dieser Badewanne, Claire. Die unidentifizierbaren Überreste, die sie gefunden haben, gehörten jemand anderem. Einem Obdachlosen aus Cork, den ich eine Woche vorher hinten in unserem Garten deponiert hatte. Einer von denen, die niemanden hatten und den auch niemand vermissen würde. Meine Zähne legte ich an einer Stelle ab, an der sie auch meine DNA finden konnten. Es ist schon lustig, was sich die Leute zusammenreimen, wenn man ein wenig nachhilft.«

Plötzlich ging ein Ruck durch die Tür, und das Bett schoss ein paar Zentimeter nach vorne. Kurz darauf ein weiterer Ruck. Ich hoffte, er würde weggehen, ich hoffte, jemand würde kommen, um mich zu retten. Tatsache war jedoch, dass er in dieses Zimmer eindringen und versuchen würde, mich umzubringen. Ich trat einen Schritt zurück und hielt die Schere vor mich. Heute Nacht würde ich nicht sterben. Stattdessen würde ich heute Nacht das Leben eines Mannes beenden, der vor langer Zeit gestorben war.

Nach einigen weiteren Schüben stand die Tür so weit offen, dass er hindurchschlüpfen konnte. Er stieg über das Bett und baute sich vor mir auf. Einen Moment lang rührte sich keiner von uns. Mein Mann war vor zehn Jahren gestorben, und doch konnte ich trotz der Veränderungen, die zehn Jahre mit sich gebracht hatten, trotz der neuen Zähne, die ich deutlich im Dunkeln sehen konnte, als er lächelte, erkennen, dass er es war. Es war mein Mann. Er war der Blackout-Killer. Und wenn ich es zuließ, wenn ich mich nicht wehrte, würde er mich töten.

»Hallo, Claire«, flüsterte er kaum hörbar.

»Hallo, Owen.«

DANKSAGUNGEN

Früher dachte ich immer, Bücherschreiben wäre eine einsame Angelegenheit. Doch während ich diese Liste von Leuten aufstelle, denen ich danken möchte, merke ich, dass ich nicht allein war auf dieser wunderbaren Reise, auch wenn man sich von Zeit zu Zeit isoliert fühlt. An erster Stelle möchte ich meiner Agentin Hayley Steed von der Madeleine Milburn Literary, TV and Film Agency danken. Wir lernten uns zu Beginn dieses Buches kennen, und ich möchte, dass Sie wissen, dass Ihre Freundlichkeit, Ihre Unterstützung und Ihr Vertrauen mich als Autor verändert haben. Außerdem ein dickes Dankeschön an Madeleine, Giles, Alice und Georgia, die mich so freundlich in der Agentur-Familie aufgenommen haben.

Danken möchte ich außerdem meinem Lektor Dominic Wakeford – Ihr Vertrauen und Ihr Verständnis haben mich dazu inspiriert, mit mehr Selbstbewusstsein zu arbeiten. Sie standen mir am Telefon immer für meine Fragen zur Verfügung, die sich mir bei meiner Arbeit an *Killout* stellten. Ich hoffe, Sie wissen, wie sehr ich Ihre Ideen und Vorschläge zu schätzen wusste. Danke auch an Victoria Moynes, Anna Sikorsa,

Jon Appleton und Dushi Horti. Ihre unermüdlichen Bemühungen, dafür zu sorgen, dass *Killout* so gut wie nur irgend möglich wurde, werde ich niemals vergessen. Ich fühle mich wirklich geehrt, so viel Unterstützung zu bekommen. Lisa Milton und Nia Beynon, es ist ein großes Glück für mich, Teil der HQ-Familie zu sein, ich bin Ihnen wirklich dankbar.

Mein Dank gilt außerdem Ross Futter, der mir geholfen hat, ein wenig über das Baugewerbe zu lernen, sowie Richard und Graham Harris, die mir vermittelt haben, wie die Stromversorgung funktioniert – ohne Ihre Hilfe wäre der Blackout-Killer nicht in der Lage gewesen, zu tun, was er am besten kann. Ein Dankeschön auch an meine wunderbaren Schriftstellerkolleginnen und -kollegen, die mir durch schwere Zeiten geholfen haben. Danke, Louise Jensen, John Marrs, Phoebe Morgan, Lisa Hall. In meinen Augen seid ihr Legenden.

Ich bedanke mich bei meiner wunderbaren Familie in Irland – Bill, Helen, Laura und Christine Murphy. Danke, dass ihr mich auf meinen Recherchereisen beherbergt habt. Ich hatte so eine schöne Zeit mit euch und kann es kaum abwarten, euch alle bald wiederzusehen.

Mein Dank gilt Kath Brinck, deren Namen ich in meinem Buch verwenden durfte, und Shelley Pope, die mir half, dem Blackout-Killer seinen Namen zu geben. Ich bin euch wirklich sehr, sehr dankbar. Ebenso Tracy Fenton und The Book

Club (TBC) – ohne diesen für Leser und Schreibende gleichermaßen wunderbaren, unterstützenden Ort hätte ich niemals Kath und Shelley kennengelernt.

Ich danke dem Personal des örtlichen Costa Coffee, wo ich bei einer Tasse Kaffee sechs Stunden verweilen durfte, sowie Chris Kay, dem Geschäftsführer von Costa: Danke, dass ich mir deinen Nachnamen für den berüchtigten Tommy Kay ausleihen durfte.

An Wendy Clarke und The Fiction Café Book Club: Danke für eure Unterstützung und eure Großzügigkeit. In euch habe ich so gute Mitstreiter für meine Arbeit gefunden, als ich dort zum ersten Mal mit *Our Little Secret* auftauchte – ich werde dem Club auf ewig dankbar sein.

An meine Leserinnen und Leser: Die Unterstützung, die Sie mir zuteilwerden ließen, und die freundlichen Worte, mit denen Sie mich bedacht haben, waren wundervoll und haben mich überwältigt. Ohne Ihre Retweets, Ihre Posts in Buchclubs und Ihre Diskussionen wäre ich jetzt nicht dort, wo ich bin. Und das ist ein Traum!

Schließlich an Ben: Ich habe dir dies schon einmal gesagt, muss es aber noch mal wiederholen. Du verdienst all mein Lob. Ohne dich gäbe es keine Motivation, keine Entschlossenheit, keine Inspiration. Und ich werde für immer versuchen, dir das zurückzugeben.

Liebe Leserin, lieber Leser,
als ich mich auf die erstaunliche Reise begab, Bücher zu schreiben, war mir nicht klar, wie viel mehr ich noch schreiben konnte. Und doch sind es inzwischen schon drei Bücher.

Drei. Ein Dreierpack aus Romanen. Ich kann es noch immer kaum fassen.

Und alles Ihretwegen!

Die Unterstützung, die ich auf dieser Reise erfahren habe, war überwältigend. Weil meine ersten beiden Geschichten geteilt, besprochen und rezensiert wurden, konnte ich mich mit Freuden an diesen dritten Roman machen. Ich bin motiviert, mit dem Schreiben fortzufahren, Geschichten zu erzählen und immer wieder zu versuchen, sie noch unterhaltsamer, noch fesselnder zu machen.

Killout hat mir bisher am meisten Spaß gemacht. Ich hatte vor, einen Roman über eine Frau zu schreiben, die die Heldin ihres eigenen Lebens ist. Eine Heldin, weil sie den Mut aufbringt, aus der eigenen Haustür zu treten. Dabei habe ich mich in die Person der Claire Moore verliebt. Ich hoffe, das ist Ihnen genauso gegangen.

Wenn Ihnen *Killout* gefallen hat, können Sie gern eine Rezension schreiben oder Kontakt zu mir aufnehmen. Ich würde mich freuen, von Ihnen zu hören, und Rezensionen helfen uns Autoren wirklich dabei, neue Leser zu finden.

Wenn ich mal nicht vor meinem Laptop sitze – was selten vorkommt – können Sie mich in den sozialen Netzwerken finden: @darrensully. Meine wunderbaren Verlage HQ Digital und HQ Stories sind ebenfalls auf Facebook und Twitter. Folgen Sie ihnen dort – sie geben unglaubliche Geschichten heraus.

Abschließend möchte ich noch sagen, dass ich meinen Traum lebe und dass es nie genug Worte geben wird, um auszudrücken, wie dankbar ich dafür bin.

Auf Sie, auf Ihre Leidenschaft und Ihre Freundlichkeit! Und auf viele weitere Schreibabenteuer. Sie alle sind wundervoll.

Darren x